Die MÄRCHEN der BRÜDER GRIMM

Herausgegeben von

Noel Daniel

TASCHEN

INHALT

Märchenhafte Bildwelten

Die Erzählungen der Brüder Grimm im Spiegel der Kunst

von Noel Daniel

Märchenhafte Bildwelten

Die Erzählungen der Brüder Grimm im Spiegel der Kunst

Mehr als zweihundert Jahre ist es her, dass zwei Brüder aus Kassel, Jacob und Wilhelm Grimm, 1812 den ersten Band ihrer Sammlung deutscher Volksmärchen herausbrachten. Im Laufe der Zeit ergänzten die Brüder ihre Sammlung um immer neue Geschichten, bis sie es in der siebten Ausgabe aus dem Jahr 1857 auf die beeindruckende Zahl von zweihundert Märchen und zehn Sagen brachten. „Hänsel und Gretel“, „Dornröschen“, „Rapunzel“ oder „Schneewittchen“ sind längst Klassiker der Märchenliteratur und gehören, in zahlreiche Sprachen übersetzt, zu den bekanntesten Märchen der Welt. Was zunächst ein Versuch war, deutsche Überlieferungen für die Nachwelt zu bewahren, wurde zu einem kulturellen Schatz, der zum Erbe der gesamten Menschheit gehört und immer noch eine unerschöpfliche Inspirationsquelle für Schriftsteller, Künstler und Filmemacher auf der ganzen Welt darstellt.

Die Stimme des einfachen Volkes

Die beiden Grimms verstanden sich ursprünglich keineswegs als Kinderbuchautoren, sie sammelten Märchen von kulturhistorischem und philologischem Interesse für ein erwachsenes Publikum, wie bereits andere im europäischen Ausland vor ihnen. Der Franzose Charles Perrault zum Beispiel war mit seiner 1697 erschienenen Märchensammlung, die er für eine adlige Leserschaft veröffentlicht hatte, zum Star am Hofe Ludwigs des XIV. in Versailles geworden. Nach Ruhm strebten Jacob und Wilhelm Grimm aber nicht, ihnen lag in erster Linie daran, die mündliche Erzähltradition des einfachen Volkes – in der sie den Ausdruck einer kollektiven Volksseele sahen – zu dokumentieren und für kommende Generationen zu bewahren.

SEITE 2 UND 8 *Dank der Brüder Grimm kennt alle Welt Märchen wie „Dornröschen" (Seite 2) und „Hänsel und Gretel" (Seite 8). Den dänischen Illustrator Kay Nielsen inspirierten sie zu diesen geheimnisvoll-fantastischen Aquarellen, die er für eine 1925 erschienene Ausgabe von Grimms Märchen schuf.*

RECHTS *Gustav Süs illustrierte 1855 „Der Hase und der Igel" in einem modern anmutenden Stil (Seite 212–219). Sein Buch ist ein Beispiel für frühe Kinderbücher mit großformatigen, farbigen Illustrationen. Preiswerter Farbdruck war damals noch Zukunftsmusik, daher wurde jedes Bild von Hand koloriert.*

Die Erzählungen zusammenzutragen, manche davon umzuschreiben und herauszugeben, war eine Herkulesaufgabe, und es dauerte seine Zeit, bis die Brüder Grimm ihr Publikum fanden. Anfangs machte ihr wissenschaftlicher Ehrgeiz sie blind für den Lesegeschmack eines zunehmend des Lesens mächtigen und literaturinteressierten Bürgertums, das sich mit der industriellen Revolution herausbildete und von Märchen in erster Linie erwartete, gut unterhalten zu werden. Ungeachtet des Titels *Kinder- und Hausmärchen*, den die Brüder ihrer Märchensammlung gaben, hatten sie, wie bereits erwähnt, ursprünglich keineswegs Kinder als Zielgruppe im Sinn. Erst nach Erscheinen der ersten Auflagen erkannten sie, dass sich neben einem akademisch gebildeten Publikum auch eine breite Leserschaft, Kinder eingeschlossen, für ihre Märchen begeistern könnte. Sie begannen nun, nicht ganz jugendfreie Inhalte zu entschärfen und ihre Sammlung auch auf jüngere Leser zuzuschneiden. 1857 erschien die letzte und wohl kindgerechteste von den Grimms selbst vorgenommene Ausgabe der *Kinder- und Hausmärchen*; ihr sind die einundzwanzig Märchen im vorliegenden Band entnommen.

Eine Welt ohne Märchen?

Heute sind die Märchen der Brüder Grimm vom Kinderbuch über das Kino bis in den alltäglichen Sprachgebrauch hinein ein nicht mehr wegzudenkender Bestandteil der Populärkultur. Auch wer die einschlägigen Märchen selbst nicht kennt, ist sofort im Bilde, wenn vom „bösen Wolf", von einem „Aschenputtel" oder davon, „einen Frosch zu küssen", die Rede ist. Das allein wäre schon ein hinreichender Grund, die *Kinder- und Hausmärchen* in die eigene Büchersammlung aufzunehmen. Doch der Einfluss der Grimms reicht über die Literatur hinaus: Ihre Märchensammlung übte und übt auch heute noch einen

großen Reiz auf bildende Künstler aus und regte in Europa wie in den USA eine schier unerschöpfliche Produktion fantastischer Bildwelten an, die nicht nur die Publikation und Vermarktung von Kinderbüchern, sondern auch die Geschichte der Buchillustration insgesamt entscheidend prägte. Den Verlegern auf dem im 19. Jahrhundert rasch expandierenden Buchmarkt stand dank der in allen großen Städten anzutreffenden Kunstakademien eine Heerschar exzellent ausgebildeter Künstler, oftmals bewandert in einer Vielzahl künstlerischer Techniken, zur Verfügung, und die Fortschritte in der Drucktechnik wie etwa das noch junge Steindruckverfahren taten ein Übriges, um dem Buch ein neues Gesicht und eine neue Popularität zu verleihen. Maler und Grafiker, Radierer, Graveure und Bühnenbildner sahen sich plötzlich in der Lage, ihren Lebensunterhalt mit Buchillustrationen zu bestreiten, und mischten sich gerne unter verzauberte Prinzessinnen, Ritter und Recken, Hexen- und Zwergenvolk und sprechende Tiere. Jede Neuerung in der Drucktechnik brachte auch neue künstlerische Interpretationen hervor; eine visuelle Ikonografie entstand, die bis heute wirksam ist. Die hier mit ihren Illustrationen vertretenen Künstlerinnen und Künstler waren maßgeblich an dieser Entwicklung beteiligt; sie werden im Anhang in Einzelbiografien ausführlicher vorgestellt. Gerade vor dem Hintergrund der sich heute durch moderne Technologien einmal mehr dramatisch wandelnden Lesegewohnheiten kann sich ein vergleichender Blick auf das Spannungsverhältnis zwischen Text und Bild anhand dieser Schätze als fruchtbar für das Verständnis der Leselandschaften der Zukunft erweisen.

Bilder für ein Massenpublikum

Im 19. Jahrhundert explodierte der Buchmarkt – immer mehr Menschen konnten lesen und verlangten nach immer mehr Büchern. Lesen war plötzlich in

Mode. Mit dem Buch erlebte auch die Buchillustration eine neue Blüte, das Visuelle gewann eine in diesem Umfang bislang unbekannte Bedeutung. Märchen- und Legendenbücher trugen entscheidend zu dieser fruchtbaren Liaison von Kunst und Kommerz für ein Massenpublikum bei. Die Märchen der Grimms mitsamt ihren zahllosen Adaptionen, aber auch die von Charles Perrault überlieferten Geschichten, mit denen es einige Überschneidungen gab, waren der Funke, der diese Mischung aus Lesehunger und Augenlust, begünstigt durch die verbesserten und preiswerteren neuen Drucktechniken, zu einem kreativen Feuerwerk entfachte. Diese illustrierten Märchenbücher waren der Grundstein zu dem, was uns heute als „Kinderbuch" so selbstverständlich erscheint. Kinderbücher hatte es zuvor auch schon gegeben, doch waren dies in der Regel unbebilderte, moralische Erbauungsschriften, deren „Genuss" zudem nur einer kleinen Oberschicht vorbehalten war. Diese neue Generation von Kinderbüchern nun bot Künstlern ein Experimentierfeld für die vielfältigen Möglichkeiten der Interaktion zwischen Text und Bild, was sich über die Genregrenzen hinaus auf die Kunst der Buchillustration auswirkte.

Das vorliegende Buch veranschaulicht die wichtige Rolle der Grimms in diesem Kontext, indem es einige ihrer berühmtesten Märchen wie „Rotkäppchen", „Dornröschen" oder „Schneewittchen", aber auch weniger bekannte wie „Daumerlings Wanderschaft" mit den Illustrationen zeigt, zu denen sich einige der stilprägenden Künstlerinnen und Künstler von 1820 bis in die 1950er-Jahre hinein inspirieren ließen. (Ab den 1950er-Jahren wurde das klassische Märchenbuch vom heute vorherrschenden Typus des Bilderbuchs abgelöst, bei dem der Autor auch die Illustrationen beisteuert oder mit einem Illustrator zusammenarbeitet.) Die hier vorliegende, in ihrem Bilderreichtum und ihrer künstlerischen Vielfalt konkurrenzlose Ausgabe dieser Märchen spannt den Bogen von der Romantik bis zum Jugendstil und darüber hinaus und bietet so die Möglichkeit zum vergleichenden Blick auf die künstlerischen Strömungen

GANZ LINKS *Der englische Maler Walter Crane war zugleich einer der populärsten Illustratoren seiner Zeit und verstand es meisterlich, Text und Bild miteinander zu verweben. Er illustrierte zahlreiche Kinder- und Märchenbücher, darunter 1874 auch das Märchen „Der Froschkönig" (Seite 26–35).*

LINKS *Mit Scherenschnitten (Seite 24 und 166) illustrierten die Schwestern Fanny und Cecile Hensel 1879 ihr Buch* Ins Märchenland *mit Märchen der Brüder Grimm. Mit unverwechselbaren Figuren, dunklen Wäldern und geheimnisvollen Burgen war das Märchengenre ideal für die Kunst des Scherenschnitts.*

und Tendenzen, die uns noch bis in die heutige Zeit in Büchern, Filmen, Animation oder Videospielen begegnen.

Märchen als Forschungsgegenstand

Obschon der Einfluss der Grimms auf die Geschichte massenmedialer Bilderproduktion weitreichend war, ist dieser Teil ihrer Wirkung bislang kaum in dem Maße gewürdigt worden wie ihr unzweifelhaft epochaler Einfluss als Sprachforscher und Historiker. Mit ihrer *Deutschen Grammatik*, der *Geschichte der deutschen Sprache* und dem Jahrhundertprojekt des *Deutschen Wörterbuchs*, das sie initiierten, schufen sie die ersten Regelwerke und vergleichenden Abrisse für die germanischen Sprachfamilien. In den *Deutschen Sagen* und der *Deutschen Mythologie* sammelten sie ähnlich wie in ihrer Märchensammlung nordisches Legendengut und Materialien zur religiösen Vorstellungswelt der deutschen Stämme vor der Christianisierung. Auch an ihre *Kinder- und Hausmärchen* gingen die Grimms mit wissenschaftlicher Akribie heran und versahen alle Märchen mit Informationen über Herkunft und Alter, Ähnlichkeiten und Unterschiede zu vergleichbaren Erzählungen aus anderen Ländern. Damit legten sie den Grundstein zur modernen Märchenforschung. Heute weisen Historiker gerne darauf hin, dass die Feldforschung der Grimms keineswegs so aussah, dass sie selbst aufs Pferd stiegen, um auf der Jagd nach Märchen übers Land zu reiten, an die Türen von Bauernkaten zu klopfen oder sich in schummrigen Schankstuben herumzudrücken. Tatsächlich verließen sie sich auf einige wenige mündliche Quellen aus ihrem Umfeld, viele davon mit multikulturellen Wurzeln, und schöpften auch literarische Quellen nach für sie Verwertbarem ab. Ihr Vorgehen war ein unspektakuläres, wissenschaftlich-gelehrsames und ihre bevorzugte moderne Minerva die Wirtstochter Dorothea Viehmann, deren

RECHTS *Das 1881 erschienene Kinderbuch* Märchenpracht und Fabelscherz *mit Illustrationen u. a. von Fedor Flinzer und Heinrich Merté (Seite 54–63) steht ganz in der romantischen Tradition.*

GANZ RECHTS *Eine englischsprachige Ausgabe der* Kinder- und Hausmärchen *mit Illustrationen von George Cruikshank (Seite 127) leitete in den 1820er-Jahren eine neue Ära in der Geschichte der Buchillustration ein.*

Porträt sie als Frontispiz ihrer Märchensammlung voranstellten. Im 20. Jahrhundert ließ sich der englische Künstler Arthur Rackham von diesem Bild zu dem Scherenschnitt auf Seite 22 inspirieren, der Kinder zeigt, die andächtig einer weisen Märchentante lauschen.

Zu dem Zeitpunkt, da die Grimms ihre Märchensammlung herausbrachten, war Deutschland noch kein geeintes Land, sondern bestand aus vielen, nur lose miteinander verbundenen Kleinstaaten. Man hatte zwar eine gemeinsame Sprache, doch unterschied sich in Hunderten von Dialekten, in regionalen Kulturen mit ihren eigenen Bräuchen, Traditionen (auch literarischen) und religiösen Überzeugungen. Ab dem späten 18. Jahrhundert war Europa von den Folgen der Französischen Revolution von 1789 und den anschließenden Eroberungskriegen Napoleons erschüttert worden, von den heftigen Geburtswehen sich bildender Nationalstaaten und den Auswirkungen der industriellen Revolution. Angesichts dieser politischen Umwälzungen wandten viele Länder den Blick nach innen und besannen sich ihres einheimischen Erbes. Die Aufklärung im 18. Jahrhundert hatte mit der Fackel der Vernunft die obskureren Winkel der Gesellschaft ausleuchten und allen rückwärtsgewandten und fortschrittsfeindlichen Mystizismus, das Okkulte und Gefühlsschwangere hinwegfegen wollen. Philosophische Großdenker hatten das Loblied des rationalen Verstandes gesungen, doch als die Grimms ihre Märchen publizierten, war das Pendel längst wieder in die andere Richtung geschwungen, hin zum Gefühl, zur Fantasie und zum Fantastischen. Die literarische Romantik stand in Deutschland in voller Blüte und propagierte den unverfälschten, authentischen Zugang zur Empfindung und zur Natur. Dem Sammeln und Bearbeiten volkstümlichen, mündlich überlieferten Erzählguts, wie es die Grimms exemplarisch betrieben, wurde dabei besondere Aufmerksamkeit gewidmet.

Kennzeichnend für diese Epoche war es auch, dass dem Kind und seinen Bedürfnissen, dem ganzen Komplex Kindheit eine bislang nicht gekannte

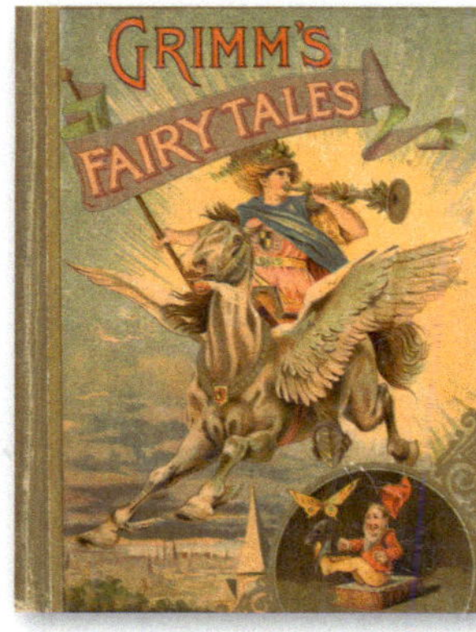

Wertschätzung zuteil wurde. Mit der Verbesserung des Schulwesens und der wachsenden Zahl von Menschen, die lesen konnten, stieg auch die Nachfrage nach Lesestoff, und Märchen, vor allem wenn sie mit einer Moral aufwarten konnten, bedienten diese Nachfrage. Zudem war und ist dieses literarische Genre eines der wenigen, das sowohl Kinder als auch Erwachsene erreicht. Anders als etwa Kinderreime, deren Reiz mit dem Älterwerden schwindet, bewahren Märchen und die Fantasiereiche, die sie lebendig werden lassen, immer ihren Charme und finden auch Eingang in die Erwachsenenliteratur, in Musik, Theater und Film.

Die Ära der modernen Buchillustration

In den Jahren 1823/1826 erschien in England eine zweibändige illustrierte Übersetzung der Grimm'schen Märchen (die zweite überhaupt bis dato), die von maßgeblichem Einfluss darauf war, wie Märchen zukünftig verlegt werden sollten. Die Illustrationen stammten von dem berühmten englischen Künstler George Cruikshank, eine davon, zu „Die Wichtelmänner“, ist im hier vorliegenden Buch auf Seite 127 abgebildet. Als Jacob und Wilhelm Grimm Cruikshanks Arbeiten sahen, erkannten sie sofort, dass sie die Popularität ihrer Märchensammlung durch Illustrationen beträchtlich steigern konnten, und betrauten ihren Bruder Ludwig Emil Grimm mit dieser Aufgabe. Auch wenn dessen Bilder nicht gerade zu den besten ihrer Epoche gehörten und darum in diesem Buch fehlen, war es dennoch ein entscheidender Schritt für die Grimms. Während ihre folgenden Ausgaben erschienen, machte die Drucktechnik rasante Fortschritte und die Buchillustration bekam immer mehr Gewicht.

Mitte des 19. Jahrhunderts brachte Gustav Süs (Seite 212–219) seine exquisiten handkolorierten Lithografien zu dem Märchen „Der Hase und der Igel“

LINKS *Die ganzseitige Illustration auf Seite 8 stammt aus Kay Nielsens* Hansel and Gretel and Other Stories by the Brothers Grimm *von 1925. Auch Walt Disney bewunderte Nielsens einzigartigen Stil und engagierte ihn später für seinen Trickfilm* Fantasia *(1940).*

RECHTS *Die 1910er- und 1920er-Jahre waren das Goldene Zeitalter der Kinderbuchillustration. Dieses Aquarell zu dem Märchen „Die Gänsemagd" stammt von Kay Nielsen (1925).*

heraus und nahm damit schon den heiteren, klaren Stil vorweg, den Beatrix Potter in ihren Peter-Rabbit-Büchern zeigen sollte. In den 1860er-Jahren erschienen die ersten, dem modernen Comic vorgreifenden Bilderbögen mit den Märchen der Grimms. In den 1870er-Jahren wurde Walter Crane (Seite 26–35) zum Star unter den Buchillustratoren, verfeinerte, inspiriert von der Arts-and-Crafts-Bewegung, die Kunst, Text und Bild miteinander zu verschmelzen, und widmete einen Großteil seiner Karriere der Illustration von Kinderbüchern, darunter auch zahlreiche Ausgaben mit Märchen der Brüder Grimm.

Arthur Rackham (Seite 136–140, 144, 147 u. a.), in England einer der beliebtesten und einflussreichsten Buchkünstler des frühen 20. Jahrhunderts, schuf dramatisch-geheimnisvolle Bilder und Scherenschnitte zu den Märchen der Grimms und beeinflusste Generationen von Künstlern. Nicht weniger maßgeblich war der Däne Kay Nielsen, der sich in seiner Illustrationskunst ebenfalls von den Grimm'schen Märchen inspirieren ließ (Seite 8, 17, 20, 170, 176, 201, 265) und der später von Disney engagiert wurde, um an dem Zeichentrickfilm *Fantasia* (1940) mitzuwirken. Bereits 1937 hatte Disney mit *Snow White and the Seven Dwarfs* nach Motiven der Brüder Grimm den ersten abendfüllenden Zeichentrickfilm herausgebracht; an diesem wiederum hatte der schwedisch-amerikanische Illustrator Gustaf Tenggren mitgewirkt, der in der Grimm-Ausgabe von 1857 zwei Märchen illustrierte. Der Boom an illustrierten Märchenbüchern hatte mit Cruikshanks dezenten Schwarz-Weiß-Bildern begonnen – ab den ersten Jahrzehnten des 20. Jahrhunderts erlaubte der moderne Vierfarbdruck opulente, farbenprächtige Ausgaben der *Kinder- und Hausmärchen*, illustriert von der Creme zeitgenössischer Buchkünstler.

Im Goldenen Zeitalter der Buchkunst schufen innovative Künstler wie Hanns Anker und Wanda Zeigner-Ebel farbenprächtige, einzigartig gestaltete Kinderbücher. Beispiele aus Ankers Aschenbrödel *(links) finden sich auf den Seiten 83–91, aus Zeigner-Ebels* Sneewittchen *von 1920 auf den Seiten 150–165.*

Rückkehr zur Originalfassung

2005 wurden die Märchen der Brüder Grimm in das Weltdokumentenerbe der UNESCO aufgenommen, eine Initiative zur Bewahrung des kulturellen Gedächtnisses der Menschheit. Für das hier vorliegende Buch habe ich einundzwanzig Märchen der Grimms in ihrer ungekürzten Originalfassung ausgewählt und mich dabei von drei Kriterien leiten lassen: Es sollten alle berühmten Klassiker dabei sein, aber auch einige bislang oft stiefmütterlich behandelte Perlen, die in anderen Editionen seltener zu finden sind, und zuletzt all jene Geschichten, die über zwei Jahrhunderte hinweg den größten Reiz auf Maler und Illustratoren ausgeübt haben. Ich war überrascht, was ich bei näherer Beschäftigung mit den deutschen Originalen entdeckte: Texte voller Tiefgang und Empfindung, von prickelndem Esprit und weitaus humorvoller, als sie mir aus den vielen Adaptionen, die ich während meiner Kindheit kennengelernt hatte, in Erinnerung waren.

Einige der hier versammelten Märchen mögen dem Leser vielleicht fremd und so ganz anders erscheinen als die ihm vertrauten Fassungen. Das rührt daher, dass man in den meisten Ausgaben der *Kinder- und Hausmärchen* lediglich bearbeitete und gekürzte Versionen findet – hier sind wir hingegen so dicht wie nur möglich an den Originalfassungen geblieben. Aus diesem Grund haben wir auch die gelegentlichen Grausamkeiten in den Märchen – wie etwa in den Schlussszenen von „Aschenputtel“, „Die Gänsemagd“ und „Schneewittchen“ – nicht unterschlagen, die manchem erwachsenen Leser für Kinderohren vielleicht zu brutal erscheinen mögen. Einige dieser Märchen sind anrührend und subtil, andere drastisch und grobschlächtig, doch alle zeigen sie ein wunderbares Spektrum menschlicher Emotionen und besitzen mehr als genug Humor, Witz und erzählerisches Raffinement, um ihre Wiederentdeckung für Leser aller Altersgruppen zu einem Genuss zu machen.

Silhouetten und Schattenreiche: Im Herzen der Märchen

Bei den Recherchen zu diesem Buchprojekt und der Suche nach geeignetem Bildmaterial bin ich weit herumgekommen. Während die berühmteren Märchen in der Regel vielen unterschiedlichen Künstlern Thema geworden sind, wurden die weniger bekannten auch seltener illustriert, was es weitaus mühevoller machte, Illustrationen aufzuspüren, die mir geeignet erschienen. Zudem habe ich mich immer bemüht, Bücher zu finden, die mit mehr als nur einem Bild pro Märchen aufwarten konnten. Keine einfache Aufgabe, da aus Kostengründen in vielen Büchern aus dem 19. Jahrhundert ein Bild pro Geschichte schon das höchste der Gefühle war – oftmals waren es noch weniger. Jedenfalls entdeckte ich bei meinen zahlreichen Besuchen in Bibliotheken und Archiven wunderbare alte Alben mit Scherenschnitten zu den Märchen der Grimms, und ich beschloss, diese wie auch neu in Auftrag gegebene Scherenschnitte in all jene Märchen mit einzuweben, zu denen nur eine einzelne Illustration eines Künstlers vorlag, wenn dessen Bedeutung seine Aufnahme in dieses Buch aber unerlässlich machte.

Als populäre und weit verbreitete Kunst, zu deren Ausübung man nur Papier und Schere oder alternativ ein scharfes Papiermesser benötigte, nimmt der Scherenschnitt in der Märchenbuchillustration des 19. und 20. Jahrhunderts einen wichtigen Platz ein. Im 20. Jahrhundert gesellte sich auch der Trickfilm dazu, wie etwa mit den bahnbrechenden Scherenschnittfilmen der deutschen Regisseurin und Silhouettenkünstlerin Lotte Reiniger, in deren Œuvre sich auch mehrere Adaptionen Grimm'scher Märchen finden. Die Scherenschnitte im vorliegenden Buch sollen dieser Tradition Reverenz erweisen und daran erinnern, mit welch simplen Mitteln Künstlerinnen und Künstler sich oft in die Geschichte der Kunst eingeschrieben haben, selbst wenn ihnen (vor allem den Frauen) die Ausbildung an renommierten Kunstschulen verwehrt

war und ihnen fortschrittlichere Technologien nicht zugänglich waren. Als entfernte Verwandte der Projektionsbilder der Laterna magica verkörpern diese Silhouetten die Reinform des Schattenspiels und des Gestaltwandels, beides auch dem Wesen des Märchens immanent. Sie sind wie schattenhafte Faltbilder eines Rorschachtests, in die wir unsere Ängste, Hoffnungen und Träume hineinprojizieren können. Einfach und doch voller Bedeutung, ganz wie die Märchen selbst, gleichen sie den Schatten bei einbrechender Dämmerung – dem Moment, in dem alles unbestimmt und fremd wird. Gebannten Sinnes werden wir entrückt in eine Traumwelt, die wir mit Bedeutungen aufladen, ganz so wie auf unserer Reise in die Erzähl- und Bildreiche der Märchen.

GEGENÜBER *Wegen der hohen Produktionskosten kreierte Nielsen für sein 1925 erschienenes Buch nur ein Bild pro Märchen. Sein Aquarell zu „Von dem Fischer und seiner Frau" ist ein Beispiel dafür, wie Künstler häufig mehrere Szenen in einem Bild vereinten.*

OBEN *Auch das Buch* Grimms Märchen *(1925) von Käthe Reine ist ein Beispiel für die Beliebtheit des Scherenschnitts und zeigt, mit welch einfachen, aber raffinierten Mitteln Künstler die Märchen der Grimms lebendig werden ließen (siehe Seite 64, 80, 94, 104, 148, 206).*

DIE MÄRCHEN

Der Froschkönig oder der eiserne Heinrich

Auch wenn sie sich bis zu einem mittelalterlichen Manuskript aus dem 13. Jahrhundert zurückverfolgen lässt, ist die Geschichte vom Froschkönig mit ihren zentralen Motiven – dem gebrochenen Versprechen, dem trügerischen Augenschein und dem Bräutigam in Tiergestalt – unverbraucht und aktuell wie eh und je. Allerdings erlösen modernere Versionen den verzauberten Prinzen durch einen Kuss und nicht, wie bei den Brüdern Grimm, indem der Frosch rüde gegen eine Wand geworfen wird. Die vielen Frösche, die man küssen muss, um einen Prinzen zu finden, sind sprichwörtlich geworden, wie die Historikerin Maria Tatar bemerkt, und der verzauberte Frosch ist wohl die am häufigsten parodierte Märchenfigur der Welt. Der fidele Bräutigam in tierischer Gestalt, den Walter Crane auf Seite 33 auf originelle, fast dem Comic vorgreifende Weise dargestellt hat, steht im Mittelpunkt aller Fassungen. Das Motiv des Gestaltwandels, der Verwandlung in ein Tier, ist von jeher ein beliebtes Thema in amourösen Geschichten und begegnet uns, ob im Märchen, in Mythen oder in der Science-Fiction, von der Götterwelt der Antike über den Vampirmythos bis zum schaurigen Liebhaber in „Die Schöne und das Biest". Auch in Asien sind Geschichten von verzauberten Fröschen bekannt, und Elemente der Geschichte lassen sich gar bis zu „Amor und Psyche" aus dem 2. Jahrhundert zurückverfolgen. —ND

Farbholzstiche von Walter Crane, Großbritannien, 1874

„Sei still, und weine nicht", antwortete der Frosch, „ich kann wohl Rat schaffen, aber was gibst du mir, wenn ich dein Spielwerk wieder heraufhole?"

In den alten Zeiten, wo das Wünschen noch geholfen hat, lebte ein König, dessen Töchter waren alle schön, aber die jüngste war so schön, dass die Sonne selber, die doch so vieles gesehen hat, sich verwunderte, sooft sie ihr ins Gesicht schien. Nahe bei dem Schlosse des Königs lag ein großer dunkler Wald, und in dem Walde unter einer alten Linde war ein Brunnen. Wenn nun der Tag sehr heiß war, so ging das Königskind hinaus in den Wald und setzte sich an den Rand des kühlen Brunnens, und wenn sie Langeweile hatte, so nahm sie eine goldene Kugel, warf sie in die Höhe und fing sie wieder; und das war ihr liebstes Spielwerk.

Nun trug es sich einmal zu, dass die goldene Kugel der Königstochter nicht in ihr Händchen fiel, das sie in die Höhe gehalten hatte, sondern vorbei auf die Erde schlug und geradezu ins Wasser hineinrollte. Die Königstochter folgte ihr mit den Augen nach, aber die Kugel verschwand, und der Brunnen war tief, so tief, dass man keinen Grund sah. Da fing sie an zu weinen und weinte immer lauter und konnte sich gar nicht trösten. Und wie sie so klagte, rief ihr jemand zu: „Was hast du vor, Königstochter, du schreist ja, dass sich ein Stein erbarmen möchte." Sie sah sich um, woher die Stimme käme, da erblickte sie einen Frosch, der seinen dicken hässlichen Kopf aus dem Wasser streckte. „Ach, du bist's, alter Wasserpatscher", sagte sie, „ich weine über meine goldene Kugel, die mir in den Brunnen hinabgefallen ist." „Sei still, und weine nicht", antwortete der Frosch, „ich kann wohl Rat schaffen, aber was gibst du mir, wenn ich dein Spielwerk wieder heraufhole?" „Was du haben willst, lieber Frosch", sagte sie, „meine Kleider, meine Perlen und Edelsteine, auch noch die goldene Krone, die ich trage." Der Frosch antwortete: „Deine Kleider, deine Perlen und Edelsteine und deine goldene Krone, die mag ich nicht; aber wenn du mich lieb haben willst, und ich soll dein Geselle und Spielkamerad sein, an deinem Tischlein neben dir sitzen, von deinem goldenen Tellerlein essen, aus deinem Becherlein trinken, in deinem Bettlein schlafen: Wenn du mir das versprichst, so will ich hinuntersteigen und dir die goldene Kugel wieder heraufholen." „Ach ja", sagte sie, „ich verspreche dir alles, was du willst, wenn du mir nur die Kugel wiederbringst." Sie dachte aber: „Was der einfältige Frosch schwätzt, der sitzt im Wasser bei seinesgleichen und quakt, und kann keines Menschen Geselle sein."

Der Frosch, als er die Zusage erhalten hatte, tauchte seinen Kopf unter, sank hinab, und über ein Weilchen kam er wieder heraufgerudert, hatte die

*„Königstochter, jüngste,
mach mir auf, weißt du nicht,
was gestern du zu mir gesagt bei dem
Brunnen? Mach mir auf."*

SEITE 30/31 *„Nun schieb mir dein
goldenes Tellerlein näher, damit wir
zusammen essen." Man sah wohl,
dass sie's nicht gerne tat.*

Kugel im Maul und warf sie ins Gras. Die Königstochter war voll Freude, als sie ihr schönes Spielwerk wieder erblickte, hob es auf und sprang damit fort. „Warte, warte", rief der Frosch, „nimm mich mit, ich kann nicht so laufen wie du." Aber was half ihm, dass er ihr sein „Quak, quak" so laut nachschrie, als er konnte! Sie hörte nicht darauf, eilte nach Haus und hatte bald den armen Frosch vergessen, der wieder in seinen Brunnen hinabsteigen musste.

Am andern Tage, als sie mit dem König und allen Hofleuten sich zur Tafel gesetzt hatte und von ihrem goldenen Tellerlein aß, da kam – plitsch platsch, plitsch platsch – etwas die Marmortreppe heraufgekrochen, und als es oben angelangt war, klopfte es an der Tür und rief: „Königstochter, jüngste, mach mir auf." Sie lief und wollte sehen, wer draußen wäre, als sie aber aufmachte, so saß der Frosch davor. Da warf sie die Tür hastig zu, setzte sich wieder an den Tisch, und war ihr ganz angst. Der König sah wohl, dass ihr das Herz gewaltig klopfte, und sprach: „Mein Kind, was fürchtest du dich, steht etwa ein Riese vor der Tür und will dich holen?" „Ach nein", antwortete sie. „Es ist kein Riese, sondern ein garstiger Frosch." „Was will der Frosch von dir?" „Ach lieber Vater, als ich gestern im Wald bei dem Brunnen saß und spielte, da fiel meine goldene Kugel ins Wasser. Und weil ich so weinte, hat sie der Frosch wieder heraufgeholt, und weil er es durchaus verlangte, so versprach ich ihm, er sollte mein Geselle werden, ich dachte aber nimmermehr, dass er aus seinem Wasser herauskönnte. Nun ist er draußen und will zu mir herein." Indem klopfte es zum zweiten Mal und rief:

*„Königstochter, jüngste,
mach mir auf,
weißt du nicht, was gestern
du zu mir gesagt
bei dem kühlen Brunnenwasser?
Königstochter, jüngste,
mach mir auf."*

Da sagte der König: „Was du versprochen hast, das musst du auch halten; geh nur, und mach ihm auf." Sie ging und öffnete die Türe, da hüpfte der Frosch herein, ihr immer auf dem Fuße nach, bis zu ihrem Stuhl. Da saß er und rief: „Heb mich herauf zu dir." Sie zauderte, bis

es endlich der König befahl. Als der Frosch erst auf dem Stuhl war, wollte er auf den Tisch, und als er da saß, sprach er: „Nun schieb mir dein goldenes Tellerlein näher, damit wir zusammen essen." Das tat sie zwar, aber man sah wohl, dass sie's nicht gerne tat. Der Frosch ließ sich's gut schmecken, aber ihr blieb fast jedes Bisslein im Halse. Endlich sprach er: „Ich habe mich satt gegessen und bin müde, nun trag mich in dein Kämmerlein und mach dein seiden Bettlein zurecht, da wollen wir uns schlafen legen." Die Königstochter fing an zu weinen und fürchtete sich vor dem kalten Frosch, den sie nicht anzurühren getraute und der nun in ihrem schönen reinen Bettlein schlafen sollte. Der König aber ward zornig und sprach: „Wer dir geholfen hat, als du in der Not warst, den sollst du hernach nicht verachten." Da packte sie ihn mit zwei Fingern, trug ihn hinauf und setzte ihn in eine Ecke. Als sie aber im Bette lag, kam er gekrochen und sprach: „Ich bin müde, ich will schlafen so gut wie du. Heb mich herauf, oder ich sag's deinem Vater." Da ward sie erst bitterböse, holte ihn herauf und warf ihn aus den Kräften wider die Wand. „Nun wirst du Ruhe haben, du garstiger Frosch."

Als er aber herab fiel, war er kein Frosch, sondern ein Königssohn mit schönen freundlichen Augen. Der war nun nach ihres Vaters Willen ihr lieber Geselle und Gemahl. Da erzählte er ihr, er sei von einer bösen Hexe verwünscht worden, und niemand hätte ihn aus dem Brunnen erlösen können als sie allein, und morgen wollten sie zusammen in sein Reich gehen. Dann schliefen sie ein, und am andern Morgen, als die Sonne sie aufweckte, kam ein Wagen herangefahren mit acht weißen Pferden bespannt, die hatten weiße Straußfedern auf dem Kopf und gingen in goldenen Ketten, und hinten stand

Da holte sie ihn herauf und warf ihn
aus den Kräften wider die Wand.
Als er aber herabfiel, war er kein Frosch mehr.

„Heinrich, der Wagen bricht.“
„Nein, Herr, der Wagen nicht,
es ist ein Band von meinem Herzen.“

der Diener des jungen Königs, das war der treue Heinrich. Der treue Heinrich hatte sich so betrübt, als sein Herr war in einen Frosch verwandelt worden, dass er drei eiserne Bande hatte um sein Herz legen lassen, damit es ihm nicht vor Weh und Traurigkeit zerspränge. Der Wagen aber sollte den jungen König in sein Reich abholen; der treue Heinrich hob beide hinein, stellte sich wieder hinten auf und war voller Freude über die Erlösung. Und als sie ein Stück Wegs gefahren waren, hörte der Königssohn, dass es hinter ihm krachte, als wäre etwas zerbrochen. Da drehte er sich um und rief:

„Heinrich, der Wagen bricht.“
„Nein, Herr, der Wagen nicht,
es ist ein Band von meinem Herzen,
das da lag in großen Schmerzen,
als Ihr in dem Brunnen saßt,
als Ihr eine Fretsche (Frosch) wast (wart).“

Noch einmal und noch einmal krachte es auf dem Weg, und der Königssohn meinte immer, der Wagen bräche, und es waren doch nur die Bande, die vom Herzen des treuen Heinrich absprangen, weil sein Herr erlöst und glücklich war.

Der Wolf und die sieben jungen Geißlein

Der Wolf, an seinem mächtigen Gebiss, seiner Ruppigkeit und seiner Heimtücke sofort als „Bösewicht" zu erkennen, lehrt uns seit Jahrtausenden das Fürchten. Als Schreckgestalt taucht er drohend in Sprichwörtern auf, die vor dem „Wolf im Schafspelz" warnen, sowie in zahlreichen Geschichten – von Äsops Fabeln über „Rotkäppchen und der böse Wolf" und „Die drei kleinen Schweinchen" bis zu Sergei Prokofjews *Peter und der Wolf* (1936). Als zivilisierter Verwandter des Werwolfs durchstreift er auf der ewigen Jagd nach unschuldigen Opfern die Märchenwälder, aber trotz seines unbändigen Appetits auf brave kleine Jungen und Mädchen oder putzige Tierkinder ist ihm nie Erfolg vergönnt. Ihm bleibt immer nur die Rolle des Buhmanns in moralischen Lektionen, die seine bevorzugten Opfer auf die Fährnisse des Erwachsenenlebens vorbereiten sollen. In der Grimm'schen Version werden die liebenswerten Opfer vom Wolf übertölpelt und wie in „Rotkäppchen" (Seite 103–115) in einem Stück verschlungen, um später befreit zu werden, indem man sie dem Wolf aus dem Bauch schneidet und durch Steine ersetzt. Dieses Motiv findet sich in zahlreichen alten Sagen und antiken Mythen, etwa in der Geschichte von Zeus, den der eigene, um die Herrschaft im Götterhimmel fürchtende Vater verschlingen will, der sich aber ebenfalls mit einem Stein überlisten lässt. —ND

Farblithografie von Heinrich Leutemann, Deutschland, 1893

*„Liebe Kinder“, sprach die alte Geiß,
„ich will hinaus in den Wald, seid auf eurer
Hut vor dem Wolf.“*

Es war einmal eine alte Geiß, die hatte sieben junge Geißlein und hatte sie lieb, wie eine Mutter ihre Kinder lieb hat. Eines Tages wollte sie in den Wald gehen und Futter holen, da rief sie alle sieben herbei und sprach: „Liebe Kinder, ich will hinaus in den Wald, seid auf eurer Hut vor dem Wolf, wenn er hereinkommt, so frisst er euch alle mit Haut und Haar. Der Bösewicht verstellt sich oft, aber an seiner rauen Stimme und an seinen schwarzen Füßen werdet ihr ihn gleich erkennen.“ Die Geißlein sagten: „Liebe Mutter, wir wollen uns schon in Acht nehmen, Ihr könnt ohne Sorge fortgehen.“ Da meckerte die Alte und machte sich getrost auf den Weg. Es dauerte nicht lange, so klopfte jemand an die Haustür und rief: „Macht auf, ihr lieben Kinder, eure Mutter ist da und hat jedem von euch etwas mitgebracht.“ Aber die Geißerchen hörten an der rauen Stimme, dass es der Wolf war. „Wir machen nicht auf“, riefen sie. „Du bist unsere Mutter nicht, die hat eine feine und liebliche Stimme, aber deine Stimme ist rau; du bist der Wolf.“ Da ging der Wolf fort zu einem Krämer und kaufte sich ein großes Stück Kreide; die aß er und machte damit seine Stimme fein. Dann kam er zurück, klopfte an die Haustür und rief: „Macht auf, ihr lieben Kinder, eure Mutter ist da und hat jedem von euch etwas mitgebracht.“ Aber der Wolf hatte seine schwarze Pfote in das Fenster gelegt, das sahen die Kinder und riefen: „Wir machen nicht auf, unsere Mutter hat keinen schwarzen Fuß wie du: Du bist der Wolf.“ Da lief der Wolf zu einem Bäcker und sprach: „Ich habe mich an den Fuß gestoßen, streich mir Teig darüber.“ Und als ihm der Bäcker die Pfote bestrichen hatte, so lief er zum Müller und sprach: „Streu mir weißes Mehl auf meine Pfote.“ Der Müller dachte: „Der Wolf will einen betrügen“, und weigerte sich, aber der Wolf sprach: „Wenn du es nicht tust, so fresse ich dich.“ Da fürchtete sich der Müller und machte ihm die Pfote weiß. Ja, das sind die Menschen.

Nun ging der Bösewicht zum dritten Mal zu der Haustüre, klopfte an und sprach: „Macht mir auf, Kinder, euer liebes Mütterchen ist heimgekommen und hat jedem von euch etwas aus dem Walde mitgebracht.“ Die Geißerchen riefen: „Zeig uns erst deine Pfote, damit wir wissen, dass du unser liebes Mütterchen bist.“ Da legte er die Pfote ins Fenster, und als sie sahen, dass sie weiß war, so glaubten sie, es wäre alles wahr, was er sagte, und machten die Türe auf. Wer aber hereinkam, das war der Wolf. Sie erschraken und wollten sich verstecken. Das eine sprang unter den Tisch, das zweite ins Bett, das dritte in den Ofen,

Da legte er die Pfote ins Fenster, und als sie sahen, dass sie weiß war, so machten sie die Türe auf.

das vierte in die Küche, das fünfte in den Schrank, das sechste unter die Waschschüssel, das siebente in den Kasten der Wanduhr. Aber der Wolf fand sie alle und machte nicht langes Federlesen: Eins nach dem andern schluckte er in seinen Rachen; nur das jüngste in dem Uhrkasten, das fand er nicht. Als der Wolf seine Lust gebüßt hatte, trollte er sich fort, legte sich draußen auf der grünen Wiese unter einen Baum und fing an zu schlafen.

Nicht lange danach kam die alte Geiß aus dem Walde wieder heim. Ach, was musste sie da erblicken! Die Haustüre stand sperrweit auf: Tisch, Stühle und Bänke waren umgeworfen, die Waschschüssel lag in Scherben, Decke und Kissen waren aus dem Bett gezogen. Sie suchte ihre Kinder, aber nirgends waren sie zu finden. Sie rief sie nacheinander bei Namen, aber niemand antwortete. Endlich, als sie an das jüngste kam, da rief eine feine Stimme: „Liebe Mutter, ich stecke im Uhrkasten." Sie holte es heraus, und es erzählte ihr, dass der Wolf gekommen wäre und die andern alle gefressen hätte. Da könnt ihr denken, wie sie über ihre armen Kinder geweint hat.

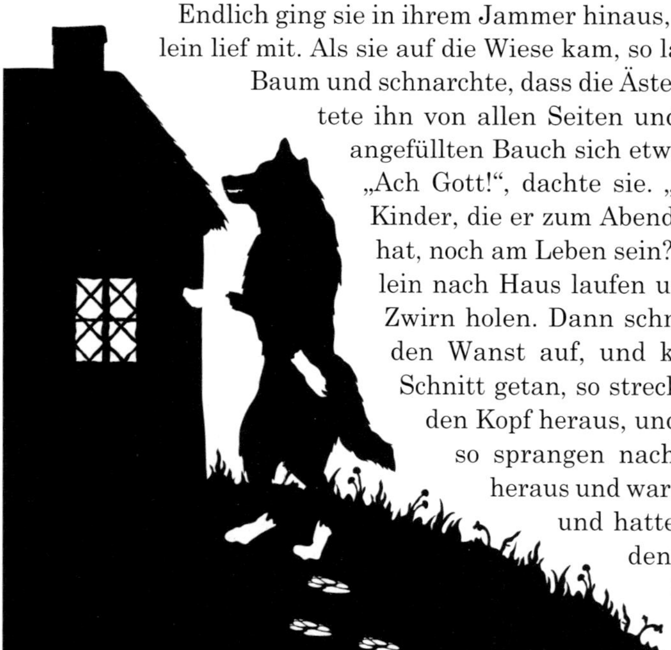

Endlich ging sie in ihrem Jammer hinaus, und das jüngste Geißlein lief mit. Als sie auf die Wiese kam, so lag da der Wolf an dem Baum und schnarchte, dass die Äste zitterten. Sie betrachtete ihn von allen Seiten und sah, dass in seinem angefüllten Bauch sich etwas regte und zappelte. „Ach Gott!", dachte sie. „Sollten meine armen Kinder, die er zum Abendbrot hinuntergewürgt hat, noch am Leben sein?" Da musste das Geißlein nach Haus laufen und Schere, Nadel und Zwirn holen. Dann schnitt sie dem Ungetüm den Wanst auf, und kaum hatte sie einen Schnitt getan, so streckte schon ein Geißlein den Kopf heraus, und als sie weiterschnitt, so sprangen nacheinander alle sechse heraus und waren noch alle am Leben, und hatten nicht einmal Schaden gelitten, denn das Ungetüm hatte sie in der Gier ganz hinuntergeschluckt.

*Die sieben Geißlein riefen laut: „Der Wolf ist tot!
Der Wolf ist tot!“, und tanzten mit ihrer Mutter
vor Freude um den Brunnen herum.*

Das war eine Freude! Da herzten sie ihre liebe Mutter und hüpften wie ein Schneider, der Hochzeit hält. Die Alte aber sagte: „Jetzt geht und sucht Wackersteine, damit wollen wir dem gottlosen Tier den Bauch füllen, solange es noch im Schlafe liegt.“ Da schleppten die sieben Geißerchen in aller Eile die Steine herbei und steckten sie ihm in den Bauch, so viel sie hineinbringen konnten. Dann nähte ihn die Alte in aller Geschwindigkeit wieder zu, dass er nichts merkte und sich nicht einmal regte.

Als der Wolf endlich ausgeschlafen hatte, machte er sich auf die Beine, und weil ihm die Steine im Magen so großen Durst erregten, so wollte er zu einem Brunnen gehen und trinken. Als er aber anfing zu gehen und sich hin und her zu bewegen, so stießen die Steine in seinem Bauch aneinander und rappelten. Da rief er:

*„Was rumpelt und pumpelt
in meinem Bauch herum?
Ich meinte, es wären sechs Geißlein,
so sind's lauter Wackerstein.“*

Und als er an den Brunnen kam und sich über das Wasser bückte und trinken wollte, da zogen ihn die schweren Steine hinein, und er musste jämmerlich ersaufen. Als die sieben Geißlein das sahen, da kamen sie herbeigelaufen, riefen laut: „Der Wolf ist tot! Der Wolf ist tot!“, und tanzten mit ihrer Mutter vor Freude um den Brunnen herum.

Rapunzel

Das Haar steht in vielen Kulturen für Macht und Schönheit, und in „Rapunzel“ finden wir dafür ein besonders markantes Bild: Eine Hexe erklimmt einen Turm an den Haaren des jungen Mädchens, das sie darin gefangen hält. Steht das Haar einerseits für die erwachende Sexualität der Jungfrau, ist es zugleich ein Attribut ihrer Unfreiheit. Rapunzel und ihre Zöpfe repräsentieren die Eifersucht und Ambivalenz ihrer Kerkerherrin gegenüber ihrem Mündigwerden. Die Forschung hat dieses Motiv zurückverfolgt bis zu der persischen Sage von Rudabeh in ihrem Turm, deren Freier an ihren Haaren hochklettert, aus der Zeit um 1000 n. Chr. und der frühchristlichen Geschichte der heiligen Barbara, die von ihrem Vater in einen Turm gesperrt wird. Leser wie Zuhörer haben sich von dem geheimnisvollen Namen Rapunzel gefangen nehmen lassen, der regionalen deutschen Bezeichnung für den Feldsalat, nach dem es Rapunzels Mutter während ihrer Schwangerschaft so gelüstete. Das Märchen kann auf eine reiche mündliche Überlieferung zurückblicken; tatsächlich basiert die berühmte Version der Brüder Grimm aber auf einer schriftlichen Fassung von Friedrich Schulz aus dem Jahr 1790, der sich wiederum auf eine französische Variante von 1698 beruft – nicht nur ein schönes Beispiel für die schnelle interkulturelle Verbreitung von Märchen, sondern ebenso für den Umgang der Grimms mit schriftlichen Quellen. Auch im Fall von „Rapunzel“ findet sich die erste schriftlich festgehaltene Fassung in Giambattista Basiles *Pentamerone* (1634–1636), wo sie den humorvollen Titel „Petrosinella“ („Kleine Petersilie“) trägt. —ND

Details aus einem schablonenkolorierten Einblattdruck von Otto Speckter, Deutschland, 1857

Da sie wusste, dass sie keine von den Rapunzeln bekommen konnte, so fiel sie ganz ab, sah blass und elend aus.

Es war einmal ein Mann und eine Frau, die wünschten sich schon lange vergeblich ein Kind, endlich machte sich die Frau Hoffnung, der liebe Gott werde ihren Wunsch erfüllen. Die Leute hatten in ihrem Hinterhaus ein kleines Fenster, daraus konnte man in einen prächtigen Garten sehen, der voll der schönsten Blumen und Kräuter stand; er war aber von einer hohen Mauer umgeben, und niemand wagte hineinzugehen, weil er einer Zauberin gehörte, die große Macht hatte und von aller Welt gefürchtet ward. Eines Tages stand die Frau an diesem Fenster und sah in den Garten hinab. Da erblickte sie ein Beet, das mit den schönsten Rapunzeln bepflanzt war, und sie sahen so frisch und grün aus, dass sie lüstern ward und das größte Verlangen empfand, von den Rapunzeln zu essen. Das Verlangen nahm jeden Tag zu, und da sie wusste, dass sie keine davon bekommen konnte, so fiel sie ganz ab, sah blass und elend aus. Da erschrak der Mann und fragte: „Was fehlt dir, liebe Frau?" „Ach", antwortete sie, „wenn ich keine Rapunzeln aus dem Garten hinter unserm Hause zu essen kriege, so sterbe ich." Der Mann, der sie lieb hatte, dachte: „Eh du deine Frau sterben lässest, holst du ihr von den Rapunzeln, es mag kosten, was es will." In der Abenddämmerung stieg er also über die Mauer in den Garten der Zauberin, stach in aller Eile eine Handvoll Rapunzeln und brachte sie seiner Frau. Sie machte sich sogleich Salat daraus und aß sie in voller Begierde auf. Sie hatten ihr aber so gut, so gut geschmeckt, dass sie den andern Tag noch dreimal so viel Lust bekam. Sollte sie Ruhe haben, so musste der Mann noch einmal in den Garten steigen. Er machte sich also in der Abenddämmerung wieder hinab. Als er aber die Mauer herabgeklettert war, erschrak er gewaltig, denn er sah die Zauberin vor sich stehen. „Wie kannst du es wagen", sprach sie mit zornigem Blick, „in meinen Garten zu steigen und wie ein Dieb mir meine Rapunzeln zu stehlen? Das soll dir schlecht bekommen." „Ach", antwortete er, „lasst Gnade für Recht ergehen, ich habe mich nur aus Not dazu entschlossen: Meine Frau hat Eure Rapunzeln aus dem Fenster erblickt und empfindet ein so großes Gelüsten, dass sie sterben würde, wenn sie nicht davon zu essen bekäme." Da ließ die Zauberin in ihrem Zorne nach und sprach zu ihm: „Verhält es sich so, wie du sagst, so will ich dir gestatten, Rapunzeln mitzunehmen, so viel du willst, allein ich mache eine Bedingung: Du musst mir das Kind geben, das deine Frau zur Welt bringen wird. Es soll ihm gut gehen, und ich will für es sorgen wie eine Mutter."

GEGENÜBER *„Wie kannst du es wagen", sprach die Zauberin, „in meinen Garten zu steigen und wie ein Dieb mir meine Rapunzeln zu stehlen? Das soll dir schlecht bekommen."*

Der Mann sagte in der Angst alles zu, und als die Frau in Wochen kam, so erschien sogleich die Zauberin, gab dem Kinde den Namen Rapunzel und nahm es mit sich fort.

Rapunzel ward das schönste Kind unter der Sonne. Als es zwölf Jahre alt war, schloss es die Zauberin in einen Turm, der in einem Walde lag und weder Treppe noch Türe hatte, nur ganz oben war ein kleines Fensterchen. Wenn die Zauberin hineinwollte, so stellte sie sich hin und rief:

„Rapunzel, Rapunzel,
lass mir dein Haar
herunter."

Rapunzel hatte lange prächtige Haare, fein wie gesponnen Gold. Wenn sie nun die Stimme der Zauberin vernahm, so band sie ihre Zöpfe los, wickelte sie oben um einen Fensterhaken, und dann fielen die Haare zwanzig Ellen tief herunter, und die Zauberin stieg daran hinauf. Nach ein paar Jahren trug es sich zu, dass der Sohn des Königs durch den Wald ritt

SEITE 47 *Wenn Rapunzel nun die Stimme der Zauberin vernahm, so band sie ihre Zöpfe los, wickelte sie oben um einen Fensterhaken, und dann fielen die Haare zwanzig Ellen tief herunter.*

und an dem Turm vorüber kam. Da hörte er einen Gesang, der war so lieblich, dass er stillhielt und horchte. Das war Rapunzel, die in ihrer Einsamkeit sich die Zeit vertrieb, ihre süße Stimme erschallen zu lassen. Der Königssohn wollte zu ihr hinaufsteigen und suchte nach einer Türe des Turms, aber es war keine zu finden. Er ritt heim, doch der Gesang hatte ihm so sehr das Herz gerührt, dass er jeden Tag hinaus in den Wald ging und zuhörte. Als er einmal so hinter einem Baum stand, sah er, dass eine Zauberin herankam, und hörte, wie sie hinaufrief:

„Rapunzel, Rapunzel,
lass dein Haar herunter."

Da ließ Rapunzel die Haarflechten herab, und die Zauberin stieg zu ihr hinauf. „Ist das die Leiter, auf welcher man hinaufkommt, so will ich auch einmal mein Glück versuchen." Und den folgenden Tag, als es anfing dunkel zu werden, ging er zu dem Turme und rief:

„Rapunzel, Rapunzel,
lass dein Haar herunter."

Alsbald fielen die Haare herab, und der Königssohn stieg hinauf.

Anfangs erschrak Rapunzel gewaltig, als ein Mann zu ihr hereinkam, wie ihre Augen noch nie einen erblickt hatten, doch der Königssohn fing an, ganz freundlich mit ihr zu reden und erzählte ihr, dass von ihrem Gesang sein Herz so sehr sei bewegt worden, dass es ihm keine Ruhe gelassen und er sie selbst habe sehen müssen. Da verlor Rapunzel ihre Angst, und als er sie fragte, ob sie ihn zum Mann nehmen wolle, und sie sah, dass er jung und schön war, so dachte sie: „Der wird mich lieber haben als die alte Frau Gothel", und sagte Ja und legte ihre Hand in seine Hand. Sie sprach: „Ich will gerne mit dir gehen, aber ich weiß nicht, wie ich herabkommen kann. Wenn du kommst, so bringe jedes Mal einen Strang Seide mit, daraus will ich eine Leiter flechten, und wenn die fertig ist, so steige ich herunter, und du nimmst mich auf dein Pferd." Sie verabredeten, dass er bis dahin alle Abend zu ihr kommen sollte, denn bei Tag kam die Alte. Die Zauberin merkte auch nichts davon, bis einmal Rapunzel anfing und zu ihr sagte: „Sagen Sie mir doch, Frau Gothel, wie kommt es nur, sie wird mir viel schwerer heraufzuziehen als der junge Königssohn, der ist in einem Augenblick bei mir." „Ach du gottloses Kind!", rief die Zauberin. „Was muss ich von dir hören? Ich dachte, ich hätte dich von aller Welt geschieden, und du hast mich doch betrogen!" In ihrem Zorne packte sie die schönen Haare der Rapunzel,

Der Königssohn wollte zu ihr hinaufsteigen und suchte nach einer Türe des Turms, aber es war keine zu finden.

schlug sie ein paar Mal um ihre linke Hand, griff eine Schere mit der rechten, und ritsch, ratsch waren sie abgeschnitten, und die schönen Flechten lagen auf der Erde. Und sie war so unbarmherzig, dass sie die arme Rapunzel in eine Wüstenei brachte, wo sie in großem Jammer und Elend leben musste.

Denselben Tag aber, wo sie Rapunzel verstoßen hatte, machte abends die Zauberin die abgeschnittenen Flechten oben am Fensterhaken fest, und als der Königssohn kam und rief:

„Rapunzel, Rapunzel,
lass dein Haar herunter“,

so ließ sie die Haare hinab. Der Königssohn stieg hinauf, aber er fand oben nicht seine liebste Rapunzel, sondern die Zauberin, die ihn mit bösen und giftigen Blicken ansah. „Aha!“, rief sie höhnisch. „Du willst die Frau Liebste holen, aber der schöne Vogel sitzt

nicht mehr im Nest und singt nicht mehr, die Katze hat ihn geholt und wird dir auch noch die Augen auskratzen. Für dich ist Rapunzel verloren, du wirst sie nie wieder erblicken." Der Königssohn geriet außer sich vor Schmerzen, und in der Verzweiflung sprang er den Turm herab: Das Leben brachte er davon, aber die Dornen, in die er fiel, zerstachen ihm die Augen. Da irrte er blind im Walde umher, aß nichts als Wurzeln und Beeren und tat nichts als jammern und weinen über den Verlust seiner liebsten Frau. So wanderte er einige Jahre im Elend umher und geriet endlich in die Wüstenei, wo Rapun-

Rapunzel erkannte ihn und weinte. Zwei von ihren Tränen aber benetzten seine Augen, da wurden sie wieder klar, und er konnte damit sehen wie sonst.

zel mit den Zwillingen, die sie geboren hatte, einem Knaben und Mädchen, kümmerlich lebte. Er vernahm eine Stimme, und sie deuchte ihn so bekannt; da ging er darauf zu, und wie er herankam, erkannte ihn Rapunzel und fiel ihm um den Hals und weinte. Zwei von ihren Tränen aber benetzten seine Augen, da wurden sie wieder klar, und er konnte damit sehen wie sonst. Er führte sie in sein Reich, wo er mit Freude empfangen ward, und sie lebten noch lange glücklich und vergnügt.

Hänsel und Gretel

„Hänsel und Gretel", eines der berühmtesten und beliebtesten Märchen der Brüder Grimm, erzählt von einem Geschwisterpaar, das von seinen Eltern im Wald ausgesetzt wird. Vielleicht stärker als in jedem anderen Märchen der Grimms sehen wir die Welt hier mit den Augen von Kindern. Der Wald mit seinen unheimlichen Bäumen, den wilden Tieren und der Hexe symbolisiert den Verlust der Unschuld, und Nahrung bedeutet Wohlbefinden und Geborgenheit, seien es nun die Brotkrumen, die den Weg nach Hause weisen sollen, oder das essbare Häuschen der Hexe, das sprichwörtliche Lebkuchenhaus. Die Namen Hänsel und Gretel, die Verkleinerungsformen von Johannes und Margarete, die im nicht deutschsprachigen Raum einen etwas ungewohnten Klang haben mögen, wurden von den Grimms mit Bedacht als Symbol für Kinder schlechthin gewählt. Geschichten wie die von Hänsel und Gretel, in denen Kinder Menschenfressern begegnen, gibt es in den verschiedensten Ländern; Varianten des Märchens finden sich in Italien, Frankreich, Skandinavien, Ungarn, Albanien, Russland und dem Baltikum. Die Version der Brüder Grimm basiert auf verschiedenen mündlichen Überlieferungen aus ihrer Heimat, welche von Wilhelm Grimm umgearbeitet wurden, wobei er die Geschichte nicht nur um viele Details bereicherte, sondern ihr auch mehr emotionale Tiefe verlieh. In der vierten Auflage wurde die hartherzige Mutter der Geschwister übrigens durch die klassische böse Stiefmutter ersetzt. —ND

Details aus einer Farblithografie von Heinrich Merté, Deutschland, 1881

Vor einem großen Walde wohnte ein armer Holzhacker mit seiner Frau und seinen zwei Kindern; das Bübchen hieß Hänsel und das Mädchen Gretel. Er hatte wenig zu beißen und zu brechen, und einmal, als große Teuerung ins Land kam, konnte er auch das tägliche Brot nicht mehr schaffen. Wie er sich nun abends im Bette Gedanken machte und sich vor Sorgen herumwälzte, seufzte er und sprach zu seiner Frau: „Was soll aus uns werden? Wie können wir unsere armen Kinder ernähren, da wir für uns selbst nichts mehr haben?“ „Weißt du was, Mann“, antwortete die Frau, „wir wollen morgen in aller Frühe die Kinder hinaus in den Wald führen, wo er am dicksten ist. Da machen wir ihnen ein Feuer an und geben jedem noch ein Stückchen Brot, dann gehen wir an unsere Arbeit und lassen sie allein. Sie finden den Weg nicht wieder nach Haus, und wir sind sie los.“ „Nein, Frau“, sagte der Mann, „das tue ich nicht; wie sollt ich’s übers Herz bringen, meine Kinder im Walde allein zu lassen? Die wilden Tiere würden bald kommen und sie zerreißen.“ „Oh, du Narr“, sagte sie, „dann müssen wir alle viere hungers sterben, du kannst nur die Bretter für die Särge hobeln“, und ließ ihm keine Ruhe, bis er einwilligte. „Aber die armen Kinder dauern mich doch“, sagte der Mann.

Die zwei Kinder hatten vor Hunger auch nicht einschlafen können und hatten gehört, was die Stiefmutter zum Vater gesagt hatte. Gretel weinte bittere Tränen und sprach zu Hänsel: „Nun ist’s um uns geschehen.“ „Still, Gretel“, sprach Hänsel, „gräme dich nicht, ich will uns schon helfen.“ Und als die Alten

Hänsel stand still und guckte zurück und tat das immer wieder. Er warf immer einen von den blanken Kieselsteinen aus seiner Tasche auf den Weg.

eingeschlafen waren, stand er auf, zog sein Röcklein an, machte die Untertüre auf und schlich sich hinaus. Da schien der Mond ganz helle, und die weißen Kieselsteine, die vor dem Haus lagen, glänzten wie lauter Batzen. Hänsel bückte sich und steckte so viele in sein Rocktäschlein, als nur hineinwollten. Dann ging er wieder zurück, sprach zu Gretel: „Sei getrost, liebes Schwesterchen, und schlaf nur ruhig ein, Gott wird uns nicht verlassen", und legte sich wieder in sein Bett.

Als der Tag anbrach, noch ehe die Sonne aufgegangen war, kam schon die Frau und weckte die beiden Kinder: „Steht auf, ihr Faulenzer, wir wollen in den Wald gehen und Holz holen." Dann gab sie jedem ein Stückchen Brot und sprach: „Da habt ihr etwas für den Mittag, aber esst's nicht vorher auf, weiter kriegt ihr nichts." Gretel nahm das Brot unter die Schürze, weil Hänsel die Steine in der Tasche hatte. Danach machten sie sich alle zusammen auf den

Weg nach dem Wald. Als sie ein Weilchen gegangen waren, stand Hänsel still und guckte nach dem Haus zurück und tat das wieder und immer wieder. Der Vater sprach: „Hänsel, was guckst du da und bleibst zurück, hab acht, und vergiss deine Beine nicht." „Ach, Vater", sagte Hänsel, „ich sehe nach meinem weißen Kätzchen, das sitzt oben auf dem Dach und will mir Ade sagen." Die Frau sprach: „Narr, das ist dein Kätzchen nicht, das ist die Morgensonne, die auf den Schornstein scheint." Hänsel aber hatte nicht nach dem Kätzchen gesehen, sondern immer einen von den blanken Kieselsteinen aus seiner Tasche auf den Weg geworfen.

Als sie mitten in den Wald gekommen waren, sprach der Vater: „Nun sammelt Holz, ihr Kinder, ich will ein Feuer anmachen, damit ihr nicht friert." Hänsel und Gretel trugen Reisig zusammen, einen kleinen Berg hoch. Das Reisig ward angezündet, und als die Flamme recht hoch brannte, sagte die Frau:

*Gretel fing an zu weinen, Hänsel aber tröstete sie:
„Wart nur, bis der Mond aufgegangen ist, dann wollen wir
den Weg schon finden."*

„Nun legt euch ans Feuer, ihr Kinder, und ruht euch aus, wir gehen in den Wald und hauen Holz. Wenn wir fertig sind, kommen wir wieder und holen euch ab."

Hänsel und Gretel saßen am Feuer, und als der Mittag kam, aß jedes ein Stücklein Brot. Und weil sie die Schläge der Holzaxt hörten, so glaubten sie, ihr Vater wäre in der Nähe. Es war aber nicht die Holzaxt, es war ein Ast, den er an einen dürren Baum gebunden hatte und den der Wind hin und her schlug. Und als sie so lange gesessen hatten, fielen ihnen die Augen vor Müdigkeit zu, und sie schliefen fest ein. Als sie endlich erwachten, war es schon finstere Nacht. Gretel fing an zu weinen und sprach: „Wie sollen wir nun aus dem Wald kommen?" Hänsel aber tröstete sie: „Wart nur ein Weilchen, bis der Mond aufgegangen ist, dann wollen wir den Weg schon finden." Und als der volle Mond aufgestiegen war, so nahm Hänsel sein Schwesterchen an der Hand und ging den Kieselsteinen nach. Die schimmerten wie neu geschlagene Batzen und zeigten ihnen den Weg. Sie gingen die ganze Nacht hindurch und kamen bei anbrechendem Tag wieder zu ihres Vaters Haus. Sie klopften an die Tür, und als die Frau aufmachte und sah, dass es Hänsel und Gretel waren, sprach sie: „Ihr bösen Kinder, was habt ihr so lange im Walde geschlafen, wir haben geglaubt, ihr wolltet gar nicht wiederkommen." Der Vater aber freute sich, denn es war ihm zu Herzen gegangen, dass er sie so allein zurückgelassen hatte.

Nicht lange danach war wieder Not in allen Ecken, und die Kinder hörten, wie die Mutter nachts im Bette zu dem Vater sprach: „Alles ist wieder aufgezehrt, wir haben noch einen halben Laib Brot, hernach hat das Lied ein Ende. Die Kinder müssen fort, wir wollen sie tiefer in den Wald hineinführen, damit sie den Weg nicht wieder herausfinden; es ist sonst keine Rettung für uns." Dem Mann fiel's schwer aufs Herz, und er dachte: „Es wäre besser, dass du den letzten Bissen mit deinen Kindern teiltest." Aber die Frau hörte auf nichts, was er sagte, schalt ihn und machte ihm Vorwürfe. Wer A sagt, muss auch B sagen, und weil er das erste Mal nachgegeben hatte, so musste er es auch zum zweiten Mal.

Die Kinder waren aber noch wach gewesen und hatten das Gespräch mit angehört. Als die Alten schliefen, stand Hänsel wieder auf, wollte hinaus und Kieselsteine auflesen wie das vorige Mal, aber die Frau hatte die Tür verschlossen, und Hänsel konnte nicht heraus. Aber er tröstete sein Schwesterchen und sprach: „Weine nicht, Gretel, und schlaf nur ruhig, der liebe Gott wird uns schon helfen."

*Sie sahen ein Vöglein, das sang so schön.
Sie gingen ihm nach, bis sie
zu einem Häuschen gelangten.*

Am frühen Morgen kam die Frau und holte die Kinder aus dem Bette. Sie erhielten ihr Stückchen Brot, das war aber noch kleiner als das vorige Mal. Auf dem Wege nach dem Wald bröckelte es Hänsel in der Tasche, stand oft still und warf ein Bröcklein auf die Erde. „Hänsel, was stehst du und guckst dich um", sagte der Vater, „geh deiner Wege." „Ich sehe nach meinem Täubchen, das sitzt auf dem Dache und will mir Ade sagen", antwortete Hänsel. „Narr", sagte die Frau, „das ist dein Täubchen nicht, das ist die Morgensonne, die auf den Schornstein oben scheint." Hänsel aber warf nach und nach alle Bröcklein auf den Weg.

Die Frau führte die Kinder noch tiefer in den Wald, wo sie ihr Lebtag noch nicht gewesen waren. Da ward wieder ein großes Feuer angemacht, und die Mutter sagte: „Bleibt nur da sitzen, ihr Kinder, und wenn ihr müde seid, könnt ihr ein wenig schlafen. Wir gehen in den Wald und hauen Holz, und abends, wenn wir fertig sind, kommen wir und holen euch ab." Als es Mittag war, teilte Gretel ihr Brot mit Hänsel, der sein Stück auf den Weg gestreut hatte. Dann schliefen sie ein, und der Abend verging, aber niemand kam zu den armen Kindern. Sie erwachten erst in der finsteren Nacht, und Hänsel tröstete sein Schwesterchen und sagte: „Wart nur, Gretel, bis der Mond aufgeht, dann werden wir die Brotbröcklein sehen, die ich ausgestreut habe, die zeigen uns den Weg nach Haus." Als der Mond kam, machten sie sich auf, aber sie fanden kein Bröcklein mehr, denn die vielen Tausend Vögel, die im Walde und im Felde umherfliegen, die hatten sie weggepickt. Hänsel sagte zu Gretel: „Wir werden den Weg schon finden", aber sie fanden ihn nicht. Sie gingen die ganze Nacht und noch einen Tag von Morgen bis Abend, aber sie kamen aus dem Wald nicht heraus, und sie waren so hungrig, denn sie hatten nichts als die paar Beeren, die auf der Erde standen. Und weil sie so müde waren, dass die Beine sie nicht mehr tragen wollten, so legten sie sich unter einen Baum und schliefen ein.

Nun war's schon der dritte Morgen, dass sie ihres Vaters Haus verlassen hatten. Sie fingen wieder an zu gehen, aber sie gerieten immer tiefer in den Wald, und wenn nicht bald Hilfe kam, so mussten sie verschmachten. Als es Mittag war, sahen sie ein schönes Vöglein auf einem Ast sitzen, das sang so schön, dass sie stehen blieben und ihm zuhörten. Und als es fertig war, schwang es seine Flügel und flog vor ihnen her, und sie gingen ihm nach, bis sie zu einem Häuschen gelangten, auf dessen Dach es sich setzte, und als sie ganz nah herankamen, so sahen sie, dass das Häuslein aus Brot gebaut war und mit Kuchen gedeckt; aber die Fenster waren von hellem Zucker. „Da wollen wir uns dran

machen“, sprach Hänsel, „und eine gesegnete Mahlzeit halten. Ich will ein Stück vom Dach essen, Gretel, du kannst vom Fenster essen, das schmeckt süß.“ Hänsel reichte in die Höhe und brach sich ein wenig vom Dach ab, um zu versuchen, wie es schmeckte, und Gretel stellte sich an die Scheiben und knusperte daran. Da rief eine feine Stimme aus der Stube heraus:

„Knusper, knusper, kneischen,
Wer knuspert an meinem Häuschen?“

Die Kinder antworteten:

„Der Wind, der Wind,
das himmlische Kind“,

und aßen weiter, ohne sich irre machen zu lassen. Hänsel, dem das Dach sehr gut schmeckte, riss sich ein großes Stück davon herunter, und Gretel stieß eine ganze runde Fensterscheibe heraus, setzte sich nieder und tat sich wohl damit. Da ging auf einmal die Türe auf, und eine steinalte Frau, die sich auf eine Krücke stützte, kam herausgeschlichen. Hänsel und Gretel erschraken so gewaltig, dass sie fallen ließen, was sie in den Händen hielten. Die Alte aber wackelte mit dem Kopfe und sprach: „Ei, ihr lieben Kinder, wer hat euch hierhergebracht? Kommt nur herein und bleibt bei mir, es geschieht euch kein Leid.“ Sie fasste beide an der Hand und führte sie in ihr Häuschen. Da ward gutes Essen aufgetragen, Milch und Pfannekuchen mit Zucker, Äpfeln und Nüssen. Hernach wurden zwei schöne Bettlein weiß gedeckt, und Hänsel und Gretel legten sich hinein und meinten, sie wären im Himmel.

Die Alte hatte sich nur so freundlich angestellt, sie war aber eine böse Hexe, die den Kindern auflauerte, und hatte das Brothäuslein bloß gebaut, um sie

„Knusper, knusper, kneischen,
Wer knuspert an meinem Häuschen?“
Da ging auf einmal die Türe auf, und eine
steinalte Frau kam herausgeschlichen.

herbeizulocken. Wenn eins in ihre Gewalt kam, so machte sie es tot, kochte es und aß es, und das war ihr ein Festtag. Die Hexen haben rote Augen und können nicht weit sehen, aber sie haben eine feine Witterung, wie die Tiere, und merken's, wenn Menschen herankommen. Als Hänsel und Gretel in ihre Nähe kamen, da lachte sie boshaft und sprach höhnisch: „Die habe ich, die sollen mir nicht wieder entwischen.“ Frühmorgens, ehe die Kinder erwacht waren, stand sie schon auf, und als sie beide so lieblich ruhen sah, mit den vollen roten Backen, so murmelte sie vor sich hin: „Das wird ein guter Bissen werden.“ Da packte sie Hänsel mit ihrer dürren Hand und trug ihn in einen kleinen Stall und sperrte ihn mit einer Gittertüre ein; er mochte schreien, wie er wollte, es half ihm nichts. Dann ging sie zu Gretel, rüttelte sie wach und rief: „Steh auf, Faulenzerin, trag Wasser und koch deinem Bruder etwas Gutes, der sitzt draußen im Stall und soll fett werden. Wenn er fett ist, so will ich ihn essen.“ Gretel fing an bitterlich zu weinen, aber es war alles vergeblich, sie musste tun, was die böse Hexe verlangte.

Nun ward dem armen Hänsel das beste Essen gekocht, aber Gretel bekam nichts als Krebsschalen. Jeden Morgen schlich die Alte zu dem Ställchen und rief: „Hänsel, streck deine Finger heraus, damit ich fühle, ob du bald fett bist.“ Hänsel streckte ihr aber ein Knöchlein heraus, und die Alte, die trübe Augen hatte, konnte es nicht sehen und meinte, es wären Hänsels Finger, und verwunderte sich, dass er gar nicht fett werden wollte. Als vier Wochen herum waren und Hänsel immer mager blieb, da überkam sie die Ungeduld, und sie wollte nicht länger warten. „Heda, Gretel“, rief sie dem Mädchen zu, „sei flink und trag Wasser! Hänsel mag fett oder mager sein, morgen will ich ihn schlachten und kochen.“ Ach, wie jammerte das arme Schwesterchen, als es das Wasser tragen musste, und wie flossen ihm die Tränen über die Backen herunter! „Lieber Gott, hilf uns doch“, rief sie aus, „hätten uns nur die wilden Tiere im Wald gefressen, so wären wir doch zusammen gestorben.“ „Spar nur dein Geplärre“, sagte die Alte, „es hilft dir alles nichts.“

Frühmorgens musste Gretel heraus, den Kessel mit Wasser aufhängen und Feuer anzünden. „Erst wollen wir backen“, sagte die Alte, „ich habe den Backofen schon eingeheizt und den Teig geknetet.“ Sie stieß das arme Gretel hinaus zu dem Backofen, aus dem die Feuerflammen schon herausschlugen. „Kriech hinein“, sagte die Hexe, „und sieh zu, ob recht eingeheizt ist, damit wir das Brot hineinschieben können.“ Und wenn Gretel darin war, wollte sie den Ofen zumachen,

Jeden Morgen schlich die Alte zu dem Ställchen und rief: „Hänsel, streck deine Finger heraus, damit ich fühle, ob du bald fett bist.“

und Gretel sollte darin braten, und dann wollte sie's auch aufessen. Aber Gretel merkte, was sie im Sinn hatte, und sprach: „Ich weiß nicht, wie ich's machen soll; wie komm ich da hinein?“ „Dumme Gans“, sagte die Alte, „die Öffnung ist groß genug. Siehst du wohl, ich könnte selbst hinein“, krabbelte heran und streckte den Kopf in den Backofen. Da gab ihr Gretel einen Stoß, dass sie weit hineinfuhr, machte die eiserne Tür zu und schob den Riegel vor. Hu! Da fing sie an zu heulen, ganz grauselig; aber Gretel lief fort, und die gottlose Hexe musste elendiglich verbrennen.

Gretel aber lief schnurstracks zum Hänsel, öffnete sein Ställchen und rief: „Hänsel, wir sind erlöst, die alte Hexe ist tot.“ Da sprang Hänsel heraus, wie ein Vogel aus dem Käfig, wenn ihm die Türe aufgemacht wird. Wie haben sie sich gefreut, sind sich um den Hals gefallen, sind herumgesprungen und haben sich geküsst! Und weil sie sich nicht mehr zu fürchten brauchten, so gingen sie in das Haus der Hexe hinein, da standen in allen Ecken Kasten mit Perlen und Edelsteinen. „Die sind noch besser als Kieselsteine“, sagte Hänsel und steckte in seine Taschen, was hinein wollte, und Gretel sagte: „Ich will auch etwas mit nach Hause bringen“, und füllte sich sein Schürzchen voll. „Aber jetzt wollen wir fort“, sagte Hänsel, „damit wir aus dem Hexenwald herauskommen.“ Als sie aber ein paar Stunden gegangen

Da gab ihr Gretel einen Stoß, dass sie weit in den Ofen hineinfuhr, machte die eiserne Tür zu und schob den Riegel vor. Hu!

waren, gelangten sie an ein großes Wasser. „Wir können nicht hinüber", sprach Hänsel, „ich seh keinen Steg und keine Brücke." „Hier fährt auch kein Schiffchen", antwortete Gretel, „aber da schwimmt eine weiße Ente, wenn ich die bitte, so hilft sie uns hinüber."

Da rief sie:

„Entchen, Entchen,
da stehen Gretel
und Hänsel.
Kein Steg und
keine Brücke.
Nimm uns auf
deinen weißen
Rücken."

Das Entchen kam auch heran, und Hänsel setzte sich auf und bat sein Schwesterchen, sich zu ihm zu setzen. „Nein", antwortete Gretel, „es wird dem Entchen zu schwer, es soll uns nacheinander hinüberbringen." Das tat das gute Tierchen, und als sie glücklich drüben waren und ein Weilchen fortgingen, da kam ihnen der Wald immer bekannter und immer bekannter vor, und endlich erblickten sie von Weitem ihres Vaters Haus. Da fingen sie an zu laufen, stürzten in die Stube hinein und fielen ihrem Vater um den Hals. Der Mann hatte keine frohe Stunde gehabt, seitdem er die Kinder im Walde gelassen hatte, die Frau aber war gestorben. Gretel schüttete sein Schürzchen aus, dass die Perlen und Edelsteine in der Stube herum sprangen, und Hänsel warf eine Handvoll nach der andern aus seiner Tasche dazu. Da hatten alle Sorgen ein Ende, und sie lebten in lauter Freude zusammen. Mein Märchen ist aus, dort läuft eine Maus, wer sie fängt, darf sich eine große, große Pelzkappe daraus machen.

Das tapfere Schneiderlein

Das Märchen erzählt die Abenteuer eines gewitzten Schneiders, der komischen Figur schlechthin in den Grimm'schen Märchen, dessen übersteigertes Ego in krassem Missverhältnis zu seiner mickrigen Statur steht. Stolzgeschwellt, nachdem er sieben Fliegen auf einen Streich erlegt hat, gibt er sein Handwerk auf, um die Welt mit seinen Superhelden-Kräften zu beglücken, ein Thema, das in zahllosen Facetten in der Populärkultur auftaucht. Mit seiner spritzigen Mischung aus Eigenlob, Großspurigkeit und naivem Optimismus überlistet er in einer Reihe possenhafter Szenen alle Widersacher und gewinnt schließlich die Hand einer Prinzessin und ein Königreich. Variationen dieses Märchens finden sich in ganz Europa, etwa in England unter dem Titel „Jack and the Beanstalk" oder in Skandinavien. Die Brüder Grimm berufen sich auf eine Version aus der Feder ihres Landsmannes Martin Montanus von 1557. Schneider spielen in mehreren Märchen der Grimms mit, etwa in „Daumerlings Wanderschaft" (Seite 130–135). Schneider verkörperten in Märchen oft den Archetyp des Alltagshelden, wozu sie ihr nicht eben glanzvoller Berufsstand prädestinierte – sie waren auch berufsbedingt häufig auf Reisen, was sie zu guten Quellen für Neuigkeiten und Tratsch machte und ihnen den Ruf einbrachte, gute Geschichtenerzähler zu sein. —ND

Farbige Halbtondrucke von Franz Wacik, Österreich, 1915

Das Schneiderlein schnitt sich einen Gürtel
und stickte darauf: „Siebene auf einen Streich!"
Und sein Herz wackelte ihm vor Freude.

An einem Sommermorgen saß ein Schneiderlein auf seinem Tisch am Fenster, war guter Dinge und nähte aus Leibeskräften. Da kam eine Bauersfrau die Straße herab und rief: „Gut Mus feil! Gut Mus feil!" Das klang dem Schneiderlein lieblich in die Ohren, er steckte sein zartes Haupt zum Fenster hinaus und rief: „Hier herauf, liebe Frau, hier wird sie ihre Ware los." Die Frau stieg die drei Treppen mit ihrem schweren Korbe zu dem Schneider herauf und musste die Töpfe sämtlich vor ihm auspacken. Er besah sie alle, hob sie in die Höhe, hielt die Nase dran und sagte endlich: „Das Mus scheint mir gut, wieg sie mir doch vier Lot ab, liebe Frau, wenn's auch ein Viertelpfund ist, kommt es mir nicht darauf an." Die Frau, welche gehofft hatte, einen guten Absatz zu finden, gab ihm, was er verlangte, ging aber ganz ärgerlich und brummig fort. „Nun, das Mus soll mir Gott gesegnen", rief das Schneiderlein, „und soll mir Kraft und Stärke geben", holte das Brot aus dem Schrank, schnitt sich ein Stück über den ganzen Laib und strich das Mus darüber. „Das wird nicht bitter schmecken", sprach er, „aber erst will ich den Wams fertig machen, eh ich anbeiße." Er legte das Brot neben sich, nähte weiter und machte vor Freude immer größere Stiche. Indes stieg der Geruch von dem süßen Mus hinauf an die Wand, wo die Fliegen in großer Menge saßen, sodass sie herangelockt wurden und sich scharenweis darauf niederließen. „Ei, wer hat euch eingeladen?", sprach das Schneiderlein und jagte die ungebetenen Gäste fort. Die Fliegen aber, die kein Deutsch verstanden, ließen sich nicht abweisen, sondern kamen in immer größerer Gesellschaft wieder. Da lief dem Schneiderlein endlich, wie man sagt, die Laus über die Leber, es langte aus seiner Hölle nach einem Tuchlappen, und „wart, ich will es euch geben!", schlug

Nun nahm er den Weg tapfer zwischen die Beine, und weil er leicht und behend war, fühlte er keine Müdigkeit.

es unbarmherzig drauf. Als es abzog und zählte, so lagen nicht weniger als sieben vor ihm tot und streckten die Beine. „Bist du so ein Kerl?“, sprach er und musste selbst seine Tapferkeit bewundern, „das soll die ganze Stadt erfahren.“ Und in der Hast schnitt sich das Schneiderlein einen Gürtel, nähte ihn und stickte mit großen Buchstaben darauf: „Siebene auf einen Streich!“ „Ei, was Stadt!“, sprach er weiter. „Die ganze Welt soll's erfahren!“ Und sein Herz wackelte ihm vor Freude wie ein Lämmerschwänzchen.

Der Schneider band sich den Gürtel um den Leib und wollte in die Welt hinaus, weil er meinte, die Werkstätte sei zu klein für seine Tapferkeit. Eh er abzog, suchte er im Haus herum, ob nichts da wäre, was er mitnehmen könnte, er fand aber nichts als einen alten Käs, den steckte er ein. Vor dem Tore bemerkte er einen Vogel, der sich im Gesträuch gefangen hatte, der musste zu dem Käse in die Tasche. Nun nahm er den Weg tapfer zwischen die Beine, und weil er leicht und behend war, fühlte er keine Müdigkeit. Der Weg führte ihn auf einen Berg, und als er den höchsten Gipfel erreicht hatte, so saß da ein gewaltiger Riese und schaute sich ganz gemächlich um. Das Schneiderlein ging beherzt auf ihn zu, redete ihn an und sprach: „Guten Tag, Kamerad, gelt, du sitzest da und besiehst dir die weitläufige Welt? Ich bin eben auf dem Wege dahin und will mich versuchen. Hast du Lust mitzugehen?“ Der Riese sah den Schneider verächtlich an und sprach: „Du Lump! Du miserabler Kerl!“ „Das wäre!“, antwortete das Schneiderlein, knöpfte den Rock auf und zeigte dem Riesen den Gürtel. „Da kannst du lesen, was ich für ein Mann bin.“ Der Riese las: „Siebene auf einen Streich“, meinte, das wären Menschen

Er holte den weichen Käs und drückte ihn, dass der Saft herauslief. „Gelt“, sprach er, „das war ein wenig besser?“ Der Riese wusste nicht, was er sagen sollte.

„Gut geworfen“, sagte der Schneider, „aber der Stein hat doch wieder zur Erde herabfallen müssen, ich will dir einen werfen, der soll gar nicht wiederkommen.“

gewesen, die der Schneider erschlagen hätte, und kriegte ein wenig Respekt vor dem kleinen Kerl. Doch wollte er ihn erst prüfen, nahm einen Stein in die Hand, und drückte ihn zusammen, dass das Wasser heraustropfte. „Das mach mir nach“, sprach der Riese, „wenn du Stärke hast.“ „Ist’s weiter nichts?“, sagte das Schneiderlein. „Das ist bei unsereinem Spielwerk.“ Er griff in die Tasche, holte den weichen Käs und drückte ihn, dass der Saft herauslief. „Gelt“, sprach er, „das war ein wenig besser?“ Der Riese wusste nicht, was er sagen sollte, und konnte es von dem Männlein nicht glauben. Da hob der Riese einen Stein auf und warf ihn so hoch, dass man ihn mit Augen kaum noch sehen konnte: „Nun, du Erpelmännchen, das tu mir nach.“ „Gut geworfen“, sagte der Schneider, „aber der Stein hat doch wieder zur Erde herabfallen müssen, ich will dir einen werfen, der soll gar nicht wiederkommen.“ Er griff in die Tasche, nahm den Vogel und warf ihn in die Luft. Der Vogel, froh über seine Freiheit, stieg auf, flog fort und kam nicht wieder. „Wie gefällt dir das Stückchen, Kamerad?“, fragte der Schneider. „Werfen kannst du wohl“, sagte der Riese, „aber nun wollen wir sehen, ob du imstande bist, etwas Ordentliches zu tragen.“ Er führte das Schneiderlein zu einem mächtigen Eichbaum, der da gefällt auf dem Boden lag, und sagte: „Wenn du stark genug bist, so hilf mir, den Baum aus dem Walde heraustragen.“ „Gerne“, antwortete der kleine Mann, „nimm du nur den Stamm auf deine Schulter, ich will die Äste mit dem Gezweig aufheben und tragen, das ist doch das Schwerste.“ Der Riese nahm den Stamm auf die Schulter, der Schneider aber setzte sich auf einen Ast, und der Riese, der sich nicht umsehen konnte, musste den ganzen Baum und das Schneiderlein noch obendrein forttragen. Es war da hinten ganz lustig und guter Dinge, pfiff das Liedchen „Es ritten drei Schneider zum Tore hinaus“, als wär das Baumtragen ein Kinderspiel. Der Riese, nachdem er ein Stück Wegs die schwere Last fortgeschleppt hatte, konnte nicht weiter und rief: „Hör, ich muss den Baum fallen

„Nimm du nur den Stamm auf deine Schulter", antwortete der kleine Mann, „ich will die Äste mit dem Gezweig aufheben und tragen, das ist doch das Schwerste."

Das Schneiderlein aber war viel zu schwach, um den Baum zu halten, und als der Riese losließ, fuhr der Baum in die Höhe, und der Schneider ward mit in die Luft geschnellt.

lassen." Der Schneider sprang behendiglich herab, fasste den Baum mit beiden Armen, als wenn er ihn getragen hätte, und sprach zum Riesen: „Du bist ein so großer Kerl und kannst den Baum nicht einmal tragen."

Sie gingen zusammen weiter, und als sie an einem Kirschbaum vorbeigingen, fasste der Riese die Krone des Baums, wo die zeitigsten Früchte hingen, bog sie herab, gab sie dem Schneider in die Hand und hieß ihn essen. Das Schneiderlein aber war viel zu schwach, um den Baum zu halten, und als der Riese losließ, fuhr der Baum in die Höhe, und der Schneider ward mit in die Luft geschnellt. Als er wieder ohne Schaden herabgefallen war, sprach der Riese: „Was ist das, hast du nicht Kraft, die schwache Gerte zu halten?" „An der Kraft fehlt es nicht", antwortete das Schneiderlein, „meinst du, das wäre etwas für einen, der siebene mit einem Streich getroffen hat? Ich bin über den Baum gesprungen, weil die Jäger da unten in das Gebüsch schießen. Spring nach, wenn du's vermagst." Der Riese machte den Versuch, konnte aber nicht über den Baum kommen, sondern blieb in den Ästen hängen, also dass das Schneiderlein auch hier die Oberhand behielt.

Der Riese sprach: „Wenn du ein so tapferer Kerl bist, so komm mit in unsere Höhle, und übernachte bei uns." Das Schneiderlein war bereit und folgte ihm. Als sie in der Höhle anlangten, saßen da noch andere Riesen beim Feuer, und jeder hatte ein gebratenes Schaf in der Hand und aß davon. Das Schneiderlein sah sich um und dachte: „Es ist doch hier viel weitläufiger als in meiner Werkstatt."

Der Riese wies ihm ein Bett an und sagte, er sollte sich hineinlegen und ausschlafen. Dem Schneiderlein war aber das Bett zu groß, er legte sich nicht hinein, sondern kroch in eine Ecke. Als es Mitternacht war und der Riese

Während es da lag, kamen die Leute, betrachteten es von allen Seiten und lasen auf dem Gürtel: „Siebene auf einen Streich!“ „Ach“, sprachen sie.

meinte, das Schneiderlein läge in tiefem Schlafe, so stand er auf, nahm eine große Eisenstange und schlug das Bett mit einem Schlag durch, und meinte, er hätte dem Grashüpfer den Garaus gemacht. Mit dem frühesten Morgen gingen die Riesen in den Wald und hatten das Schneiderlein ganz vergessen, da kam es auf einmal ganz lustig und verwegen dahergeschritten. Die Riesen erschraken, fürchteten, es schlüge sie alle tot, und liefen in einer Hast fort.

Das Schneiderlein zog weiter, immer seiner spitzen Nase nach. Nachdem es lange gewandert war, kam es in den Hof eines königlichen Palastes, und da es Müdigkeit empfand, so legte es sich ins Gras und schlief ein. Während es da lag, kamen die Leute, betrachteten es von allen Seiten und lasen auf dem Gürtel: „Siebene auf einen Streich.“ „Ach“, sprachen sie, „was will der große Kriegsheld hier mitten im Frieden? Das muss ein mächtiger Herr sein.“ Sie gingen und meldeten es dem König und meinten, wenn Krieg ausbrechen sollte, wäre das ein wichtiger und nützlicher Mann, den man um keinen Preis fortlassen dürfe. Dem König gefiel der Rat, und er schickte einen von seinen Hofleuten an das Schneiderlein ab, der sollte ihm, wenn es aufgewacht wäre, Kriegsdienste anbieten. Der Abgesandte blieb bei dem Schläfer stehen, wartete, bis er seine Glieder streckte und die Augen aufschlug, und brachte dann seinen Antrag vor. „Eben deshalb bin ich hierher gekommen“,

„Ich bin bereit, in des Königs Dienste zu treten", antwortete das Schneiderlein. Also ward er ehrenvoll empfangen.

antwortete er, „ich bin bereit, in des Königs Dienste zu treten." Also ward er ehrenvoll empfangen und ihm eine besondere Wohnung angewiesen.

Die Kriegsleute aber waren dem Schneiderlein aufgesessen und wünschten, es wäre tausend Meilen weit weg. „Was soll daraus werden?", sprachen sie untereinander. „Wenn wir Zank mit ihm kriegen und er haut zu, so fallen auf jeden Streich siebene. Da kann unsereiner nicht bestehen." Also fassten sie einen Entschluss, begaben sich allesamt zum König und baten um ihren Abschied. „Wir sind nicht gemacht", sprachen sie, „neben einem Mann auszuhalten, der siebene auf einen Streich schlägt." Der König war traurig, dass er um des einen willen alle seine treuen Diener verlieren sollte, wünschte, dass seine Augen ihn nie gesehen hätten, und wäre ihn gerne wieder los gewesen. Aber er getraute sich nicht, ihm den Abschied zu geben, weil er fürchtete, er möchte ihn samt seinem Volke totschlagen und sich auf den königlichen Thron setzen. Er sann lange hin und her, und endlich fand er einen Rat. Er schickte zu dem Schneiderlein und ließ ihm sagen, weil er ein so großer Kriegsheld sei, so wollte er ihm ein Anerbieten machen. In einem Walde seines Landes hausten zwei Riesen, die mit Rauben, Morden, Sengen und Brennen großen Schaden stifteten. Niemand dürfte sich ihnen nahen, ohne sich in Lebensgefahr zu setzen. Wenn er diese beiden Riesen überwände und tötete, so wollte er ihm seine einzige Tochter zur Gemahlin geben und das halbe Königreich zur Ehesteuer; auch sollten hundert Reiter mitziehen und ihm Beistand leisten. „Das wäre so etwas für einen Mann, wie du bist", dachte das Schneiderlein, „eine schöne Königstochter und ein halbes Königreich wird einem nicht alle Tage angeboten." „Oh ja", gab er zur Antwort, „die Riesen will ich

Es rutschte auf einen Ast, bis es gerade über die Schläfer zu sitzen kam, und ließ einen Stein nach dem andern fallen.

schon bändigen und habe die hundert Reiter dabei nicht nötig: Wer siebene auf einen Streich trifft, braucht sich vor zweien nicht zu fürchten."

Das Schneiderlein zog aus, und die hundert Reiter folgten ihm. Als er zu dem Rand des Waldes kam, sprach er zu seinen Begleitern: „Bleibt hier nur halten, ich will schon allein mit den Riesen fertigwerden." Dann sprang er in den Wald hinein und schaute sich rechts und links um. Über ein Weilchen erblickte er beide Riesen: Sie lagen unter einem Baume und schliefen und schnarchten dabei, dass sich die Äste auf- und niederbogen. Das Schneiderlein, nicht faul, las beide Taschen voll Steine und stieg damit auf den Baum. Als es in der Mitte war, rutschte es auf einen Ast, bis es gerade über die Schläfer zu sitzen kam, und ließ dem einen Riesen einen Stein nach dem andern auf die Brust fallen. Der Riese spürte lange nichts, doch endlich wachte er auf, stieß seinen Gesellen an und sprach: „Was schlägst du mich?" „Du träumst", sagte der andere, „ich schlage dich nicht." Sie legten sich wieder zum Schlaf, da warf der Schneider auf den Zweiten einen Stein herab. „Was soll das?", rief der andere. „Warum wirfst du mich?" „Ich werfe dich nicht", antwortete der Erste und brummte. Sie zankten sich eine Weile herum, doch weil sie müde waren, ließen sie's gut sein, und die Augen fielen ihnen wieder zu. Das Schneiderlein fing sein Spiel von Neuem an, suchte den dicksten Stein aus und warf ihn dem ersten Riesen mit aller Gewalt auf die Brust. „Das ist zu arg!", schrie er, sprang wie ein Unsinniger auf und stieß seinen Gesellen wider den Baum, dass dieser zitterte. Der andere zahlte mit gleicher Münze, und sie gerieten in solche Wut, dass sie Bäume ausrissen, aufeinander losschlugen, so lang, bis sie endlich beide zugleich tot auf die Erde fielen. Nun sprang das Schneiderlein herab. „Ein Glück nur", sprach es, „dass sie den Baum, auf dem ich saß, nicht ausgerissen haben, sonst hätte ich wie ein Eichhörnchen auf einen anderen springen müssen; doch unsereiner ist flüchtig!" Es zog sein Schwert und versetzte jedem ein paar tüchtige Hiebe in die Brust, dann ging es hinaus zu den Reitern und sprach: „Die Arbeit ist getan, ich habe beiden den Garaus gemacht; aber hart ist es hergegangen, sie haben in der Not Bäume ausgerissen und sich gewehrt, doch das hilft alles nichts, wenn einer kommt wie ich, der siebene auf einen Streich schlägt." „Seid Ihr denn nicht verwundet?", fragten die Reiter. „Das hat gute Wege", antwortete der Schneider, „kein Haar haben sie mir gekrümmt." Die Reiter wollten ihm keinen Glauben beimessen und

Es zog sein Schwert und versetzte jedem ein paar tüchtige Hiebe in die Brust, dann ging es hinaus zu den Reitern und sprach: „Ich habe beiden den Garaus gemacht.“

Das Einhorn rannte mit aller Kraft gegen den Baum und spießte sein Horn in den Stamm. „Jetzt hab ich das Vöglein“, sagte der Schneider.

ritten in den Wald hinein; da fanden sie die Riesen in ihrem Blute schwimmend, und ringsherum lagen die ausgerissenen Bäume.

Das Schneiderlein verlangte von dem König die versprochene Belohnung. Den aber reute sein Versprechen, und er sann aufs Neue, wie er sich den Helden vom Halse schaffen könnte. „Ehe du meine Tochter und das halbe Reich erhältst“, sprach er zu ihm, „musst du noch eine Heldentat vollbringen. In dem Walde läuft ein Einhorn, das großen Schaden anrichtet. Das musst du erst einfangen.“ „Vor einem Einhorne fürchte ich mich noch weniger als vor zwei Riesen; siebene auf einen Streich, das ist meine Sache.“ Er nahm sich einen Strick und eine Axt mit, ging hinaus in den Wald und hieß abermals die, welche ihm zugeordnet waren, außen warten. Er brauchte nicht lange zu suchen, das Einhorn kam bald daher und sprang geradezu auf den Schneider los, als wollte es ihn ohne Umstände aufspießen. „Sachte, sachte“, sprach er, „so geschwind geht das nicht.“ Er blieb stehen und wartete, bis das Tier ganz nahe war, dann sprang er behendiglich hinter den Baum. Das Einhorn rannte mit aller Kraft gegen den Baum und spießte sein Horn so fest in den Stamm, dass es nicht Kraft genug hatte, es wieder herauszuziehen, und so war es gefangen. „Jetzt hab ich das Vöglein“, sagte der Schneider, kam hinter dem Baum hervor, legte dem Einhorn den Strick erst um den Hals, dann hieb er mit der Axt das Horn aus dem Baum, und als alles in Ordnung war, führte er das Tier ab und brachte es dem König.

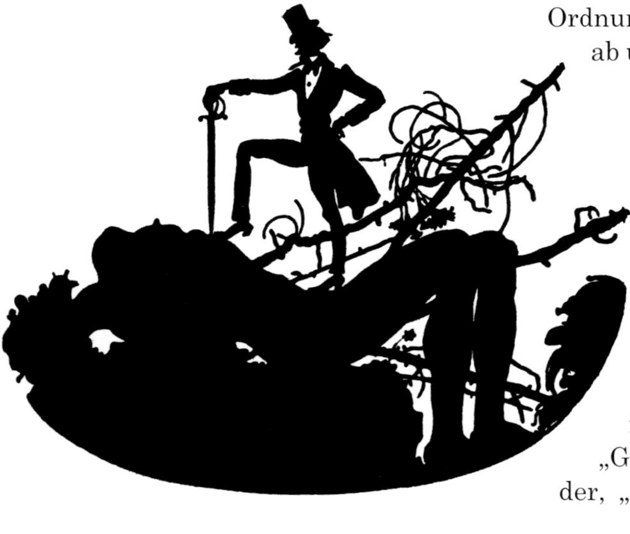

Der König wollte ihm den verheißenen Lohn noch nicht gewähren und machte eine dritte Forderung. Der Schneider sollte ihm vor der Hochzeit erst ein Wildschwein fangen, das in dem Wald großen Schaden tat; die Jäger sollten ihm Beistand leisten. „Gerne“, sprach der Schneider, „das ist ein Kinderspiel.“

Das Schwein war hinter ihm in die Kapelle gelaufen, das Schneiderlein aber hüpfte außen herum und schlug die Türe hinter ihm zu.

Die Jäger nahm er nicht mit in den Wald, und sie waren's wohl zufrieden, denn das Wildschwein hatte sie schon mehrmals so empfangen, dass sie keine Lust hatten, ihm nachzustellen. Als das Schwein den Schneider erblickte, lief es mit schäumendem Munde und wetzenden Zähnen auf ihn zu und wollte ihn zur Erde werfen. Der flüchtige Held aber sprang in eine Kapelle, die in der Nähe war, und gleich oben zum Fenster in einem Satze wieder hinaus. Das Schwein war hinter ihm hergelaufen, er aber hüpfte außen herum und schlug die Türe hinter ihm zu. Da war das wütende Tier gefangen, das viel zu schwer und unbehilflich war, um zu dem Fenster hinauszuspringen. Das Schneiderlein rief die Jäger herbei, die mussten den Gefangenen mit eigenen Augen sehen. Der Held aber begab sich zum Könige, der nun, er mochte wollen oder nicht, sein Versprechen halten musste und ihm seine Tochter und das halbe Königreich übergab.

Hätte er gewusst, dass kein Kriegsheld, sondern ein Schneiderlein vor ihm stand, es wäre ihm noch mehr zu Herzen gegangen. Die Hochzeit ward also mit großer Pracht und kleiner Freude gehalten und aus einem Schneider ein König gemacht.

Nach einiger Zeit hörte die junge Königin in der Nacht, wie ihr Gemahl im Traume sprach: „Junge, mach mir den Wams und flick mir die Hosen, oder ich will dir die Elle über die Ohren schlagen." Da merkte sie, in welcher Gasse der junge Herr geboren war, klagte am andern Morgen ihrem Vater ihr Leid und bat, er möchte ihr von dem Manne helfen, der nichts anderes als ein Schneider sei. Der König sprach ihr Trost zu und sagte: „Lass in der nächsten Nacht deine Schlafkammer offen, meine Diener sollen außen stehen und, wenn er eingeschlafen ist, hineingehen, ihn binden und auf ein Schiff tragen, das ihn in die weite Welt führt.“ Die Frau war damit zufrieden, des Königs Waffenträger aber, der alles mit angehört hatte, war dem jungen Herrn gewogen und hinterbrachte ihm den ganzen Anschlag. „Dem Ding will ich einen Riegel vorschieben“, sagte das Schneiderlein. Abends legte es sich zu gewöhnlicher Zeit mit seiner Frau zu Bett. Als sie glaubte, er sei eingeschlafen, stand sie auf, öffnete die Tür und legte sich wieder. Das Schneiderlein, das sich nur stellte, als wenn es schlief, fing an mit heller Stimme zu rufen: „Junge, mach den Wams und flick mir die Hosen, oder ich will dir die Elle über die Ohren schlagen! Ich habe siebene mit einem Streiche getroffen, zwei Riesen getötet, ein Einhorn fortgeführt und ein Wildschwein gefangen und sollte mich vor denen fürchten, die draußen vor der Kammer stehen!“ Als diese den Schneider sprechen hörten, überkam sie eine große Furcht, sie liefen, als wenn das wilde Heer hinter ihnen wäre, und keiner wollte sich mehr an ihn wagen. Also war und blieb das Schneiderlein seinen Lebtag König.

Aschenputtel

„Aschenputtel" ist eines der bekanntesten und ältesten Märchen überhaupt. Mehr als 700 Versionen, die zum Teil tausend Jahre zurückreichen, waren weltweit in Verbreitung, im alten Ägypten ebenso wie in Afrika, Japan oder Brasilien. Die früheste Fassung aus dem China der Zeit zwischen 850 und 860 n. Chr. erzählt von dem Mädchen Ye Xian, dem ein verzauberter Fisch zu Hilfe kommt; einzelne Elemente der Aschenputtel-Geschichte lassen sich sogar noch weiter zurückverfolgen. 1697 veröffentlichte Charles Perrault eine neue Fassung, in der erstmals der Kürbis, die gläsernen Schuhe und die gute Fee vorkommen, die aus dem Disney-Film von 1950 bekannt sind. Die meisten Varianten der Geschichte, auch die der Brüder Grimm, basieren jedoch nicht auf Perraults Text, sondern auf älteren Überlieferungen, in denen die Heldin durch eigene Klugheit ihre Peiniger austrickst. Neben diesem Motiv der Eigenverantwortung präsentiert die Grimm'sche Fassung auch ein wüstes Ende, an dem die bösen Stiefschwestern vor nichts zurückschrecken. Sie hacken sich eigenhändig Zehe und Ferse ab, um in den Schuh zu passen und den Prinzen zu gewinnen, ein Betrug, den sie schließlich mit ihrem Augenlicht büßen müssen. In diesem drastischen Triumph des Guten über das Böse steht der Verlust der Sehkraft für ihre Unfähigkeit, Aschenputtels Güte und ihre eigene Bosheit zu erkennen. —ND

Farblithografien von Hanns Anker, Deutschland, circa 1910

Einem reichen Manne, dem wurde seine Frau krank, und als sie fühlte, dass ihr Ende herankam, rief sie ihr einziges Töchterlein zu sich ans Bett und sprach: „Liebes Kind, bleibe fromm und gut, so wird dir der liebe Gott immer beistehen, und ich will vom Himmel auf dich herabblicken und will um dich sein.“ Darauf tat sie die Augen zu und verschied. Das Mädchen ging jeden Tag hinaus zu dem Grabe der Mutter und weinte und blieb fromm und gut. Als der Winter kam, deckte der Schnee ein weißes Tüchlein auf das Grab, und als die Sonne im Frühjahr es wieder herabgezogen hatte, nahm sich der Mann eine andere Frau.

Die Frau hatte zwei Töchter mit ins Haus gebracht, die schön und weiß von Angesicht waren, aber garstig und schwarz von Herzen. Da ging eine schlimme Zeit für das arme Stiefkind an. „Soll die dumme Gans bei uns in der Stube sitzen!“, sprachen sie. „Wer Brot essen will, muss es verdienen: hinaus mit der Küchenmagd.“ Sie nahmen ihm seine schönen Kleider weg, zogen ihm einen grauen alten Kittel an und gaben ihm hölzerne Schuhe. „Seht einmal die stolze Prinzessin, wie sie geputzt ist!“, riefen sie, lachten und führten es in die Küche. Da musste es von morgens bis abends schwere Arbeit tun, früh vor Tag aufstehen, Wasser tragen, Feuer anmachen, kochen und waschen. Obendrein taten ihm die Schwestern alles ersinnliche Herzeleid an, verspotteten es und schütteten ihm die Erbsen und Linsen in die Asche, sodass es sitzen und sie wieder auslesen musste. Abends, wenn es sich müde gearbeitet hatte, kam es in kein Bett, sondern musste sich neben den Herd in die

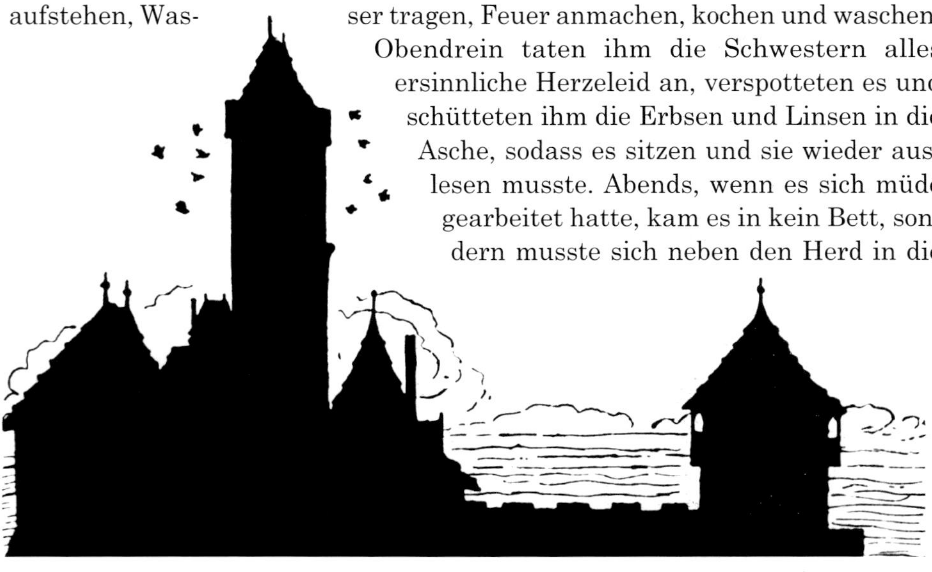

Die Stiefschwestern sprachen: „Hinaus mit der Küchenmagd.“ Sie nahmen ihm seine schönen Kleider weg und zogen ihm einen grauen alten Kittel an.

Asche legen. Und weil es darum immer staubig und schmutzig aussah, nannten sie es *Aschenputtel.*

Es trug sich zu, dass der Vater einmal in die Messe ziehen wollte, da fragte er die beiden Stieftöchter, was er ihnen mitbringen solle. „Schöne Kleider“, sagte die eine. „Perlen und Edelsteine“, sagte die zweite. „Aber du, Aschenputtel“, sprach er, „was willst du haben?“ „Vater, das erste Reis, das Euch auf Eurem Heimweg an den Hut stößt, das brecht für mich ab.“ Er kaufte nun für die beiden Stiefschwestern schöne Kleider, Perlen und Edelsteine, und auf dem Rückweg, als er durch einen grünen Busch ritt, streifte ihn ein Haselreis und stieß ihm den Hut ab. Da brach er das Reis ab und nahm es mit. Als er nach Haus kam, gab er den Stieftöchtern, was sie sich gewünscht hatten, und dem Aschenputtel gab er das Reis von dem Haselbusch. Aschenputtel dankte ihm, ging zu seiner Mutter Grab und pflanzte das Reis darauf und weinte so sehr, dass die Tränen

„Ihr zahmen Täubchen, all ihr Vöglein unter dem Himmel",
rief Aschenputtel, „kommt und helft mir lesen.
Die guten ins Töpfchen, die schlechten ins Kröpfchen."

darauf niederfielen und es begossen. Es wuchs aber und ward ein schöner Baum. Aschenputtel ging alle Tage dreimal darunter, weinte und betete, und allemal kam ein weißes Vöglein auf den Baum, und wenn es einen Wunsch aussprach, so warf ihm das Vöglein herab, was es sich gewünscht hatte.

Es begab sich aber, dass der König ein Fest anstellte, das drei Tage dauern sollte und wozu alle schönen Jungfrauen im Lande eingeladen wurden, damit sich sein Sohn eine Braut aussuchen möchte. Die zwei Stiefschwestern, als sie hörten, dass sie auch dabei erscheinen sollten, waren guter Dinge, riefen Aschenputtel und sprachen: „Kämm uns die Haare, bürste uns die Schuhe, und mache uns die Schnallen fest, wir gehen zur Hochzeit auf des Königs Schloss." Aschenputtel gehorchte, weinte aber, weil es auch gern zum Tanz mitgegangen wäre, und bat die Stiefmutter, sie möchte es ihm erlauben. „Aschenputtel", sprach sie, „bist voll Staub und Schmutz und willst zur Hochzeit? Du hast keine

Da schwirrten und schwärmten alle Vöglein unter dem Himmel zum Küchenfenster herein. Und die Täubchen nickten mit ihren Köpfchen und fingen an, pick, pick, pick, pick.

Kleider und Schuhe und willst tanzen?“ Als es aber mit Bitten anhielt, sprach sie endlich: „Da habe ich dir eine Schüssel Linsen in die Asche geschüttet. Wenn du die Linsen in zwei Stunden wieder ausgelesen hast, so sollst du mitgehen.“ Das Mädchen ging durch die Hintertür nach dem Garten und rief: „Ihr zahmen Täubchen, ihr Turteltäubchen, all ihr Vöglein unter dem Himmel, kommt und helft mir lesen,

die guten ins Töpfchen,
die schlechten ins Kröpfchen.“

Da kamen zum Küchenfenster zwei weiße Täubchen herein, und danach die Turteltäubchen, und endlich schwirrten und schwärmten alle Vöglein unter dem Himmel herein und ließen sich um die Asche nieder. Und die Täubchen nickten mit den Köpfchen und fingen an, pick, pick, pick, pick, und da fingen die Übrigen auch an, pick, pick, pick, pick, und lasen alle guten Körnlein in die Schüssel. Kaum war eine Stunde herum, so waren sie schon fertig und flogen alle wieder hinaus. Da brachte das Mädchen die Schüssel der Stiefmutter, freute sich und glaubte, es dürfte nun mit auf die Hochzeit gehen. Aber sie sprach: „Nein, Aschenputtel, du hast keine Kleider und kannst nicht tanzen: Du wirst nur ausgelacht.“ Als es nun weinte, sprach sie: „Wenn du mir zwei Schüsseln voll Linsen in einer Stunde aus der Asche reinlesen kannst, so sollst du mitgehen“, und dachte: „Das kann es ja nimmermehr.“ Als sie die zwei Schüsseln Linsen in die Asche geschüttet hatte, ging das Mädchen durch die Hintertür nach dem Garten und rief: „Ihr zahmen Täubchen, ihr Turteltäubchen, all ihr Vöglein unter dem Himmel, kommt und helft mir lesen,

die guten ins Töpfchen,
die schlechten ins Kröpfchen.“

Aschenputtel rief: „Bäumchen, rüttel dich und schüttel dich, wirf Gold und Silber über mich.“

Da kamen zum Küchenfenster zwei weiße Täubchen herein und danach die Turteltäubchen, und endlich schwirrten und schwärmten alle Vöglein unter dem Himmel herein und ließen sich um die Asche nieder. Und die Täubchen nickten mit ihren Köpfchen und fingen an, pick, pick, pick, pick, und da fingen die Übrigen auch an, pick, pick, pick, pick, und lasen alle guten Körner in die Schüsseln. Und ehe eine halbe Stunde herum war, waren sie schon fertig und flogen alle wieder hinaus. Da trug das Mädchen die Schüsseln zu der Stiefmutter, freute sich und glaubte, nun dürfte es mit auf die Hochzeit gehen. Aber sie sprach: „Es hilft dir alles nichts: Du kommst nicht mit, denn du hast keine Kleider und kannst nicht tanzen. Wir müssten uns deiner schämen.“ Darauf kehrte sie ihm den Rücken zu und eilte mit ihren zwei stolzen Töchtern fort.

Als nun niemand mehr daheim war, ging Aschenputtel zu seiner Mutter Grab unter den Haselbaum und rief:

„Bäumchen, rüttel dich und
schüttel dich,
wirf Gold und Silber über mich.“

Da warf ihm der Vogel ein golden und silbern Kleid herunter und mit Seide und Silber ausgestickte Pantoffeln.

*Aschenputtel ging wieder zu dem Haselbaum,
und der Vogel warf ein noch viel stolzeres Kleid herab
als am vorigen Tag.*

In aller Eile zog es das Kleid an und ging zur Hochzeit. Seine Schwestern aber und die Stiefmutter kannten es nicht und meinten, es müsse eine fremde Königstochter sein, so schön sah es in dem goldenen Kleide aus. An Aschenputtel dachten sie gar nicht und meinten, es säße daheim im Schmutz und suchte die Linsen aus der Asche. Der Königssohn kam ihm entgegen, nahm es bei der Hand und tanzte mit ihm. Er wollte auch sonst mit niemandem tanzen, also dass er ihm die Hand nicht losließ, und wenn ein anderer kam, es aufzufordern, sprach er: „Das ist meine Tänzerin."

Es tanzte, bis es Abend war, da wollte es nach Hause gehen. Der Königssohn aber sprach: „Ich gehe mit und begleite dich", denn er wollte sehen, wem das schöne Mädchen angehörte. Sie entwischte ihm aber und sprang in das Taubenhaus. Nun wartete der Königssohn, bis der Vater kam, und sagte ihm, das fremde Mädchen wäre in das Taubenhaus gesprungen. Der Alte dachte: „Sollte es Aschenputtel sein?", und sie mussten ihm Axt und Hacken bringen, damit er das Taubenhaus entzwei schlagen konnte; aber es war niemand darin. Und als sie ins Haus kamen, lag Aschenputtel in seinen schmutzigen Kleidern in der Asche, und ein trübes Öllämpchen brannte im Schornstein. Denn Aschenputtel

Jedermann auf der Hochzeit erstaunte über seine Schönheit. Der Königssohn nahm es bei der Hand und tanzte nur allein mit ihm.

war geschwind aus dem Taubenhaus hinten herabgesprungen und war zu dem Haselbäumchen gelaufen. Da hatte es die schönen Kleider abgezogen und aufs Grab gelegt, und der Vogel hatte sie wieder weggenommen, und dann hatte es sich in seinem grauen Kittelchen in die Küche zur Asche gesetzt.

Am anderen Tag, als das Fest von Neuem anhub und die Eltern und Stiefschwestern wieder fort waren, ging Aschenputtel zu dem Haselbaum und sprach:

„Bäumchen, rüttel dich und
schüttel dich, wirf Gold und
Silber über mich.“

Da warf der Vogel ein noch viel stolzeres Kleid herab als am vorigen Tag. Und als es mit diesem Kleide auf der Hochzeit erschien, erstaunte jedermann über seine Schönheit. Der Königssohn aber hatte gewartet, bis es kam, nahm es gleich bei der Hand und tanzte nur allein mit ihm. Wenn die andern kamen und es aufforderten, sprach er: „Das ist meine Tänzerin.“ Als es nun Abend war, wollte es fort, und der Königssohn ging ihm nach und wollte sehen, in welches Haus es ging. Aber es sprang ihm fort und in den Garten hinter dem Haus. Darin stand ein schöner großer Baum, an dem die herrlichsten Birnen hingen, es kletterte so behänd wie ein Eichhörnchen zwischen die Äste, und der Königssohn wusste nicht, wo es hingekommen war. Er wartete aber, bis der Vater kam, und sprach zu ihm: „Das fremde Mädchen ist mir entwischt, und ich glaube, es ist auf den Birnbaum gesprungen.“ Der Vater dachte: „Sollte es Aschenputtel sein?“, ließ sich die Axt holen und hieb den Baum um, aber es war niemand darauf. Und als sie in die Küche kamen, lag Aschenputtel da in der Asche, wie sonst auch, denn es war auf der anderen Seite vom Baum herabgesprungen, hatte dem Vogel auf dem Haselbäumchen die schönen Kleider wiedergebracht und sein graues Kittelchen angezogen.

Am dritten Tag, als die Eltern und Schwestern fort waren, ging Aschenputtel wieder zu seiner Mutter Grab und sprach zu dem Bäumchen:

„Bäumchen, rüttel dich und schüttel dich,
wirf Gold und Silber über mich.“

Nun warf ihm der Vogel ein Kleid herab, das war so prächtig und glänzend, wie es noch keins gehabt hatte, und die Pantoffeln waren ganz golden. Als es in dem Kleid zu der Hochzeit kam, wussten sie alle nicht, was sie vor Verwunderung sagen sollten. Der Königssohn tanzte ganz allein mit ihm, und wenn es einer aufforderte, sprach er: „Das ist meine Tänzerin.“

Als es nun Abend war, wollte Aschenputtel fort, und der Königssohn wollte es begleiten, aber es entsprang ihm so geschwind, dass er nicht folgen konnte. Der Königssohn hatte aber eine List gebraucht und hatte die ganze Treppe mit Pech bestreichen lassen. Da war, als es hinabsprang, der rechte Pantoffel des Mädchens hängen geblieben. Der Königssohn hob ihn auf, und er war klein und zierlich und ganz golden. Am nächsten Morgen ging er damit zu dem Mann und sagte zu ihm: „Keine andere soll meine Gemahlin werden als die, an deren Fuß dieser goldene Schuh passt.“ Da freuten sich die beiden Schwestern, denn sie hatten schöne Füße. Die älteste ging mit dem Schuh in die Kammer und wollte ihn anprobieren, und die Mutter stand dabei. Aber sie konnte mit der großen Zehe nicht hineinkommen, der Schuh war ihr zu klein. Da reichte ihr die Mutter ein Messer und sprach: „Hau die Zehe ab: Wenn du Königin bist, so brauchst du nicht mehr zu Fuß zu gehen.“ Das Mädchen hieb die Zehe ab,

Der Königssohn hatte aber die ganze Treppe mit Pech bestreichen lassen. Da war, als es hinabsprang, der linke Pantoffel des Mädchens hängen geblieben.

zwängte den Fuß in den Schuh, verbiss den Schmerz und ging hinaus zum Königssohn. Da nahm er sie als seine Braut aufs Pferd und ritt mit ihr fort. Sie mussten aber an dem Grabe vorbei, da saßen die zwei Täubchen auf dem Haselbäumchen und riefen:

„Rucke di guck, rucke di guck,
Blut ist im Schuck (Schuh):
Der Schuck ist zu klein,
die rechte Braut sitzt noch daheim.“

Da blickte er auf ihren Fuß und sah, wie das Blut herausquoll. Er wendete sein Pferd um, brachte die falsche Braut wieder nach Hause und sagte, das sei nicht die rechte, die andere Schwester solle den Schuh anziehen. Da ging diese in die Kammer und kam mit den Zehen glücklich in den Schuh, aber die Ferse war zu groß. Da reichte ihr die Mutter ein Messer und sprach:

Der Königssohn reichte ihm den goldenen Schuh.
Aschenputtel zog den Fuß aus dem schweren Holzschuh
und steckte ihn in den Pantoffel, der war wie angegossen.

„Hau ein Stück von der Ferse ab! Wenn du Königin bist, brauchst du nicht mehr zu Fuß gehen." Das Mädchen hieb ein Stück von der Ferse ab, zwängte den Fuß in den Schuh, verbiss den Schmerz und ging heraus zum Königssohn. Da nahm er sie als seine Braut aufs Pferd und ritt mit ihr fort. Als sie an dem Haselbäumchen vorbeikamen, saßen die zwei Täubchen darauf und riefen:

„Rucke di guck, rucke di guck,
Blut ist im Schuck (Schuh):
Der Schuck ist zu klein,
die rechte Braut sitzt noch daheim."

Er blickte nieder auf ihren Fuß und sah, wie das Blut aus dem Schuh quoll und an den weißen Strümpfen ganz rot heraufgestiegen war. Da wendete er sein Pferd und brachte die falsche Braut wieder nach Hause. „Das ist auch nicht die rechte", sprach er, „habt ihr keine andere Tochter?" „Nein", sagte der Mann, „nur von meiner verstorbenen Frau ist noch ein kleines verbuttetes Aschenputtel da. Das kann unmöglich die Braut sein." Der Königssohn sprach, er solle es heraufschicken. Die Mutter aber antwortete: „Ach nein, das ist viel zu schmutzig, das darf sich nicht sehen lassen." Er wollte es aber durchaus haben, und Aschenputtel musste gerufen werden. Da wusch es sich erst Hände und Angesicht rein, ging dann hin

und neigte sich vor dem Königssohn, der ihm den goldenen Schuh reichte. Dann setzte es sich auf einen Schemel, zog den Fuß aus dem schweren Holzschuh und steckte ihn in den Pantoffel, der war wie angegossen. Und als es sich in die Höhe richtete und der König ihm ins Gesicht sah, so erkannte er das schöne Mädchen, das mit ihm getanzt hatte, und rief: „Das ist die rechte Braut.“ Die Stiefmutter und die beiden Schwestern erschraken und wurden bleich vor Ärger. Er aber nahm Aschenputtel aufs Pferd und ritt mit ihm fort. Als sie an dem Haselbäumchen vorbeikamen, riefen die zwei weißen Täubchen:

„Rucke di guck, rucke di guck,
kein Blut im Schuck:
Der Schuck ist nicht zu klein,
die rechte Braut, die führt er heim.“

Und als sie das gerufen hatten, kamen sie beide herabgeflogen und setzten sich dem Aschenputtel auf die Schultern, eine rechts, die andere links, und blieben da sitzen. Als die Hochzeit mit dem Königssohn sollte gehalten werden, kamen die falschen Schwestern, wollten sich einschmeicheln und teil an seinem Glück nehmen.

Als die Brautleute nun zur Kirche gingen, war die Älteste zur rechten, die Jüngste zur linken Seite. Da pickten die Tauben einer jeden das eine Auge aus. Hernach, als sie herausgingen, war die Älteste zur linken und die Jüngste zur rechten Seite. Da pickten die Tauben einer jeden das andere Auge aus. Und waren sie also für ihre Bosheit und Falschheit mit Blindheit auf ihr Lebtag bestraft.

Frau Holle

Frau Holle, die gute Fee in diesem moralischen Märchen, basiert auf einer alten mitteleuropäischen Sagengestalt. In dieser von den Brüdern Grimm bekannt gemachten Erzählung sticht sich ein braves, arbeitsames Mädchen beim Spinnen in den Finger und muss, um die dabei verlorene Spindel zu suchen, in einen verwunschenen Brunnen springen, durch den es ins unterirdische Reich der Frau Holle gelangt. Als es mit Gold beschenkt wieder heimkehrt, schickt die böse Stiefmutter die eigene, missratene Tochter ebenfalls zu Frau Holle. Die Charakterprobe, der sich beide Mädchen zu stellen haben, besteht in Aufgaben durchaus irdischen Zuschnitts: Brot will gebacken sein, Äpfel müssen gepflückt und Betten gemacht werden. Wenn Frau Holles Daunenbetten aufgeschüttelt werden, schneit es auf der Erde, ein Verweis auf ihre Macht über die Natur und ihre Herkunft aus der germanischen Mythologie, in der die Erdgöttin Holda als ihre Vorläuferin auftaucht, wie Jacob, der ältere der beiden Grimm-Brüder, in seiner *Deutschen Mythologie* ausführt. Auch im Motiv des Spinnens sind die alten Vorstellungen, die mit der Göttin verknüpft waren, noch lebendig – die Spindel als Symbol des Schicksals verweist auf die Macht der Frau Holle über die Geschicke der Mädchen. Die Grimm'sche Fassung dieser Geschichte basiert auf einer mündlichen Überlieferung aus der hessischen Heimat der Brüder und wurde ihnen von Henriette Dorothea Wild zugetragen, die Wilhelm Grimm 1825 heiratete. Auch hier findet sich die erste schriftliche Variante dieses Märchens in der bereits erwähnten Märchensammlung *Pentamerone* von Giambattista Basile. —ND

Farblithografien von Herbert Leupin, Schweiz, 1949

Das arme Mädchen musste sich täglich auf die große Straße bei einem Brunnen setzen und musste so viel spinnen, dass ihm das Blut aus den Fingern sprang.

Eine Witwe hatte zwei Töchter, davon war die eine schön und fleißig und die andere hässlich und faul. Sie hatte aber die hässliche und faule, weil sie ihre rechte Tochter war, viel lieber, und die andere musste alle Arbeit tun und das Aschenputtel im Hause sein. Das arme Mädchen musste sich täglich auf die große Straße bei einem Brunnen setzen und musste so viel spinnen, dass ihm das Blut aus den Fingern sprang. Nun trug es sich zu, dass die Spule einmal ganz blutig war, da bückte es sich damit in den Brunnen und wollte sie abwaschen; sie sprang ihm aber aus der Hand und fiel hinab. Es weinte, lief zur Stiefmutter und erzählte ihr das

Es kam zu einem Backofen.
Das Brot aber rief: „Ach, zieh mich raus,
zieh mich raus, sonst verbrenn ich.“

Unglück. Sie schalt es aber so heftig und war so unbarmherzig, dass sie sprach: „Hast du die Spule hinunterfallen lassen, so hol sie auch wieder herauf.“ Da ging das Mädchen zu dem Brunnen zurück und wusste nicht, was es anfangen sollte. In seiner Herzensangst sprang es in den Brunnen hinein, um die Spule zu holen. Es verlor die Besinnung, und als es erwachte und wieder zu sich selber kam, war es auf einer schönen Wiese, wo die Sonne schien und viel Tausend Blumen standen. Auf dieser Wiese ging es fort und kam zu einem Backofen, der war voller Brot. Das Brot aber rief: „Ach, zieh mich raus, zieh mich raus, sonst verbrenn ich. Ich bin schon längst ausgebacken.“ Da trat es herzu und holte mit dem Brotschieber alles nacheinander heraus. Danach ging es weiter und kam zu einem Baum, der hing voll Äpfel und rief ihm zu: „Ach schüttel mich, schüttel

Endlich kam es zu einem kleinen Haus,
daraus guckte eine alte Frau,
die hatte große Zähne.

mich. Wir Äpfel sind alle miteinander reif.“ Da schüttelte es den Baum, dass die Äpfel fielen, als regneten sie, und schüttelte, bis keiner mehr oben war; und als es alle in einen Haufen zusammengelegt hatte, ging es wieder weiter. Endlich kam es zu einem kleinen Haus, daraus guckte eine alte Frau. Weil sie aber so große Zähne hatte, ward ihm Angst, und es wollte fortlaufen. Die alte Frau aber rief ihm nach: „Was fürchtest du dich, liebes Kind? Bleib bei mir! Wenn du alle Arbeit im Hause ordentlich tun willst, so soll dir's gut gehen. Du musst nur achtgeben, dass du mein Bett gut machst und es fleißig aufschüttelst, dass die Federn fliegen, dann schneit es in der Welt; ich bin die Frau Holle.“ Weil die Alte ihm so gut zusprach, so fasste sich das Mädchen ein Herz, willigte ein und begab sich in ihren Dienst. Es besorgte auch alles nach ihrer Zufriedenheit und schüttelte ihr das Bett immer gewaltig auf, dass die Federn wie Schneeflocken umher flogen. Dafür hatte es auch ein gut Leben bei ihr, kein böses Wort und alle Tage Gesottenes und Gebratenes. Nun war es eine Zeitlang bei der Frau Holle, da ward es traurig und wusste anfangs selbst nicht, was ihm fehlte. Endlich merkte es, dass es Heimweh war; ob es ihm hier gleich viel Tausend Mal besser ging als zu Hause, so hatte es doch Verlangen dahin. Endlich sagte es zu ihr: „Ich habe den Jammer nach Haus gekriegt, und wenn es mir auch noch so gut hier unten geht, so kann ich doch nicht länger bleiben, ich muss wieder hinauf zu den Meinigen.“ Die Frau Holle sagte: „Es gefällt mir, dass du wieder nach Hause verlangst, und weil du mir so treu gedient hast, so will ich dich selbst wieder hinaufbringen.“ Sie nahm es darauf bei der Hand und führte es vor ein großes Tor. Das Tor ward aufgetan, und wie das Mädchen gerade darunterstand, fiel ein gewaltiger Goldregen, und alles Gold blieb an ihm hängen, sodass es über und über davon bedeckt war. „Das sollst du haben, weil du so fleißig gewesen bist“, sprach die Frau Holle und gab ihm auch die Spule wieder, die ihm in den Brunnen gefallen war. Darauf ward das Tor verschlossen, und das Mädchen befand sich oben auf der Welt, nicht weit von seiner Mutter Haus. Und als es in den Hof kam, saß der Hahn auf dem Brunnen und rief:

„Kikeriki,
unsere goldene Jungfrau ist wieder hie.“

Da ging es hinein zu seiner Mutter, und weil es so mit Gold bedeckt ankam, ward es von ihr und der Schwester gut aufgenommen.

Das Mädchen erzählte alles, was ihm begegnet war, und als die Mutter hörte, wie es zu dem großen Reichtum gekommen war, wollte sie der anderen

SEITE 100/101 *Die alte Frau aber rief ihm nach: „Du musst nur achtgeben, dass du mein Bett fleißig aufschüttelst, dass die Federn fliegen, dann schneit es in der Welt.“*

GEGENÜBER *Als die Faule aber unter dem Tor stand, ward statt des Goldes ein großer Kessel voll Pech ausgeschüttet.*

hässlichen und faulen Tochter gerne dasselbe Glück verschaffen. Sie musste sich an den Brunnen setzen und spinnen; und damit ihre Spule blutig ward, stach sie sich in die Finger und stieß sich die Hand in die Dornhecke. Dann warf sie die Spule in den Brunnen und sprang selber hinein. Sie kam, wie die andere, auf die schöne Wiese und ging auf demselben Pfad weiter. Als sie zu dem Backofen gelangte, schrie das Brot wieder: „Ach, zieh mich raus, zieh mich raus, sonst verbrenn ich. Ich bin schon längst ausgebacken.“ Die Faule aber antwortete: „Da hätt ich Lust, mich schmutzig zu machen“, und ging fort. Bald kam sie zu dem Apfelbaum, der rief: „Ach, schüttel mich, schüttel mich. Wir Äpfel sind alle miteinander reif.“ Sie antwortete aber: „Du kommst mir recht, es könnte mir einer auf den Kopf fallen“, und ging damit weiter. Als sie vor der Frau Holle Haus kam, fürchtete sie sich nicht, weil sie von ihren großen Zähnen schon gehört hatte, und verdingte sich gleich zu ihr. Am ersten Tag tat sie sich Gewalt an, war fleißig und folgte der Frau Holle, wenn sie ihr etwas sagte, denn sie dachte an das viele Gold, das sie ihr schenken würde; am zweiten Tag aber fing sie schon zu faulenzen an, am dritten noch mehr, da wollte sie morgens gar nicht aufstehen. Sie machte auch der Frau Holle das Bett nicht, wie sich's gebührte, und schüttelte es nicht, dass die Federn aufflogen. Das ward die Frau Holle bald müde und sagte ihr den Dienst auf. Die Faule war das wohl zufrieden und meinte, nun würde der Goldregen kommen. Die Frau Holle führte sie auch zu dem Tor, als sie aber darunterstand, ward statt des Goldes ein großer Kessel voll Pech ausgeschüttet. „Das ist zur Belohnung deiner Dienste“, sagte die Frau Holle und schloss das Tor zu. Da kam die Faule heim, aber sie war ganz mit Pech bedeckt, und der Hahn auf dem Brunnen, als er sie sah, rief:

„Kikeriki,
unsere schmutzige Jungfrau ist wieder hie.“

Das Pech aber blieb fest an ihr hängen und wollte, solange sie lebte, nicht abgehen.

Rotkäppchen

In keinem anderen Märchen hat ein Kleidungsstück derart zentrale Bedeutung wie in „Rotkäppchen". „Behütet" von der roten Kappe, dem leuchtenden Beweis seiner Unschuld, wagt sich Rotkäppchen in den verbotenen Wald, um alsbald zu lernen, wie böse es ausgehen kann, wenn man mit Fremden spricht. Das warnende Beispiel vom unschuldigen Mädchen und dem verschlagenen Wolf geht auf eine lange mündliche Tradition zurück. Schon aus dem 11. Jahrhundert ist eine Geschichte aus dem heutigen Belgien überliefert, in der ein rot gekleidetes kleines Mädchen unter die Wölfe fällt. Die erste schriftliche Fassung verdanken wir wiederum Charles Perrault, der auch das legendäre „Käppchen" erfunden haben soll. Die Brüder Grimm hörten die Geschichte in ihrer Heimat Hessen von einer Frau französisch-hugenottischer Herkunft und ergänzten sie um den Jäger als Lebensretter. Sie arbeiteten das Märchen mehrfach um, wobei die Fassung, die in der siebten und endgültigen Ausgabe ihrer Märchen 1857 erschien, zu der bekanntesten wurde. „Rotkäppchen" lässt sich wie zahlreiche andere Märchen einem Genre zuordnen, das von der Begegnung mit schrecklichen Menschenfressern erzählt. —ND

Farbillustrationen von Divica Landrová, Tschechoslowakei, 1959

Einmal schenkte die Großmutter ihm ein Käppchen von rotem Sammet, und weil ihm das so wohl stand, wollte es nichts anderes mehr tragen.

Es war einmal eine kleine süße Dirne, die hatte jedermann lieb, der sie nur ansah, am allerliebsten aber ihre Großmutter, die wusste gar nicht, was sie alles dem Kinde geben sollte. Einmal schenkte sie ihm ein Käppchen von rotem Sammet, und weil ihm das so wohl stand und es nichts anderes mehr tragen wollte, hieß es nur das Rotkäppchen. Eines Tages sprach seine Mutter zu ihm: „Komm, Rotkäppchen, da hast du ein Stück Kuchen und eine Flasche Wein, bring das der Großmutter hinaus. Sie ist krank und schwach und wird sich daran laben. Mach dich auf, bevor es heiß wird, und wenn du hinauskommst, so geh hübsch sittsam und lauf nicht vom Weg ab, sonst fällst du und zerbrichst das Glas, und die Großmutter hat nichts. Und wenn du in ihre Stube kommst, so vergiss nicht, ‚Guten Morgen' zu sagen, und guck nicht erst in allen Ecken herum."

„Ich will schon alles gut machen", sagte Rotkäppchen zur Mutter und gab ihr die Hand darauf. Die Großmutter aber wohnte draußen im Wald, eine halbe Stunde vom Dorf. Wie nun Rotkäppchen in den Wald kam, begegnete ihm der Wolf. Rotkäppchen aber wusste nicht, was das für ein böses Tier war, und fürchtete sich nicht vor ihm. „Guten Tag, Rotkäppchen", sprach er. „Schönen Dank, Wolf." „Wo hinaus so früh, Rotkäppchen?" „Zur Großmutter." „Was trägst du unter der Schürze?" „Kuchen und Wein: Gestern haben wir gebacken, da soll sich die kranke und schwache Großmutter etwas zugute tun und sich

„Guten Tag, Rotkäppchen“, sprach der Wolf, „wo hinaus so früh, Rotkäppchen?“

SEITE 108/109 *Rotkäppchen lief vom Wege ab in den Wald hinein und suchte Blumen. Es geriet immer tiefer in den Wald hinein.*

damit stärken.“ „Rotkäppchen, wo wohnt deine Großmutter?“ „Noch eine gute Viertelstunde weiter im Wald, unter den drei großen Eichbäumen, da steht ihr Haus, unten sind die Nusshecken, das wirst du ja wissen“, sagte Rotkäppchen. Der Wolf dachte bei sich: „Das junge zarte Ding, das ist ein fetter Bissen, der wird noch besser schmecken als die Alte. Du musst es listig anfangen, damit du beide erschnappst.“ Da ging er ein Weilchen neben Rotkäppchen her, dann sprach er: „Rotkäppchen, sieh einmal die schönen Blumen, die ringsumher stehen, warum guckst du dich nicht um? Ich glaube, du hörst gar nicht, wie die Vöglein so lieblich singen? Du gehst ja für dich hin, als wenn du zur Schule gingst, und ist so lustig draußen in dem Wald.“

Rotkäppchen schlug die Augen auf, und als es sah, wie die Sonnenstrahlen durch die Bäume hin und her tanzten und alles voll schöner Blumen stand, dachte es: „Wenn ich der Großmutter einen frischen Strauß mitbringe, der wird ihr auch Freude machen; es ist so früh am Tag, dass ich doch zu rechter Zeit ankomme“, lief vom Wege ab in den Wald hinein und suchte Blumen. Und wenn es eine gebrochen hatte, meinte es, weiter hinaus stände eine schönere und lief darnach und geriet immer tiefer in den Wald hinein. Der Wolf aber ging

Der Wolf drückte auf die Klinke, die Türe sprang auf, und er ging, ohne ein Wort zu sprechen, gerade zum Bett der Großmutter und verschluckte sie.

geradewegs nach dem Haus der Großmutter, und klopfte an die Türe. „Wer ist draußen?“ „Rotkäppchen, das bringt Kuchen und Wein, mach auf.“ „Drück nur auf die Klinke“, rief die Großmutter, „ich bin zu schwach und kann nicht aufstehen.“ Der Wolf drückte auf die Klinke, die Türe sprang auf, und er ging, ohne ein Wort zu sprechen, gerade zum Bett der Großmutter und verschluckte sie. Dann tat er ihre Kleider an, setzte ihre Haube auf, legte sich in ihr Bett und zog die Vorhänge vor.

Rotkäppchen aber war nach den Blumen herumgelaufen, und als es so viel zusammen hatte, dass es keine mehr tragen konnte, fiel ihm die Großmutter wieder ein, und es machte sich auf den Weg zu ihr. Es wunderte sich, dass die Türe aufstand, und wie es in die Stube trat, so kam es ihm so seltsam darin vor, dass es dachte: „Ei, du mein Gott, wie ängstlich wird mir's heute zumut, und ich bin sonst so gerne bei der Großmutter!“ Es rief: „Guten Morgen“, bekam aber keine Antwort. Darauf ging es zum Bett und zog die Vorhänge zurück: Da lag die Großmutter und hatte die Haube tief ins Gesicht gesetzt und sah so wunderlich aus. „Ei, Großmutter, was hast du für große Ohren?“ „Dass ich dich besser hören kann.“ „Ei, Großmutter, was hast du für große Augen?“ „Dass ich dich besser sehen kann.“ „Ei, Großmutter, was hast

*Dann tat er ihre Kleider an,
setzte ihre Haube auf
und legte sich in ihr Bett.*

SEITE 112/113 *„Aber, Großmutter,
was hast du für ein entsetzlich
großes Maul?" „Dass ich dich besser
fressen kann."*

du für große Hände?" „Dass ich dich besser packen kann." „Aber, Großmutter, was hast du für ein entsetzlich großes Maul?" „Dass ich dich besser fressen kann." Kaum hatte der Wolf das gesagt, so tat er einen Satz aus dem Bette und verschlang das arme Rotkäppchen.

Wie der Wolf sein Gelüsten gestillt hatte, legte er sich wieder ins Bett, schlief ein und fing an, überlaut zu schnarchen. Der Jäger ging eben an dem Haus vorbei und dachte: „Wie die alte Frau schnarcht, du musst doch sehen, ob ihr etwas fehlt." Da trat er in die Stube, und wie er vor das Bette kam, so sah er, dass der Wolf darin lag. „Finde ich dich hier, du alter Sünder", sagte er, „ich habe dich lange gesucht." Nun wollte er seine Büchse anlegen, da fiel ihm ein, der Wolf könnte die Großmutter gefressen haben, und sie wäre noch zu retten. Er schoss nicht, sondern nahm eine Schere und fing an, dem schlafenden Wolf den Bauch aufzuschneiden. Wie er ein paar Schnitte getan hatte, da sah er das rote Käppchen leuchten, und noch ein paar Schnitte, da sprang das Mädchen heraus und rief: „Ach, wie war ich erschrocken, wie war's so dunkel in dem Wolf seinem Leib!" Und dann kam die alte Großmutter auch noch lebendig heraus und konnte kaum atmen. Rotkäppchen aber holte geschwind große Steine, damit füllten sie dem Wolf den Leib, und wie er aufwachte, wollte er fortspringen, aber die Steine waren so schwer, dass er gleich niedersank und sich totfiel.

Da trat der Jäger in die Stube und sah,
dass der Wolf im Bette lag.
„Finde ich dich hier, du alter Sünder", sagte er.

Da waren alle drei vergnügt. Der Jäger zog dem Wolf den Pelz ab und ging damit heim, die Großmutter aß den Kuchen und trank den Wein, den Rotkäppchen gebracht hatte, und erholte sich wieder. Rotkäppchen aber dachte: „Du willst deinen Lebtag nicht wieder allein vom Weg ab in den Wald laufen, wenn dir's die Mutter verboten hat."

Es wird auch erzählt, dass einmal, als Rotkäppchen der alten Großmutter wieder Gebackenes brachte, ein anderer Wolf ihm zugesprochen und es vom Wege habe ableiten wollen. Rotkäppchen aber hütete sich und ging gerade fort seines Wegs und sagte der Großmutter, dass es dem Wolf begegnet sei, der ihm guten Tag gewünscht, aber so böse aus den Augen geguckt hätte: „Wenn's nicht auf offener Straße gewesen wäre, er hätte mich gefressen." „Komm", sagte die Großmutter, „wir wollen die Türe verschließen, dass er nicht hereinkann." Bald darnach klopfte der Wolf an und rief: „Mach auf, Großmutter, ich bin das Rotkäppchen, ich bring dir Gebackenes." Sie schwiegen aber still und machten die Türe nicht auf. Da schlich der Graukopf etliche

Der Wolf wollte fortspringen, aber die Steine waren so schwer, dass er gleich niedersank und sich totfiel. Der Jäger zog dem Wolf den Pelz ab und ging damit heim.

Male um das Haus, sprang endlich aufs Dach und wollte warten, bis Rotkäppchen abends nach Hause ginge, dann wollte er ihm nachschleichen und wollt's in der Dunkelheit fressen. Aber die Großmutter merkte, was er im Sinn hatte. Nun stand vor dem Haus ein großer Steintrog. Da sprach sie zu dem Kind: „Nimm den Eimer, Rotkäppchen, gestern hab ich Würste gekocht, da trag das Wasser, worin sie gekocht sind, in den Trog." Rotkäppchen trug so lange, bis der große, große Trog ganz voll war. Da stieg der Geruch von den Würsten dem Wolf in die Nase, er schnupperte und guckte hinab, endlich machte er den Hals so lang, dass er sich nicht mehr halten konnte und anfing zu rutschen. So rutschte er vom Dach herab, gerade in den großen Trog hinein, und ertrank. Rotkäppchen aber ging fröhlich nach Haus, und tat ihm niemand etwas zuleide.

Die Bremer Stadtmusikanten

Diese Geschichte ist eine herzerfrischende Komödie der Irrungen, in der ein bunt zusammengewürfelter, sympathischer Trupp abgetakelter Hoftiere die Hauptrollen spielt. Von ihren Besitzern geschunden und als alt und nutzlos abgetan, tun sich Esel, Hund, Katze und Hahn zusammen, um als Musikanten im nahe gelegenen Bremen ihr Glück zu versuchen. Es zieht sie zum Glanz der großen Stadt, wo sie hoffen, sich noch einmal zu beweisen, doch auf dem Weg nach Bremen stoßen sie auf ein Räubernest voller Diebesgut und können die Schurken mit der markerschütternden Kakofonie ihres Geschreis in die Flucht schlagen. Die Tiere erweisen sich in ihrer solidarischen Haltung in dieser Geschichte menschlicher als alle darin auftretenden Menschen. Die Brüder Grimm bekamen dieses Märchen von Dorothea Viehmann, einer Gastwirtstochter aus ihrer Heimatstadt Kassel, erzählt. Viehmann war eine der wichtigsten mündlichen Quellen für die Grimms, die ihr Porträt ihrer Märchensammlung voranstellten, um deren volkstümlichen Charakter zu unterstreichen. —ND

Details aus einem schablonenkolorierten Einblattdruck von Rudolf Geißler, Deutschland, 1892

„Ich gehe nach Bremen und werde dort Stadtmusikant“, sprach der Esel zum Hund. „Geh mit, und lass dich auch bei der Musik annehmen.“

Es hatte ein Mann einen Esel, der schon lange Jahre die Säcke unverdrossen zur Mühle getragen hatte, dessen Kräfte aber nun zu Ende gingen, sodass er zur Arbeit immer untauglicher ward. Da dachte der Herr daran, ihn aus dem Futter zu schaffen, aber der Esel merkte, dass kein guter Wind wehte, lief fort und machte sich auf den Weg nach Bremen. Dort, meinte er, könnte er ja Stadtmusikant werden. Als er ein Weilchen fortgegangen war, fand er einen Jagdhund auf dem Wege liegen, der jappte wie einer, der sich müde gelaufen hat. „Nun, was jappst du so, Packan?“, fragte der Esel. „Ach“, sagte der Hund, „weil ich alt bin und jeden Tag schwächer werde, auch auf der Jagd

Es dauerte nicht lange, so saß da eine Katze an dem Weg und machte ein Gesicht wie drei Tage Regenwetter.

Darauf kamen sie an einem Haushahn vorbei, der schrie aus Leibeskräften. „Zieh lieber mit uns fort!“, sagte der Esel. „Wir gehen nach Bremen.“

nicht mehr fort kann, hat mich mein Herr wollen totschlagen, da hab ich Reißaus genommen; aber womit soll ich nun mein Brot verdienen?“ „Weißt du was“, sprach der Esel, „ich gehe nach Bremen und werde dort Stadtmusikant. Geh mit, und lass dich auch bei der Musik annehmen. Ich spiele die Laute, und du schlägst die Pauken.“ Der Hund war zufrieden, und sie gingen weiter. Es dauerte nicht lange, so saß da eine Katze an dem Weg und machte ein Gesicht wie drei Tage Regenwetter. „Nun, was ist dir in die Quere gekommen, alter Bartputzer?“, sprach der Esel. „Wer kann da lustig sein, wenn’s einem an den Kragen geht“, antwortete die Katze, „weil ich nun zu Jahren komme, meine Zähne stumpf werden und ich lieber hinter dem Ofen sitze und spinne, als nach Mäusen herumjage, hat mich meine Frau ersäufen wollen; ich habe mich zwar noch fortgemacht, aber nun ist guter Rat teuer: Wo soll ich hin?“ „Geh mit uns nach Bremen, du verstehst dich doch auf die Nachtmusik, da kannst du ein Stadtmusikant werden.“ Die Katze hielt das für gut und ging mit. Darauf kamen die drei Landesflüchtigen an einem Hof vorbei, da saß auf dem Tor der Haushahn und schrie aus Leibeskräften. „Du schreist einem durch Mark und Bein“, sprach der Esel, „was hast du vor?“ „Da hab ich gut Wetter prophezeit“, sprach der Hahn, „weil unserer lieben Frauen Tag ist, wo sie dem Christkindlein die Hemdchen gewaschen hat und sie trocknen will; aber weil morgen zum Sonntag Gäste kommen, so hat die Hausfrau doch kein Erbarmen und hat der Köchin gesagt, sie wollte mich morgen in der Suppe essen, und da soll ich mir heute Abend den

Wie das geschehen war, fingen sie an, ihre Musik zu machen: Der Esel schrie, der Hund bellte, die Katze miaute, und der Hahn krähte.

Kopf abschneiden lassen. Nun schrei ich aus vollem Hals, solange ich noch kann.“ „Ei was, du Rotkopf“, sagte der Esel, „zieh lieber mit uns fort! Wir gehen nach Bremen, etwas Besseres als den Tod findest du überall; du hast eine gute Stimme, und wenn wir zusammen musizieren, so muss es eine Art haben.“ Der Hahn ließ sich den Vorschlag gefallen, und sie gingen alle viere zusammen fort.

Sie konnten aber die Stadt Bremen in einem Tag nicht erreichen und kamen abends in einen Wald, wo sie übernachten wollten. Der Esel und der Hund legten sich unter einen großen Baum, die Katze und der Hahn machten sich in die Äste, der Hahn aber flog bis in die Spitze, wo es am sichersten für ihn war. Ehe er einschlief, sah er sich noch einmal nach allen vier Winden um, da deuchte ihn, er sähe in der Ferne ein Fünkchen brennen und rief seinen Gesellen zu, es müsste nicht gar weit ein Haus sein, denn es scheine ein Licht. Sprach der Esel: „So müssen wir uns aufmachen und noch hingehen, denn hier ist die Herberge schlecht.“ Der Hund meinte, ein paar Knochen und etwas Fleisch dran täten ihm auch gut. Also machten sie sich auf den Weg nach der Gegend, wo das Licht war, und sahen es bald heller schimmern, und es ward immer größer, bis sie vor ein hell erleuchtetes Räuberhaus kamen. Der Esel, als der größte, näherte sich dem Fenster und schaute hinein. „Was siehst du, Grauschimmel?“, fragte der Hahn. „Was ich sehe?“, antwortete der Esel. „Einen gedeckten Tisch mit schönem Essen und Trinken, und Räuber sitzen daran und lassen’s sich wohl sein.“ „Das wäre was für uns“, sprach der Hahn. „Ja, ja, ach, wären wir da!“, sagte der Esel. Da ratschlagten die Tiere, wie sie es anfangen müssten, um die Räuber hinauszujagen, und fanden endlich ein Mittel. Der Esel

Dann stürzten sie in die Stube hinein. Die Räuber fuhren bei dem entsetzlichen Geschrei in die Höhe und flohen in den Wald hinaus.

musste sich mit den Vorderfüßen auf das Fenster stellen, der Hund auf des Esels Rücken springen, die Katze auf den Hund klettern, und endlich flog der Hahn hinauf und setzte sich der Katze auf den Kopf. Wie das geschehen war, fingen sie auf ein Zeichen insgesamt an, ihre Musik zu machen: Der Esel schrie, der Hund bellte, die Katze miaute, und der Hahn krähte. Dann stürzten sie durch das Fenster in die Stube hinein, dass die Scheiben klirrten. Die Räuber fuhren bei dem entsetzlichen Geschrei in die Höhe, meinten nicht anders, als ein Gespenst käme herein, und flohen in größter Furcht in den Wald hinaus. Nun setzten sich die vier Gesellen an den Tisch, nahmen

Aber die Katze sprang
dem Räuber ins Gesicht, spie und kratzte.
Der Hund biss ihn ins Bein.

mit dem vorlieb, was übrig geblieben war, und aßen, als wenn sie vier Wochen hungern sollten. Wie die vier Spielleute fertig waren, löschten sie das Licht aus und suchten sich eine Schlafstätte, jeder nach seiner Natur und Bequemlichkeit. Der Esel legte sich auf den Mist, der Hund hinter die Türe, die Katze auf den Herd bei der warmen Asche, und der Hahn setzte sich auf den Hahnenbalken. Und weil sie müde waren von ihrem langen Weg, schliefen sie auch bald ein. Als Mitternacht vorbei war und die Räuber von Weitem sahen, dass kein Licht mehr im Haus brannte, auch alles ruhig schien, sprach der Hauptmann: „Wir hätten uns doch nicht sollen ins Bockshorn jagen lassen“, und hieß einen hingehen und das Haus untersuchen. Der Abgeschickte fand alles still, ging in die Küche, ein Licht anzuzünden, und weil er die glühenden, feurigen Augen der Katze für lebendige Kohlen ansah, hielt er ein Schwefelhölzchen daran, dass es Feuer fangen sollte. Aber die Katze verstand keinen Spaß, sprang ihm ins Gesicht, spie und kratzte. Da erschrak er gewaltig, lief und wollte zur Hintertüre hinaus, aber der Hund, der da lag, sprang auf und biss ihn ins Bein. Und als er über den Hof an dem

Und als der Räuber über den Hof rannte, gab ihm der Esel noch einen tüchtigen Schlag mit dem Hinterfuß. Der Hahn aber rief Balken herab: „Kikeriki!"

Miste vorbeirannte, gab ihm der Esel noch einen tüchtigen Schlag mit dem Hinterfuß. Der Hahn aber, der vom Lärmen aus dem Schlaf geweckt und munter geworden war, rief vom Balken herab: „Kikeriki!" Da lief der Räuber, was er konnte, zu seinem Hauptmann zurück und sprach: „Ach, in dem Haus sitzt eine gräuliche Hexe, die hat mich angehaucht und mit ihren langen Fingern mir das Gesicht zerkratzt. Und vor der Türe steht ein Mann mit einem Messer, der hat mich ins Bein gestochen. Und auf dem Hof liegt ein schwarzes Ungetüm, das hat mit einer Holzkeule auf mich losgeschlagen. Und oben auf dem Dache, da sitzt der Richter, der rief: ‚Bringt mir den Schelm her.' Da machte ich, dass ich fortkam." Von nun an getrauten sich die Räuber nicht weiter in das Haus, den vier Bremer Musikanten gefiel's aber so wohl darin, dass sie nicht wieder herauswollten. Und der das zuletzt erzählt hat, dem ist der Mund noch warm.

Die Wichtelmänner

Sie ist zwar nur kurz, aber dennoch die populärste Koboldgeschichte der Brüder Grimm: Ein Schuster und seine Frau wundern sich, dass sie jedes Mal, wenn sie abends das Leder für den nächsten Tag zurechtlegen, beim Aufstehen schon wunderschön gefertigte Schuhe vorfinden. Auch wenn die schelmischen Wichtelmännchen sich erst gegen Ende der Geschichte zeigen, verraten ihre anonymen Taten doch ihren koboldhaften Charakter, der Leser wie Zuhörer ergötzt hat, seit die Hausgeister im mittelalterlichen Skandinavien und England erstmals auftauchten. Das Bild des fleißigen Schusters, der versucht, sich bei zwei Wichteln anzubiedern, ist exemplarisch für eine volkstümliche Vorstellungswelt, in der sich Menschen und Wesen aus einer Zauberwelt durch rätselhafte Fügung begegnen. Vergleichbare Märchengestalten, die den Menschen entweder helfen oder schaden wollen, sind Trolle, Kobolde, Gnome oder Elfen. Anders als die vielen Märchen, die in Fantasiekönigreichen und verzauberten Wäldern spielen, ist der Schauplatz hier eine bescheidene Werkstatt – in dieser bodenständigen Kulisse ist kein Platz für Prinzen, Prinzessinnen oder Hexen, doch dafür suggeriert sie, dass man auch aus kleinen Verhältnissen jederzeit emporgehoben werden kann. —ND

Farblithografie einer 1923 ursprünglich schwarz-weiß angefertigten Radierung von George Cruikshank, Großbritannien, 1888

Es war ein Schuster ohne seine Schuld so arm geworden, dass ihm endlich nichts mehr übrig blieb als Leder zu einem einzigen Paar Schuhe. Nun schnitt er am Abend die Schuhe zu, die wollte er den nächsten Morgen in Arbeit nehmen; und weil er ein gutes Gewissen hatte, so legte er sich ruhig zu Bett, befahl sich dem lieben Gott und schlief ein. Morgens, nachdem er sein Gebet verrichtet hatte und sich zur Arbeit niedersetzen wollte, so standen die beiden Schuhe ganz fertig auf seinem Tisch. Er verwunderte sich und wusste nicht, was er dazu sagen sollte. Er nahm die Schuhe in die Hand, um sie näher zu betrachten: Sie waren so sauber gearbeitet, dass kein Stich daran falsch war, gerade als wenn es ein Meisterstück sein sollte. Bald darauf trat auch schon ein Käufer ein, und weil ihm die Schuhe so gut gefielen, so bezahlte er mehr als gewöhnlich dafür, und der Schuster konnte von dem Geld Leder zu zwei Paar Schuhen erhandeln. Er schnitt sie abends zu und wollte den nächsten Morgen mit frischem Mut an die Arbeit gehen, aber er brauchte es nicht, denn als er aufstand, waren sie schon fertig, und es blieben auch nicht die Käufer aus, die ihm so viel Geld gaben, dass er Leder zu vier Paar Schuhen einkaufen konnte. Er fand frühmorgens auch die vier Paar fertig; und so ging's immer fort: Was er abends zuschnitt, das war am Morgen verarbeitet, sodass er bald wieder sein ehrliches Auskommen hatte und endlich ein wohlhabender Mann ward. Nun geschah es eines Abends, nicht lange vor Weihnachten, als der Mann wieder zugeschnitten hatte, dass er vor dem Schlafengehen zu seiner Frau sprach: „Wie wär's, wenn wir diese Nacht aufblieben, um zu sehen, wer uns solche hilfreiche Hand leistet?" Die Frau war zufrieden und steckte ein Licht an. Darauf verbargen sie sich in den Stubenecken, hinter den Kleidern, die da aufgehängt waren, und gaben acht. Als es Mitternacht war, da kamen zwei kleine niedliche nackte Männlein, setzten sich vor des Schusters Tisch, nahmen alle zugeschnittene Arbeit zu sich und fingen an, mit ihren Fingerlein so behend und schnell zu stechen, zu nähen, zu klopfen, dass der Schuster vor Verwunderung die Augen nicht abwenden konnte. Sie ließen nicht nach, bis alles zu Ende gebracht war und fertig auf dem Tische stand, dann sprangen sie schnell fort.

Am andern Morgen sprach die Frau: „Die kleinen Männer haben uns reich gemacht, wir müssten uns doch dankbar dafür bezeigen. Sie laufen so herum, haben nichts am Leib und müssen frieren. Weißt du was? Ich will Hemdlein,

Dann hüpften und tanzten sie und sprangen über Stühle und Bänke. Endlich tanzten sie zur Tür hinaus.

Rock, Wams und Höslein für sie nähen, auch jedem ein Paar Strümpfe stricken; mach du jedem ein Paar Schühlein dazu." Der Mann sprach: „Das bin ich wohl zufrieden." Abends, wie sie alles fertig hatten, legten sie die Geschenke statt der zugeschnittenen Arbeit zusammen auf den Tisch und versteckten sich dann, um mit anzusehen, wie sich die Männlein dazu anstellen würden. Um Mitternacht kamen sie herangesprungen und wollten sich gleich an die Arbeit machen. Als sie aber kein zugeschnittenes Leder, sondern die niedlichen Kleidungsstücke fanden, verwunderten sie sich erst, dann aber bezeigten sie eine gewaltige Freude. Mit der größten Geschwindigkeit zogen sie sich an, strichen die schönen Kleider am Leib und sangen:

„Sind wir nicht Knaben glatt und fein?
Was sollen wir länger Schuster sein!"

Dann hüpften und tanzten sie und sprangen über Stühle und Bänke. Endlich tanzten sie zur Tür hinaus. Von nun an kamen sie nicht wieder. Dem Schuster aber ging es wohl, solang er lebte, und es glückte ihm alles, was er unternahm.

Daumerlings Wanderschaft

Die Geschichte um einen Jungen, der nicht größer als ein Daumen ist, findet sich seit Jahrhunderten in Märchen und Kinderreimen unterschiedlichster Sprachräume und Kulturen. Bei den Brüdern Grimm tritt der winzige Held gleich in zwei Märchen auf, gewissermaßen als spitzbübisches Pendant des Abenteurers aus klassischen Heldenepen wie Homers *Odyssee*. Clever und frech, bricht Daumerling auf, um ganz allein die Welt zu erkunden. Das temporeiche Märchen geizt nicht mit aberwitzigen Einfällen in einer für den Winzling überdimensionalen Welt, wo hinter jeder Ecke Gefahr lauert, aber auch zahlreiche Gelegenheiten, die schwerfälligen „Großen" zu überlisten. In Daumerlings Welt ist seine Winzigkeit kein Handicap, sondern nur ein Ansporn, sich einfallsreich und gewitzt zu zeigen, etwa in der Szene, in der er eine Münze zum Segelflieger umfunktioniert. Die Brüder Grimm vermerkten, dass Vorläufer ihres winzigen Protagonisten schon im alten Griechenland zu finden waren, und Volkskundler belegen Geschichten vom Verschlucktwerden – ein Missgeschick, das dem Helden mehrfach widerfährt – aus ganz Europa, aus Indien und aus Japan. —ND

Details eines schablonenkolorierten Einblattdrucks von Oswald Sickert, Deutschland, 1851

Er war klein geraten, hatte aber Courage im Leibe und sagte zu seinem Vater: „Vater, ich soll und muss in die Welt hinaus."

Ein Schneider hatte einen Sohn, der war klein geraten und nicht größer als ein Daumen, darum hieß er auch der Daumerling. Er hatte aber Courage im Leibe und sagte zu seinem Vater: „Vater, ich soll und muss in die Welt hinaus." „Recht, mein Sohn", sprach der Alte, nahm eine lange Stopfnadel und machte am Licht einen Knoten von Siegellack daran. „Da hast du auch einen Degen mit auf den Weg." Nun wollte das Schneiderlein noch einmal mitessen und hüpfte in die Küche, um zu sehen, was die Frau Mutter zu guter Letzt gekocht hätte. Es war aber eben angerichtet, und die Schüssel stand auf dem Herd. Da sprach es: „Frau Mutter, was gibt's heute zu essen?" „Sieh du selbst zu", sagte die Mutter. Da sprang Daumerling auf den Herd und guckte in die Schüssel. Weil er aber den Hals zu weit hineinstreckte, fasste ihn der Dampf von der Speise und trieb ihn zum Schornstein hinaus. Eine Weile ritt er auf dem Dampf in der Luft herum, bis er endlich wieder auf die Erde herabsank. Nun war das Schneiderlein draußen in der weiten Welt, zog umher, ging auch bei einem Meister in die Arbeit, aber das Essen war ihm nicht gut genug. „Frau Meisterin, wenn sie uns kein besser Essen gibt", sagte Daumerling, „so gehe ich fort und schreibe morgen früh mit Kreide an ihre Haustüre: Kartoffel zu viel, Fleisch zu wenig, adies, Herr Kartoffelkönig." „Was willst du wohl, Grashüpfer?", sagte die Meisterin, ward bös, ergriff einen Lappen und wollte nach ihm schlagen. Mein Schneiderlein kroch behende unter den Fingerhut, guckte unten hervor und streckte der Frau Meisterin die Zunge heraus. Sie hob den Fingerhut auf und wollte ihn packen, aber der kleine Daumerling hüpfte in die Lappen, und wie die Meisterin die Lappen auseinanderwarf und ihn suchte, machte er sich in den Tischritz. „He, he, Frau Meisterin", rief er und steckte den Kopf in die Höhe, und wenn sie zuschlagen wollte, sprang er in die

„Was willst du wohl, Grashüpfer?“, sagte die Meisterin, ward bös, ergriff einen Lappen und wollte nach ihm schlagen.

Schublade hinunter. Endlich aber erwischte sie ihn doch und jagte ihn zum Haus hinaus.

Das Schneiderlein wanderte und kam in einen großen Wald. Da begegnete ihm ein Haufen Räuber, die hatten vor, des Königs Schatz zu bestehlen. Als sie das Schneiderlein sahen, dachten sie: „So ein kleiner Kerl kann durch ein Schlüsselloch kriechen und uns als Dietrich dienen.“ „Heda“, rief einer, „du Riese Goliath, willst du mit zur Schatzkammer gehen? Du kannst dich hineinschleichen und das Geld herauswerfen.“ Der Daumerling besann sich, endlich sagte er: „Ja“, und ging mit zu der Schatzkammer. Da besah er die Türe oben und unten, ob kein Ritz darin wäre. Nicht lange, so entdeckte er einen, der breit genug war, um ihn einzulassen. Er wollte auch gleich hindurch, aber eine von den beiden Schildwachen, die vor der Tür standen, bemerkte ihn und sprach zu der anderen:

„Heda", rief einer der Räuber, „willst du mit zur Schatzkammer gehen? Du kannst dich hineinschleichen und das Geld herauswerfen."

„Was kriecht da für eine hässliche Spinne? Ich will sie tottreten." „Lass das arme Tier gehen", sagte die andere, „es hat dir ja nichts getan." Nun kam der Daumerling durch den Ritz glücklich in die Schatzkammer, öffnete das Fenster, unter welchem die Räuber standen, und warf ihnen einen Taler nach dem andern hinaus. Als das Schneiderlein in der besten Arbeit war, hörte es den König kommen, der seine Schatzkammer besehen wollte, und verkroch sich eilig. Der König merkte, dass viele harte Taler fehlten, konnte aber nicht begreifen, wer sie sollte gestohlen haben, da Schlösser und Riegel in gutem Zustand waren und alles wohl verwahrt schien. Da ging er wieder fort und sprach zu den zwei Wachen „Habt acht, es ist einer hinter dem Geld." Als der Daumerling nun seine Arbeit von Neuem anfing, hörten sie das Geld drinnen sich regen und klingen: klipp, klapp, klipp, klapp. Sie sprangen geschwind hinein und wollten den Dieb greifen. Aber das Schneiderlein, das sie kommen hörte, war noch geschwinder, sprang in eine Ecke und deckte einen Taler über sich, sodass nichts von ihm zu sehen war, dabei neckte es noch die Wachen und rief: „Hier bin ich." Die Wachen liefen dahin, wie sie aber ankamen, war es schon in eine andere Ecke unter einen Taler gehüpft und rief: „He, hier bin ich." Die Wachen sprangen eilends herbei, Daumerling war aber längst in einer dritten Ecke und rief: „He, hier bin ich."

Als die eine Magd bald hernach im Garten den Daumerling sah, mähte sie ihn mit dem Gras schnell zusammen und warf es heimlich den Kühen vor.

Und so hatte es sie zu Narren und trieb sie so lange in der Schatzkammer herum, bis sie müde waren und davongingen. Nun warf es die Taler nach und nach alle hinaus. Den letzten schnellte es mit aller Macht, hüpfte dann selber noch behendiglich darauf und flog mit ihm durchs Fenster hinab. Die Räuber machten ihm große Lobsprüche: „Du bist ein gewaltiger Held", sagten sie, „willst du unser Hauptmann werden?" Daumerling bedankte sich aber und sagte, er wollte erst die Welt sehen. Sie teilten nun die Beute, das Schneiderlein aber verlangte nur einen Kreuzer, weil es nicht mehr tragen konnte.

Darauf schnallte es seinen Degen wieder um den Leib, sagte den Räubern guten Tag und nahm den Weg zwischen die Beine. Es ging bei einigen Meistern in Arbeit, aber sie wollte ihm nicht schmecken. Endlich verdingte es sich als Hausknecht in einem Gasthof. Die Mägde aber konnten es nicht leiden, denn ohne dass sie ihn sehen konnten, sah er alles, was sie heimlich taten, und gab bei der Herrschaft an, was sie sich von den Tellern genommen und aus dem Keller für sich weggeholt hatten. Da sprachen sie: „Wart, wir wollen dir's eintränken", und verabredeten untereinander, ihm einen Schabernack anzutun. Als die eine Magd bald hernach im Garten mähte und den Daumerling da herumspringen und an den Kräutern auf und ab kriechen sah, mähte sie ihn mit dem Gras schnell zusammen, band alles in ein großes Tuch und warf es heimlich den Kühen vor. Nun war eine große schwarze darunter, die schluckte ihn mit hinab, ohne ihm wehzutun. Unten gefiel's ihm aber schlecht, denn es war da ganz finster und brannte auch kein Licht. Als die Kuh gemolken wurde, da rief er:

„Strip, strap, stroll,
ist der Eimer bald voll?"

Der Daumerling schrie aus Leibeskräften: „Hackt nicht zu tief, hackt nicht zu tief, ich stecke ja drunter!“

Aber entspringen konnte er nicht: Er musste sich mit den Speckbrocken in eine Blutwurst hinunterstopfen lassen. Da war das Quartier etwas enge.

Doch bei dem Geräusch des Melkens wurde er nicht verstanden. Hernach trat der Hausherr in den Stall und sprach: „Morgen soll die Kuh da geschlachtet werden.“ Da war dem Daumerling angst, dass er mit heller Stimme rief: „Lasst mich erst heraus, ich sitze ja drin.“ Der Herr hörte das wohl, wusste aber nicht, wo die Stimme herkam. „Wo bist du?“, fragte er. „In der schwarzen“, antwortete er, aber der Herr verstand nicht, was das heißen sollte, und ging fort.

Am andern Morgen ward die Kuh geschlachtet. Glücklicherweise traf bei dem Zerhacken und Zerlegen den Daumerling kein Hieb, aber er geriet unter das Wurstfleisch. Wie nun der Metzger herbeitrat und seine Arbeit anfing, schrie er aus Leibeskräften: „Hackt nicht zu tief, hackt nicht zu tief, ich stecke ja drunter.“ Von dem Lärmen der Hackmesser hörte das kein Mensch. Nun hatte der arme Daumerling seine Not, aber die Not macht Beine, und da sprang er so behend zwischen den Hackmessern durch, dass ihn keins anrührte und er mit heiler Haut davonkam. Aber entspringen konnte er auch nicht: Es war keine andere Auskunft, er musste sich mit den Speckbrocken in eine Blutwurst hinunterstopfen lassen. Da war das Quartier etwas enge, und dazu ward er noch in den Schornstein zum Räuchern aufgehängt, wo ihm Zeit und Weile gewaltig lang wurde. Endlich im Winter wurde er heruntergeholt, weil die Wurst einem Gast sollte vorgesetzt werden. Als nun die Frau Wirtin die Wurst in Scheiben schnitt, nahm er sich

Der Fuchs trug ihn selber heim. Als der Vater sein liebes Söhnlein wiedersah, gab er dem Fuchs gern alle die Hühner, die er hatte.

in Acht, dass er den Kopf nicht zu weit vorstreckte, damit ihm nicht etwa der Hals mit abgeschnitten würde. Endlich ersah er seinen Vorteil, machte sich Luft und sprang heraus.

In dem Hause aber, wo es ihm so übel ergangen war, wollte das Schneiderlein nicht länger mehr bleiben, sondern begab sich gleich wieder auf die Wanderung. Doch seine Freiheit dauerte nicht lange. Auf dem offenen Feld kam es einem Fuchs in den Weg, der schnappte es in Gedanken auf. „Ei, Herr Fuchs“, rief's Schneiderlein, „ich bins ja, der in Eurem Hals steckt, lasst mich wieder frei.“ „Du hast recht“, antwortete der Fuchs, „an dir habe ich doch so viel als nichts; versprichst du mir die Hühner in deines Vaters Hof, so will ich dich loslassen.“ „Von Herzen gern“, antwortete der Daumerling, „die Hühner sollst du alle haben, das gelobe ich dir.“ Da ließ ihn der Fuchs wieder los und trug ihn selber heim. Als der Vater sein liebes Söhnlein wiedersah, gab er dem Fuchs gern alle die Hühner, die er hatte. „Dafür bring ich dir auch ein schön Stück Geld mit“, sprach der Daumerling und reichte ihm den Kreuzer, den er auf seiner Wanderschaft erworben hatte.

„Warum hat aber der Fuchs die armen Piephühner zu fressen gekriegt?“ „Ei, du Narr, deinem Vater wird ja wohl sein Kind lieber sein als die Hühner auf dem Hof.“

Dornröschen

Die Brüder Grimm „streckten" mitunter die Märchen, die sie sammelten, „Dornröschen" jedoch reduzierten sie auf seinen Kerngehalt und schufen damit die wohl eindrücklichste Version dieses klassischen Märchens. Die einprägsamen Bilder – ein von Dornen umranktes Schloss, die schlafende Prinzessin und der Kuss des Prinzen – inspirieren seit mehr als sechs Jahrhunderten Schriftsteller und Künstler gleichermaßen. Der todesähnliche Schlaf, in dem die Heldin für den Großteil der Geschichte liegt, fasziniert die Bevölkerung der umliegenden Lande über Generationen und lockt immer wieder neue Prinzen, die – vergeblich – zu ihr vorzudringen versuchen. Interpreten sehen in diesem Märchen eine Geschichte um Selbstfindung und Liebe und die Initiation eines Mädchens und eines Jungen beim Übertritt ins Erwachsensein. Interessanterweise kann dieses Märchen nur auf eine relativ kurze mündliche Erzähltradition zurückblicken; in Schriftform erschien es erstmals um 1330 in dem französischen Epos *Perceforest*. In Teilen erinnert die Geschichte zudem an die nordische Sage um die schlafende, von einem Feuerkranz umgebene Walküre Brünhild. Im 17. Jahrhundert veröffentlichten sowohl Giambattista Basile in Italien wie auch Charles Perrault in Frankreich in ihren Märchensammlungen Versionen dieser Erzählung, die sich jedoch eher an ein erwachsenes Publikum richteten. Die Grimms benannten ihr Märchen nach den Rosen, die aus den Dornenranken erblühen, nachdem der Zauberbann gebrochen ist. —ND

Farblithografien von Herbert Leupin, Schweiz, 1948

*Die Königin gebar ein Mädchen, das war so schön,
dass der König vor Freude sich nicht
zu lassen wusste und ein großes Fest anstellte.*

Vor Zeiten war ein König und eine Königin, die sprachen jeden Tag: „Ach, wenn wir doch ein Kind hätten!“, und kriegten immer keins. Da trug sich zu, als die Königin einmal im Bade saß, dass ein Frosch aus dem Wasser ans Land kroch und zu ihr sprach: „Dein Wunsch wird erfüllt werden. Ehe ein Jahr vergeht, wirst du eine Tochter zur Welt bringen.“ Was der Frosch gesagt hatte, das geschah, und die Königin gebar ein Mädchen, das war so schön, dass der König vor Freude sich nicht zu lassen wusste und ein großes Fest anstellte. Er lud nicht bloß seine Verwandten, Freunde und Bekannten, sondern auch die weisen Frauen dazu ein, damit sie dem Kind hold und gewogen wären. Es waren ihrer 13 in seinem Reiche, weil er aber nur zwölf goldene Teller hatte, von welchen sie essen sollten, so musste eine von ihnen daheimbleiben. Das Fest ward mit aller Pracht

Da trat plötzlich die dreizehnte weise Frau herein und rief mit lauter Stimme: „Die Königstochter soll sich in ihrem fünfzehnten Jahr an einer Spindel stechen und tot hinfallen."

gefeiert, und als es zu Ende war, beschenkten die weisen Frauen das Kind mit ihren Wundergaben: die eine mit Tugend, die andere mit Schönheit, die dritte mit Reichtum, und so mit allem, was auf der Welt zu wünschen ist. Als elfe ihre Sprüche eben getan hatten, trat plötzlich die dreizehnte herein. Sie wollte sich dafür rächen, dass sie nicht eingeladen war, und ohne jemanden zu grüßen oder nur anzusehen, rief sie mit lauter Stimme: „Die Königstochter soll sich in ihrem fünfzehnten Jahr an einer Spindel stechen und tot hinfallen." Und ohne ein Wort weiter zu sprechen, kehrte sie sich um und verließ den Saal. Alle waren erschrocken, da trat die zwölfte hervor, die ihren Wunsch noch übrig hatte, und weil sie den bösen Spruch nicht aufheben, sondern nur ihn mildern konnte, so sagte sie: „Es soll aber kein Tod sein, sondern ein hundertjähriger tiefer Schlaf, in welchen die Königstochter fällt."

Der König, der sein liebes Kind vor dem Unglück gern bewahren wollte, ließ den Befehl ausgehen, dass alle Spindeln im ganzen Königreiche verbrannt werden. An dem Mädchen aber wurden die Gaben der weisen Frauen sämtlich erfüllt, denn es war so schön, sittsam, freundlich und verständig, dass es jedermann, der es ansah, lieb haben musste. Es geschah, dass an dem Tage, wo es gerade fünfzehn Jahr alt ward, der König und die Königin nicht zu Haus waren und das Mädchen ganz allein im Schloss zurückblieb. Da ging es allerorten herum, besah Stuben und Kammern, wie es Lust hatte, und kam endlich auch an einen alten Turm. Es stieg die enge Wendeltreppe hinauf und gelangte zu einer kleinen Türe. In dem Schloss steckte ein verrosteter Schlüssel, und als es ihn umdrehte, sprang die Türe auf, und saß da in einem kleinen Stübchen eine alte Frau mit einer Spindel und spann emsig ihren Flachs. „Guten Tag, du altes Mütterchen", sprach die Königstochter, „was

Da ging das Mädchen im Schloss herum,
besah Stuben und Kammern,
wie es Lust hatte, und kam endlich
auch an einen alten Turm.

machst du da?" „Ich spinne", sagte die Alte und nickte mit dem Kopf. „Was ist das für ein Ding, das so lustig herumspringt?", sprach das Mädchen, nahm die Spindel und wollte auch spinnen. Kaum hatte sie aber die Spindel angerührt, so ging der Zauberspruch in Erfüllung, und sie stach sich damit in den Finger.

In dem Augenblick aber, wo sie den Stich empfand, fiel sie auf das Bett nieder, das da stand, und lag in einem tiefen Schlaf. Und dieser Schlaf verbreitete sich über das ganze Schloss: Der König und die Königin, die eben heimgekommen waren und in den Saal getreten waren, fingen an einzuschlafen und der ganze Hofstaat mit ihnen. Da schliefen auch die Pferde im Stall, die Hunde im Hofe, die Tauben auf dem Dache, die Fliegen an der Wand, ja, das Feuer, das auf dem Herde flackerte, ward still und schlief ein, und der Braten hörte auf zu brutzeln, und der Koch, der den Küchenjungen, weil er etwas versehen hatte, in den Haaren ziehen wollte, ließ ihn los und schlief. Und der Wind legte sich, und auf den Bäumen vor dem Schloss regte sich kein Blättchen mehr.

Rings um das Schloss aber begann eine Dornenhecke zu wachsen, die jedes Jahr höher ward und endlich das ganze Schloss umzog

Da saß in einem kleinen Stübchen eine alte Frau mit einer Spindel und spann emsig ihren Flachs. „Was ist das für ein Ding, das so lustig herumspringt?", sprach das Mädchen.

SEITE 142/143 *Rings um das Schloss aber begann eine Dornenhecke zu wachsen, die jedes Jahr höher ward.*

Der Jüngling sprach: „Ich fürchte mich nicht, ich will das schöne Dornröschen sehen.“ Der gute Alte mochte ihm abraten, er hörte nicht auf seine Worte.

und darüber hinauswuchs, dass gar nichts davon zu sehen war, selbst nicht die Fahne auf dem Dach. Es ging aber die Sage in dem Land von dem schönen schlafenden Dornröschen, denn so ward die Königstochter genannt, also dass von Zeit zu Zeit Königssöhne kamen und durch die Hecke in das Schloss dringen wollten. Es war ihnen aber nicht möglich, denn die Dornen, als hätten sie Hände, hielten fest zusammen, und die Jünglinge blieben darin hängen, konnten sich nicht wieder losmachen und starben eines jämmerlichen Todes. Nach langen Jahren kam wieder einmal ein Königssohn in das Land und hörte, wie ein alter Mann von der Dornenhecke erzählte. Es sollte ein Schloss dahinter stehen, in welchem eine wunderschöne Königstochter, Dornröschen genannt, schon seit hundert Jahren schliefe, und mit ihr schliefe der König und die Königin und der ganze Hofstaat. Er wusste auch von seinem Großvater, dass schon viele Königssöhne gekommen wären und versucht hätten, durch die Dornenhecke zu dringen, aber sie wären darin hängen geblieben und eines traurigen Todes gestorben. Da sprach der Jüngling: „Ich fürchte mich nicht, ich will hinaus und das schöne Dornröschen sehen.“ Der gute Alte mochte ihm abraten, wie er wollte, er hörte nicht auf seine Worte.

Nun waren aber gerade die hundert Jahre verflossen, und der Tag war gekommen, wo Dornröschen wieder erwachen sollte. Als der Königssohn sich der Dornenhecke näherte, waren es lauter große schöne Blumen, die taten sich von selbst auseinander und ließen ihn unbeschädigt hindurch, und hinter ihm taten sie sich wieder als Hecke zusammen. Im Schlosshof sah er die Pferde und scheckigen Jagdhunde liegen und schlafen, auf dem Dach

Es ging aber die Sage in dem Land von dem schönen schlafenden Dornröschen, also dass Königssöhne kamen, die durch die Hecke in das Schloss dringen wollten.

Als der Königssohn sich der Dornenhecke näherte, waren es lauter große schöne Blumen, und sie ließen ihn unbeschädigt hindurch.

Der Königssohn bückte sich und gab Dornröschen einen Kuss. Wie er es mit dem Kuss berührt hatte, schlug es die Augen auf und erwachte.

saßen die Tauben und hatten das Köpfchen unter den Flügel gesteckt. Und als er ins Haus kam, schliefen die Fliegen an der Wand, der Koch in der Küche hielt noch die Hand, als wollte er den Jungen anpacken, und die Magd saß vor dem schwarzen Huhn, das sollte gerupft werden. Da ging er weiter und sah im Saale den ganzen Hofstaat liegen und schlafen, und oben bei dem Throne lag der König und die Königin. Da ging er noch weiter, und alles war so still, dass einer seinen Atem hören konnte, und endlich kam er zu dem Turm und öffnete die Türe zu der kleinen Stube, in welcher Dornröschen schlief. Da lag es und war so schön, dass er die Augen nicht abwenden konnte, und er bückte sich und gab ihm einen Kuss. Wie er es mit dem Kuss berührt hatte, schlug Dornröschen die Augen auf, erwachte, und blickte ihn ganz freundlich an. Da gingen sie zusammen herab, und der König erwachte und die Königin und der ganze Hofstaat und sahen einander mit großen Augen an. Und die Pferde im Hof standen auf und rüttelten sich; die Jagdhunde sprangen und wedelten; die Tauben auf dem Dache zogen das Köpfchen unterm Flügel hervor, sahen umher und flogen ins Feld; die Fliegen an den Wänden krochen weiter; das Feuer in der Küche erhob sich, flackerte und kochte das Essen; der Braten fing wieder an zu brutzeln; und der Koch gab dem Jungen eine Ohrfeige, dass er schrie; und die Magd rupfte das Huhn fertig. Und da wurde die Hochzeit des Königssohns mit dem Dornröschen in aller Pracht gefeiert, und sie lebten vergnügt bis an ihr Ende.

Schneewittchen

Mit seiner berühmten Farbmetaphorik – „weiß wie Schnee, rot wie Blut, schwarz wie Ebenholz" – zählt „Schneewittchen" zu den bekanntesten Märchen aller Zeiten. Dabei ist es gar nicht so alt; erstmals tauchte es vor erst 300 Jahren auf, für ein Märchen ein geradezu jugendliches Alter. Dennoch blickt es auf eine reiche mündliche Überlieferung zurück mit mehr als 400 Versionen in Europa, Nord- und Südamerika, Kleinasien, Afrika und sogar in der Karibik. Märchenhistoriker vermuten, dass tatsächliche Ereignisse im vormodernen Europa den Kern dieser Geschichte bilden. Die Version der Brüder Grimm fußt auf Erzähltraditionen aus ihrer hessischen Heimat, in denen auch erstmals das Motiv der Zwerge auftauchte. Wie Dornröschen fällt auch Schneewittchen in einen tiefen Schlaf, nachdem die böse Stiefmutter es vergiftet hat. Diese in Hexenkünsten begabte und von Narzissmus getriebene Figur wurde von zahlreichen Künstlern und Filmemachern in schillernden Farben dargestellt – unter anderem von Walt Disney in *Snow White and the Seven Dwarfs* (1937). Am Ende des Märchens muss sich die böse Stiefmutter in rot glühenden Eisenpantoffeln zu Tode tanzen, ein Motiv, das auch in einer frühen dänischen Sage vorkommt – eine der blutrünstigeren Varianten des Märchens, wie sie in verschiedenen Ländern kursierten. —ND

Farblithografien von Wanda Zeigner-Ebel, Deutschland, 1920

Es war einmal mitten im Winter, und die Schneeflocken fielen wie Federn vom Himmel herab, da saß eine Königin an einem Fenster, das einen Rahmen von schwarzem Ebenholz hatte, und nähte. Und wie sie so nähte und nach dem Schnee aufblickte, stach sie sich mit der Nadel in den Finger, und es fielen drei Tropfen Blut in den Schnee. Und weil das Rote im weißen Schnee so schön aussah, dachte sie bei sich: „Hätt ich ein Kind so weiß wie Schnee, so rot wie Blut und so schwarz wie das Holz an dem Rahmen." Bald darauf bekam sie ein Töchterlein, das war so weiß wie Schnee, so rot wie Blut und so schwarzhaarig wie Ebenholz und ward darum das Schneewittchen (Schneeweißchen) genannt. Und wie das Kind geboren war, starb die Königin.

Über ein Jahr nahm sich der König eine andere Gemahlin. Es war eine schöne Frau, aber sie war stolz und übermütig und konnte nicht leiden, dass sie an Schönheit von jemandem sollte übertroffen werden. Sie hatte einen wunderbaren Spiegel, wenn sie vor den trat und sich darin beschaute, sprach sie:

„Spieglein, Spieglein an der Wand,
wer ist die Schönste im ganzen Land?"

So antwortete der Spiegel:

„Frau Königin, Ihr seid die Schönste im Land."

Da war sie zufrieden, denn sie wusste, dass der Spiegel die Wahrheit sagte.

Die Königin hatte einen wunderbaren Spiegel,
wenn sie vor den trat, sprach sie: „Spieglein, Spieglein an der
Wand, wer ist die Schönste im ganzen Land?“

Der Jäger führte das Kind hinaus in den Wald.
Es fing an zu weinen und sprach:
„Ach, lieber Jäger, lass mir mein Leben."

Schneewittchen aber wuchs heran und wurde immer schöner, und als es sieben Jahre alt war, war es so schön wie der klare Tag und schöner als die Königin selbst. Als diese einmal ihren Spiegel fragte:

„Spieglein, Spieglein an der Wand,
wer ist die Schönste im ganzen Land?",

so antwortete er:

„Frau Königin, Ihr seid die Schönste hier,
aber Schneewittchen ist tausendmal schöner als Ihr."

Da erschrak die Königin und ward gelb und grün vor Neid. Von Stund an, wenn sie Schneewittchen erblickte, kehrte sich ihr Herz im Leibe herum, so hasste sie das Mädchen. Und der Neid und Hochmut wuchsen wie ein Unkraut in ihrem Herzen immer höher, dass sie Tag und Nacht keine Ruhe mehr hatte. Da rief sie einen Jäger und sprach: „Bring das Kind hinaus in den Wald, ich will's nicht mehr vor meinen Augen sehen. Du sollst es töten und mir Lunge und Leber zum Wahrzeichen mitbringen." Der Jäger gehorchte und führte es hinaus, und als er den Hirschfänger gezogen hatte und Schneewittchens unschuldiges Herz durchbohren wollte, fing es an zu weinen und sprach: „Ach, lieber Jäger, lass mir mein Leben; ich will in den wilden Wald laufen und nimmermehr wieder heimkommen." Und weil es so schön war, hatte der Jäger Mitleid und sprach: „So lauf hin, du armes Kind." „Die wilden Tiere werden dich bald gefressen haben", dachte er, und doch war's ihm, als wär ein Stein von seinem Herzen gewälzt, weil er es nicht zu töten brauchte. Und als gerade ein junger Frischling dahergesprungen kam, stach er ihn ab, nahm Lunge und Leber heraus und brachte sie als Wahrzeichen der Königin mit. Der Koch musste sie in Salz kochen, und das boshafte Weib aß sie auf und meinte, sie hätte Schneewittchens Lunge und Leber gegessen.

Nun war das arme Kind in dem großen Wald mutterselig allein, und ihm ward so angst, dass es alle Blätter an den Bäumen ansah und nicht wusste, wie es sich helfen sollte. Da fing es an zu laufen und lief über die spitzen Steine und durch die Dornen, und die wilden Tiere sprangen an ihm vorbei, aber sie taten ihm nichts. Es lief, solange nur die Füße noch fort konnten, bis es bald Abend werden wollte, da sah es ein kleines Häuschen und ging hinein, sich zu ruhen. In dem Häuschen war alles klein, aber so zierlich und reinlich, dass es nicht zu sagen ist. Da stand ein weiß gedecktes Tischlein mit sieben kleinen Tellern, jedes Tellerlein mit seinem Löffelein, ferner sieben Messerlein und Gäblein und sieben

Becherlein. An der Wand waren sieben Bettlein nebeneinander aufgestellt und schneeweiße Laken darübergedeckt. Schneewittchen, weil es so hungrig und durstig war, aß von jedem Tellerlein ein wenig Gemüse und Brot und trank aus jedem Becherlein einen Tropfen Wein, denn es wollte nicht einem allein alles wegnehmen. Hernach, weil es so müde war, legte es sich in ein Bettchen, aber keines passte: Das eine war zu lang, das andere zu kurz, bis endlich das siebente recht war, und darin blieb es liegen, befahl sich Gott und schlief ein.

Als es ganz dunkel geworden war, kamen die Herren von dem Häuslein, das waren die sieben Zwerge, die in den Bergen nach Erz hackten und gruben. Sie zündeten ihre sieben Lichtlein an, und wie es nun hell im Häuslein ward, sahen sie, dass jemand darin gewesen war, denn es stand nicht alles so in der Ordnung, wie sie es verlassen hatten. Der erste sprach: „Wer hat auf meinem Stühlchen gesessen?“ Der zweite: „Wer hat von meinem Tellerchen gegessen?“ Der dritte: „Wer hat von meinem Brötchen genommen?“ Der vierte: „Wer hat von meinem Gemüschen gegessen?“ Der fünfte: „Wer hat mit meinem Gäbelchen gestochen?“ Der sechste: „Wer hat mit meinem Messerchen geschnitten?“ Der siebente: „Wer hat aus meinem Becherlein getrunken?“ Dann sah sich der erste um und sah, dass auf seinem Bett eine kleine Delle war. Da sprach er: „Wer hat in mein Bettchen getreten?“ Die andern kamen gelaufen und riefen: „In meinem hat auch jemand gelegen.“ Der siebente aber, als er in sein Bett sah, erblickte Schneewittchen, das lag darin und schlief. Nun rief er die andern, die kamen

Die Zwerge kamen herbeigelaufen,
sie holten ihre sieben Lichtlein und beleuchteten Schneewittchen.
„Ei, du mein Gott! Ei, du mein Gott!", riefen sie.

herbeigelaufen und schrien vor Verwunderung, holten ihre sieben Lichtlein und beleuchteten Schneewittchen. „Ei, du mein Gott! Ei, du mein Gott!", riefen sie. „Was ist das Kind so schön!" Und hatten so große Freude, dass sie es nicht aufweckten, sondern im Bettlein fortschlafen ließen. Der siebente Zwerg aber schlief bei seinen Gesellen, bei jedem eine Stunde, da war die Nacht herum.

Als es Morgen war, erwachte Schneewittchen, und wie es die sieben Zwerge sah, erschrak es. Sie waren aber freundlich und fragten: „Wie heißt du?" „Ich heiße Schneewittchen", antwortete es. „Wie bist du in unser Haus gekommen?", sprachen weiter die Zwerge. Da erzählte es ihnen, dass seine Stiefmutter es hätte wollen umbringen lassen, der Jäger hätte ihm aber das Leben geschenkt, und da wär es gelaufen den ganzen Tag, bis es endlich ihr Häuslein gefunden hätte. Die Zwerge sprachen: „Willst du unsern Haushalt versehen, kochen, betten, waschen, nähen und stricken, und willst du alles ordentlich und reinlich halten, so kannst du bei uns bleiben, und es soll dir an nichts fehlen." „Ja", sagte Schneewittchen, „von Herzen gern", und blieb bei ihnen. Es hielt ihnen das Haus in Ordnung; morgens gingen sie in die Berge und suchten Erz und Gold, abends kamen sie wieder, und da musste ihr Essen bereit sein. Den Tag über war das Mädchen allein. Da warnten es die guten Zwerglein und sprachen: „Hüte dich vor deiner Stiefmutter, die wird bald wissen, dass du hier bist. Lass ja niemanden herein!"

Die Königin aber, nachdem sie Schneewittchens Lunge und Leber glaubte gegessen zu haben, dachte nicht anders, als sie wäre wieder die Erste und Allerschönste, trat vor ihren Spiegel und sprach:

„Spieglein, Spieglein an der Wand,
wer ist die Schönste im ganzen Land?"

Da antwortete der Spiegel:

„Frau Königin, Ihr seid die Schönste hier,
aber Schneewittchen über den Bergen
bei den sieben Zwergen
ist noch tausendmal schöner als Ihr."

Da erschrak sie, denn sie wusste, dass der Spiegel keine Unwahrheit sprach, und merkte, dass der Jäger sie betrogen hatte und Schneewittchen noch am Leben war. Und da sann und sann sie aufs Neue, wie sie es umbringen wollte, denn solange sie nicht die Schönste war im ganzen Land, ließ ihr der Neid keine Ruhe. Und als sie sich endlich etwas ausgedacht hatte, färbte sie sich das

SEITE 156/157 *Als es Morgen war, erwachte Schneewittchen, und wie es die sieben Zwerge sah, erschrak es. Sie waren aber freundlich.*

Gesicht und kleidete sich wie eine alte Krämerin und war ganz unkenntlich. In dieser Gestalt ging sie über die sieben Berge zu den sieben Zwergen, klopfte an die Türe und rief: „Schöne Ware feil! Feil!“ Schneewittchen guckte zum Fenster heraus und rief: „Guten Tag, liebe Frau, was habt Ihr zu verkaufen?“ „Gute Ware, schöne Ware“, antwortete sie, „Schnürriemen von allen Farben“, und holte einen hervor, der aus bunter Seide geflochten war. „Die ehrliche Frau kann ich hereinlassen“, dachte Schneewittchen, riegelte die Türe auf und kaufte sich den hübschen Schnürriemen. „Kind“, sprach die Alte, „wie du aussiehst! Komm, ich will dich einmal ordentlich schnüren.“ Schneewittchen hatte kein Arg, stellte sich vor sie und ließ sich mit dem neuen Schnürriemen schnüren. Aber die Alte schnürte geschwind und schnürte so fest, dass dem Schneewittchen der Atem verging und es wie tot hinfiel. „Nun bist du die Schönste gewesen“, sprach sie und eilte hinaus.

Nicht lange darauf, zur Abendzeit, kamen die sieben Zwerge nach Haus, aber wie erschraken sie, als sie ihr liebes Schneewittchen auf der Erde liegen sahen; und es regte und bewegte sich nicht, als wäre es tot. Sie hoben es in die Höhe, und weil sie sahen, dass es zu fest geschnürt war, schnitten sie den Schnürriemen entzwei. Da fing es an, ein wenig zu atmen, und ward nach und nach wieder lebendig. Als die Zwerge hörten, was geschehen war, sprachen sie: „Die alte Krämerfrau war niemand als die gottlose Königin. Hüte dich, und lass keinen Menschen herein, wenn wir nicht bei dir sind.“

Das böse Weib aber, als es nach Haus gekommen war, ging vor den Spiegel und fragte:

„Spieglein, Spieglein an der Wand,
wer ist die Schönste im ganzen Land?“

Da antwortete er wie sonst:

„Frau Königin, Ihr seid die Schönste hier,
aber Schneewittchen über den Bergen
bei den sieben Zwergen
ist noch tausendmal schöner als Ihr.“

Als sie das hörte, lief ihr alles Blut zum Herzen, so erschrak sie, denn sie sah wohl, dass Schneewittchen wieder lebendig geworden war. „Nun aber“, sprach sie, „will ich etwas aussinnen, das dich zugrunde richten soll“, und mit Hexenkünsten, die sie verstand, machte sie einen giftigen Kamm. Dann verkleidete sie sich und nahm die Gestalt eines andern alten Weibes an. So ging sie hin

Die Zwerge sprachen:
„Hüte dich, und lass keinen Menschen herein,
wenn wir nicht bei dir sind."

über die sieben Berge zu den sieben Zwergen, klopfte an die Türe und rief: „Gute Ware feil! Feil!" Schneewittchen schaute heraus und sprach: „Geht nur weiter, ich darf niemanden hereinlassen." „Das Ansehen wird dir doch erlaubt sein", sprach die Alte, zog den giftigen Kamm heraus und hielt ihn in die Höhe. Da gefiel er dem Kinde so gut, dass es sich betören ließ und die Tür öffnete. Als sie des Kaufs einig waren, sprach die Alte: „Nun will ich dich einmal ordentlich kämmen." Das arme Schneewittchen dachte an nichts und ließ die Alte gewähren, aber kaum hatte sie den Kamm in die Haare gesteckt, als das Gift darin wirkte und das Mädchen ohne Besinnung niederfiel. „Du Ausbund von Schönheit", sprach das boshafte Weib, „jetzt ist's um dich geschehen", und ging fort. Zum Glück aber war es bald Abend, wo die sieben Zwerglein nach Haus kamen. Als sie Schneewittchen wie tot auf der Erde liegen sahen, hatten sie gleich die Stiefmutter in Verdacht, suchten nach und fanden den giftigen Kamm, und kaum hatten sie ihn herausgezogen, so kam Schneewittchen wieder zu sich und erzählte, was vorgegangen war. Da warnten sie es noch einmal, auf seiner Hut zu sein und niemandem die Türe zu öffnen.

Die Königin stellte sich daheim vor den Spiegel und sprach:

„Spieglein, Spieglein an der Wand,
wer ist die Schönste im ganzen Land?"

Schneewittchen lusterte den schönen Apfel an und konnte nicht länger widerstehen. Sie streckte die Hand hinaus und nahm die giftige Hälfte.

SEITE 162/163 *Sie legten es in einen durchsichtigen Sarg aus Glas und setzten den Sarg hinaus auf den Berg, und einer von ihnen blieb immer dabei und bewachte ihn.*

Da antwortete er wie vorher:

„Frau Königin, Ihr seid die Schönste hier,
aber Schneewittchen über den Bergen
bei den sieben Zwergen
ist noch tausendmal schöner als Ihr."

Als sie den Spiegel so reden hörte, zitterte und bebte sie vor Zorn. „Schneewittchen soll sterben", rief sie, „und wenn es mein eignes Leben kostet." Darauf ging sie in eine ganz verborgene einsame Kammer, wo niemand hinkam, und machte da einen giftigen Apfel. Äußerlich sah er schön aus, weiß mit roten Backen, dass jeder, der ihn erblickte, Lust danach bekam, aber wer ein Stückchen davon aß, der musste sterben. Als der Apfel fertig war, färbte sie sich das Gesicht und verkleidete sich in eine Bauersfrau, und so ging sie über die sieben Berge zu den sieben Zwergen. Sie klopfte an, Schneewittchen streckte den Kopf zum Fenster heraus und sprach: „Ich darf keinen Menschen einlassen, die sieben Zwerge haben mir's verboten." „Mir auch recht", antwortete die Bäuerin, „meine Äpfel will ich schon los werden. Da, einen will ich dir schenken." „Nein", sprach Schneewittchen, „ich darf nichts annehmen." „Fürchtest du dich vor Gift?", sprach die Alte. „Siehst du, da schneide ich den Apfel in zwei Teile. Den roten iss du, den weißen will ich essen." Der Apfel war aber so künstlich gemacht, dass der rote Backen allein vergiftet war. Schneewittchen lusterte den schönen Apfel an, und als es sah, dass die Bäuerin davon aß, so konnte es nicht länger widerstehen, streckte die Hand hinaus und nahm die giftige Hälfte. Kaum aber hatte es einen Bissen davon im Mund, so fiel es tot zur Erde nieder. Da betrachtete es die Königin mit grausigen Blicken und lachte überlaut und sprach: „Weiß wie Schnee, rot wie Blut, schwarz wie Ebenholz! Diesmal können dich die Zwerge nicht wieder erwecken." Und als sie daheim den Spiegel befragte:

„Spieglein, Spieglein an der Wand,
wer ist die Schönste im ganzen Land?",

so antwortete er endlich:

„Frau Königin, Ihr seid die Schönste im Land."

Da hatte ihr neidisches Herz Ruhe, so gut ein neidisches Herz Ruhe haben kann.

Die Zwerglein, wie sie abends nach Haus kamen, fanden Schneewittchen auf der Erde liegen, und es ging kein Atem mehr aus seinem Mund, und es war tot. Sie hoben es auf, suchten, ob sie was Giftiges fänden, schnürten es auf, kämmten ihm die Haare, wuschen es mit Wasser und Wein, aber es half alles

nichts. Das liebe Kind war tot und blieb tot. Sie legten es auf eine Bahre und setzten sich alle siebene daran und beweinten es und weinten drei Tage lang. Da wollten sie es begraben, aber es sah noch so frisch aus wie ein lebender Mensch und hatte noch seine schönen roten Backen. Sie sprachen: „Das können wir nicht in die schwarze Erde versenken“, und ließen einen durchsichtigen Sarg aus Glas machen, dass man es von allen Seiten sehen konnte, legten es hinein und schrieben mit goldenen Buchstaben seinen Namen darauf und dass es eine Königstochter wäre. Dann setzten sie den Sarg hinaus auf den Berg, und einer von ihnen blieb immer dabei und bewachte ihn. Und die Tiere kamen auch und beweinten Schneewittchen, erst eine Eule, dann ein Rabe, zuletzt ein Täubchen.

Nun lag Schneewittchen lange, lange Zeit in dem Sarg und verweste nicht, sondern sah aus, als wenn es schliefe, denn es war noch so weiß wie Schnee, so rot wie Blut und so schwarzhaarig wie Ebenholz. Es geschah aber, dass ein Königssohn in den Wald geriet und zu dem Zwergenhaus kam, da zu übernachten. Er sah auf dem Berg den Sarg und das schöne Schneewittchen darin und las, was mit goldenen Buchstaben darauf geschrieben war. Da sprach er zu den Zwergen: „Lasst mir den Sarg, ich will euch geben, was ihr dafür haben wollt.“ Aber die Zwerge antworteten: „Wir geben ihn nicht um alles Gold in der Welt.“ Da sprach er: „So schenkt mir ihn, denn ich kann nicht leben, ohne Schneewittchen zu sehen, ich will es ehren und hochachten wie mein Liebstes.“ Wie er so sprach, empfanden die guten Zwerglein Mitleiden mit ihm und gaben ihm den Sarg. Der Königssohn ließ ihn nun von seinen Dienern auf den Schultern forttragen. Da geschah es, dass sie über einen Strauch stolperten, und von dem Schüttern fuhr der giftige Apfelgrütz, den Schneewittchen abgebissen hatte, aus dem Hals. Und nicht lange, so öffnete es die Augen, hob den Deckel vom Sarg in die Höhe und richtete sich auf und war wieder lebendig. „Ach Gott, wo bin ich?“, rief es. Der Königssohn sagte voll Freude: „Du bist bei mir“, und erzählte, was sich zugetragen hatte, und sprach: „Ich habe dich lieber als alles auf der Welt. Komm mit mir in meines Vaters Schloss, du sollst meine Gemahlin werden.“ Da war ihm Schneewittchen gut und ging mit ihm, und ihre Hochzeit ward mit großer Pracht und Herrlichkeit angeordnet. Zu dem Fest wurde aber auch Schneewittchens gottlose Stiefmutter eingeladen. Wie sie sich nun mit schönen Kleidern angetan hatte, trat sie vor den Spiegel und sprach:

Der Königssohn sprach „Ich habe dich lieber als alles auf der Welt.“ Ihre Hochzeit ward mit großer Pracht und Herrlichkeit angeordnet.

„Spieglein, Spieglein an der Wand,
wer ist die Schönste im ganzen Land?“

Der Spiegel antwortete:

„Frau Königin, Ihr seid die Schönste hier,
aber die junge Königin ist tausendmal schöner als Ihr.“

Da stieß das böse Weib einen Fluch aus, und ward ihr so angst, so angst, dass sie sich nicht zu lassen wusste. Sie wollte zuerst gar nicht auf die Hochzeit kommen, doch ließ es ihr keine Ruhe. Sie musste fort und die junge Königin sehen. Und wie sie hineintrat, erkannte sie Schneewittchen, und vor Angst und Schrecken stand sie da und konnte sich nicht regen. Aber es waren schon eiserne Pantoffeln über Kohlenfeuer gestellt und wurden mit Zangen hereingetragen und vor sie hingestellt. Da musste sie in die rot glühenden Schuhe treten und so lange tanzen, bis sie tot zur Erde fiel.

Rumpelstilzchen

In diesem Märchen hilft ein seltsames Männchen einem Mädchen, Stroh zu Gold zu spinnen. Als Gegenleistung verlangt es ihr Erstgeborenes, das sie nur zurückerlangen kann, wenn sie den Namen des Männchens errät. Dahinter steht der uralte Glaube, dass man einen bösen Geist durch die Nennung seines Namens bannen kann. Versionen dieser Geschichte existieren weltweit, wobei manche, wie etwa in England, in Abwandlungen den deutschen Namen Rumpelstilzchen übernehmen, der auf ein Kinderbuch aus dem Jahr 1575 zurückgehen soll. Die Bedeutung des Namens ist umstritten; möglicherweise ist es ein sprechender Name, der sich auf das „Rumpeln“ und Klappern von „Stelzen“ (Tisch- und Stuhlbeinen) bezieht, also auf gespenstische Geräusche, die ängstliche Naturen nachts im Haus zu hören glauben. In Frankreich kennt man diesen Unhold als Ricdin-Ricdon, in Italien als Tremotino, in England als Tom Tit Tot und in Schottland als Whuppity Stoorie. Die Literaturhistorikerin Maria Tatar zeigt auf, dass die Geschichte in fast jeder Kultur erzählt wird, die die Technik des Spinnens beherrscht, was auf die direkte Beziehung zwischen der Arbeit am Spinnrad und dem Spinnen von Geschichten zum Zeitvertreib hindeutet. Die Version der Brüder Grimm basiert auf vier mündlich überlieferten Varianten, die ihnen in ihrer Heimat Hessen zugetragen wurden. —ND

Aquarell von Kay Nielsen,
Dänemark, 1925

Es war einmal ein Müller, der war arm, aber er hatte eine schöne Tochter. Nun traf es sich, dass er mit dem König zu sprechen kam, und um sich ein Ansehen zu geben, sagte er zu ihm: „Ich habe eine Tochter, die kann Stroh zu Gold spinnen." Der König sprach zum Müller: „Das ist eine Kunst, die mir wohl gefällt, wenn deine Tochter so geschickt ist, wie du sagst, so bring sie morgen in mein Schloss, da will ich sie auf die Probe stellen." Als nun das Mädchen zu ihm gebracht ward, führte er es in eine Kammer, die ganz voll Stroh lag, gab ihr Rad und Haspel und sprach: „Jetzt mache dich an die Arbeit, und wenn du diese Nacht durch bis morgen früh dieses Stroh nicht zu Gold versponnen hast, so musst du sterben." Darauf schloss er die Kammer selbst zu, und sie blieb allein darin.

Da saß nun die arme Müllerstochter und wusste um ihr Leben keinen Rat. Sie verstand gar nichts davon, wie man Stroh zu Gold spinnen konnte, und ihre Angst ward immer größer, dass sie endlich zu weinen anfing. Da ging auf einmal die Türe auf, und ein kleines Männchen trat herein und sprach: „Guten Abend, Jungfer Müllerin, warum weint Sie so sehr?" „Ach", antwortete das Mädchen, „ich soll Stroh zu Gold spinnen und verstehe das nicht." Sprach das Männchen: „Was gibst du mir, wenn ich dir's spinne?" „Mein Halsband", sagte das Mädchen. Das Männchen nahm das Halsband, setzte sich vor das Rädchen, und schnurr, schnurr, schnurr, dreimal gezogen, war die Spule voll. Dann steckte es eine andere auf, und schnurr, schnurr, schnurr, dreimal gezogen, war auch die zweite voll. Und so ging's fort bis zum Morgen, da war alles Stroh versponnen, und alle Spulen waren voll Gold. Bei Sonnenaufgang kam schon der König, und als er das Gold erblickte, erstaunte er und freute sich, aber sein Herz ward nur noch goldgieriger. Er ließ die Müllerstochter in eine andere Kammer voll Stroh bringen, die noch viel größer war, und befahl ihr, das auch in einer Nacht zu spinnen, wenn ihr das Leben lieb wäre. Das Mädchen wusste sich nicht zu helfen und weinte, da ging abermals die Türe auf, und das kleine Männchen erschien und sprach: „Was gibst du mir, wenn ich dir das Stroh zu Gold spinne?" „Meinen Ring von dem Finger", antwortete das Mädchen. Das Männchen nahm den Ring, fing wieder an zu schnurren mit dem Rade und hatte bis zum Morgen alles Stroh zu glänzendem Gold gesponnen. Der König freute sich über die Maßen bei dem Anblick, war aber noch immer nicht Goldes satt, sondern ließ die Müllerstochter in eine noch größere Kammer voll Stroh bringen und sprach: „Die musst du noch

Das Männlein sprach: „So versprich mir dein erstes Kind."
Sie versprach also dem Männchen, was es verlangte,
und das Männchen spann dafür noch einmal das Stroh zu Gold.

in dieser Nacht verspinnen: Gelingt dir's aber, so sollst du meine Gemahlin werden." „Wenn's auch eine Müllerstochter ist", dachte er, „eine reichere Frau finde ich in der ganzen Welt nicht." Als das Mädchen allein war, kam das Männlein zum dritten Mal wieder und sprach: „Was gibst du mir, wenn ich dir noch diesmal das Stroh spinne?" „Ich habe nichts mehr, das ich geben könnte", antwortete das Mädchen. „So versprich mir, wenn du Königin wirst, dein erstes Kind." „Wer weiß, wie das noch geht", dachte die Müllerstochter und wusste sich auch in der Not nicht anders zu helfen; sie versprach also dem Männchen, was es verlangte, und das Männchen spann dafür noch einmal das Stroh zu Gold. Und als am Morgen der König kam und alles fand, wie er gewünscht hatte, so hielt er Hochzeit mit ihr, und die schöne Müllerstochter ward eine Königin. Über ein Jahr brachte sie ein schönes Kind zur Welt und dachte gar nicht mehr an das Männchen. Da trat es plötzlich in ihre Kammer und sprach: „Nun gib mir, was du versprochen hast." Die Königin erschrak und bot dem Männchen alle Reichtümer des Königreichs an, wenn es ihr das Kind lassen wollte. Aber das Männchen sprach: „Nein, etwas Lebendes ist mir lieber als alle Schätze der Welt." Da fing die Königin so an zu jammern und zu weinen, dass das Männchen Mitleiden mit ihr hatte. „Drei Tage will ich dir Zeit lassen", sprach er, „wenn du bis dahin meinen Namen weißt, so sollst du dein Kind behalten."

Nun besann sich die Königin die ganze Nacht über auf alle Namen, die sie jemals gehört hatte und schickte einen Boten über Land, der sollte sich erkundigen weit und breit, was es sonst noch für Namen gäbe. Als am andern Tag das Männchen kam, fing sie an mit Kaspar, Melchior, Balzer und sagte alle Namen, die sie wusste, nach der Reihe her, aber bei jedem sprach das Männlein: „So heiß ich nicht." Den zweiten Tag ließ sie in der Nachbarschaft herumfragen, wie die Leute da genannt würden, und

„Das hat dir der Teufel gesagt“,
schrie das Männlein und stieß mit dem rechten
Fuß vor Zorn tief in die Erde.

sagte dem Männlein die ungewöhnlichsten und seltsamsten Namen vor: „Heißt du vielleicht Rippenbiest oder Hammelswade oder Schnürbein?“ Aber es antwortete immer: „So heiß ich nicht.“ Den dritten Tag kam der Bote wieder zurück und erzählte: „Neue Namen habe ich keinen einzigen finden können, aber wie ich an einen hohen Berg um die Waldecke kam, wo Fuchs und Has sich gute Nacht sagen, so sah ich da ein kleines Haus, und vor dem Haus brannte ein Feuer, und um das Feuer sprang ein gar zu lächerliches Männchen, hüpfte auf einem Bein und schrie:

„Heute back ich,
morgen brau ich,
übermorgen hol ich der Königin ihr Kind.
Ach, wie gut ist, dass niemand weiß,
dass ich Rumpelstilzchen heiß!“

Da könnt ihr denken, wie die Königin froh war, als sie den Namen hörte, und als bald hernach das Männlein hereintrat und fragte: „Nun, Frau Königin, wie heiß ich?“, fragte sie erst: „Heißest du Kunz?“ „Nein.“ „Heißest du Heinz?“ „Nein.“ „Heißt du etwa Rumpelstilzchen?“ „Das hat dir der Teufel gesagt, das hat dir der Teufel gesagt“, schrie das Männlein und stieß mit dem rechten Fuß vor Zorn so tief in die Erde, dass es bis an den Leib hineinfuhr. Dann packte es in seiner Wut den linken Fuß mit beiden Händen und riss sich selbst mitten entzwei.

Die drei Federn

In einer ganzen Reihe der Grimm'schen Märchen spielen sympathische Dummerjane die Hauptrolle. Von ihren Mitmenschen verspottet, triumphieren sie am Ende dennoch und demonstrieren, dass auch die Schwachen und Unterdrückten das Zeug zu Helden haben. Zugleich dienen sie als Kontrastfiguren, neben denen die unschönen Charakterzüge der anderen besonders deutlich hervortreten. Durch diesen erzählerischen Kunstgriff lässt sich die menschliche Natur in ihren vielen Facetten, im Guten wie im Schlechten, witzig vorführen und eine moralische Lektion erteilen. In „Die drei Federn" geht es, wie so oft, um die Thronfolge eines Königreichs. Statt der Tradition entsprechend dem Erstgeborenen den Thron zu vermachen, lässt der alte König seine drei Söhne in einem Wettkampf gegeneinander antreten. Der Dummling beweist Mut und nimmt die Hilfe einer zaubermächtigen, unterirdisch hausenden Kröte an, die ihm seine Wünsche erfüllt. Variationen dieses Themas sind aus Skandinavien, Griechenland und Indien bekannt. Die Brüder Grimm verdanken die Kenntnis davon einmal mehr ihrer bevorzugten heimischen Quelle, der Gastwirtstochter Dorothea Viehmann. —ND

Aquarell von Kay Nielsen, Dänemark, 1925

Die Türe tat sich auf, und er sah eine große dicke Itsche sitzen und rings um sie eine Menge kleiner Itschen.

Es war einmal ein König, der hatte drei Söhne, davon waren zwei klug und gescheit, aber der dritte sprach nicht viel, war einfältig und hieß nur der Dummling. Als der König alt und schwach ward und an sein Ende dachte, wusste er nicht, welcher von seinen Söhnen nach ihm das Reich erben sollte. Da sprach er zu ihnen: „Zieht aus, und wer mir den feinsten Teppich bringt, der soll nach meinem Tod König sein." Und damit es keinen Streit unter ihnen gab, führte er sie vor sein Schloss, blies drei Federn in die Luft und sprach: „Wie die fliegen, so sollt ihr ziehen." Die eine Feder flog nach Osten, die andere nach Westen, die dritte flog aber geradeaus, und flog nicht weit, sondern fiel bald zur Erde. Nun ging der eine Bruder rechts, der andere ging links, und sie lachten den Dummling aus, der bei der dritten Feder, da, wo sie niedergefallen war, bleiben musste.

Der Dummling setzte sich nieder und war traurig. Da bemerkte er auf einmal, dass neben der Feder eine Falltüre lag. Er hob sie in die Höhe, fand eine Treppe und stieg hinab. Da kam er vor eine andere Türe, klopfte an und hörte, wie es inwendig rief:

„Jungfer grün und klein,
Hutzelbein,
Hutzelbeins Hündchen,
Hutzel hin und her,
lass geschwind sehen,
wer draußen wär."

Die Türe tat sich auf, und er sah eine große dicke Itsche (Kröte) sitzen und rings um sie eine Menge kleiner Itschen. Die dicke Itsche fragte, wie sein Begehren wäre. Er antwortete: „Ich hätte gerne den schönsten und feinsten Teppich." Da rief sie eine junge und sprach:

Die Itsche ließ sich gleich ihre große Schachtel holen und gab ihm daraus einen Ring, der war so schön, dass ihn kein Goldschmied auf der Erde hätte machen können.

„Jungfer grün und klein,
Hutzelbein,
Hutzelbeins Hündchen,
Hutzel hin und her,
bring mir die große Schachtel her.“

Die junge Itsche holte die Schachtel, und die dicke Itsche machte sie auf und gab dem Dummling einen Teppich heraus, so schön und so fein, wie oben auf der Erde keiner konnte gewebt werden. Da dankte er ihr und stieg wieder hinauf.

Die beiden andern hatten aber ihren jüngsten Bruder für so albern gehalten, dass die glaubten, er würde gar nichts finden und aufbringen. „Was sollen wir uns mit Suchen groß Mühe geben“, sprachen sie, nahmen dem ersten besten Schäfersweib, das ihnen begegnete, die groben Tücher vom Leib und trugen sie dem König heim. Zu derselben Zeit kam auch der Dummling zurück und brachte seinen schönen Teppich, und als der König den sah, staunte er und sprach: „Wenn es dem Recht nach gehen soll, so gehört dem Jüngsten das Königreich.“ Aber die zwei andern ließen dem Vater keine Ruhe und sprachen, unmöglich könnte der Dummling, dem es in allen Dingen an Verstand fehlte, König werden, und baten ihn, er möchte eine neue Bedingung machen. Da sagte der Vater: „Der soll das Reich erben, der mir den schönsten Ring bringt“, führte die drei Brüder hinaus und blies drei Federn in die Luft, denen sie nachgehen sollten. Die zwei ältesten zogen wieder nach Osten und Westen, und für den Dummling flog die Feder geradeaus und fiel neben der Erdtüre nieder. Da stieg er wieder hinab zu der dicken Itsche und sagte ihr, dass er den schönsten Ring brauchte. Sie ließ sich gleich ihre große Schachtel holen und gab ihm daraus einen Ring, der glänzte von Edelsteinen und war so schön, dass ihn kein Goldschmied auf der Erde hätte machen können. Die zwei ältesten lachten über den Dummling, der einen goldenen Ring suchen wollte, gaben sich gar keine Mühe, sondern schlugen einem alten Wagenring die Nägel aus und brachten ihn dem König. Als aber der Dummling seinen goldenen Ring vorzeigte, so sprach der Vater abermals: „Ihm gehört das Reich.“ Die zwei ältesten ließen nicht ab, den König zu quälen, bis er noch eine dritte Bedingung machte und den Ausspruch tat, der sollte das Reich haben, der die schönste Frau heimbrächte. Die drei Federn blies er nochmals in die Luft, und sie flogen wie die vorigen Male.

Kaum saß sie darin, so ward sie zu einem wunderschönen Fräulein, die Rübe zur Kutsche und die Mäuschen zu Pferden.

Da ging der Dummling ohne Weiteres hinab zu der dicken Itsche und sprach: „Ich soll die schönste Frau heimbringen.“ „Ei“, antwortete die Itsche, „die schönste Frau! Die ist nicht gleich zur Hand, aber du sollst sie doch haben.“ Sie gab ihm eine ausgehöhlte gelbe Rübe mit sechs Mäuschen bespannt. Da sprach der Dummling ganz traurig: „Was soll ich damit anfangen?“ Die Itsche antwortete: „Setze nur eine von meinen kleinen Itschen hinein.“ Da griff er auf Geratewohl eine aus dem Kreis und setzte sie in die gelbe Kutsche, aber kaum saß sie darin, so ward sie zu einem wunderschönen Fräulein, die Rübe zur Kutsche und die sechs Mäuschen zu Pferden. Da küsste er sie, jagte mit den Pferden davon und brachte sie zu dem König. Seine Brüder kamen nach, die hatten sich gar keine Mühe gegeben, eine schöne Frau zu suchen, sondern die ersten besten Bauernweiber mitgenommen. Als der König sie erblickte, sprach er: „Dem Jüngsten gehört das Reich nach meinem Tod.“ Aber die zwei Ältesten betäubten die Ohren des Königs aufs Neue mit ihrem Geschrei: „Wir können's nicht zugeben, dass der Dummling König wird“, und verlangten, der sollte den Vorzug haben, dessen Frau durch einen Ring springen könnte, der da mitten in dem Saal hing. Sie dachten: „Die Bauernweiber können das wohl, die sind stark genug, aber das zarte Fräulein springt sich tot.“ Der alte König gab das auch noch zu. Da sprangen die zwei Bauernweiber, sprangen auch durch den Ring, waren aber so plump, dass sie fielen und ihre groben Arme und Beine entzweibrachen. Darauf sprang das schöne Fräulein, das der Dummling mitgebracht hatte, und sprang so leicht hindurch wie ein Reh, und aller Widerspruch musste aufhören. Also erhielt er die Krone und hat lange in Weisheit geherrscht.

Die goldene Gans

Wie in „Die drei Federn“ ist auch hier der Held ein Einfaltspinsel, Dummling genannt, der zwei gescheitere ältere Brüder hat. Anders als seine selbstsüchtigen Brüder teilt er jedoch seine bescheidene Wegzehrung mit einem alten Männlein, das er im Wald trifft. Dieses Männchen schenkt ihm daraufhin eine goldene Gans und löst damit eine Reihe turbulenter Ereignisse aus, die dem Dummling letztlich zu seinem Glück verhelfen. Die Geschichte, die auf mündlichen Überlieferungen aus Hessen und dem Raum Paderborn basiert, wird zum Possenspiel, als immer mehr Personen an der Gans hängen bleiben und ein derartiges Spektakel abgeben, dass eine Prinzessin, die bislang niemand zum Lachen bringen konnte, laut herauslachen muss. Neben der moralischen Einsicht, dass es sich lohnt, freundlich und hilfsbereit zu sein, hat diese Erzählung auch eine subversive Note: Die Narrenparade im Schlepptau der Gans trifft auf einen Pastor und einen Küster, zwei moralische Autoritäten, die ohne Ansehen der Person in die Posse hineingezogen werden. Auf einer anderen Ebene geht es hier auch um die Funktion des Komödiantischen bei der satirischen Darstellung sozialer Hierarchien und die Erkenntnis, die sich aus dem spaßigen Auftritt ableitet: Nicht der Dummling ist hier der Dumme, er ist gewissermaßen nur der Stichwortgeber, auf dessen Wirken hin sich alle anderen zum Hanswurst machen. —ND

Aquarelle und Zeichnungen von L. Leslie Brooke, Großbritannien, 1905

Der Älteste hieb fehl, und die Axt fuhr ihm in den Arm, dass er musste heimgehen. Das war aber von dem grauen Männchen gekommen.

Es war ein Mann, der hatte drei Söhne, davon hieß der jüngste der Dummling und wurde verachtet und verspottet und bei jeder Gelegenheit zurückgesetzt. Es geschah, dass der Älteste in den Wald gehen wollte, Holz hauen, und eh er ging, gab ihm noch seine Mutter einen schönen feinen Eierkuchen und eine Flasche Wein mit, damit er nicht Hunger und Durst erlitte. Als er in den Wald kam, begegnete ihm ein altes graues Männlein, das bot ihm einen guten Tag und sprach: „Gib mir doch ein Stück Kuchen aus deiner Tasche und lass mich einen Schluck von deinem Wein trinken, ich bin so hungrig und durstig." Der kluge Sohn aber antwortete: „Geb ich dir meinen Kuchen und meinen Wein, so hab ich selber nichts, pack dich deiner Wege", ließ das Männlein stehen und ging fort. Als er nun anfing, einen Baum zu behauen, dauerte es nicht lange, so hieb er fehl, und die Axt fuhr ihm in den Arm, dass er musste heimgehen und sich verbinden lassen. Das war aber von dem grauen Männchen gekommen.

Darauf ging der zweite Sohn in den Wald, und die Mutter gab ihm, wie dem ältesten, einen Eierkuchen und eine Flasche Wein. Dem begegnete gleichfalls das alte graue Männchen und hielt um ein Stückchen Kuchen und einen Trunk Wein an. Aber der zweite Sohn sprach auch ganz verständig: „Was ich dir gebe, das geht mir selber ab, pack dich deiner Wege", ließ das Männlein stehen und ging fort. Die Strafe blieb nicht aus, als er ein paar Hiebe am Baum getan, hieb er sich ins Bein, dass er musste nach Haus getragen werden. Da sagt der Dumm-

Als der Dummling seinen Aschenkuchen herausholte, so war's ein feiner Eierkuchen, und das sauere Bier war ein guter Wein.

ling: „Vater, lass mich einmal hinausgehen und Holz hauen." Antwortete der Vater: „Deine Brüder haben sich Schaden dabei getan, lass dich davon, du verstehst nichts davon." Der Dummling aber bat so lange, bis er endlich sagte: „Geh nur hin, durch Schaden wirst du klug werden." Die Mutter gab ihm einen Kuchen, der war mit Wasser in der Asche gebacken, und dazu eine Flasche saueres Bier. Als er in den Wald kam, begegnete ihm gleichfalls das alte graue Männchen, grüßte ihn und sprach: „Gib mir ein Stück von deinem Kuchen und einen Trunk aus deiner Flasche, ich bin so hungrig und durstig." Antwortete der Dummling: „Ich habe aber nur Aschenkuchen und saueres Bier, wenn dir das recht ist, so wollen wir uns setzen und essen." Da setzten sie sich, und als der Dummling seinen Aschenkuchen herausholte, so war's ein feiner Eierkuchen, und das sauere Bier war ein guter Wein. Nun aßen und tranken sie, und danach sprach das Männlein: „Weil du ein gutes Herz hast und von dem Deinigen gerne mitteilst, so will ich dir Glück bescheren. Dort steht ein alter Baum, den hau ab, so wirst du in den Wurzeln etwas finden." Darauf nahm das Männlein Abschied.

Der Dummling ging hin und hieb den Baum um, und wie er fiel, saß in den Wurzeln eine Gans, die hatte Federn von reinem Gold. Er hob sie heraus, nahm sie mit sich und ging in ein Wirtshaus, da wollte er übernachten. Der Wirt hatte aber drei Töchter, die sahen die Gans, waren neugierig, was das für ein wunder-

Der Dummling ging hin und hieb den Baum um, und wie er fiel, saß in den Wurzeln eine Gans, die hatte Federn von reinem Gold.

Am andern Morgen nahm er die Gans, ging fort und bekümmerte sich nicht um die Mädchen. Sie mussten immer hinter ihm drein laufen.

licher Vogel wäre, und hätten gar gern eine von seinen goldenen Federn gehabt. Die Älteste dachte: „Es wird sich schon eine Gelegenheit finden, wo ich mir eine Feder ausziehen kann", und als der Dummling einmal hinausgegangen war, fasste sie die Gans beim Flügel, aber Finger und Hand blieben ihr daran fest hängen. Bald danach kam die zweite und hatte keinen andern Gedanken, als sich eine goldene Feder zu holen. Kaum aber hatte sie ihre Schwester angerührt, so blieb sie fest hängen. Endlich kam auch die dritte in gleicher Absicht. Da schrien die andern: „Bleib weg, ums Himmelswillen, bleib weg!" Aber sie begriff nicht, warum sie wegbleiben sollte, dachte: „Sind die dabei, so kann ich auch dabei sein", und sprang herzu, und wie sie ihre Schwester angerührt hatte, so blieb sie an ihr hängen. So mussten sie die Nacht bei der Gans zubringen.

Am andern Morgen nahm der Dummling die Gans in den Arm, ging fort und bekümmerte sich nicht um die drei Mädchen, die daran hingen. Sie mussten immer hinter ihm dreinlaufen, links und rechts, wie's ihm in die Beine kam. Mitten auf dem Felde begegnete ihnen der Pfarrer, und als er den Aufzug sah, sprach er: „Schämt euch, ihr garstigen Mädchen, was lauft ihr dem jungen Bursch durchs Feld nach. Schickt sich das?" Damit fasste er die jüngste an der Hand und wollte sie zurückziehen. Wie er sie aber anrührte, blieb er gleichfalls hängen und musste selber hintendrein laufen.

YE
BOKE
OF
JOKE

Als die Königstochter die sieben Menschen immer hintereinander herlaufen sah, fing sie an zu lachen.

Der Dummling führte den Mann in des Königs Keller, und der Mann machte sich über die großen Fässer, trank und trank, dass ihm die Hüften wehtaten.

Nicht lange, so kam der Küster daher und sah den Herrn Pfarrer, der drei Mädchen auf dem Fuß folgte. Da verwunderte er sich und rief: „Ei, Herr Pfarrer, wohinaus so geschwind? Vergesst nicht, dass wir heute noch eine Kindtaufe haben", lief auf ihn zu und fasste ihn am Ärmel, blieb aber auch fest hängen. Wie die fünf so hintereinander hertrabten, kamen zwei Bauern mit ihren Hacken vom Feld. Da rief der Pfarrer sie an und bat, sie möchten ihn und den Küster losmachen. Kaum aber hatten sie den Küster angerührt, so blieben sie hängen und waren ihrer nun siebene, die dem Dummling mit der Gans nachliefen.

Er kam darauf in eine Stadt, da herrschte ein König, der hatte eine Tochter, die war so ernsthaft, dass sie niemand zum Lachen bringen konnte. Darum hatte er ein Gesetz gegeben, wer sie könnte zum Lachen bringen, der sollte sie heiraten. Der Dummling, als er das hörte, ging mit seiner Gans und ihrem Anhang vor die Königstochter, und als diese die sieben Menschen immer hintereinander herlaufen sah, fing sie überlaut an zu lachen und wollte gar nicht wieder aufhören. Da verlangte sie der Dummling zur Braut, aber dem König gefiel der Schwiegersohn nicht, er machte allerlei Einwendungen und sagte, er müsste ihm erst einen Mann bringen, der einen Keller voll Wein austrinken könnte. Der Dummling dachte an das graue Männchen, das könnte

Der Mann aber aus dem Walde stellte sich davor,
fing an zu essen, und in einem Tag war
der ganze Berg verschwunden.

ihm wohl helfen, ging hinaus in den Wald, und auf der Stelle, wo er den Baum abgehauen hatte, sah er einen Mann sitzen, der machte ein ganz betrübtes Gesicht. Der Dummling fragte, was er sich so sehr zu Herzen nähme. Da antwortete er: „Ich habe so großen Durst, und kann ihn nicht löschen, das kalte Wasser vertrage ich nicht, ein Fass Wein habe ich zwar ausgeleert, aber was ist ein Tropfen auf einem heißen Stein?" „Da kann ich dir helfen", sagte der Dummling, „komm nur mit mir, du sollst satt haben." Er führte ihn darauf in des Königs Keller, und der Mann machte sich über die großen Fässer, trank und trank, dass ihm die Hüften wehtaten, und ehe ein Tag herum war, hatte er den ganzen Keller ausgetrunken. Der Dummling verlangte abermals seine Braut, der König aber ärgerte sich, dass ein schlechter Bursch, den jedermann einen Dummling nannte, seine Tochter davontragen sollte, und machte neue Bedingungen: Er müsste erst einen Mann schaffen, der einen Berg voll Brot aufessen könnte. Der Dummling besann sich nicht lange, sondern ging gleich hinaus in den Wald, da saß auf demselben Platz ein Mann, der schnürte sich den Leib mit einem Riemen zusammen, machte ein grämliches Gesicht und sagte: „Ich habe einen ganzen Backofen voll Raspelbrot gegessen, aber was hilft das, wenn man so großen Hunger hat wie ich: Mein Magen bleibt leer, und ich muss mich nur zuschnüren, wenn ich nicht hungers sterben soll." Der Dummling war froh darüber und sprach:

Der König aber suchte noch einmal Ausflucht und verlangte ein Schiff, das zu Land und zu Wasser fahren könnte.

„Mach dich auf, und geh mit mir, du sollst dich satt essen." Er führte ihn an den Hof des Königs, der hatte alles Mehl aus dem ganzen Reich zusammenfahren und einen ungeheuren Berg davon backen lassen. Der Mann aber aus dem Walde stellte sich davor, fing an zu essen, und in einem Tag war der ganze Berg verschwunden. Der Dummling forderte zum dritten Mal seine Braut, der König aber suchte noch einmal Ausflucht und verlangte ein Schiff, das zu Land und zu Wasser fahren könnte: „Sowie du aber damit angesegelt kommst", sagte er, „so sollst du gleich meine Tochter zur Gemahlin haben." Der Dummling ging geradeswegs in den Wald, da saß das alte graue Männchen, dem er seinen Kuchen gegeben hatte, und sagte: „Ich habe für dich getrunken und gegessen, ich will dir auch das Schiff geben; das alles tu ich, weil du barmherzig gegen mich gewesen bist." Da gab er ihm das Schiff, das zu Land und zu Wasser fuhr, und als der König das sah, konnte er ihm seine Tochter nicht länger vorenthalten. Die Hochzeit ward gefeiert, nach des Königs Tod erbte der Dummling das Reich und lebte lange Zeit vergnügt mit seiner Gemahlin.

Die Gänsemagd

In dieser Geschichte begegnen uns einige der einprägsamsten und berührendsten Motive der Märchenliteratur: Eine Prinzessin wird von ihrer bösen, hinterlistigen Kammerjungfer entthront und zur einfachen Gänsemagd degradiert; ihr geliebtes Pferd wird getötet und der Pferdekopf über das Stadttor genagelt und als der Hütejunge sie auf der Gemeindewiese permanent behelligt, ruft sie mit einem Zauberspruch den Wind herbei, dass er ihm die Mütze davonblase. Dieser Reigen wehmütig-romantischer Szenen veranschaulicht die physische wie psychische Isolation der Prinzessin und führt beispielhaft vor, zu welcher Ausdruckstiefe Märchen fähig sind. In ihren Anmerkungen dazu betonen die Brüder Grimm die Schönheit dieser Geschichte, die ihnen von Dorothea Viehmann zugetragen wurde, und weisen darauf hin, dass viele der Motive, etwa das sprechende Pferd und die sprechenden Blutstropfen im Taschentuch der Prinzessin, sehr alten Ursprungs sind. Am Ende der Geschichte findet die verschlagene Kammerjungfer einen blutigen, von ihr selbst unwissentlich heraufbeschworenen Tod, der in schroffem Gegensatz zu dem träumerischen, lyrischen Grundton des Märchens steht. Variationen dieser Geschichte sind in der mündlichen Überlieferung weltweit zu finden; die ersten Schriftfassungen erschienen im 17. Jahrhundert in Frankreich und Italien. —ND

Ölgemälde mit Kohle von Jessie Willcox Smith,
USA, 1911

Es lebte einmal eine alte Königin, der war ihr Gemahl schon lange Jahre gestorben, und sie hatte eine schöne Tochter. Wie die erwuchs, wurde sie weit über Feld an einen Königssohn versprochen. Als nun die Zeit kam, wo sie vermählt werden sollten und das Kind in das fremde Reich abreisen musste, packte ihr die Alte gar viel köstliches Gerät und Geschmeide ein, Gold und Silber, Becher und Kleinode, kurz alles, was nur zu einem königlichen Brautschatz gehörte, denn sie hatte ihr Kind von Herzen lieb. Auch gab sie ihr eine Kammerjungfer bei, welche mitreiten und die Braut in die Hände des Bräutigams überliefern sollte, und jede bekam ein Pferd zur Reise, aber das Pferd der Königstochter hieß Falada und konnte sprechen. Wie nun die Abschiedsstunde da war, begab sich die alte Mutter in ihre Schlafkammer, nahm ein Messerlein und schnitt damit in ihre Finger, dass sie bluteten. Darauf hielt sie ein weißes Läppchen unter und ließ drei Tropfen Blut hineinfallen, gab sie der Tochter und sprach: „Liebes Kind, verwahre sie wohl, sie werden dir unterwegs Not tun."

Also nahmen beide voneinander betrübten Abschied. Das Läppchen steckte die Königstochter in ihren Busen vor sich, setzte sich aufs Pferd und zog nun fort zu ihrem Bräutigam. Da sie eine Stunde geritten waren, empfand sie heißen Durst und sprach zu ihrer Kammerjungfer: „Steig ab, und schöpfe mir mit meinem Becher, den du für mich mitgenommen hast, Wasser aus dem Bache. Ich möchte gern einmal trinken." „Wenn Ihr Durst habt", sprach die Kammerjungfer, „so steigt selber ab, legt Euch ans Wasser und trinkt, ich mag Eure Magd nicht sein." Da stieg die Königstochter vor großem Durst herunter, neigte sich über das Wasser im Bach und trank und durfte nicht aus dem goldenen Becher trinken. Da sprach sie: „Ach Gott!" Da antworteten die drei Blutstropfen: „Wenn das deine Mutter wüsste, das Herz im Leibe tät ihr zerspringen." Aber die Königsbraut war demütig, sagte nichts und stieg wieder zu Pferde. So ritten sie etliche Meilen weiter fort, aber der Tag war warm, die Sonne stach, und sie durstete bald von Neuem. Da sie nun an einen Wasserfluss kamen, rief sie noch einmal ihrer Kammerjungfer: „Steig ab, und gib mir aus meinem Goldbecher zu trinken", denn sie hatte aller bösen Worte längst vergessen. Die Kammerjungfer sprach aber noch hochmütiger: „Wollt Ihr trinken, so trinkt allein, ich mag nicht Eure Magd sein." Da stieg die Königstochter hernieder vor großem Durst, legte sich über das fließende Wasser, weinte und sprach: „Ach Gott!" Und

Die Kammerjungfer sprach: „Wollt Ihr trinken, so trinkt allein.“ Und wie die Königstochter so trank und sich recht überlehnte, fiel ihr das Läppchen aus dem Busen und floss mit dem Wasser fort.

die Blutstropfen antworteten wiederum: „Wenn das deine Mutter wüsste, das Herz im Leibe tät ihr zerspringen.“ Und wie sie so trank und sich recht überlehnte, fiel ihr das Läppchen, worin die drei Tropfen waren, aus dem Busen und floss mit dem Wasser fort, ohne dass sie es in ihrer großen Angst merkte. Die Kammerjungfer hatte aber zugesehen und freute sich, dass sie Gewalt über die Braut bekäme. Denn damit, dass diese die Blutstropfen verloren hatte, war sie schwach und machtlos geworden. Als sie nun wieder auf ihr Pferd steigen wollte, das da hieß Falada, sagte die Kammerfrau: „Auf Falada gehör ich, und auf meinen Gaul gehörst du.“ Und das musste sie sich gefallen lassen. Dann befahl ihr die Kammerfrau mit harten Worten, die königlichen Kleider auszuziehen und ihre schlechten anzulegen, und endlich musste sie sich unter freiem Himmel verschwören, dass sie am königlichen Hof keinem Menschen etwas davon sprechen wollte. Und wenn sie diesen Eid nicht abgelegt hätte, wäre sie auf der Stelle umgebracht worden. Aber Falada sah das alles an und nahm's wohl in Acht.

Die Kammerfrau stieg nun auf Falada und die wahre Braut auf das schlechte Ross, und so zogen sie wei-

Des Morgens früh, da sie und Kürdchen
unterm Tor hinaustrieben, sprach sie im Vorbeigehen:
„Oh du Falada, da du hangest."

ter, bis sie endlich in dem königlichen Schloss eintrafen. Da war große Freude über ihre Ankunft, und der Königssohn sprang ihnen entgegen, hob die Kammerfrau vom Pferde und meinte, sie wäre seine Gemahlin. Sie ward die Treppe hinaufgeführt, die wahre Königstochter aber musste unten stehen bleiben. Da schaute der alte König am Fenster und sah sie im Hof halten und sah, wie sie fein war, zart und gar schön, ging alsbald hin ins königliche Gemach und fragte die Braut nach der, die sie bei sich hätte und da unten im Hofe stände, und wer sie wäre. „Die hab ich mir unterwegs mitgenommen zur Gesellschaft; gebt der Magd was zu arbeiten, dass sie nicht müßig steht." Aber der alte König hatte keine Arbeit für sie und wusste nichts, als dass er sagte: „Da hab ich so einen kleinen Jungen, der hütet die Gänse, dem mag sie helfen." Der Junge hieß *Kürdchen* (Conrädchen), dem musste die wahre Braut helfen Gänse hüten.

Bald aber sprach die falsche Braut zu dem jungen König: „Liebster Gemahl, ich bitte Euch, tut mir einen Gefallen." Er antwortete: „Das will ich gerne tun." „Nun, so lasst den Schinder rufen und da dem Pferde, worauf ich hergeritten bin, den Hals abhauen, weil es mich unterwegs geärgert hat." Eigentlich aber fürchtete sie, dass das Pferd sprechen möchte, wie sie mit der Königstochter umgegangen war. Nun war das so weit geraten, dass es geschehen und der treue Falada sterben sollte, da kam es auch der rechten Königstochter zu Ohr, und sie versprach dem Schinder heimlich ein Stück Geld, das sie ihm bezahlen wollte, wenn er ihr einen kleinen Dienst erwiese. In der Stadt war ein großes finsteres Tor, wo sie abends und morgens mit den Gänsen durchmusste. „Unter das finstere Tor möchte er dem Falada seinen Kopf hinnageln, dass sie ihn doch noch mehr als einmal sehen könnte." Also versprach das der Schindersknecht zu tun, hieb den Kopf ab und nagelte ihn unter das finstere Tor fest.

Des Morgens früh, da sie und Kürdchen unterm Tor hinaustrieben, sprach sie im Vorbeigehen:

„Oh du Falada, da du hangest."

Da antwortete der Kopf:

„Oh du Jungfer Königin, da du gangest,
wenn das deine Mutter wüsste,
ihr Herz tät ihr zerspringen."

Da zog sie still weiter zur Stadt hinaus, und sie trieben die Gänse aufs Feld. Und wenn sie auf der Wiese angekommen war, saß sie nieder und machte ihre Haare auf, die waren eitel Gold, und Kürdchen sah sie und freute sich, wie sie glänzten, und wollte ihr ein paar ausraufen. Da sprach sie:

„Weh, weh, Windchen,
nimm Kürdchen sein Hütchen,
und lass'n sich mit jagen,
bis ich mich geflochten und geschnatzt,
und wieder aufgesatzt."

Und da kam ein so starker Wind, dass er dem Kürdchen sein Hütchen wegwehte über alle Land, und es musste ihm nachlaufen. Bis es wiederkam, war sie mit dem Kämmen und Aufsetzen fertig, und er konnte keine Haare kriegen. Da war Kürdchen bös und sprach nicht mit ihr; und so hüteten sie die Gänse, bis dass es Abend ward, dann gingen sie nach Haus.

Den andern Morgen, wie sie unter dem finstern Tor hinaustrieben, sprach die Jungfrau:

„Oh du Falada, da du hangest."

Falada antwortete:

„Weh, weh, Windchen, nimm Kürdchen sein Hütchen, und lass'n sich mit jagen, bis ich mich geflochten und geschnatzt."

„Oh du Jungfer Königin, da du gangest,
wenn das deine Mutter wüsste,
ihr Herz tät ihr zerspringen."

Und in dem Feld setzte sie sich wieder auf die Wiese und fing an, ihr Haar auszukämmen, und Kürdchen lief und wollte danach greifen, da sprach sie schnell:

„Weh, weh, Windchen,
nimm Kürdchen sein Hütchen,
und lass'n sich mit jagen,
bis ich mich geflochten und geschnatzt,
und wieder aufgesatzt."

Da wehte der Wind und wehte ihm das Hütchen vom Kopf weit weg, dass Kürdchen nachlaufen musste; und als es wiederkam, hatte sie längst ihr Haar zurecht, und es konnte keins davon erwischen. Und so hüteten sie die Gänse, bis es Abend ward.

Abends aber, nachdem sie heimgekommen waren, ging Kürdchen vor den alten König und sagte: „Mit dem Mädchen will ich nicht länger Gänse hüten." „Warum denn?", fragte der alte König. „Ei, das ärgert mich den ganzen Tag." Da befahl ihm der alte König zu erzählen, wie's ihm denn mit ihr ginge. Da sagte Kürdchen: „Morgens, wenn wir unter dem finsteren Tor mit der Herde durchkommen, so ist da ein Gaulskopf an der Wand, zu dem redet sie:

„Falada, da du hangest."

Da antwortet der Kopf:

„Oh du Königsjungfer, da du gangest,
wenn das deine Mutter wüsste,
das Herz tät ihr zerspringen."

Und so erzählte Kürdchen weiter, was auf der Gänsewiese geschähe, und wie es da dem Hut im Winde nachlaufen müsste.

Der alte König befahl ihm, den nächsten Tag wieder hinauszutreiben, und er selbst, wie es Morgen war, setzte sich hinter das finstere Tor und hörte da, wie sie mit dem Haupt des Falada sprach; und dann ging er ihr auch nach in das Feld und barg sich in einem Busch auf der Wiese. Da sah er nun bald mit seinen eigenen Augen, wie die Gänsemagd und der Gänsejunge die Herde getrieben brachte, und wie nach einer Weile sie sich setzte und ihre Haare losflocht, die strahlten von Glanz. Gleich sprach sie wieder:

Da kroch sie in den Eisenofen, schüttete ihr Herz aus und sprach: „Da sitze ich nun von aller Welt verlassen und bin doch eine Königstochter."

„Weh, weh, Windchen,
fass Kürdchen sein Hütchen,
und lass'n sich mit jagen,
bis dass ich mich geflochten und geschnatzt,
und wieder aufgesatzt."

Da kam ein Windstoß und fuhr mit Kürdchens Hut weg, dass es weit zu laufen hatte, und die Magd kämmte und flocht ihre Locken still fort, welches der alte König alles beobachtete. Darauf ging er unbemerkt zurück, und als abends die Gänsemagd heim kam, rief er sie beiseite und fragte, warum sie dem allem so täte. „Das darf ich Euch nicht sagen und darf auch keinem Menschen mein Leid klagen, denn so hab ich mich unter freiem Himmel verschworen, weil ich sonst um mein Leben gekommen wäre." Er drang in sie und ließ ihr keinen Frieden, aber er konnte nichts aus ihr herausbringen. Da sprach er: „Wenn du mir's nicht sagen willst, so klag dem Eisenofen da dein Leid", und ging fort. Da kroch sie in den Eisenofen, fing an zu jammern und zu weinen, schüttete ihr Herz aus und sprach: „Da sitze ich nun von aller Welt verlassen und bin doch eine Königstochter, und eine falsche Kammerjungfer hat mich mit Gewalt dahin gebracht, dass ich meine königlichen Kleider habe ablegen müssen, und hat meinen Platz bei meinem Bräutigam eingenommen, und ich muss als Gänsemagd gemeine Dienste tun. Wenn das meine Mutter wüsste, das

Herz im Leib tät ihr zerspringen." Der alte König stand aber außen an der Ofenröhre, lauerte ihr zu und hörte, was sie sprach. Da kam er wieder herein und hieß sie aus dem Ofen gehen. Da wurden ihr königliche Kleider angetan, und es schien ein Wunder, wie sie so schön war. Der alte König rief seinen Sohn und offenbarte ihm, dass er die falsche Braut hätte. Die wäre bloß ein Kammermädchen, die wahre aber stände hier als die gewesene Gänsemagd. Der junge König war herzensfroh, als er ihre Schönheit und Tugend erblickte, und ein großes Mahl wurde angestellt, zu dem alle Leute und guten Freunde gebeten wurden. Obenan saß der Bräutigam, die Königstochter zur einen Seite und die Kammerjungfer zur andern, aber die Kammerjungfer war verblendet und erkannte jene nicht mehr in dem glänzenden Schmuck. Als sie nun gegessen und getrunken hatten und guten Mutes waren, gab der alte König der Kammerfrau ein Rätsel auf, was eine solche wert wäre, die den Herrn so und so betrogen hätte, erzählte damit den ganzen Verlauf und fragte: „Welches Urteils ist diese würdig?" Da sprach die falsche Braut: „Die ist nichts Besseres wert, als dass sie splitternackt ausgezogen und in ein Fass gesteckt wird, das inwendig mit spitzen Nägeln beschlagen ist. Und zwei weiße Pferde müssen vorgespannt werden, die sie Gasse auf, Gasse ab zu Tode schleifen." „Das bist du", sprach der alte König, „und hast dein eigen Urteil gefunden, und danach soll dir widerfahren." Und als das Urteil vollzogen war, vermählte sich der junge König mit seiner rechten Gemahlin, und beide beherrschten ihr Reich in Frieden und Seligkeit.

Die zertanzten Schuhe

Jede Nacht entschwinden zwölf Königstöchter auf geheimnisvolle Weise aus ihrem Schlafgemach zu einem romantischen Tanzvergnügen. Nur ihre ramponierten Schuhe verraten am nächsten Tag ihre Ausflüge in traumhafte Gefilde. Mit seinen wundersamen Baumgängen, in denen die Blätter aus Silber, Gold und Diamant sind, einem Märchenschloss voller Musik und Ausgelassenheit und einem wahren Großaufgebot attraktiver Prinzen schwelgt dieses Märchen in fantastischen Stimmungsbildern. Der Tanz, bei Hofe eigentlich Bestandteil adliger Selbstinszenierung und Ausdruck von Lebensart, stellt hier eine Grenzüberschreitung dar. Dem König jedenfalls geht das nächtliche Treiben seiner Töchter entschieden zu weit, und so verspricht er dem Ersten, der das Rätsel der zertanzten Schuhe löst, eine seiner Töchter zur Frau und die Anwartschaft auf den Thron. Eine Sage aus Münster in Westfalen lieferte den Brüdern Grimm das Vorbild für dieses Märchen, dessen Verbreitung sich vornehmlich auf Mitteleuropa konzentriert, wo aus vier Jahrhunderten an die fünfhundert Versionen bekannt sind. Manche Motive sind natürlich viel älteren Ursprungs; einen Wald von Edelsteinbäumen findet man zum Beispiel schon in dem mehr als zweitausend Jahre alten Gilgamesch-Epos. — ND

Aquarelle von Kay Nielsen,
Dänemark, 1913

Sie standen in einem wunderprächtigen Baumgang, da waren alle Blätter von Silber und schimmerten und glänzten.

Es war einmal ein König, der hatte zwölf Töchter, eine immer schöner als die andere. Sie schliefen zusammen in einem Saal, wo ihre Betten nebeneinander standen, und abends, wenn sie darin lagen, schloss der König die Tür zu und verriegelte sie. Wenn er aber am Morgen die Türe aufschloss, so sah er, dass ihre Schuhe zertanzt waren, und niemand konnte herausbringen, wie das zugegangen war. Da ließ der König ausrufen, wer's könnte ausfindig machen, wo sie in der Nacht tanzten, der sollte sich eine davon zur Frau wählen und nach seinem Tod König sein; wer sich aber meldete und es nach drei Tagen und Nächten nicht herausbrächte, der hätte sein Leben verwirkt. Nicht lange, so meldete sich ein Königssohn und erbot sich, das Wagnis zu unternehmen. Er ward wohl aufgenommen und abends in ein Zimmer geführt, das an den Schlafsaal stieß. Sein Bett war da aufgeschlagen, und er sollte achthaben, wo sie hingingen und tanzten; und damit sie nichts heimlich treiben konnten oder zu einem andern Ort hinausgingen, war auch die Saaltüre offen gelassen. Dem Königssohn fiel's aber wie Blei auf die Augen, und er schlief ein, und als er am Morgen aufwachte, waren alle zwölfe zum Tanz gewesen, denn ihre Schuhe standen da und hatten Löcher in den Sohlen. Den zweiten und dritten Abend ging's nicht anders, und da ward ihm sein Haupt ohne Barmherzigkeit abgeschlagen. Es kamen hernach noch viele und meldeten sich zu dem Wagestück, sie mussten aber alle ihr Leben lassen. Nun trug es sich zu, dass ein armer Soldat, der eine Wunde hatte und nicht mehr dienen konnte, sich auf dem Weg nach der Stadt befand, wo der König wohnte. Da begegnete ihm eine alte Frau, die fragte ihn, wo er hin wollte. „Ich weiß selber nicht recht", sprach er und setzte im Scherz hinzu: „Ich hätte wohl Lust, ausfindig zu machen, wo die Königstöchter ihre Schuhe vertanzen, und darnach König zu werden." „Das ist so schwer nicht", sagte die Alte, „du musst den Wein nicht trinken, der dir abends gebracht wird, und musst tun, als wärst du fest eingeschlafen." Darauf gab sie ihm ein Mäntelchen und sprach: „Wenn du das umhängst, so bist du unsichtbar und kannst den zwölfen dann nachschleichen." Wie der Soldat den guten Rat bekommen hatte, ward's Ernst bei ihm, sodass er ein Herz fasste, vor den König ging und sich als Freier meldete. Er ward so gut aufgenommen wie die andern auch, und wurden ihm königliche Kleider angetan. Abends zur Schlafenszeit ward er in das Vorzimmer geführt, und als er zu Bette gehen wollte, kam die älteste und brachte ihm einen

Der Soldat aber setzte sich mit der jüngsten in ein Schifflein. Da sprach der Prinz: „Ich weiß nicht, das Schiff ist heute viel schwerer."

Becher Wein. Aber er hatte sich einen Schwamm unter das Kinn gebunden, ließ den Wein da hineinlaufen und trank keinen Tropfen. Dann legte er sich nieder, und als er ein Weilchen gelegen hatte, fing er an zu schnarchen, wie im tiefsten Schlaf. Das hörten die zwölf Königstöchter, lachten, und die älteste sprach: „Der hätte auch sein Leben sparen können." Danach standen sie auf, öffneten Schränke, Kisten und Kasten und holten prächtige Kleider heraus; putzten sich vor den Spiegeln, sprangen herum und freuten sich auf den Tanz. Nur die Jüngste sagte: „Ich weiß nicht, ihr freut euch, aber mir ist so wunderlich zumute: Gewiss widerfährt uns ein Unglück." „Du bist eine Schneegans", sagte die Älteste, „die sich immer fürchtet. Hast du vergessen, wie viele Königssöhne schon umsonst da gewesen sind? Dem Soldaten hätt ich nicht einmal brauchen einen Schlaftrunk zu geben, der Lümmel wäre doch nicht aufgewacht." Wie sie alle fertig waren, sahen sie erst nach dem Soldaten, aber der hatte die Augen zugetan, rührte und regte sich nicht, und sie glaubten nun ganz sicher zu sein. Da ging die älteste an ihr Bett und klopfte daran; alsbald sank es in die Erde, und sie stiegen durch die Öffnung hinab, eine nach der andern, die älteste

voran. Der Soldat, der alles mit angesehen hatte, zauderte nicht lange, hing sein Mäntelchen um und stieg hinter der jüngsten mit hinab. Mitten auf der Treppe trat er ihr ein wenig aufs Kleid. Da erschrak sie und rief: „Was ist das? Wer hält mich am Kleid?“ „Sei nicht so einfältig“, sagte die älteste, „du bist an einem Haken hängen geblieben.“ Da gingen sie vollends hinab, und wie sie unten waren, standen sie in einem wunderprächtigen Baumgang, da waren alle Blätter von Silber und schimmerten und glänzten. Der Soldat dachte: „Du willst dir ein Wahrzeichen mitnehmen“, und brach einen Zweig davon ab. Da fuhr ein gewaltiger Krach aus dem Baume. Die jüngste rief wieder: „Es ist nicht richtig, habt ihr den Knall gehört?“ Die älteste aber sprach: „Das sind Freudenschüsse, weil wir unsere Prinzen bald erlöst haben.“ Sie kamen darauf in einen Baumgang, wo alle Blätter von Gold, und endlich in einen dritten, wo sie klarer Demant waren. Von beiden brach er einen Zweig ab, wobei es jedes Mal krachte, dass die jüngste vor Schrecken zusammenfuhr. Aber die älteste blieb dabei, es wären Freudenschüsse. Sie gingen weiter und kamen zu einem großen Wasser, darauf standen zwölf Schifflein, und in jedem Schifflein saß ein schöner Prinz, die hatten auf die zwölfe gewartet, und jeder nahm eine zu sich. Der Soldat aber setzte sich mit der jüngsten ein. Da sprach der Prinz: „Ich weiß nicht, das Schiff ist heute viel schwerer, und ich muss aus allen Kräften rudern, wenn ich es fortbringen soll.“ „Wovon sollte das kommen“, sprach die jüngste, „als vom warmen Wetter? Es ist mir auch so heiß zumut.“ Jenseits des Wassers aber stand ein schönes, hell erleuchtetes Schloss, woraus eine lustige Musik erschallte von Pauken und Trompeten. Sie ruderten hinüber, traten ein, und jeder Prinz tanzte mit seiner Liebsten. Der Soldat aber tanzte unsichtbar mit, und wenn eine einen Becher mit Wein hielt, so trank er ihn aus, dass er leer war, wenn sie ihn an den Mund brachte. Und der jüngsten ward auch Angst darüber, aber die älteste brachte sie immer zum Schweigen. Sie tanzten da bis drei Uhr am andern Morgen, wo alle Schuhe durchgetanzt waren und sie aufhören mussten. Die Prinzen fuhren sie über das Wasser wieder zurück, und der Soldat setzte sich diesmal vorne hin zur ältesten. Am Ufer nahmen sie von ihren Prinzen Abschied und versprachen, in der folgenden Nacht wiederzukommen. Als sie an der Treppe waren, lief der Soldat voraus und legte sich in sein Bett, und als die zwölf langsam und müde heraufgetrippelt kamen, schnarchte er schon wieder so laut, dass sie's alle hören konnten, und sie sprachen: „Vor dem sind wir sicher.“ Da taten sie ihre schönen Kleider aus, brachten sie weg, stellten die

Sie traten in das schöne Schloss,
und jeder Prinz tanzte mit seiner Liebsten.
Der Soldat aber tanzte unsichtbar mit.

zertanzten Schuhe unter das Bett und legten sich nieder. Am andern Morgen wollte der Soldat nichts sagen, sondern das wunderliche Wesen noch mit ansehen, und ging die zweite und die dritte Nacht wieder mit. Da war alles wie das erste Mal, und sie tanzten jedes Mal, bis die Schuhe entzwei waren. Das dritte Mal aber nahm er zum Wahrzeichen einen Becher mit. Als die Stunde gekommen war, wo er antworten sollte, steckte er die drei Zweige und den Becher zu sich und ging vor den König, die zwölfe aber standen hinter der Türe und horchten, was er sagen würde. Als der König die Frage tat: „Wo haben meine zwölf Töchter ihre Schuhe in der Nacht vertanzt?“, so antwortete er: „Mit zwölf Prinzen in einem unterirdischen Schloss“, berichtete, wie es zugegangen war, und holte die Wahrzeichen hervor. Da ließ der König seine Töchter kommen und fragte sie, ob der Soldat die Wahrheit gesagt hätte, und da sie sahen, dass sie verraten waren und leugnen nichts half, so mussten sie alles eingestehen. Darauf fragte ihn der König, welche er zur Frau haben wollte. Er antwortete: „Ich bin nicht mehr jung, so gebt mir die älteste.“ Da ward noch am selbigen Tage die Hochzeit gehalten und ihm das Reich nach des Königs Tode versprochen. Aber die Prinzen wurden auf so viele Tage wieder verwünscht, als sie Nächte mit den zwölfen getanzt hatten.

Die Sterntaler

Trotz seiner Kürze erfreut sich dieses eher stille Märchen dank seiner anrührenden Geschichte und dem wunderbaren Schlussbild der vom Himmel regnenden Goldtaler großer Popularität. Die Geschichte ist ergreifend in ihrer Schlichtheit: Nach dem Tode seiner Eltern wandert ein verarmtes Mädchen allein durch die Welt und gibt das Wenige, das es besitzt, bereitwillig anderen Notleidenden, um schließlich vom Himmel für seine Selbstlosigkeit mit einem Goldregen entlohnt zu werden. An den Sternen hat sich die menschliche Fantasie von jeher entzündet, von den Sternbildern der griechischen Mythologie bis hin zu traditionellen Kinderliedern wie „Weißt du, wie viel Sternlein stehen". Hier sind die Sterne jedoch nicht Bestandteile des Nachthimmels, sondern Lohn wie Sinnbild für die moralische Lauterkeit des kleinen Mädchens. Schon der Titel des Märchens, von den Brüdern Grimm mit Bedacht gewählt, führt die große Bedeutung himmlischer Erscheinungen in der volkstümlichen Überlieferung, namentlich der Sternschnuppen als Glücksboten, vor Augen. Das stimmungsvolle Bild vom kleinen Mädchen, das die herabregnenden Sterntaler empfängt, hat beim Publikum immensen Anklang gefunden und zahllose Künstler inspiriert. Das Vorbild zu dieser Geschichte fanden die Grimms in einem Buch des Schriftstellers Jean Paul. —ND

Farblithografie von Viktor P. Mohn, Deutschland, 1882

Und wie es so stand und nichts mehr hatte,
fielen auf einmal die Sterne vom Himmel und
waren lauter blanke Taler.

Es war einmal ein kleines Mädchen, dem war Vater und Mutter gestorben, und es war so arm, dass es kein Kämmerchen mehr hatte, darin zu wohnen, und kein Bettchen mehr, darin zu schlafen, und endlich gar nichts mehr als die Kleider auf dem Leib und ein Stückchen Brot in der Hand, das ihm ein mitleidiges Herz geschenkt hatte. Es war aber gut und fromm. Und weil es so von aller Welt verlassen war, ging es im Vertrauen auf den lieben Gott hinaus ins Feld. Da begegnete ihm ein armer Mann, der sprach: „Ach, gib mir etwas zu essen, ich bin so hungrig." Es reichte ihm das ganze Stückchen Brot und sagte: „Gott segne dir's", und ging weiter. Da kam ein Kind, das jammerte und sprach: „Es friert mich so an meinem Kopfe, schenk mir etwas, womit ich ihn bedecken kann." Da tat es seine Mütze ab und gab sie ihm. Und als es noch eine Weile gegangen war, kam wieder ein Kind und hatte kein Leibchen und fror. Da gab es ihm seins. Und noch weiter, da bat eins um ein Röcklein, das gab es auch von sich hin. Endlich gelangte es in einen Wald, und es war schon dunkel geworden, da kam noch eins und bat um ein Hemdlein, und das fromme Mädchen dachte: „Es ist dunkle Nacht, da sieht dich niemand, du kannst wohl dein Hemd weggeben", und zog das Hemd ab und gab es auch noch hin. Und wie es so stand und gar nichts mehr hatte, fielen auf einmal die Sterne vom Himmel und waren lauter harte blanke Taler. Und ob es gleich sein Hemdlein weggegeben, so hatte es ein neues an, und das war vom allerfeinsten Linnen. Da sammelte es sich die Taler hinein und war reich für seinen Lebtag.

Der Hase und der Igel

Ein Wettrennen zwischen zwei Tieren, wie sie unterschiedlicher nicht sein können, steht im Mittelpunkt dieser legendären Geschichte. Was zuerst wie eine klare Sache zwischen dem flinken Hasen und dem eher fußlahmen, gemütlichen Igel aussieht, nimmt dank der Gewitztheit des Igels einen unerwarteten Verlauf. Im Bewusstsein seiner körperlichen Unterlegenheit übertölpelt er den siegessicheren Hasen, indem er seine Frau als sein Double auftreten lässt – ein klassischer Trick, seit Menschen den Spaß daran entdeckt haben, andere an der Nase herumzuführen. Das Motiv der ungleichen Wettstreiter ist uralt und taucht in vielen Kulturen auf; in Äsops Fabeln etwa treten Schildkröte und Hase gegeneinander an. Vorbild für die Brüder Grimm war eine 1840 auf Plattdeutsch veröffentlichte Geschichte von Wilhelm Christian Schröder, die auf mündlichen Überlieferungen aus dem norddeutschen Raum beruhte und die altehrwürdige Stadt Buxtehude bei Hamburg als Austragungsort dieses denkwürdigen Rennens benannte. Die Grimms nahmen sie 1843 in ihrer ursprünglichen plattdeutschen Form in die fünfte Auflage ihrer *Kinder- und Hausmärchen* auf; hier haben wir sie dem zeitgenössischen Hochdeutsch angepasst. — ND

Handkolorierte Lithografien von Gustav Süs, Deutschland, 1855

Es fiel ihm auf einmal ein, er könnte wohl, während seine Frau die Kinder wüsche und anzöge, nachsehen, wie seine Steckrüben ständen.

Der Swinegel aber stand vor seiner Türe, guckte dabei in den Morgenwind hinaus und trällerte ein kleines Liedchen vor sich hin.

Diese Geschichte ist lügenhaft zu erzählen, Jungens, aber wahr ist sie doch, denn mein Großvater, von dem ich sie habe, pflegte immer, wenn er sie mit Behaglichkeit vortrug, dabei zu sagen: „Wahr muss sie doch sein, mein Sohn, sonst könnte man sie ja nicht erzählen.“ Die Geschichte hat sich so zugetragen:

Es war an einem Sonntagmorgen in der Erntezeit, just als der Buchweizen blühte. Die Sonne war hell am Himmel aufgegangen, der Morgenwind ging warm über die Stoppeln, die Lerchen sangen in der Luft, die Bienen summten im Buchweizen, und die Leute gingen in ihren Sonntagskleidern zur Kirche, und alle Geschöpfe waren vergnügt und der Swinegel auch.

Der Swinegel aber stand vor seiner Türe, hatte die Arme verschränkt, guckte dabei in den Morgenwind hinaus und trällerte ein kleines Liedchen vor sich hin, so gut und so schlecht, als nun eben am lieben Sonntagmorgen ein Swinegel zu singen pflegt. Indem er nun so halbleise vor sich hin sang, fiel ihm auf einmal ein, er könnte wohl, während seine Frau die Kinder wüsche und anzöge, ein bisschen im Feld spazieren gehen und nachsehen, wie seine Steckrüben ständen. Die Steckrüben waren sehr nah bei seinem Haus, und er pflegte mit seiner Familie davon zu essen, darum sah er sie als die seinigen an. Gesagt, getan. Der Swinegel machte die Haustüre hinter sich zu und schlug den Weg zum Felde ein. Er war noch nicht sehr weit vom Hause und wollte just um den Schlehenbusch, der vor dem Felde stand, herum nach dem Steckrübenacker hin-

Als der Swinegel den Hasen sah, wünschte er ihm einen freundlichen guten Morgen. Der Hase aber, der grausam hochfahrend war, antwortete nichts auf des Swinegels Gruß.

„Hast du denn ganz den Verstand verloren?", fing die Frau des Swinegels da zu schreien an. „Wie kannst du mit dem Hasen um die Wette laufen wollen?"

aufschlendern, als ihm der Hase begegnete, der in ähnlichen Geschäften ausgegangen war, nämlich um seinen Kohl zu besehen. Als der Swinegel den Hasen sah, wünschte er ihm einen freundlichen guten Morgen. Der Hase aber, der nach seiner Weise ein vornehmer Herr war und grausam hochfahrend dazu, antwortete nichts auf des Swinegels Gruß, sondern sagte zu ihm, wobei er eine äußerst höhnische Miene aufsetzte: „Wie kommt es denn, dass du hier schon so früh am Morgen im Feld herumläufst?" „Ich gehe spazieren", sagte der Swinegel. „Spazieren?", lachte der Hase. „Mir dünkt, du könntest die Beine doch wohl zu besseren Dingen gebrauchen." Diese Antwort verdross den Swinegel sehr, denn er konnte alles vertragen, aber auf seine Beine ließ er nichts kommen, eben weil sie von Natur aus krumm waren. „Du bildest dir wohl ein", sagte nun der Swinegel zum Hasen, „dass du mit deinen Beinen mehr ausrichten kannst?" „Das denk ich", sagte der Hase. „Das kommt auf einen Versuch an", meinte der Swinegel, „ich behaupte, wenn wir um die Wette laufen, laufe ich an dir vorbei." Das ist zum Lachen, du mit deinen krummen Beinen!", sagte der Hase. „Aber meinetwegen, wenn du so übergroße Lust hast. Was gilt die Wette?" „Einen goldnen Louisdor und eine Flasche Branntwein", sagte der Swinegel. „Angenommen", sprach der Hase, „schlag ein und dann kann's gleich losgehen." „Nein, so große Eile hat es nicht", meinte der Swinegel, „ich bin noch ganz nüchtern; erst will ich nach Hause gehen und ein bisschen frühstücken. In einer halben Stunde bin ich wieder hier auf dem Platz."

Damit ging der Swinegel, denn der Hase war es zufrieden. Unterwegs dachte der Swinegel bei sich: „Der Hase verlässt sich auf seine langen Beine, aber ich will ihn schon kriegen. Er ist zwar ein vornehmer Herr, aber doch nur ein dummer Kerl, und bezahlen muss er." Als nun der Swinegel zu Hause ankam, sagte er zu seiner Frau: „Frau, zieh dich eilig an, du musst mit aufs Feld hinaus." „Was gibt es denn?", sagte die Frau. „Ich habe mit dem Hasen um einen goldenen Louisdor und eine Flasche Branntwein gewettet, ich will mit ihm um die Wette laufen, und du sollst da mit dabei sein." „O mein Gott, Mann!", fing die Frau des Swinegels da zu schreien an, „bist du nicht klug, hast du denn ganz den Verstand verloren? Wie kannst du mit dem Hasen um die Wette laufen wollen?" „Halt das Maul, Weib", sagte der Swinegel, „das ist meine Sache. Räsoniere nicht in Männergeschäfte. Marsch, zieh dich an, und dann komm mit." Was sollte die Frau des Swinegels machen? Sie musste wohl folgen, sie mochte wollen oder nicht.

Als sie nun miteinander unterwegs waren, sprach der Swinegel zu seiner Frau: „Nun pass auf, was ich sagen will. Sieh, auf dem langen Acker, dort wollen wir unseren Wettlauf machen. Der Hase läuft nämlich in der einen Furche und ich in der andern, und von oben fangen wir an zu laufen. Nun hast du weiter nichts zu tun, als dich hier unten in die Furche zu stellen, und wenn der Hase auf der andern Seite ankommt, so rufst du ihm entgegen: „Ich bin schon da!"

Damit waren sie beim Acker angelangt, der Swinegel wies seiner Frau ihren Platz an und ging den Acker hinauf. Als er oben ankam, war der Hase schon da. „Kann es losgehen?", sagte der Hase. „Jawohl", erwiderte der Swinegel. „Dann nur zu!" Und damit stellte sich jeder in seine Furche. Der Hase zählte: „Eins, zwei, drei!", und los ging er wie ein Sturmwind den Acker hinab. Der Swinegel aber lief nur ungefähr drei Schritte, dann duckte er sich in die Furche hinein und blieb ruhig sitzen.

Als nun der Hase in vollem Laufe unten am Acker ankam, rief ihm die Frau des Swinegels entgegen: „Ich bin schon da!" Der Hase stutzte und verwunderte sich nicht wenig: Meinte er doch nichts anderes, als es wäre der Swinegel selbst, der ihm das zurufe, denn bekanntlich sieht die Frau des Swinegels gerade so aus wie ihr Mann.

Der Hase aber meinte: „Das geht nicht mit rechten Dingen zu." Er rief: „Noch einmal gelaufen, wieder zurück!" Und fort ging er wieder wie ein Sturm-

Als nun der Hase in vollem Laufe unten am Acker ankam, rief ihm die Frau des Swinegels entgegen: „Ich bin schon da!“

*Der Swinegel aber nahm seinen gewonnenen Louisdor
und die Flasche Branntwein, und beide gingen vergnügt miteinander
nach Hause. Seit jener Zeit hat es sich kein Hase mehr einfallen lassen,
mit einem Swinegel um die Wette zu laufen.*

wind, dass ihm die Ohren am Kopfe flogen. Die Frau des Swinegels aber blieb ruhig auf ihrem Platz. Als nun der Hase oben ankam, rief ihm der Swinegel entgegen: „Ich bin schon da!“ Der Hase aber, ganz außer sich vor Ärger, schrie: „Noch einmal gelaufen, wieder zurück!“ „Macht mir nichts aus“, antwortete der Swinegel, „meinetwegen sooft du Lust hast.“ So lief der Hase noch dreiundsiebzigmal, und der Swinegel hielt es immer mit ihm aus. Jedes Mal, wenn der Hase unten oder oben ankam, sagten der Swinegel oder seine Frau: „Ich bin schon da!“

Beim vierundsiebzigsten Mal aber kam der Hase nicht mehr ans Ziel. Mitten auf dem Acker stürzte er zur Erde, das Blut schoss ihm aus dem Halse, und er blieb tot auf dem Platze. Der Swinegel aber nahm seinen gewonnenen Louisdor und die Flasche Branntwein, rief seine Frau aus der Furche zu sich und beide gingen vergnügt miteinander nach Hause, und wenn sie nicht gestorben sind, leben sie noch.

So begab es sich, dass auf der Buxtehuder Heide der Swinegel den Hasen zu Tode gelaufen hat, und seit jener Zeit hat es sich kein Hase mehr einfallen lassen, mit einem Buxtehuder Swinegel um die Wette zu laufen.

Die Lehre aber aus dieser Geschichte ist erstens, dass es sich keiner, auch wenn er sich noch so vornehm dünkt, einfallen lassen soll, sich über einen geringen Mann lustig zu machen, und wäre es auch nur ein Swinegel. Und zweitens, dass es geraten ist, wenn einer freit, dass er sich eine Frau aus seinem Stande nimmt und die just so aussieht wie er selbst. Wer also ein Swinegel ist, der muss zusehen, dass seine Frau auch ein Swinegel ist, und so weiter.

Der gestiefelte Kater

Diese Geschichte um einen kessen, gewitzten Kater und seinen ebenso armen wie arglosen Herrn begeistert seit mehr als dreihundert Jahren ihr Publikum. Der jüngste Sohn eines Müllers erhält als bescheidenes Erbe lediglich einen Kater, doch dieser hat es durchaus in sich: Er kann sprechen, er stolziert in vornehmen Stiefeln umher und versteht sich bestens darauf, sich bei Hofe beliebt zu machen. Zudem ist er klug genug, zu wissen, dass sein eigenes Wohlergehen untrennbar mit dem seines Besitzers verbunden ist, und inszeniert – hinter den Kulissen die Fäden ziehend – den sozialen Aufstieg des einfachen Müllersohns in den Landadel. Geschichten, in denen Tiere dem Menschen helfend zur Seite stehen, gab es zu allen Zeiten und auf allen Kontinenten. Dieser gestiefelte Held hatte seinen ersten Auftritt im Italien der Renaissance. Die Brüder Grimm nahmen eine in ihrer Heimat Hessen kursierende Version in die erste Ausgabe ihrer Märchen auf, ließen sie in den späteren jedoch weg, da Kritiker die zu große Nähe zu der von Charles Perrault bekannten Fassung monierten. Uns soll sie hier nicht nur als Beispiel dafür dienen, wie die Grimms bereits bekannte Motive weiter popularisierten, vielmehr enthält ihre Fassung genug eigene Ideen, um nicht nur unsere Wertschätzung zu verdienen, sondern auch uneingeschränkten Lesegenuss zu bieten. —ND

Farblithografien von Herbert Leupin, Schweiz, 1946

Es war einmal ein Müller, der hatte drei Söhne, seine Mühle, einen Esel und einen Kater. Die Söhne mussten mahlen, der Esel Getreide holen und Mehl forttragen, die Katze dagegen die Mäuse wegfangen. Als der Müller starb, teilten sich die drei Söhne in die Erbschaft: Der älteste bekam die Mühle, der zweite den Esel, der dritte den Kater. Weiter blieb nichts für ihn übrig. Da war er traurig und sprach zu sich selbst: „Mir ist es doch recht schlimm ergangen. Mein ältester Bruder kann mahlen, mein zweiter auf seinem Esel reiten – was kann ich mit dem Kater anfangen? Ich lass mir ein Paar Pelzhandschuhe aus seinem Fell machen, dann ist's vorbei." „Hör", fing der Kater an, der alles verstanden hatte, „du brauchst mich nicht zu töten, um ein Paar schlechte Handschuhe aus meinem Pelz zu kriegen. Lass mir nur ein Paar Stiefel machen, dass ich ausgehen und mich unter den Leuten sehen lassen kann, dann soll dir bald geholfen sein." Der Müllersohn verwunderte sich, dass der Kater so sprach. Weil aber eben der Schuster vorbeiging, rief er ihn herein und ließ ihm die Stiefel anmessen.

Als sie fertig waren, zog sie der Kater an, nahm einen Sack, machte dessen Boden voll Korn, band aber eine Schnur drum, womit man ihn zuziehen konnte, dann warf er ihn über den Rücken und ging auf zwei Beinen, wie ein Mensch, zur Tür hinaus. Damals regierte ein König im Land, der aß so gerne Rebhühner. Es war aber eine Not, dass keine zu kriegen waren. Der ganze Wald war voll, aber sie waren so scheu, dass kein Jäger sie erreichen konnte. Das wusste der Kater und gedachte, seine Sache besser zu machen; als er in den Wald kam, machte er seinen Sack auf, breitete das Korn auseinander, die Schnur aber legte er ins Gras und leitete sie hinter eine Hecke. Da versteckte er sich selber, schlich herum und lauerte. Die Rebhühner kamen bald gelaufen, fanden das Korn – und eins nach dem andern hüpfte in den Sack hinein. Als eine gute Anzahl drinnen war, zog der Kater den Strick zu, lief herbei und drehte ihnen den Hals um. Dann warf er den Sack auf den Rücken und ging geradewegs zum Schloss des Königs.

Die Wache rief: „Halt! Wohin?" „Zum König!", antwortete der Kater kurzweg. „Bist du toll, ein Kater und zum König?" „Lass ihn nur gehen", sagte ein anderer, „der König hat doch oft Langeweile, vielleicht macht ihm der Kater mit seinem Brummen und Spinnen Vergnügen." Als der Kater vor den König

Da versteckte der Kater sich selber. Die Rebhühner kamen bald gelaufen, und eins nach dem andern hüpfte in den Sack hinein. Der Kater zog den Strick zu und ging geradewegs zum Schloss des Königs.

kam, machte er eine tiefe Verbeugung und sagte: „Mein Herr, der Graf" – dabei nannte er einen langen und vornehmen Namen – „lässt sich dem Herrn König empfehlen und schickt ihm hier Rebhühner." Der wusste sich vor Freude nicht zu fassen und befahl dem Kater, so viel Gold aus der Schatzkammer in seinen Sack zu tun, wie er nur tragen könne: „Das bringe deinem Herrn, und danke ihm vielmals für sein Geschenk."

Der arme Müllersohn aber saß zu Haus am Fenster, stützte den Kopf auf die Hand und dachte, dass er nun sein letztes Geld für die Stiefel des Katers weggegeben habe und der ihm wohl nichts Besseres dafür bringen könne. Da

Der König befahl dem Kater, so viel Gold aus der Schatzkammer in seinen Sack zu tun, wie er nur tragen könne.

SEITE 226/227 *Weil ihm ohnehin der König gewogen war, so musste er sich zu ihm in die Kutsche setzen.*

trat der Kater herein, warf den Sack vom Rücken, schnürte ihn auf und schüttete das Gold vor den Müller hin: „Da hast du etwas Gold vom König, der dich grüßen lässt und sich für die Rebhühner bei dir bedankt." Der Müller war froh über den Reichtum, ohne dass er noch recht begreifen konnte, wie es zugegangen war. Der Kater aber, während er seine Stiefel auszog, erzählte ihm alles. Dann sagte er: „Du hast jetzt zwar Geld genug, aber dabei soll es nicht bleiben; morgen ziehe ich meine Stiefel wieder an, dann sollst du noch reicher werden; dem König habe ich nämlich gesagt, dass du ein Graf bist."

Am andern Tag ging der Kater, wie er gesagt hatte wohl gestiefelt, wieder auf die Jagd, und brachte dem König einen reichen Fang. So ging es alle Tage, und der Kater brachte alle Tage Gold heim und ward so beliebt beim König, dass er im Schlosse ein- und ausgehen durfte. Einmal stand der Kater in der Küche des Schlosses beim Herd und wärmte sich, da kam der Kutscher und fluchte: „Ich wünsche, der König mit der Prinzessin wäre beim Henker! Ich wollte ins Wirtshaus gehen, einmal einen trinken und Karten spielen, da sollt ich sie spazieren fahren an den See." Wie der Kater das hörte, schlich er nach Haus und sagte zu seinem Herrn: „Wenn du ein Graf und reich werden willst, so komm mit mir hinaus an den See und bade darin." Der Müller wusste nicht, was er dazu sagen sollte, doch folgte er dem Kater, ging mit ihm, zog sich splitternackt aus und sprang ins Wasser. Der Kater aber nahm seine Kleidern, trug sie fort und versteckte sie. Kaum war er damit fertig, da kam der König dahergefahren. Der Kater fing sogleich an, erbärmlich zu lamentieren: „Ach! Allergnädigster König! Mein Herr, der hat sich hier im See zum Baden begeben, da ist ein Dieb gekommen und hat ihm die Kleider gestohlen, die am Ufer lagen. Nun ist der Herr Graf im Wasser und kann nicht heraus, und wenn er sich noch länger darin aufhält, wird er sich erkälten und sterben."

Wie der König das hörte, ließ er anhalten, und einer seiner Leute musste zurückjagen und von des Königs Kleidern holen. Der Herr Graf zog dann auch die prächtigen Kleider an, und weil ihm ohnehin der König wegen der Rebhühner, die er meinte, von ihm empfangen zu haben, gewogen war, so musste er sich zu ihm in die Kutsche setzen. Die Prinzessin war auch nicht bös darüber, denn der Graf war jung und schön, und er gefiel ihr recht gut.

„Hört, jetzt wird gleich der König vorbeifahren.
Wenn er wissen will, wem das Korn gehört,
so antwortet: dem Grafen."

Der Kater aber war vorausgegangen und zu einer großen Wiese gekommen, wo über hundert Leute waren und Heu machten. „Wem ist die Wiese, ihr Leute?", fragte der Kater. „Dem großen Zauberer." „Hört, jetzt wird gleich der König vorbeifahren. Wenn er wissen will, wem die Wiese gehört, so antwortet: dem Grafen. Und wenn ihr das nicht tut, so werdet ihr alle erschlagen." Darauf ging der Kater weiter und kam an ein Kornfeld, so groß, dass es niemand übersehen konnte. Da standen mehr als zweihundert Leute und schnitten das Korn. „Wem gehört das Korn, ihr Leute?" „Dem Zauberer." „Hört, jetzt wird gleich der König vorbeifahren, wenn er wissen will, wem das Korn gehört, so antwortet: dem Grafen. Und wenn ihr das nicht tut, so werdet ihr alle erschlagen." Endlich kam der Kater an einen prächtigen Wald, da standen mehr als dreihundert Leute, fällten die großen Eichen und machten Holz. „Wem ist der Wald, ihr Leute?" „Dem Zauberer." „Hört, jetzt wird gleich der König vorbeifahren. Wenn er wissen will, wem der Wald gehört, so antwortet: dem Grafen. Und wenn ihr das nicht tut, so werdet ihr alle erschlagen."

SEITE 229 *Der Kater sagte: „Aber ein Elefant, das scheint mir ganz unmöglich." Der Zauberer sagte stolz: „Das ist für mich eine Kleinigkeit", und war in dem Augenblick in einen Elefant verwandelt.*

Der Kater ging noch weiter, die Leute sahen ihm alle nach, und weil er so wunderlich aussah und wie ein Mensch in Stiefeln daherging, fürchteten sie sich vor ihm. Er kam bald an des Zauberers Schloss, trat keck hinein und vor diesen hin. Der Zauberer sah ihn verächtlich an, dann fragte er ihn, was er wolle. Der Kater verbeugte sich tief und sagte: „Ich habe gehört, dass du dich in jedes Tier ganz nach deinem Belieben verwandeln könntest; was einen Hund, Fuchs oder auch Wolf betrifft, da will ich es wohl glauben, aber von einem Elefant, das scheint mir ganz unmöglich, und deshalb bin ich gekommen, um mich selbst zu überzeugen." Der Zauberer sagte stolz: „Das ist für mich eine Kleinigkeit", und war in dem Augenblick in einen Elefant verwandelt. „Das ist viel", sagte der Kater, „aber auch in einen Löwen?" „Das ist auch nichts", sagte der Zauberer, dann stand er als Löwe vor dem Kater.

Der Kater stellte sich erschrocken und rief: „Das ist unglaublich und unerhört, dergleichen hätt ich mir nicht im Traume in die Gedanken kommen lassen; aber noch mehr als alles andere wär es, wenn du dich auch in ein so kleines Tier, wie eine Maus ist, verwandeln könntest. Du kannst gewiss mehr, als irgendein Zauberer auf der Welt, aber das wird dir doch zu hoch sein." Der Zauberer ward ganz freundlich von den süßen Worten und sagte: „Oh ja, liebes Kätzchen, das kann ich auch", und sprang als eine Maus im Zimmer herum. Der Kater war hinter ihm her, fing die Maus mit einem Satz und fraß sie auf.

Der König aber war mit dem Grafen und der Prinzessin weiter spazieren gefahren und kam zu der großen Wiese. „Wem gehört das Heu?", fragte der König. „Dem Herrn Grafen", riefen alle, wie der Kater ihnen befohlen hatte. „Ihr habt da ein schön Stück Land, Herr Graf", sagte der König. Danach kamen sie an das große Kornfeld. „Wem gehört das Korn, ihr Leute?" „Dem Herrn Grafen." „Ei! Herr Graf! Große, schöne Ländereien!" Darauf zu dem Wald: „Wem gehört das Holz, ihr Leute?" „Dem Herrn Grafen." Der König verwunderte sich noch mehr und sagte: „Ihr müsst ein reicher Mann sein, Herr Graf, ich glaube nicht, dass ich einen so prächtigen Wald habe."

Endlich kamen sie an das Schloss, der Kater stand oben an der Treppe, und als der Wagen unten hielt, sprang er herab, machte die Türe auf und sagte: „Herr König, Ihr gelangt hier in das Schloss meines Herrn, des Grafen, den diese Ehre für sein Lebtag glücklich machen wird." Der König stieg aus

Der Zauberer sprang als eine Maus im Zimmer herum. Der Kater fing die Maus mit einem Satz und fraß sie auf.

und verwunderte sich über das prächtige Gebäude, das fast größer und schöner war als sein Schloss. Der Graf aber führte die Prinzessin die Treppe hinauf in den Saal, der ganz von Gold und Edelsteinen flimmerte.

Da ward die Prinzessin mit dem Grafen versprochen, und als der König starb, ward er König, der gestiefelte Kater aber erster Minister.

Künstlerbiografien

von Noel Daniel

„Dornröschen“ – Illustration von Heinrich Lefler und Joseph Urban für den Märchen-Kalender, *1905.*

Hanns Anker
(Deutschland, 1873–1950)
Ankers Titelillustration (Seite 19 links) und Farblithografien (Seite 83, 84, 86–87, 89, 91) zu „Aschenputtel" sind dem Buch Aschenbrödel *entnommen, erschienen im Verlag A. Molling & Co., Hannover, ca. 1910.*

Der Maler, Illustrator, Grafiker und Bühnenbildner Hanns Anker studierte in seiner Heimatstadt Berlin an der Kunstgewerbeschule und der Akademie der Künste. In Paris studierte er unter Jean-Paul Laurens an der Académie Julian, zu deren Absolventen u. a. Jean Arp, Marcel Duchamp, Jacques-Henri Lartigue, Henri Matisse und Kay Nielsen zählen. Anker illustrierte zahlreiche Kinderbücher und brachte mehrere Mappenwerke mit seinen grafischen Arbeiten heraus. Um die Jahrhundertwende veröffentlichte er eine einflussreiche theoretische Schrift über Malerei und Gebrauchsgrafik.

In die Geschichte der Kinderbücher ist er in erster Linie durch seine Märchenbücher aus den 1910er- und 1920er-Jahren eingegangen, die heute gesuchte Sammlerstücke sind. In *Aschenbrödel* hält er sich getreu an die literarische Vorlage, vermeidet übertriebene Ausschmückungen und bedient sich eines klaren, sparsamen Stils. Beim Rahmenwerk der Bilder lässt er diese Zurückhaltung jedoch fahren und greift zu einer Jugendstilornamentik, wie man sie sich auch für Schmuck, Mobiliar und Innendekorationen vorstellen könnte. Ohne Bezug zum Inhalt der Geschichte verleiht diese den Büchern eine neue, moderne Optik. In *Aschenbrödel* finden sich dekorative Formen des Jugendstils auch im Detail: So zeigen etwa Aschenbrödels Ballkleider typische Jugendstilmuster. Ankers Illustrationen geben der Geschichte nicht nur eine wunderbare neue Anmutung, sie sind auch beredte Beispiele für neue Entwicklungen in der Buchgestaltung im Gefolge des Jugendstils.

L. Leslie Brooke
(Großbritannien, 1862–1940)
Die Aquarelle und Zeichnungen zu „Die goldene Gans" (Seite 180–187) sind dem Band The Golden Goose Book *entnommen, erschienen im Verlag Frederick Warne & Co., London, 1905.*

L. Leslie Brooke, 1862 in Birkenhead geboren, war neben Randolph Caldecott, Kate Greenaway, Beatrix Potter und Arthur Rackham einer der namhaftesten englischen Buchillustratoren des frühen 20. Jahrhunderts und begeisterte sein Publikum mit humorvollen und einfallsreichen Illustrationen. Seine Arbeiten zu „Die goldene Gans", einem Märchen, in dem ein armer Einfaltspinsel eine Prin-

zessin, die nicht lachen kann, kuriert, sind ein Paradebeispiel für die verspielte Respektlosigkeit und charmante Leichtfüßigkeit seiner Darstellungen. Brooke schmuggelt in eine seiner Illustrationen (Seite 184) sogar ein Buch mit leicht anzüglichen Witzen ein, *The Boke of Joke* (sic!), mit dessen Hilfe der verzweifelte König seiner Tochter offenbar endlich ein Lachen zu entlocken hofft. Fünfzig Jahre zuvor wären solche Frivolitäten in einem Kinderbuch noch undenkbar gewesen, und man hätte stattdessen eine moralinsaure Erbauungsschrift vor sich gehabt. Selbst die Tauglichkeit von Märchen für Kinder war damals heftig umstritten. Man bezweifelte, dass es für Kinder überhaupt zuträglich wäre, zum reinen Zeitvertreib zu lesen. Brooke jedoch wuchs in einer Zeit auf, in der die prüden und sittenstrengen Kinderbücher der viktorianischen Ära schon der Vergangenheit angehörten. Tatsächlich, so die Literaturwissenschaftlerin Julia Briggs, waren diese nun als altmodisch und spießig empfundenen Bücher beliebter Gegenstand subversiver Parodien. Erst jetzt wurde die ganze Bedeutungsvielfalt der Grimm' schen Märchen von den Illustratoren ausgelotet.

Brooke, schon in jungen Jahren ein erstaunlich begabter Künstler, besuchte die Royal Academy of Arts in London und erwarb sich erste Lorbeeren mit den Arbeiten für das *Nursery Rhyme Book* 1897. Andrew Lang, der schottische Verleger dieses Buches, war ein bedeutender Sammler von Sagen und Legenden und veröffentlichte zwölf Bände mit beliebten Märchen, angefangen mit dem Band *The Blue Fairy Book* im Jahr 1889. Brooke wurde zum Zugpferd im Verlag von Frederick Warne, der mit seinen Kinderbüchern maßgeblich zum kommerziellen Erfolg dieses Genres in England beitrug. Warne veröffentlichte u. a. die ersten Bücher von Brookes Zeitgenossen Walter Crane und verlegte vierzig Jahre lang die *Peter-Rabbit*-Geschichten von Beatrix Potter.

Walter Crane

(Großbritannien, 1845–1915)

Die Titelillustration (Seite 12 links) und die Farbholzstiche zu „Der Froschkönig" (Seite 27, 28, 30–31, 33, 35) sind dem Band The Frog Prince *entnommen, erschienen bei George Routledge and Sons, London, 1874.*

Der englische Künstler und Grafiker Walter Crane beeinflusste mit seinen innovativen Kinderbüchern bis weit ins 20. Jahrhundert hinein Generationen von Illustratoren. Als Vertreter der Arts-and-Crafts-Bewegung setzte er neue Maßstäbe in der Buchgestaltung. Er verwob auf subtile Weise Text und Illustration miteinander und erfand das Kinderbuch als ästhetisch durchkonzipiertes Gesamtkunstwerk quasi neu.

Der gebürtige Liverpooler Crane absolvierte eine Lehre bei dem renommierten Holzschneider William James Linton.

Mit zwanzig Jahren hatte er gemeinsam mit Edmund Evans, einem Meister im neuartigen Farbdruck, bereits seine ersten Bände mit Kinderliedern und -reimen produziert. Ihren Erfolg belegte das Publikumsinteresse an hochwertigen, doch erschwinglichen Kinderbüchern. Angefangen mit *The Frog Prince*, veröffentlichten sie gemeinsam annähernd vierzig stark vom Stil der Präraffaeliten beeinflusste Bücher, darunter *Cinderella* (1873), *Beauty and the Beast* (1874), *Jack and the Beanstalk* (1875) und *Little Red Riding Hood* (1875). Crane illustrierte eine Unzahl von Büchern für Kinder wie für Erwachsene, darunter auch die klassische Ausgabe der Grimm'schen Märchen, *Household Stories from the Collection of the Brothers Grimm*, von 1882 in der Übersetzung seiner Schwester Lucy Crane.

Es waren vor allem seine zahlreichen hervorragend gestalteten, dabei aber erschwinglichen Kinderbücher aus den Jahren 1865 bis 1875, die dem Genre eine bis dato ungekannte Wertschätzung einbrachten. Crane repräsentierte eine ganze Generation von Künstlern, die neue Ideen zur Buchgestaltung entwickelten und dank der enormen Fortschritte im Buchdruck in England auch die Gelegenheit bekamen, diese Ideen umzusetzen. Crane sah in der Rückbesinnung auf die handwerkliche Buchkunst exemplarisch vorgeführt, welche Möglichkeiten die dekorativen Künste im Alltagsleben der Menschen entfalten könnten, eines der Hauptanliegen der Arts-and-Crafts-Bewegung um William Morris.

Als Illustrator wie als Maler ließ sich Crane von den unterschiedlichsten Quellen inspirieren, von mittelalterlicher Buchmalerei, japanischem Holztafeldruck, frühen italienischen Renaissancemalern ebenso wie von den Präraffaeliten. So lässt sich, wie der Kunsthistoriker William Feaver ausführt, schon allein in der Esstisch-Szene aus „Der Froschkönig" (Seite 30/31) eine Vielzahl von verschiedenartigen Einflüssen ablesen, von der botticellihaften Anmutung der Prinzessin über die klassizistischen Elemente in der Inneneinrichtung bis hin zu den blau-weißen Tellern mit asiatischem Dekor auf dem Sideboard.

Alle Bereiche des Kunsthandwerks waren für Crane, der 1884 die Art Workers Guild gründete, von Interesse, sei es die Gestaltung von Farbglasfenstern, von Tapeten und Wandteppichen oder Stoffen. Weitere bemerkenswerte von ihm illustrierte Bücher sind u. a. Oscar Wildes *The Happy Prince and Other Tales* (1888) und seine viel gerühmten Illustrationen zu Edmund Spensers Versepos *The Faerie Queene* (1895–1897).

George Cruikshank

(Großbritannien, 1792–1878)

Die Farblithografie zu „Die Wichtelmänner“ (Seite 127), gefertigt nach einer Originalradierung des Künstlers in Schwarz-Weiß, ist dem Buch Grimms' Fairy Tales to Which Is Added Grimms' Goblins *entnommen, erschienen im Verlag Worthington Co., New York, 1888.*

Der gebürtige Londoner George Cruikshank gilt als der talentierteste englische Illustrator des 19. Jahrhunderts. Als überaus produktiver und geistreicher Karikaturist hat Cruikshank Tausende von Zeichnungen geschaffen, die mit spitzer Feder Themen aus allen Bereichen des Lebens aufs Korn nahmen, ob aus der Politik oder dem Kulturleben. In einer Epoche, in der die Karikatur von erheblicher Bedeutung für die politische Meinungsbildung war, war Cruikshank gleichermaßen populär wie einflussreich. Um 1820 begann er auch, Bücher zu illustrieren, und sicherte sich seinen Platz in der Geschichte der Buchillustration durch seine Zeichnungen für *German Popular Stories* (1823–1826), die erste englische Ausgabe der Grimm'schen Märchen. Mit seinen zweiundzwanzig lebendigen, humorvollen Illustrationen war das Buch ein großer Erfolg und stellte eine Wendemarke in der Geschichte der illustrierten Bücher dar. Es war eine der ersten illustrierten Ausgaben von Grimms Märchen weltweit (die erste war 1820 in Amsterdam erschienen). Heutige Leser mag es verblüffen, dass zwei Dutzend kleinformatiger Schwarz-Weiß-Bilder einen Boom an illustrierten Büchern auslösen konnten, doch für viele Leser und Künstler zeigten Cruikshanks originelle und durchdachte Bilder zum ersten Mal, welches Potenzial in der Verbindung von Bild und Text steckte. Die Darstellungen waren amüsant und dynamisch, und sie bebilderten die Geschichten nicht bloß, sie eröffneten ganz neue Dimensionen der Interpretation. Es heißt, erst durch Cruikshank hätten die Grimms erkannt, wie publikumswirksam es sein konnte, ihre Märchen zu illustrieren. Die Illustrationen zu „Die Wichtelmänner“ in *German Popular Stories* zählten zu Cruikshanks Lieblingsarbeiten.

Das hier gezeigte Bild stammt aus dem 1899er-Reprint des populären Bandes *Household Stories from the Collection of the Brothers Grimm* mit den Illustrationen von Walter Crane (Originalausgabe aus dem Jahre 1882), den man um farbige Versionen von Cruikshanks Zeichnungen zu seinen *German Popular Stories* ergänzt hatte. Diese Neuausgabe unter dem Titel *Grimms' Fairy Tales to Which Is Added Grimms' Goblins* war eine originelle Marketingidee; sie vereinte zwei beliebte Illustratoren und belegte, wie populär Cruikshanks Illustrationen auch 75 Jahre nach ihrer Erstveröffentlichung noch waren. Für die Verleger war es eine willkommene Gelegenheit, Cruikshanks dynamische Zeichnungen nun in Farbe zu präsentieren, nachdem die Fortschritte in der Drucktechnik dies ermöglichten. Cruikshanks Lebenswerk umfasst mehr als 800 Publikationen.

Elsa Dittmann
(Österreich, 1907–unbekannt)
Die Scherenschnitte zu „Hänsel und Gretel" (Seite 52), „Aschenputtel" (Seite 80), „Schneewittchen" (Seite 154), „Rumpelstilzchen" (Seite 169) und „Die Gänsemagd" (Seite 188) sind dem Band Aus Grimms Märchen *entnommen, erschienen im Konegen Verlag, Wien, 1925.*

Die österreichische Malerin und Illustratorin Elsa Dittmann besuchte von 1920 bis 1923 in ihrer Heimatstadt Wien die Kunstschule für Frauen und Mädchen. Diese Schule war 1897 von Künstlerinnen als Alternative zu den staatlichen Hochschulen gegründet worden, zu denen Frauen – wie damals in ganz Europa üblich – der Zugang verwehrt war. Zwei Jahre spätersetzte Dittmann ihre Studien an der Wiener Kunstgewerbeschule fort. 1925 erhielt sie denAuftrag, zwanzig Märchen der Brüder Grimm für den Auswahlband *Aus Grimms Märchen* zu illustrieren, und entschied sich für das Medium Scherenschnitt.

Schon Mitte des 19. Jahrhunderts waren die Grimm'schen Märchen mit Scherenschnitten illustriert worden. Gleichermaßen beliebt bei Frauen und Männern, erreichte dieses künstlerische Genre ein breites Publikum. Die Kunstform erfreute sich seit den 1750er-Jahren großer Beliebtheit als Zeitvertreib des Adels und der Begüterten, aber auch als populäre Volkskunst, oftmals ausgeübt von fahrenden Straßenkünstlern, die von Stadt zu Stadt zogen und aus dem Stegreif Porträts anfertigten. Schnittbilder geliebter Menschen waren modische, erschwingliche Souvenirs und als solche weit verbreitet.

Auch Künstler griffen diesen Trend auf und begannen, mit Scherenschnittillustrationen für Bücher zu experimentieren. Als der klassische Scherenschnitt, der schlichte Schattenriss, durch das Aufkommen der Fotografie und des fotografischen Porträts an Popularität verlor, wurde die Technik ausgefeilter, es wurden Hintergründe, ein szenischer Aufbau und komplexe dekorative Muster eingebaut. Neben der Schere oder kleinen Messern kamen nun auch noch andere Werkzeuge und Techniken, zum Beispiel Lithografie oder Holzschnitt, zum Einsatz, um die gewünschten Effekte zu erzielen, berichtet die Historikerin Marianne Bernhard. Ganz anders bei Dittmann: Die letzte Seite der von ihr illustrierten Ausgabe der Grimm'schen Märchen zeigt neben dem Wort „Scherenschnitte" eine geöffnete, elegante Schere, bereit zum Losschnippeln. Dittmann war Puristin und arbeitete ausschließlich mit Schere und Papier; lange nach der Blütezeit des Scherenschnitts kehrte sie zu seiner Urform als einfache und erschwingliche Kunstform zurück, der ideale Begleiter für das Märchengenre, das Angehörige aller sozialen Klassen gleichermaßen anspricht.

Rudolf Geißler
(Deutschland, 1834–1906)
Die Illustrationen zu „Die Bremer Stadtmusikanten" (Seite 118–119, 121–123) stammen aus dem Münchener Bilderbogen *(Bd. 44, Nr. 1045), erschienen im Verlag Braun & Schneider, München, 1892.*

Die Märchen der Grimms wurden für den talentierten Maler, Illustrator und Graveur Rudolf Geißler zum Lebensthema. Geißler studierte Kunst in seiner Heimatstadt Nürnberg, in Leipzig und schließlich in Dresden als Schüler des legendären Ludwig Richter. Einblattdrucke wie Geißlers schablonenkolorierte *Bremer Stadtmusikanten* waren wichtige Vorläufer des Comics und blicken selbst auf eine lange Tradition zurück, die mit dem Aufkommen des Holzschnitts begann und bis ins 13. Jahrhundert zurückreicht.

Geißler arbeitete für einen der wichtigsten und erfolgreichsten Hersteller dieser preiswerten Bilderbogen, den Münchener Verlag Braun & Schneider. Fünfzig Jahre lang, ab 1848, verlegte Braun & Schneider seine *Münchener Bilderbogen* in einer breiten stilistischen Vielfalt, von der einfachen Bildergeschichte bis hin zu kunstvollen und detailfreudigen Illustrationen. Dafür engagierte Braun & Schneider, der seine Bilderbogen im Holzstichverfahren druckte, anders als seine Konkurrenten auch bereits etablierte Künstler wie Geißler.

Fanny und Cecile Hensel
(Deutschland, 1857–1891 und 1858–1926)
Die Titelillustration (Seite 12 rechts) und die Scherenschnitte zu „Der Froschkönig" (Seite 24) und „Rumpelstilzchen" (Seite 166) stammen aus dem Band Ins Märchenland, *erschienen im B. Behr's Verlag, Berlin und Leipzig, 1879.*

Die Schwestern Fanny und Cecile Hensel waren Großnichten des Komponisten Felix Mendelssohn Bartholdy. Nach Angaben des Deutschen Scherenschnittvereins war es Luise Hensel, religiöse Dichterin, Erzieherin, früherer Schwarm von Clemens Brentano und die Tante der Schwestern, die sie die Kunst des Scherenschnitts lehrte. Der Scherenschnitt war für sie in erster Linie ein Hobby, und sie veröffentlichten nur wenig, doch ihr raffinierter und ausgeklügelter Stil zeigt, dass sie diese Kunst auch ohne klassisches Kunststudium beherrschten. 1879 veröffentlichten sie das schmale Bändchen *Ins Märchenland* mit zwölf eleganten Scherenschnitten zu den Märchen der Grimms, jeder begleitet von einem kurzen Text.

(Mehr zur Geschichte des Scherenschnitts unter dem Eintrag zu Elsa Dittmann.)

Divica Landrová

(Tschechoslowakei, 1908–1982)

Die Bilder zu „Rotkäppchen" auf den Seiten 106 bis 115 stammen aus dem Band Rotkäppchen, *deutscher Text von Lotte Elsnerová, erschienen im Verlag Artia, Prag, 1959.*

Die tschechische Malerin, Illustratorin und Grafikerin Divica Landrová lebte und arbeitete in Prag. 1929 beendete sie ihre Ausbildung an der Prager Kunstgewerbeschule und bereiste anschließend Frankreich, Jugoslawien und Deutschland. Wieder in Prag, illustrierte sie Kinderbücher, ein Genre, dem sie mehr als zwei Jahrzehnte treu bleiben sollte.

In den ersten Jahrzehnten des 20. Jahrhunderts herrschte eine immense Nachfrage nach Kinderbüchern in der Tschechoslowakei, wie im *Lexikon der Kinder- und Jugendliteratur* zu erfahren ist. Eine immer größer werdende Anzahl von Bibliotheken, Verlegern und Zeitschriften verschrieb sich diesem Thema und jede erdenkliche Art von Kinderbüchern fand reißenden Absatz, ob nun Abenteuer- oder Detektivgeschichten, Märchen und Sagen, moralische Erbauungsliteratur oder Lyrik. Vor diesem Hintergrund betrat Landrová die Kunstwelt, an der sie zwanzig Jahre lang mit ihren Arbeiten teilhaben sollte. In den 1950er-Jahren arbeitete Landrová an Trickfilmen für Kinder mit, etwa an dem Farbfilm *Kde je Míša (Wo ist Míša)* aus dem Jahr 1954. Zu den Kinderbüchern, die sie in den 1950er- und 1960er-Jahren illustrierte, zählen auch zwei Bücher in deutscher Sprache, *Rotkäppchen* (1959) und *Aschenbrödel* (1960). In den Illustrationen zu *Rotkäppchen* stellt Landrová die Scherenschnitte vor weißgrau strukturierte Hintergründe, wie man es aus frühen Trickfilmen kennt. Auch wenn nur wenig Informationen zu Landrovás Schaffen bekannt sind, scheint sie doch von den berühmten Silhouettenfilmen der deutschen Filmpionierin Lotte Reiniger beeinflusst.

Heinrich Lefler und Joseph Urban

(Österreich, 1863–1919, und Österreich/USA, 1872–1933)

(siehe auch *Andersen* Seite 224)

Die Bilder zu „Dornröschen" (Seite 232), „Rapunzel" (Seite 249), „Die Gänsemagd" (Seite 254), „Schwan, kleb an" (Seite 257, einer Adaptation des Märchens „Die goldene Gans") und „Schneewittchen" (Seite 258) entstammen dem von Lefler und Urban illustrierten Märchen-Kalender *für das Jahr 1905 mit Märchen der Brüder Grimm, von Hans Christian Andersen, Ludwig Bechstein und Ludwig Fulda, erschienen im Verlag Munk, Wien, 1905.*

Heinrich Lefler und Joseph Urban zählen zu den profiliertesten Vertretern des Wiener Jugendstils um die Wende zum 20. Jahrhundert. Lefler studierte an der Akademie der bildenden Künste in Wien und München und arbeitete als Buchillustrator, Kostüm- und Bühnenbildner sowie als künstlerischer Berater für Oper und Theater. Urban studierte ebenfalls an der Akademie der bildenden Künste in Wien und war als Illustrator, Bühnenbildner und Architekt erfolgreich. 1900 gründeten Lefler und Urban zusammen die Künstlergruppe Hagenbund.

Im selben Jahr ernannte Gustav Mahler Lefler zum Ausstattungsleiter der Wiener Hofoper (heute Wiener Staatsoper). Drei Jahre später nahm Lefler die gleiche Position am berühmten Wiener Burgtheater ein. Gleichzeitig hatte er eine Professur an der Akademie der bildenden Künste inne, ein Posten, für den sich u. a. auch Gustav Klimt beworben hatte. Urban emigrierte 1911 in die USA und wurde zunächst Artdirector der Boston Opera Company. Später entwarf er Szenenbilder für die Ziegfeld Follies am Broadway und arbeitete von 1914 bis zu seinem Tod 1933 als Chefbühnenbildner der Metropolitan Opera. Nahezu alle seine Architekturprojekte einschließlich des Ziegfeld Theaters aus den 1920er-Jahren sind mittlerweile zerstört. Zu den bemerkenswertesten noch existierenden Bauten zählen das Hearst Magazine Building (erbaut 1926/27) und das Hauptgebäude der New School (1929/30), beide in New York City. Als loyaler Förderer Urbans heuerte der Zeitungstycoon William Randolph Hearst ihn für viele seiner Hollywood-Produktionen als Artdirector und Set-Designer an.

Lefler und Urban arbeiteten während ihrer gemeinsamen Zeit in Wien bei zahllosen Projekten eng zusammen, darunter auch dieser illustrierte *Märchen-Kalender* von 1905. Mit ihrer kunstvollen Ornamentik verbinden diese Bilder die Vorstellungen der Künstler von Architektur, Raumgestaltung und Modedesign mit romantischen Motiven, wie sie für Märchenillustrationen am Ende des 19. Jahrhunderts typisch waren, etwa mittelalterliche Burgen und galante Prinzen.

Herbert Leupin

(Schweiz, 1916–1999)

Die Farblithografien zu „Der gestiefelte Kater" (Seite 223–231) stammen aus dem Band Der gestiefelte Kater, *die Farblithografien zu „Dornröschen" (Seite 141–143, 145, 146) und „Frau Holle" (Seite 96–98, 100–102) aus den entsprechenden Bänden, alle erschienen im Globi Verlag, Zürich, 1946, 1948 und 1949.*

Herbert Leupin war ein vielfach preisgekrönter Schweizer Werbegrafiker und Plakatkünstler und veröffentlichte mehrere illustrierte Bände mit Märchen der Brüder Grimm. Beginnend in den

1930er-Jahren, schuf Leupin im Laufe seiner vier Jahrzehnte währenden Karriere rund tausend Plakate in einer breiten stilistischen Vielfalt von naiv bis modern. Leupin studierte zunächst an der Kunstgewerbeschule in Basel und anschließend in Paris an der Schule von Paul Colin, dem bekannten Plakatkünstler, der Josephine Bakers Karriere mit auf den Weg gebracht hatte. Die 1940er-Jahre waren eine überaus produktive Phase für Leupin, der wie einige andere seiner Zeitgenossen damals einen surrealistischen Stil favorisierte, der als Magischer Realismus bekannt wurde.

Die vermenschlichten Tiere, die Leupin bei seinen Arbeiten für die Werbung bevorzugte, ließen auch die Verlagsbranche auf ihn aufmerksam werden. Zwischen 1944 und 1949 illustrierte er sechs der Grimm'schen Märchen. Anfang der 1950er-Jahre wandte sich Leupin von der Lithografie der neuen Technik des Offsetdrucks zu. Zwar war diese Technik aufgrund ihrer geringeren Exaktheit nicht geeignet, den hyperrealistischen Stil, den er so schätzte, zu reproduzieren, doch sie war weniger aufwendig und bot sich zur Improvisation an, was die Werbewelt komplett veränderte. Leupin wandte sich nun verstärkt cartoonhaften Figuren zu, die seinen speziellen Humor trafen. Zu seinen Kunden zählten u. a. Coca-Cola, Eptinger, Suze, Agfa, Ford und die berühmte Schokoladenmarke Milka, für die Leupin 1952 die bis heute quicklebendige lila Kuh erfand.

Heinrich Leutemann

(Deutschland, 1824–1905)

Die Farblithografie zu „Der Wolf und die sieben jungen Geißlein" (Seite 39) stammt aus dem Band Märchen-Wundergarten, *illustriert von Carl Offterdinger, E. Klimsch und Heinrich Leutemann, erschienen im Verlag Wilhelm Effenberger, Stuttgart, 1893.*

Heinrich Leutemann war ein außerordentlich produktiver und populärer Illustrator, Maler und Autor von Kinderbüchern. Leutemann, Absolvent der Kunstakademie in seiner Heimatstadt Leipzig, wuchs in der Zeit auf, als die ersten zoologischen Gärten ihre Pforten öffneten und damit auch das Interesse an Bildern von exotischen Tieren wuchs. Im Laufe seiner Karriere illustrierte Leutemann eine Vielzahl unterschiedlicher Werke – Lehrbücher, zoologische und ethnologische Sammelwerke, Kartenwerke und mehr. Er schuf aber auch eine große Zahl von Tierdarstellungen für die vielfältigen Unternehmungen seines Freundes Carl Hagenbeck, des weltbekannten Dompteurs und Tierhändlers. Angeblich soll es sogar Leutemann gewesen sein, der den Anstoß dazu gegeben hatte, dass Hagenbeck im Jahr 1907 in Hamburg den ersten und heute noch existierenden Zoo mit Freilaufgehegen eröffnete. Auch Zirkusfreunden wird der Name Hagenbeck geläufig sein: 1907 verkaufte Hagenbeck seinen Zirkus an einen Amerikaner, der ihn in Hagenbeck-Wallace Circus umbenannte und eine Zeit lang zum zweiterfolgreichsten Zirkus in den USA nach Ringling Bros. and Barnum & Bailey machte.

Bücher mit Tierdarstellungen wurden in Europa wie in den USA zunehmend beliebter, und die von Leutemann fanden reißenden Absatz. In seinen Märchenillustrationen tragen Tiere häufig menschliche Züge, was damals nicht ungewöhnlich war. So zog Leutemann in „Der Wolf und die sieben jungen Geißlein" Mutter Geiß ein Kleid an, was dem Originaltext der Grimms entsprach, in dem die Ziegen wie eine Menschenfamilie in einem Haus leben, sich unterhalten und Emotionen zeigen. Obwohl Leutemann seine Märchentiere vermenschlicht, sind sie doch glaubwürdig und detailgenau als echte Tiere dargestellt, selbst im warmen Schein der heimischen Stube.

Heinrich Merté

(Deutschland, 1838–1917)

Die Illustrationen zu „Hänsel und Gretel" (Seite 54–63) sind Details einer ganzseitigen Farblithografie aus dem Buch Märchenpracht und Fabelscherz. Freut der Kinder junges Herz, *illustriert von Josef Emil Dolleschal, Fedor Flinzer, Gottfried Franz, Heinrich Merté und Carl Offterdinger, erscheinen im Verlag Wilhelm Nitzschke, Stuttgart, 1881.*

Der aus Darmstadt gebürtige und später in München lebende Maler Heinrich Merté zählt zu einer ganzen Generation hervorragend ausgebildeter Künstler, die großformatige Illustrationen zu beliebten Volksmärchen schufen. Der erste Schritt auf dem Weg zum professionellen Künstler war für Merté wie für die Mehrheit seiner Kollegen der Besuch einer klassischen Kunstakademie. Im 19. Jahrhundert gab es in ganz Europa einen Boom an Kunstakademien nach französischem Vorbild. Jede Großstadt besaß eine, so auch Stuttgart, wo Merté studierte.

Das Hauptaugenmerk dieser Akademien mit ihrem strengen Lehrplan galt der technischen Perfektion und den klassischen Vorbildern: Die Sujets fand man in Religion, Mythos, Literatur und Historie. Dennoch fanden an diesen Schulen natürlich leidenschaftliche Diskussionen statt, wie gute Kunst auszusehen habe und welche Motive sie aufgreifen solle.

Merté erlebte im Laufe seines Lebens eine ganze Reihe derartiger Auseinandersetzungen, in denen junge, avantgardistische Künstler gegen den strengen Formalismus der Kunstakademien revoltierten. Zur gleichen Zeit, da Merté idealisierte Akte vor idyllischen Landschaften malte, schockierte Édouard Manet das Publikum mit seinem Gemälde *Le Déjeuner sur l'herbe* (*Das Frühstück im Grünen*, 1862/63), einer kühnen Umsetzung desselben Themas und der erste Warnschuss, dass der erstarrten Akademiekunst harte Zeiten bevorstünden. Merté war nur ein Jahr älter als Paul Cézanne und zwei Jahre älter als der Impressionist Claude Monet, der schon bald zum Fürsprecher einer subjektiven Wahrnehmung in der Malerei werden sollte.

Aber auch wenn der Impressionismus und die ihm folgenden Avantgarden die Kunstwelt revolutionierten, so blieb die Welt der Märchen doch weiterhin eine spannende Inspirationsquelle, für Traditionalisten wie Avantgardisten gleichermaßen. Während akademisch geprägte Maler wie Merté die Geschichten in idealisierend romantischen Landschaften ansiedelten, reizte ihre psychologische Tiefe und überbordende Fantasie Impressionisten wie etwa Max Slevogt, der sich sein Leben lang mit den Märchen der Brüder Grimm künstlerisch auseinandersetzte. Und in den 1920er-Jahren, als die meisten Avantgardisten sich der Abstraktion zuwandten, fanden sich in den enigmatischen Traumwelten der Surrealisten die Spuren märchenhafter Szenerien wieder.

Viktor Paul Mohn
(Deutschland, 1842–1911)
Die Farblithografie und der Scherenschnitt zu „Die Sterntaler“ (Seite 207 und 209) stammen aus Mohns Märchen-Strauß für Kind und Haus, *erschienen im Verlag Georg Stilke, Berlin, 1882.*

Der Maler, Illustrator und Kunstprofessor Viktor Paul Mohn studierte an der Kunstakademie in Dresden bei dem berühmten Ludwig Richter. Mohns bedeutendstes Kinderbuch war sein *Märchen-Strauß* von 1882, die erste komplett farbige Ausgabe der Grimm'schen Märchen überhaupt, ein wegweisendes Buch, das zehn Märchen mit ganzseitigen Farbbildern, dekorativen Randeinfassungen, reich verzierten Titelvignetten und doppelseitigen Illustrationen präsentierte, etwas Einzigartiges für die damalige Zeit. Zudem gab es einige Textpassagen, die wie dreidimensionale Schriftrollen gestaltet waren und den Eindruck erweckten, der Leser könne sie zurückschlagen, um durch die Seite des Buches in eine Welt der Fantasie einzutreten. Mohns Buch war bahnbrechend in seinem Design, belegte mit seiner Bildwelt aber auch, wie gerne sich viele Künstler auch gegen Ende des 19. Jahrhunderts noch der guten, alten Zeit zuwandten. Mohns Faible für romantische Landschaften mit idyllischen Burgruinen und prächtigen Wäldern zeigt, so die Kunsthistorikerin Regina Freyberger, wie sehr diese Epoche von den Relikten eines idealisierten Mittelalters fasziniert war, während sich die Gesellschaft doch mit Riesenschritten der Moderne näherte. Stellvertretend sei hier nur an Ludwig II. von Bayern erinnert, der den Beinamen „Märchenkönig" trägt und zwischen 1869 und 1892 auf den Überresten zweier mittelalterlicher Burgen das neugotische Schloss Neuschwanstein errichten ließ (das Jahrzehnte später wiederum das Vorbild für Disneys Märchenschloss lieferte).

Mohns Buch war nicht nur in gestalterischer Hinsicht ein Meilenstein, es nahm mit seiner ambitionierten Synthese aus Bild und Text die Entwicklung des Bilderbuchs vorweg. Was jedoch vielleicht noch wichtiger war: *Märchen-Strauß für Kind und Haus* war auch für Kinder ein Leseerlebnis. Mit seiner durchgängigen Bebilderung, den großen Buchstaben und dem dreidimensionalen Schriftrolleneffekt lud es das Kind ein, sich mit dem Buch zu beschäftigen. Insbesondere letzteres Gestaltungsmerkmal erweckte den Eindruck, es nicht lediglich mit einer weit entfernten Märchenwelt zu tun zu haben, sondern mit einem fantastischen Reich, in das man leicht eintreten könnte, so wie in *Alice's Adventures in Wonderland* (*Alice im Wunderland*, 1865) oder später in *The Chronicles of Narnia* (1950–1956). Wenngleich stilistisch anders geartet, erinnern Mohns Experimente mit der Verknüpfung von Text und Bild stark an die seines englischen Zeitgenossen Walter Crane, dessen Werk in diesem Buch ebenfalls vorgestellt wird.

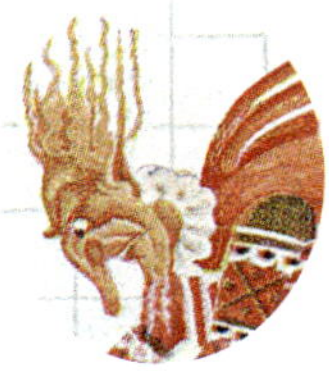

Kay Nielsen

(Dänemark, 1886–1957)

(siehe auch *Andersen* Seite 229)

Die Titelillustration (Seite 16) und die Aquarelle zu „Dornröschen" (Seite 2), „Hänsel und Gretel" (Seite 8), „Die Gänsemagd" (Seite 17), „Von dem Fischer und seiner Frau" (Seite 20), „Rumpelstilzchen" (Seite 170) und „Die drei Federn" (Seite 176 und 265) sind dem Band Hansel and Gretel and Other Stories by the Brothers Grimm *entnommen, erschienen 1925 im Verlag Doran, New York. Die aquarellierten, mit Goldtinte gehöhten Tuschzeichnungen zu „Die zertanzten Schuhe" (Seite 200 und 204) stammen aus dem Buch* In Powder and Crinoline, *erschienen bei Hodder & Stoughton, London, 1913.*

Kay Nielsen entstammte einer Kopenhagener Künstlerfamilie; seine Mutter war Tänzerin und Schauspielerin, sein Vater Direktor des Kopenhagener Dagmar-Theaters. 1904 ging Nielsen nach Paris, um an der Académie Julian Kunst zu studieren. Später zog er nach London, wo er eine äußerst produktive Zeit als Buchillustrator und Bühnenbildner erlebte. 1914 veröffentlichte er unter dem Titel *East of the Sun and West of the Moon* eine Sammlung skandinavischer Volksmärchen, das erste in einer ganzen Reihe aufwendig produzierter Bücher, darunter *Hans Andersen's Fairy Tales*

(1924; siehe *Andersen* Seite 8 und 10 rechts) und *Hansel and Gretel and Other Stories by the Brothers Grimm* (1925).

Nielsens ausgesprochen einnehmender und dekorativer Stil, ausgeführt mit Feder, Tinte und Aquarellfarbe, hebt ihn aus der Masse der Buchillustratoren hervor; er trug die Wasserfarben in Schichten auf und erzielte so satte Blau-, Rot-, Gold- und Grüntöne. Einzigartig aber sind seine fantastischen Landschaften und extravaganten Figuren. Eine Vielzahl von Einflüssen findet sich in seinem Stil wieder, darunter Formen des Rokoko, die Kunst des japanischen Farbholzschnitts, arabische Elemente, Jugendstil und Art déco. Fasziniert von der Buchkunst in Jugendstil und Art déco, experimentierte er intensiv mit dekorativem Rankenwerk, Vorsatzblättern und filigranen Mustern. Zwar erntete Nielsen in den Boomjahren der Buchbranche vor dem Ersten Weltkrieg Anerkennung für seine Arbeiten, doch in der allgemeinen Nachkriegsflaute, als der Bedarf an Märchen gering und aufwendige Buchproduktionen ökonomisch nicht mehr machbar waren, boten sich ihm kaum noch Möglichkeiten.

1936 erhielt Nielsen eine Einladung nach Hollywood, ins moderne Mekka der Fantasie. Anfangs schien es genau das Richtige für ihn zu sein. Er wurde für die Mitarbeit an Disneys ambitioniertem Zeichentrickfilm *Fantasia* (1940) verpflichtet, ein Film übrigens, der Maurice Sendak, berühmt durch *Where the Wild Things Are (Wo die wilden Kerle wohnen)*, dazu animierte, Buchillustrator zu werden. Nielsen entwarf für diesen Film die gespensterhafte Episode „Night on Bald Mountain". Kurze Zeit darauf begann er mit der Arbeit an *The Little Mermaid*, doch diese Produktion wurde abgesagt. Danach fand Nielsen nie wieder eine feste Anstellung. Nach einem hoffnungsvollen, aber erfolglosen Intermezzo als Geflügelzüchter entwarf er in seinen letzten Lebensjahren Wandgemälde für Schulen und Kirchen in Los Angeles, wo er schließlich verarmt und vergessen starb.

Dora Polster

(Deutschland, 1884–1958)

Die Pinselzeichnungen zu „Der Wolf und die sieben jungen Geißlein" (Seite 41), „Rapunzel" (Seite 42), „Aschenputtel" (Seite 85), „Die Bremer Stadtmusikanten" (Seite 116), „Dornröschen" (Seite 136), „Schneewittchen" (Seite 148) und „Rumpelstilzchen" (Seite 171) stammen aus Deutsche Märchen gesammelt durch die Brüder Grimm, *erschienen im Verlag Langewiesche-Brandt, Ebenhausen, 1911.*

Die gebürtige Magdeburgerin Dora Polster tat sich schon früh als begabte Malerin, Grafikerin und Schattenbildkünstlerin hervor. 1911 erhielt sie den Auftrag, Grimms Märchen zu illustrieren. Ihre zahlreichen Pinselzeichnungen, in Schwarz und gelegentlich in Kornblumenblau, zeigen Polsters Begabung für die Technik des Schattenbilds und verraten in ihrer Ornamentik den Einfluss

des Jugendstils, wie in den Illustrationen zu „Rapunzel“ (Seite 42) und zu „Dornröschen“ (Seite 136) in diesem Buch zu sehen ist. Während Schattenbilder zu den Märchen der Grimms häufig in Büchern mit sehr schmalem Textanteil veröffentlicht wurden, zeigte sich das Buch, zu dem Polster ihre Illustrationen anfertigte ambitionierter: Ihre Arbeiten wurden direkt in den Fließtext eingebaut. Polster bewegte sich in den Münchener Maler- wie Literatenzirkeln und zählte zu ihren Bekannten auch den gefeierten Schriftsteller Rainer Maria Rilke. Sie war mit dem Autor Hans Brandenburg verheiratet, dessen Werke sie ebenfalls illustrierte.

Arthur Rackham

(Großbritannien, 1867–1939)

(siehe auch *Andersen* Seite 229)

Der Scherenschnitt zu „Die Bremer Stadtmusikanten“ (Seite 120) ist dem Band The Fairy Tales of the Brothers Grimm *entnommen, übersetzt von Mrs. Edgar Lucas, erschienen bei Constable, London, 1909. Die Scherenschnitte zu „Dornröschen“ (Seite 1, 20, 138–140, 144, 147) und „Aschenputtel“ (Seite 263) stammen aus* Sleeping Beauty *und* Cinderella, *Adaptionen der Grimm'schen Märchen von C. S. Evans, erschienen im Verlag William Heinemann, London, 1919 und 1920.*

Arthur Rackham war ein legendär erfolgreicher Illustrator zu Beginn des 20. Jahrhunderts, ein Liebling der Kritik, verehrt von einer treuen Anhängerschar. Seinen Durchbruch erlebte er im Jahr 1900 mit der Veröffentlichung der *Fairy Tales of the Brothers Grimm*, die er über viele Jahre in verschiedenen Bearbeitungen immer wieder publizieren sollte. Fünf Jahre später illustrierte er Washington Irvings *Rip Van Winkle* und erhielt erneut begeisterte Kritiken. 1909 veröffentlichte er eine weitere Version der Grimm'schen Märchen mit neuen Illustrationen – darunter die imponierende Zahl von vierzig Farbbildern –, zu denen auch die für dieses Buch ausgewählte Darstellung zu „Die Bremer Stadtmusikanten“ (Seite 120) zählte. Im selben Jahr folgte eine illustrierte Ausgabe von Jonathan Swifts *Gulliver's Travels*
Rackham galt da bereits als der maßgebliche Buchillustrator der englischsprachigen Welt und war von beträchtlichem Einfluss auf seine zeitgenössischen Kollegen. Zu seinen Vorbildern zählte er unter anderen Albrecht Dürer. Seine Darstellungen, bevölkert von Elfen, Hexen und Riesen, führen den Betrachter in die dunkelsten Winkel der Märchenwälder und durch die gespenstische Schönheit zauberkräftiger Landschaften. Knorrige, unheimliche Bäume, Fratzen schneidende Urwesen in Verbindung mit erdigen, stumpfen Braun- und Rottönen fesselten Generationen von Lesern und brachten ihm ungeheuren kommerziellen Erfolg, auch wenn manch Erwachsener seinen düsteren Stil als zu schaurig für Kinder missbilligte. Rackham illustrierte zahlreiche Bestseller des boomenden Kinderbuchmarktes, darunter *Peter Pan in*

Kensington Gardens von J.M. Barrie (1906), *Alice's Adventures in Wonderland* von Lewis Carroll (1907), Stücke von Shakespeare oder *A Christmas Carol* von Charles Dickens (1915). In den 1920er-Jahren illustrierte er zwei erweiterte Adaptionen von „Dornröschen" und „Aschenputtel" durch C.S. Evans gänzlich mit Scherenschnitten. Bilder aus diesen Ausgaben finden sich im vorliegenden Band.

1932 wandte sich Rackham noch einmal den Märchen zu, mit acht ganzseitigen Farb- und neun Schwarz-Weiß-Illustrationen für den Band *Fairy Tales by Hans Andersen* (siehe *Andersen* Seite 197).

Rackhams Karriere als Buchillustrator fiel mit dem Aufkommen des Halbtonverfahrens im Buchdruck zusammen, das eine außergewöhnliche Detail- und Farbentreue erlaubte und optimal zu seinen dramatischen und detaillierten Arbeiten passte. Seine Nachahmer – und derer gab es viele – mochten irgendwann zu einer eigenen Handschrift gefunden haben, doch für Generationen von Lesern blieb Rackhams unverwechselbarer Stil genauso unvergesslich wie die Märchen selbst.

„Rapunzel" – Illustration von Heinrich Lefler und Joseph Urban für den Märchen-Kalender, *1905.*

Käthe Reine
(Deutschland, 1894–1976)
(siehe auch *Andersen* Seite 230)
Das Titelbild (Seite 20) und die Scherenschnitte zu „Das tapfere Schneiderlein" (Seite 64), „Aschenputtel" (Seite 92), „Frau Holle" (Seite 94), „Rotkäppchen" (Seite 104), „Schneewittchen" (Seite 159) und „Die Sterntaler" (Seite 206) stammen aus Grimms Märchen, *erschienen im Volksverein-Verlag, Mönchengladbach, 1925.*

Käthe Reine war eine der bedeutendsten europäischen Scherenschnittkünstlerinnen zwischen den Weltkriegen. Sie wuchs in Rostock auf, wo sie auch den größten Teil ihres Lebens verbrachte. 1914 ging Reine zum Studium nach Düsseldorf. Da Frauen der Zugang zur renommierten Kunstakademie verwehrt war, besuchte sie die dortige Kunstgewerbeschule, eine Ausbildung, die ihr in der wirtschaftlichen Not der Jahre anch dem Ersten Weltkrieg von Nutzen war, als sie für ein Modehaus arbeitete, das dekorative Stickereien für Heimtextilien entwarf.

1925 erschien das erste von zwei großformatigen Büchern mit ihren Scherenschnitten, eine Ausgabe der Grimm'schen Märchen, ein Jahr später ein ähnlicher Band mit Märchen von Hans Christian Andersen (siehe *Andersen* Seite 46, 78, 198). Während des Naziregimes hatte

Reine es schwer, Absatzmöglichkeiten für ihre Arbeiten zu finden; die meisten der Zeitschriften, die bislang ihre Schnitte veröffentlicht hatten, waren verboten worden. Auch nach dem Zweiten Weltkrieg stieß ihre Arbeit in ihrer Heimatstadt Rostock, nun in der DDR, nur auf geringes Interesse. Obwohl sie nie mit den veränderten kulturellen Präferenzen der neuen Machthaber warm wurde, wie der Verein Rostocker Fraueninitiativen darlegt, blieb sie bis zu ihrem Lebensende künstlerisch tätig, doch nun in erster Linie als Malerin.

Oswald Sickert

(Deutschland/Großbritannien, 1828–1885)

Die Illustrationen zu „Daumerlings Wanderschaft" (Seite 130–135) entstammen dem schablonenkolorierten Einblattdruck Der kleine Däumerling, *erschienen in der Reihe* Münchener Bilderbogen *(Band 3, Nr. 64) im Verlag Braun & Schneider, München, 1851.*

Der aus einer Künstlerfamilie stammende Maler und Illustrator Oswald Sickert wurde in Altona bei Hamburg geboren. Seine künstlerische Ausbildung erfuhr er zuerst an der Kunstakademie in Kopenhagen, dann in München und Paris. 1868 emigrierte er nach London, wo er mit Bildern im Stil der englischen Schule seinen künstlerischen Durchbruch erlebte. 1851, noch ganz zu Anfang seiner Karriere, beauftragte ihn der Münchener Verlag Braun & Schneider damit, einen der von ihm verlegten hochwertigen, aber preiswerten *Münchener Bilderbogen* mit dem Grimm'schen Märchen „Daumerlings Wanderschaft" zu illustrieren.

Als seriöser Vertreter der klassischen Akademiekunst, ein Mann mit goldenen Zukunftsaussichten, war Sickert die ideale Besetzung für diesen Job. Anders als in den Landschaftsbildern, für die er bekannt werden sollte, zeigte er sich hier einmal von seiner lockeren Seite, verlieh der Geschichte vom schelmischen Daumerling eine humorvolle Note und schöpfte das dramatische Potenzial der Abenteuer des Winzlings voll aus. So zeigt er ihn, wie er den Rücken einer verdutzten Frau erklimmt, beim Verschnaufen auf einer Wurst oder lauthals singend auf dem Esstisch; allesamt Sickerts eigene Ausschmückungen. Sein Sohn Walter Richard Sickert (1860–1942) sollte einer der bedeutendsten britischen Impressionisten werden.

Jessie Willcox Smith
(USA, 1863–1935)
Das in Ölfarbe mit Kohle ausgeführte Gemälde zu „Die Gänsemagd" (Seite 195) ist dem Buch A Child's Book of Stories *von Penrhyn W. Coussens entnommen, erschienen bei Duffield & Company, New York, 1911.*

Bekannt für ihre idyllischen, liebenswerten Kindheitsbilder, war Jessie Willcox Smith eine der namhaftesten amerikanischen Illustratorinnen des frühen 20. Jahrhunderts, zu einer Zeit also, in der nur wenige Künstlerinnen öffentliche Anerkennung fanden. Im Laufe von mehr als vier Jahrzehnten illustrierte sie annähernd zweihundert Zeitschriftentitel, mehr als sechzig Bücher, darunter Louisa May Alcotts *Little Women* (1915) und Charles Kingsleys *The Water-Babies* (1916), sowie zahllose Kalender und Poster. Smith begann ihr Kunststudium 1884, zu einer Zeit, als sich immer mehr Kunstschulen in den USA auch Frauen öffneten. 1885 wurde sie an der ältesten Kunstakademie des Landes angenommen, der renommierten Pennsylvania Academy of the Fine Arts in Philadelphia, wo sie bei dem Maler Thomas Eakins studierte.

Doch ihrem Biografen Edward Nudelman zufolge fand sie erst etwa zehn Jahre später, als sie Unterricht bei Howard Pyle nahm, dem berühmtesten Illustrator seiner Zeit in den USA und einem begnadeten Lehrer, zu ihrem eigenen Stil. Unter Pyles enthusiastischer Leitung wurde Smith – zusammen mit anderen wie Maxfield Parrish und N. C. Wyeth – Teil einer einflussreichen Bewegung, die sich zum Ziel gesetzt hatte, das Niveau illustrierter Bücher in den Staaten zu heben und die Vorurteile gegen die Illustration als ernsthafte Kunstform zu zerstreuen.

Verbesserungen in der Drucktechnik, der wachsende Markt für Zeitschriften und Kinderbücher, was zugleich auch mehr Jobs für Künstler bedeutete, halfen ihnen dabei. Smith arbeitete im Laufe ihres Lebens für zahlreiche Magazine, darunter das *Ladies' Home Journal*, *Scribner's* und *St. Nicholas*, aber für keines so häufig wie *Good Housekeeping*, dessen Titel sie zwischen 1918 und 1933 allmonatlich gestaltete. Smith war eine talentierte Malerin. Sie arbeitete in Öl und bevorzugt bei natürlichem Licht, dessen Strahlkraft man auch hier bei der „Gänsemagd" bewundern kann. Ihre Bilder erinnern in ihrer Themenwahl auch an die der Impressionistin Mary Cassatt, einer weiteren wegweisenden Künstlerin dieser Ära, die ebenfalls Absolventin der Academy of the Fine Arts in Philadelphia war, stellt der Historiker Michael Patrick Heam fest.

Otto Speckter
(Deutschland, 1807–1871)
Die Bilder zu „Rapunzel" (Seite 45–51) entstammen dem schablonenkolorierten Einblattdruck des Münchener Bilderbogens *(Band 9, Nr. 216,* Rapunzel*), erschienen im Verlag Braun & Schneider, München, 1857.*

Der aus Hamburg gebürtige Maler und Illustrator Otto Speckter ist im Bereich der Kinderliteratur vor allem durch seine Tierdarstellungen in Erinnerung geblieben, doch verstand er sich auch – wie bei der Radierung zu „Rapunzel" – hervorragend auf Märchenillustrationen, für die er einzelne, reich detaillierte Szenen in einem architektonischen Gerüst, wie hier etwa dem eines Märchenschlosses, miteinander verknüpfte. Auch manch anderer Künstler bediente sich dieses Kunstgriffs, doch kaum einem gerieten diese mittelalterliche Architektur so glaubwürdig und die Figuren darin so ausdrucksstark wie ihm. Dem aufmerksamen Betrachter enthüllen sich in seinen Bildern zahllose kleine Finessen und die Illustrationen waren wichtige Beiträge zu den in den 1850er- und 1860er-Jahren von dem Verlag Braun & Schneider publizierten *Münchener Bilderbogen*.

Speckters detailfreudige Radierungen stehen für einen spezifischen Trend in der Illustrationskunst des späten 19. Jahrhunderts. Auf der anderen Seite des Spektrums finden wir einfachere, eher an Comics erinnernde Bildfolgen wie Rudolf Geißlers hier ebenfalls abgedruckte „Bremer Stadtmusikanten" (Seite 118–123) oder Oswald Sickerts Illustrationen zu „Daumerling's Wanderschaft" (Seite 130–135). An den Kunstakademien ausgebildete Künstler wie Speckter, Geißler oder Sickert wechselten oft zwischen diesen Stilen hin und her, denn beide Traditionen waren ihnen natürlich geläufig. So lässt sich Letztere auf alten Holzstichen und Wandteppichen über Jahrhunderte zurückverfolgen, während, wie die Kunsthistorikerin Regina Freyberger bemerkt, die feiner ausgeführte, ausschmückungsreichere Bildsprache an die Erzählfreude religiöser Gemälde und Glasfenster aus dem Mittelalter und der Renaissance erinnert. Beide Stile – die karikaturhaften Bildfolgen, die ihre Fortsetzung in der Kunst des Comics und Cartoons fanden, ebenso wie der traditionelle Stil Speckters – waren in der zweiten Hälfte des 19. Jahrhunderts gleichermaßen populär und erreichten dank der erschwinglichen Bilderbogen ein breites Publikum. Wenn man so will, begegnen sich hier, in der Anfangsphase der Industrialisierung, zwei unterschiedliche Kulturen – die Hochkultur der Vergangenheit und die volkstümliche Kultur der Zukunft – für einen Moment einvernehmlich bei den Märchen der Brüder Grimm.

Gustav Süs
(Deutschland, 1823–1881)
Das Titelbild (Seite 11) und die schablonenkolorierten Lithografien zu „Der Hase und der Igel“ (Seite 212–218) stammen aus Het Wettloopen tüschen den Haasen un den Swinegel up der Buxtehuder Heid, *erschienen im Verlag Arnz & Comp., Düsseldorf, 1855.*

Gustav Süs wurde elf Jahre nach der Erstveröffentlichung der Grimm'schen Märchen geboren und war Zeitzeuge eines Jahrhunderts, in dem die Kinderbuchillustration eine rasante Entwicklung erlebte. In jungen Jahren studierte er Malerei an der Kunstakademie in Kassel, der Heimatstadt der Brüder Grimm, später am Städelschen Kunstinstitut in Frankfurt am Main.

Süs schrieb selbst Kinderbücher, illustrierte über vierzig Bücher und gilt als einer der wichtigsten Illustratoren des 19. Jahrhunderts, besonders von Kinderbüchern mit Tierthematik. Während sich die Mehrzahl seiner Zeitgenossen der Romantik verschrieben hatte, verlegte sich Süs auf die Darstellung von Tieren in erbaulicher, vermenschlichender Manier und nahm damit eine Entwicklung vorweg, wie sie ab dem Ende des 19. Jahrhunderts in diesem Genre weite Verbreitung finden sollte. Oft schuf er anheimelnde, intime Welten voll drolliger Tiercharaktere, die sich gleichwohl in vertrautem menschlichem Interieur und Exterieur bewegten. Der Stil konnte sich zu seiner Zeit nicht durchsetzen, obwohl er später, namentlich im 20. Jahrhundert, großen Anklang finden sollte – man denke nur an die so erfolgreichen *Peter-Rabbit*-Bücher der englischen Illustratorin Beatrix Potter.

In „Der Hase und der Igel“ werden die originellen Strichzeichnungen des Künstlers durch die Kolorierung noch lebendiger. Die Farben wurden, wie Regina Freyberger schreibt, in den Werkstätten von Hand aufgetragen, wahrscheinlich von Frauen und Kindern, wie es in den Tagen vor dem Farbdruck üblich war. Dass Süs auch selbst Kinderbücher verfasste, war für einen Illustrator damals noch sehr ungewöhnlich; auch dies änderte sich ab dem späten 19. Jahrhundert grundlegend, man denke nur an die literarischen Neuschöpfungen von Ludwig Bechstein oder die Märchengeschichten von Erich Kästner, der wie viele andere Schriftsteller und Illustratoren seine eigenen Einfälle zu Papier brachte.

Joseph Urban
(Österreich/USA, 1872–1933)
Siehe Heinrich Lefler

Franz Wacik
(Österreich, 1883–1938)
Die Farbillustrationen und Scherenschnitte zu „Das tapfere Schneiderlein“ (Seite 66–79) sind dem Buch Das tapfere Schneiderlein *entnommen, erschienen 1915 im Verlag Gerlach & Wiedling, Wien.*

Im Jahr 1911 schloss sich der siebenundzwanzig Jahre alte Franz Wacik der 1897 gegründeten Jugendstil-Künstlervereinigung Wiener Secession an. Die Secessionisten prägten seine künstlerische Entwicklung entscheidend, und er blieb bis zu seinem Tod siebenundzwanzig Jahre später Mitglied dieser Gruppe. Die Vielfalt von Waciks Arbeitsfeldern, von der Plakatkunst über die Buchillustration bis zu Bühnenbild und Wandmalerei, spiegelt das breite Interesse der Wiener Secession an der angewandten Kunst wider. Der gebürtige Wiener Wacik studierte zuerst an der Kunstgewerbeschule Wien bei Alfred Roller, einem der Gründer der Wiener Secession neben Gustav Klimt, und später an der Wiener Akademie der bildenden Künste Malerei bei Heinrich Lefler, der auch in diesem Buch vertreten ist (Seite 232, 249, 254, 257 und 258).

Schon früh fand Wacik seine künstlerische Heimat in der Buchillustration. Er illustrierte neben den Märchen der Brüder Grimm und Hans Christian Andersens auch Werke von E.T.A. Hoffmann, Hugo von Hofmannsthal und vielen mehr. Als versierter Karikaturist zeichnete er für das Wiener Satiremagazin *Die Muskete* Hunderte politischer Karikaturen. Seine erste Ausstellung fand 1910 in den Räumen der Secession statt, wo er neun Jahre später auch die hier abgedruckten humoristischen Illustrationen zu *Das tapfere Schneiderlein* ausstellte. Gegen Ende der 1920er-Jahre experimentierte Wacik wie viele andere mit dem Medium Zeichentrickfilm und wählte auch dafür das Grimm'sche Schneiderlein. Seit den frühen 1920er-Jahren arbeitete auch Walt Disney mit diesem Medium; 1937 veröffentlichte er, inspiriert von den Brüdern Grimm, mit *Snow White and the Seven Dwarfs* den ersten in einer langen Reihe überaus erfolgreicher Zeichentrickfilme und zugleich den ersten abendfüllenden amerikanischen Animationsfilm überhaupt.

„Die Gänsemagd“ – Illustration von Heinrich Lefler und Joseph Urban für den Märchen-Kalender*, 1905.*

Wanda Zeigner-Ebel
(Deutschland, unbek.)
Das Titelbild (Seite 19 rechts) und die Farblithografien zu „Schneewittchen" (Seite 149–152, 156–157, 160, 162–163, 165) stammen aus dem Buch Sneewittchen, *erschienen im Verlag Gerhard Stalling, Oldenburg, 1920.*

Wanda Zeigner-Ebel illustrierte in den 1920er-Jahren zwei Märchenbücher, *Sneewittchen* und *Andersens Märchen*. Nachdem der Farbdruck preiswerter geworden war, war es auf dem weiterhin expandierenden Markt für Kinderbücher in Europa populär geworden, illustrierte Bücher mit nur einem Märchen herauszubringen. Wie vor ihr schon Walter Crane verband Zeigner-Ebel Text und Bild auf eine augenfällig moderne Art, deren Wurzeln gleichwohl bis zur Arts-and-Crafts-Bewegung zurückreichen. Leider liegen über Zeigner-Ebel kaum biografische Daten vor, so müssen ihre Bilder für sich sprechen. Verschwunden sind alle Verweise auf ein Fantasiemittelalter, wie es noch im 19. Jahrhundert gängig war. Stattdessen bestimmt nun ein naiv-folkloristischer Stil die Illustrationen. Die Künstlerin taucht Figuren und Kulissen in satte Farben und verleiht ihnen eine rustikale Anmutung, die an russische Volkskunst erinnert; besonders gut zu sehen ist dies in der Szene, die Schneewittchen umringt von den Zwergen zeigt, die wie gutmütige russische Matrioschkas dargestellt sind (Seite 156/157). Auch die Inneneinrichtung des Zimmers ist ganz in diesem Stil gehalten.

In Anbetracht der Tatsache, dass die Brüder Grimm der Ansicht waren, das Märchengut eines Volkes drücke seine kulturelle Identität aus, zeugt Zeigner-Ebels Idee, „Schneewittchen" in der Art naiver russischer Malerei zu präsentieren, von einem produktiven Gespür: Ihre Umsetzung belegt die zunehmende globale Zirkulation künstlerischer Einflüsse. So wie die Märchen der Grimms über die Grenzen der deutschsprachigen Welt hinaus Allgemeingut auch anderer Kulturen wurden, so griffen deutsche Künstler wiederum künstlerische Tendenzen aus anderen Ländern auf, um ebendiese klassischen deutschen Märchen neu zu bebildern.

„Schwan, kleb an" – Illustration von Heinrich Lefler und Joseph Urban zum Märchen von Ludwig Bechstein, 1847 (einer Adaption des Märchens „Die goldene Gans" der Grimms), für den Märchen-Kalender, *1905.*

„Schneewittchen" – Illustration
von Heinrich Lefler und Joseph Urban
für den Märchen-Kalender*, 1905.*

Hinweis zu den *Kinder- und Hausmärchen* in der Ausgabe von 1857

Die Märchensammlung der Brüder Jacob (1785–1863) und Wilhelm Grimm (1786–1859) ist weltbekannt; dass die beiden Brüder aber mit ihren Forschungen über juristische, historische und mythologische Themen sowie ihren Arbeiten zur deutschen Sprach- und Literaturwissenschaft wie ihrem bahnbrechenden *Deutschen Wörterbuch* (seit 1838) zu den führenden Geisteswissenschaftlern des 19. Jahrhunderts gehörten, wird häufig vergessen. Letztlich verstanden sie auch ihr Bemühen um die Literatur des Volkes, das sich in ihrer Beschäftigung mit Märchen, Liedern und Fabeln niederschlägt, als Beitrag zur damaligen Altertumswissenschaft. Doch obgleich die 1812 erstmals erschienenen *Kinder- und Hausmärchen* von den Brüdern Grimm ursprünglich als Sammlung naturpoetischer Nationalliteratur mit wissenschaftlichem Anspruch für Erwachsene konzipiert worden waren, wurden die Märchen zu Lebzeiten der Brüder vornehmlich als Literatur für Kinder wahrgenommen. Dies lag vor allem daran, dass Märchen im 19. Jahrhundert grundsätzlich als Geschichten galten, die Ammen den ihnen anvertrauten Kindern zur Unterhaltung erzählten. Der Vorstellung vom Märchen als Kinderliteratur stand allerdings nicht nur der wissenschaftliche Anspruch der Brüder Grimm entgegen, sondern auch die Schilderung grausamer und erotischer Szenen in manchen der Märchen. Achim von Arnim machte die Brüder Grimm darauf schon im Jahr der Erstausgabe aufmerksam, und obgleich sie die Ansicht ihres Freundes keineswegs teilten, trug Wilhelm Grimm in den späteren Auflagen allen Kritikpunkten Arnims sowie den damaligen Vorstellungen von kindgerechter Literatur Rechnung. So entwickelten sich die *Kinder- und Hausmärchen* in den einzelnen Überarbeitungen bis zur siebten Auflage letzter Hand (1857) immer mehr von einem wissenschaftlichen Buch der Volkspoesie zu einem unterhaltenden Buch für Kinder. Der vorliegenden Märchenausgabe wurde daher auch die Auflage von 1857 zugrunde gelegt.

Dr. Regina Freyberger,
München

Fett gesetzte Seitenzahlen verweisen auf die Abbildungen.

Bildnachweis nach Quellen

© **Laura Barrett**, London (Art Direction von Noel Daniel) siehe auch Bildnachweise nach Künstlern
Brüder Grimm-Gesellschaft, Kassel (15, 83,84, 86–87, 89, 91)
© **Collection Herbert Leupin**, Nussbaumen, Schweiz (96–98, 100–102, 141–143, 145, 146, 223–229)
The Collection of Kendra and Allan Daniel, Fotografien von Gavin Ashworth (2, 8, 17, 20, 170,176, 195, 204)
© **1911, 1927, 1981 Langewiesche-Brandt KG**, Ebenhausen bei München (41, 42, 85, 116, 136, 148)
The Los Angeles Public Library, Los Angeles, USA (1, 12, 160, 138–140, 144, 147, 258, 263)
The Library of Congress [LOC], Washington, D.C., USA (34, 45–51, 82, 117–119, 121–123, 130–135, 177, 179, 189, 197, 205)
The Cotsen Children's Library, Department of Rare Books and Special Collections, Princeton University Library, Princeton, USA (232)
Sammlung Dr. Regina Freyberger (39, 66–79)
The Victoria Albert Museum, London, UK/The Bridgeman Art Library (201)

Wenn nicht spezifiziert, stammen die verbleibenden Abbildungen aus privaten Sammlungen.

Bildnachweis nach Künstlern

HA Hanns Anker: 83, 84, 86–87, 89, 91 © Dr. Axel Anker, München, für die Rechteinhaberin
LB Laura Barrett, Illustratorin: Vor- und Nachsatzpapier, 6, 25, 29, 32, 36, 37, 40, 43, 53, 65, 81, 88, 93, 95, 103, 105, 124, 125, 128, 129, 137, 167, 172–175, 178, 191, 192, 196, 198, 199, 202, 208, 210, 211, 219–221, 266–267
LLB L. Leslie Brooke: 180–187
WC Walter Crane: 27, 28, 30–31, 33, 35
GC George Cruikshank: 127
ED Elsa Dittmann: 52, 80, 154, 169, 188
RG Rudolf Geißler: 118, 119, 121–123 oben
FCH Fanny und Cecile Hensel: 24, 166
DL Divica Landrová: 106–115
LU Heinrich Lefler und Joseph Urban: 232, 249, 254, 257, 258
HL Herbert Leupin: 96–98, 100–102, 141–143, 145 146, 223, 224, 226–229, 231
HLM Heinrich Leutemann: 39
HM Heinrich Merté: 54–63
VM Viktor P. Mohn: 207, 209
KN Kay Nielsen: 2, 8, 17, 20, 170,176, 195, 201, 204, 265
DP Dora Polster: 41, 42, 85, 116, 136, 148, 171
AR Arthur Rackham: 1, 22, 120, 138–141, 144, 147, 263
KR Käthe Reine: 64, 92, 94, 104, 159, 206
OS Oswald Sickert: 130–135
JWS Jessie Willcox Smith: 195
OS Otto Speckter: 45–51
GS Gustav Süs: 212–218
FW Franz Wacik: 66–79
WZE Wanda Zeigner-Ebel: 149–152, 156–157, 160, 162–163, 165

Nachweis zu den Silhouetten nach Seiten

Siehe mittlere Spalte für die Abkürzungen der Künstlernamen. LOC bezeichnet The Library of Congress. Die in diesem Buch weißen Silhouetten auf goldenem Grund sind im Original schwarz-weiß.

Seite **1**: AR. Einleitung: **6**: LB. Die Märchen: **22**: AR. *Der Froschkönig oder der eiserne Heinrich*: **24**: FCH. **25**, **29**, **32**: LB. **34**: LOC. *Der Wolf und die sieben jungen Geißlein*: **36**, **37**, **40**: LB. **41**: DP. *Rapunzel*: **42**: DP. **43**: LB. *Hänsel und Gretel*: **52**: ED. **53**: LB. *Das tapfere Schneiderlein*: **64**: KR. **65**: LB. **66**, **68**, **73**, **76**, **79**: FW. *Aschenputtel*: **80**: ED. **81**: LB. **82**: LOC. **85**: DP. **88**: LB. **92**: KR. **93**: LB. *Frau Holle*: **94**: KR. **95**, **103**: LB. *Rotkäppchen*: **104**: KR. **105**: LB. *Die Bremer Stadtmusikanten*: **116**: DP. **117**: LOC. **120**: AR. **123 unten**: LOC. *Die Wichtelmänner*: **124**, **125**: LB. *Daumerlings Wanderschaft*: **128**, **129**: LB. *Dornröschen*: **136**: DP. **137**: LB. **138–140**, **144**, **147**: AR. *Schneewittchen*: **148**: DP. **149**: WZE. **154**: ED. **159**: KR. *Rumpelstilzchen*: **166**: FCH. **167**: LB. **169**: ED. **171**: LB. *Die drei Federn*: **172–175**: LB. **177**: LOC. *Die goldene Gans*: **178**: LB. **179**: LOC. *Die Gänsemagd*: **188**: ED. **189**: LOC. **191**, **192**, **196**: LB. **197**: LOC. *Die zertanzten Schuhe*: **198**, **199**, **202**: LB. **205**: LOC. *Die Sterntaler*: **206**: KR. **207**: VM. **208**: LB. *Der Hase und der Igel*: **210**, **211**, **219**: LB. *Der gestiefelte Kater*: **220**, **221**: LB. Anhang: **263**: AR.

Der Text „Hase und Igel“ wurde von Dr. Regina Freyberger vom Plattdeutschen ins Hochdeutsche übertragen.

„Die drei Federn" – Illustration
von Kay Nielsen, aus Hansel and Gretel and Other Stories by the Brothers Grimm, *1925*

Über die Herausgeberin

Noel Daniel studierte nach ihrem Abschluss an der Universität von Princeton als Fulbright-Stipendiatin in Berlin. Nach einem Masterstudium in London leitete sie zunächst eine Galerie für Fotografie, ehe sie ihre Arbeit als Herausgeberin aufnahm. Zu ihren bislang erschienenen TASCHEN-Publikationen zählen *Das Wintermärchenbuch* (2014), *Die Märchen von Hans Christian Andersen* (2013), *Die Märchen der Brüder Grimm* (2011), *Magic, 1400s–1950s* (2009) und *The Circus, 1870–1950* (2008).

Danksagung

Ich möchte besonders meinem Mann und Kollegen Andy Disl, Artdirector bei TASCHEN, für die wunderbare Gestaltung dieses Buches danken. Darüber hinaus gilt mein besonderer Dank dem Verleger Benedikt Taschen, der diesem Buchprojekt jede nur erdenkliche Unterstützung hat zukommen lassen.

Besonders danke ich ebenfalls Dr. Regina Freyberger, Autorin von *Märchenbilder – Bildermärchen: Illustrationen zu Grimms Märchen 1819–1945* (2009), der ersten umfassenden wissenschaftlichen Darstellung dieses Themas, die freundlicherweise meine Texte gegengelesen und mir hilfreiches Feedback gegeben hat. Dank auch an die Illustratorin Laura Barrett, die ganz im Geiste der historischen Illustrationen so hervorragende neue Scherenschnitte für dieses Buch angefertigt hat. Und Dank schließlich an Herrn Dr. Bernhard Lauer sowie das Brüder Grimm-Museum in Kassel für ihre großzügige Gastfreundschaft und ihre Hinweise hinsichtlich der Ausgabe von 1857.

Die MÄRCHEN von Hans Christian ANDERSEN

Herausgegeben von

Noel Daniel

Artdirection von

Andy Disl *und* Noel Daniel

TASCHEN

Hans Christian Andersen: *Herz und Seele des modernen Märchens*

von Noel Daniel

Hans Christian Andersen
Herz und Seele des modernen Märchens

von Noel Daniel

In einem seiner berühmtesten Märchen, der Geschichte „Das hässliche, junge Entlein“ (Seite 146–161), brachte Hans Christian Andersen seinen eigenen Lebenslauf auf den Punkt: „Es schadet nichts, in einem Entenhofe geboren zu sein, wenn man nur in einem Schwanenei gelegen hat.“ Andersen, 1805 in Armut geboren, war ein wenigansehnlicher Sonderling, der vor Ehrgeiz brannte und alles daransetzte, mittels seiner künstlerischen Talente seinen Unterschichtwurzeln zu entkommen. Am Ende seiner Tage war er ein gefeierter Mann, der mit Königen verkehrte. Heute gilt er als der bekannteste skandinavische Schriftsteller überhaupt. Doch die Geschichte seines märchenhaften Aufstiegs war gezeichnet von einer Kindheit, in der er verkannt und misshandelt wurde, von tiefem Seelenschmerz und Herzenskummer, und darin lag die Antriebsfeder seiner Ambitionen. Während diese Erfahrungen in ihm ein unstillbares Bedürfnis nach Anerkennung weckten, gingen aus seinem glänzenden Talent als Geschichtenerzähler und seinem Gespür für Alltagssprache Märchen einer völlig neuen Art hervor, mit denen er seit seiner ersten Veröffentlichung im Jahr 1835 Millionen von Lesern für sich gewann.

Die Spinnstube als Schule des Zuhörens

In der „Irrenanstalt“ von Andersens Heimatstadt Odense spannen die alten Frauen, während sie ihre Garne herstellten, zu ihrer eigenen Unterhaltung Geschichten. Während Andersens Großmutter väterlicherseits dort den Garten bestellte, zog es den kleinen Hans Christian zur Spinnstube hin – dem geselligen Mittelpunkt der Anstalt und traditionellen Hort des Geschichtenerzählens. Hier lauschte er vielerlei Volks- und Bauernmärchen in mündlicher Überlieferung, die – typisch für die skandinavische Folklore – von übernatürlichen

Wesen wie Kobolden, Trollen, Hexen und Wassergeistern bevölkert waren. „Eine Welt so reich wie jene in *Tausendundeiner Nacht* tat sich vor mir auf“, schrieb Andersen später in einer seiner Autobiografien. „Die Geschichten, die diese alten Frauen erzählten, und die geisteskranken Gestalten, die ich um mich herum im Irrenhaus sah, wirkten mit der Zeit so stark auf mich, dass ich nach Einbruch der Dunkelheit kaum mehr aus dem Haus zu gehen wagte.“

Diese ungeordnete, spontane Form der mündlichen Überlieferung in ihrer Kraft und Lebendigkeit wurde zum Heiligen Gral einer wachsenden Zahl europäischer Gelehrter und Schriftsteller der Romantik. Akademiker wie die Brüder Grimm in Deutschland waren bestrebt, genau diese umgangssprachliche, ungeschliffene Kunstform in Sammlungen zu erhalten. Als 1812 der erste Band Grimm'scher Märchen erschien, war Andersen sieben Jahre alt. Später, als junger Autor, sollte er diese Märchen lesen, und wesentlich später, als er bereits einen Namen hatte, besuchte er die beiden Brüder.

Von der Welt des Aberglaubens zur Fantasie in Flammen

Anders als verbreitet angenommen reisten die Brüder Grimm nicht übers Land, um mündliche Erzählungen zu sammeln, sondern stützten sich stark auf einige wenige gesicherte Quellen mündlicher wie schriftlicher Art. Andersen dagegen hatte den direkten Zugang: Er wuchs im tiefsten Herzen einer abergläubischen Gesellschaft auf, in der mündliches Geschichtenerzählen sowohl der Unterhaltung diente als auch Lektionen fürs Leben lieferte. In Andersens Jugend glich Odense, damals mit 8000 Einwohnern zweitgrößte Stadt Dänemarks, eher einer mittelalterlichen Kleinstadt als einem großstädtischen Knotenpunkt wie Kopenhagen.

SEITE 8 UND LINKS *Die 1920er-Jahre waren eine goldene Ära für die europäische Kinderbuchbranche, zu deren bedeutendsten Illustratoren der Däne Kay Nielsen zählte. Aus seinem 1924 erschienenen Buch zu Andersens Märchen, links abgebildet, stammt das zarte, einprägsame Bild eines zu Eis erstarrten Herzens auf Seite 8 für „Die Schneekönigin“.*

SEITE 2 UND GANZ LINKS *Die „Däumelinchen“-Illustrationen der englischen Künstlerin Eleanor Vere Boyle auf Seite 2 und 221 entstammen dem ganz links gezeigten Band, der 1872 als eines der ersten Andersen-Märchenbücher in Farbe erschien. In Andersens Kindheit gab es solche Bilderbücher noch nicht.*

Die jahrhundertealten skandinavischen Sagen waren Teil einer mündlichen Erzählkultur, die Andersens Kindheit prägte und bunt färbte, doch die Bauernmärchen, von denen er hörte, gerieten im Zuge der Industrialisierung und des veränderten Sozialverhaltens der Unterschicht schließlich fast völlig in Vergessenheit. Die englischen Märchenforscher Iona und Peter Opie stellen fest, dass „Andersen tatsächlich der erste Märchenautor war, der – anders als die Brüder Grimm mit ihrem beruflichen Hintergrund – der einfachen Bevölkerung entstammte, für die das Geschichtenerzählen noch lebendige Tradition war. Abgesehen von seinem Vater bezogen sämtliche Menschen, die ihn in seiner Kindheit umgaben, ihr Wissen aus mündlichen Quellen, nicht aus Büchern.“ Seine Mutter, die ihren Sohn allen Schilderungen nach sehr liebte, war eine zutiefst abergläubische Frau, die Wahrsager aufsuchte und Erscheinungen aller Art auf Geister und Kobolde zurückführte. Für diejenigen in Andersens unmittelbarem Umkreis, die zum Aberglauben neigten, hatten leblose Objekte buchstäblich ihren eigenen Kopf. Andersens Meisterschaft im Vermenschlichen von Gegenständen wurde zu einem Gütezeichen seines Werks.

Andersens Mutter, die weder lesen noch schreiben konnte, war Wäscherin und verfiel in späteren Jahren der Trunksucht. Sein Vater, ein Schuhmacher, der sich gegen alle Widrigkeiten eine rudimentäre Ausbildung erkämpft hatte, liebte die Literatur und besaß einen Schrank voller Bücher, was für die damalige Zeit bemerkenswert war. Bis zu seinem Tod, als sein Sohn elf Jahre alt war, las er ihm regelmäßig Stücke und Geschichten vor, auch aus *Tausendundeiner Nacht* und der Bibel. Dank dieser frühen und liebevollen Heranführung ans gedruckte Wort entwickelte Andersen einen unersättlichen, lebenslang anhaltenden Lesehunger. In seinem Tagebuch schrieb er: „Seit ich mich erinnern kann, war Lesen mein einziger und liebster Zeitvertreib … Ich spielte nie mit anderen Buben, ich war immer allein.“

Dieses Buch zu Andersens längstem Märchen, „Die Schneekönigin", mit wunderschönem Vor- und Nachsatzpapier und Illustrationen im Art-déco-Stil von Katharine Beverley und Elizabeth Ellender (Seite 87–127) erschien 1929 als grandioses Beispiel für das Bemühen, mithilfe des Duoton-Druckverfahrens Schönheit unter Sparvorgaben zu produzieren, was der Grundidee des Art déco entsprach, hochwertige Gebrauchskunst für den Alltag zu schaffen.

Lesen passte zu Andersens Naturell wie das Tüpfelchen aufs i. Doch Andersen war auch ein ausgezeichneter Zuhörer – in der Spinnstube der „Irrenanstalt", bei den Märchenstunden seines Vaters, bei den Schauspielern am Theater, für das er schwärmte. Er lauschte den Figuren und Stimmen um sich herum mit größter Aufmerksamkeit, und das schulte sein Gehör. Er entwickelte ein inneres Ohr für die Klänge ganzer Fantasiewelten, etwa den hochmütigen Tonfall der verblendeten Nähnadel in „Die Stopfnadel" oder den witzigen inneren Monolog des von Selbstzweifeln geplagten Kaisers in „Des Kaisers neue Kleider" (Seite 60–65) oder die Silberglöckchen an den Blumen im Schlossgarten, „welche klangen, damit man nicht vorbeigehen möchte, ohne die Blumen zu bemerken", in „Die Nachtigall" (Seite 32–45). Kein Mensch und kein Ding in der realen Welt entging als mögliche Märchenfigur Andersens Aufmerksamkeit.

„Ich werde berühmt werden"

„Ich werde berühmt werden", schrieb Andersen in seinem Tagebuch und machte damit deutlich, dass sein berufliches Streben nach Größe nichts mit der feinen Selbstliebe der Vornehmen und Gebildeten gemein hatte. Sein Streben nach Größe gründete in den tiefsten Tiefen seiner gequälten Seele. Schon früh fiel Andersens Gönnern ein starkes Selbstbewusstsein an ihm auf. Er hatte den Drang und Mut, vor Publikum aufzutreten, einen wunderbaren Knabensopran (vor dem Stimmbruch), ein Talent zum Geschichtenerzählen und, zu alledem, ein strapaziöses Ego.

Andersen suchte zeit seines Lebens Anerkennung. Wie wir aus der Geschichtsforschung wissen, verraten seine Briefe, dass ihn im Innersten Einsamkeit und ein Gefühl der Unzulänglichkeit quälten. Er heiratete nie und erlebte in der Liebe mehrfach Zurückweisung, was ihn zutiefst verwundete.

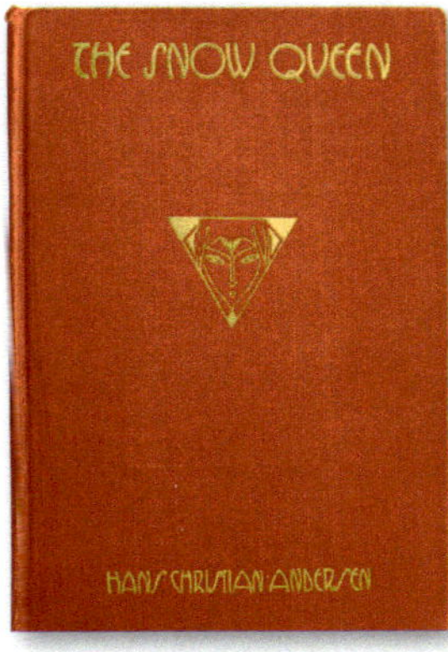

Er, der Romantiker mit tiefgründigem Sinn für Pathos und ewiger Junggeselle, der die Wärme und Geborgenheit des Familienlebens seiner engen Freunde genoss, litt unter einem Leben, in dem ihm jedwede Erwiderung seiner Liebe versagt blieb. So etwa von der berühmten schwedischen Sängerin Jenny Lind, der „schwedischen Nachtigall“, die Andersen zu dem Märchen „Die Nachtigall“ (Seite 32–45) inspirierte. Er selbst war als Knabe „die Nachtigall von Fünen“ genannt worden, nach der Insel, auf der Odense liegt. In Armut geboren und durch ihr künstlerisches Talent zu Ruhm gelangt, hatten Lind und Andersen vieles gemeinsam. Doch die große Leidenschaft des Schriftstellers für die Sängerin blieb unerwidert.

Sozialer Aufstieg dank Dichtkunst

Während das mündliche Geschichtenerzählen zur Entwicklung seiner Weltsicht und literarischen Stimme beitrug, öffnete die Demokratisierung der dänischen Gesellschaft ihm Türen, die einem Mann seiner Herkunft in der Vergangenheit verschlossen geblieben wären. Andersens Genie lag zum Teil in der Fähigkeit, bereits als Jugendlicher, der im ärmlichsten Teil von Odense aufwuchs, zu erkennen, dass die bessere Gesellschaft durchaus flexibel war und er es weit in ihr bringen konnte, wenn es ihm gelänge, sie zu „knacken“. Gewappnet mit ehernem Ehrgeiz, funkensprühender Fantasie und völlig frei von Lampenfieber versuchte er zunächst, sich in die Reihen des Kopenhagener Theaterensembles vorzukämpfen. Daneben kultivierte er aber auch, was nötig war, um weiter voranzukommen: „Andersen erkannte schnell, dass die Dichtkunst ihrem gesellschaftlichen Stellenwert nach eine Trumpfkarte war“, schreibt die Biografin Jackie Wullschlager, und weiter: „Zur damaligen Zeit standen Kunst und Literatur im Brennpunkt des nationalen Geisteslebens, da

Eine weitere wohlbekannte Andersen-Geschichte um die Frage nach der wahren Herkunft erzählt „Die Prinzessin auf der Erbse" (Seite 28–29), zu der Kay Nielsen 1925 diese bezaubernde Illustration schuf.

politisches Leben kaum stattfinden durfte." Während der absoluten Monarchie, die bis 1848 in Dänemark herrschte, „sog das Künstlertum ... alle Energie auf, die in anderen Ländern in die Politik floss, und das Ergebnis war ein goldenes Zeitalter der Kultur, eine in der Geschichte Dänemarks beispiellose Blüte der Malerei, Musik, Literatur und Philosophie."

Königliche Protektion, für die es guter Kinderstube und Beziehungen bedurfte, lag völlig außerhalb Andersens Reichweite, und sein Weg zum Erfolg war von Ausgrenzung und wiederholter Zurückweisung gezeichnet. Doch erstaunlicherweise blieb er unbeirrt. Schließlich fiel er dem Direktor des Königlichen Theaters in Kopenhagen, Jonas Collin, auf, der dem Jugendlichen zu einem königlichen Stipendium verhalf. Was folgte, waren fünf leidvolle Schuljahre, die der 17-jährige Andersen unter Elfjährigen zu verbringen hatte, auf Insistieren seiner Förderer hin. Diese hatten gefordert, dass er entweder eine ordentliche Ausbildung machte, ehe er als Schriftsteller weiter voranschritte, oder nach Hause ginge und ein Handwerk lernte. Letzteres war das Los seines Vaters gewesen und für Andersen absolut indiskutabel. Doch eingestreut in diese Erfahrungen war eine gerade ausreichende Dosis an positiver Verstärkung, und dank Collins maßgeblicher Hilfe erhielt Andersen fortan eine finanzielle Unterstützung, die ihm die Zeit und Kraft zum Schreiben gab. Collin und dessen Sohn sollten auch in Andersens weiterem Leben wichtige Figuren bleiben und für ihn als Erwachsenen einer Familie am nächsten kommen.

Armer Bauer im Königsmantel

Andersen schwankte zeitlebens zwischen Selbstsicherheit auf der einen und Minderwertigkeitsgefühlen und seelischer Verletzlichkeit auf der anderen Seite hin und her. Nie gelang es ihm, sich den gekrönten Häuptern, Berühmtheiten

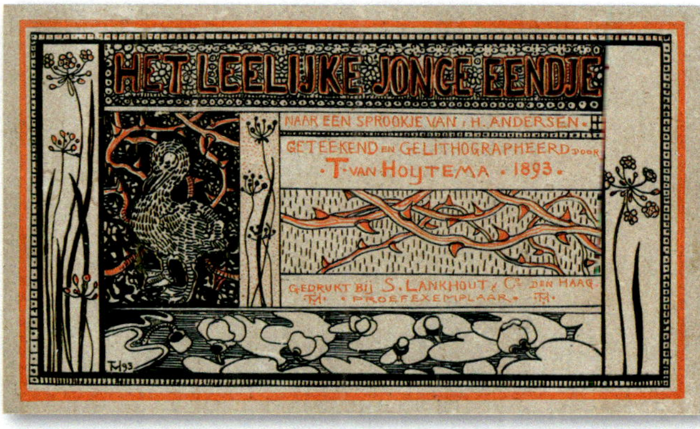

und Würdenträgern ebenbürtig zu fühlen, mit denen er verkehrte, als sein Ruhm sich mehrte. So schrieb er in seinem Tagebuch: „Ich hatte und habe noch immer das Gefühl, als wäre ich ein armer Bauernbursche, über den ein Königsmantel geworfen wird." Doch scheint er auch viel Kraft aus seinem märchenhaften Aufstieg geschöpft zu haben, den er vor anderen gerne in höchsten Tönen pries. Ihm waren die Härten und Widrigkeiten, die sein Leben prägten, wertvoll. Das Märchen als literarische Gattung muss ihm instinktiv behagt haben, allein wegen seiner vielen jahrhundertealten Geschichten über sozialen Aufstieg und wahre Identität, in denen ein Dummkopf sich unter Prüfungen und Widrigkeiten als echter König erweist, wenn nicht von Geblüt, so doch dem Wesen nach. Andersen verewigte dieses Motiv in vielen Erzählungen – von „Das hässliche, junge Entlein" über „Die Prinzessin auf der Erbse" bis „Däumelinchen".

Andersen blieb in seinem künstlerischen Schaffen zeitlebens von der eigenen Kindheit inspiriert. Die moderne Verhaltensforschung würde seine Kindheit als erfüllt von (wenn auch einsamen) Simulations-, Imitations- und Rollenspielen bezeichnen, die die Vorstellungskraft und Führungskompetenz eines Kindes stärken. Andersen war damit jeden Tag beschäftigt; seinem Puppentheater und den Puppenkostümen zuliebe verzichtete er auf die Gesellschaft Gleichaltriger, betreute kreative Projekte von der Idee bis zur Umsetzung, fand für verschiedene Figuren verschiedene Stimmen, ging seinen persönlichen Interessen und seinem Gespür fürs Geschichtenerzählen nach.

Süßer als Schokolade und Sahne

Andersen schrieb seine Märchen für Kinder und Erwachsene gleichermaßen. Doch seine innere Stimme richtete sich an einen Empfänger, den die Wissenschaft als „das zuhörende Kind" bezeichnet. Es war Andersens Gabe, für die

Diese Umschlagvignette wie auch die Illustrationen auf den Seiten 146–161 aus der Hand von Theo van Hoytema, einem berühmten niederländischen Illustrator mit Vorliebe für den Jugendstil, sind dem 1893 erschienenen Buch Het Leelijke Jonge Eendje (Das hässliche, junge Entlein) *entnommen. Aus dieser Geschichte über wahre Herkunft und Diskriminierung, die verbreitet als autobiografisch angesehen wird, stammt einer der berühmtesten Andersen-Sätze: „Es schadet nichts, in einem Entenhofe geboren zu sein, wenn man nur in einem Schwanenei gelegen hat!"*

Bilder und Klänge der Welt offen wie ein Kind zu bleiben, die es ihm erlaubte, auf eine für Kinder so eindringliche Weise zu schreiben. In der Kinderliteratur, die bis dahin vorwiegend mit Moralgeschichten aufgewartet hatte, stellte das eine radikale Neuerung dar.

In einem 1928 erschienenen Andersen-Märchenband mit Illustrationen des fabelhaften japanischen Künstlers Takeo Takei (Seite 131–132, 137–138, 185, 188, 236) nennt der japanische Herausgeber Andersens Erzählungen „süßer als Schokolade und Sahne". Heutige Leser können vermutlich nur schwer ermessen, wie sehr sich Andersens Märchen von denen seiner Vorläufer unterschieden. Sie waren wunderbar komponiert, mal traurig und voller Pathos, mal von beißendem Witz. Sie boten reinstes Lesevergnügen und sprachen die Gefühle der Kinder direkt an, nicht von oben herab. Wie der japanische Verleger so treffend bemerkte, erschienen Andersens Märchen auf der Bildfläche wie Naschwerk nach Jahrhunderten schwer verdaulicher Didaktikkost und fader Moralpredigten in der Kinderliteratur (wenngleich Andersen darauf bedacht war, moralische Lehren und christliche Leitsätze einzustreuen, die seiner Leserschaft aus der Mittelschicht angemessen waren).

Kindergeschichten zum Vergnügen der Kinder

Andersen hatte Geschmack an einer Kunstform gefunden, die noch gar nicht existierte: Kindergeschichten zum Vergnügen der Kinder. Wullschlager nennt ihn den ersten großen Fantasy-Erzähler der Welt: „Er ließ Spielzeug und Tiere sprechen, ungekünstelt, frei von der Leber weg und witzig, mit denen Kinder sich auf Anhieb identifizieren konnten." Seine Märchen waren die Wegbereiter moderner Geschichten wie *Alice im Wunderland*, *Der Zauberer von Oz* oder *Toy*

Story, die in einer Traumwelt spielen und aus der Kinderperspektive erzählt werden. Diese „neue“ Perspektive ist auch zentral für zwei der jüngsten Genres unserer Zeit: Zeichentrick- und Animationsfilm.

Während die Brüder Grimm als Sprachgelehrte sich von der direkten Sprache und ausdrucksstarken Metaphorik anregen ließen, die den Volksmärchen Würze verliehen, schrieb Andersen aus dem Bauch heraus. Er bezeichnete sich selbst als unpolitisch und sagte in einer seiner Autobiografien: „Gott hat mir eine andere Mission aufgetragen: dass ich fühlen solle und immer weiter fühle.“ Er war Romantiker aus Veranlagung, nicht aus freien Stücken, und das machte ihm das Leben schwer. Im Verlauf seiner Entwicklung als Schriftsteller entdeckte er, dass die Poesie und Empfindsamkeit der deutschen Romantiker, die damals ihre Blütezeit erlebten, geradezu Balsam für seine in sich selbst hineinhorchende, grüblerische Seele waren.

Andersens Erzählungen waren zwar ebenso poetisch und gefühlsbetont wie die Werke der deutschen Romantik, aber auch äußerst modern insofern, als ihre Themen und ihr Stil im Alltagsleben der damaligen Zeit verankert waren, nicht in einer idealisierten Vergangenheit, wie sie für ältere „Es war einmal“-Märchen kennzeichnend war. Andersens Abkehr von dem, was sein Biograf Reginald Spink als „akademische Konventionen“ bezeichnet, ähnelte dem Aufbruch von europäischen Avantgarde-Künstlern, die der seelenlosen Beschränkungen des akademischen Kunstbetriebs müde waren. Der Maler Vincent van Gogh, ein Zeitgenosse Andersens, war über die bildhaften Details in dessen Märchen dermaßen erstaunt, dass er erklärte, Andersen müsse ebenfalls bildender Künstler sein (tatsächlich widmete dieser sich mit Eifer und Geschick der Kunst des Scherenschnitts, die er oft bei gesellschaftlichen Anlässen vorführte). Andersens Stil war träumerisch und sinnlich zugleich, und die Welten, die er in seinen Märchen beschrieb, existierten in einem voll ausgebildeten Gefühlssystem, das einer eigenen Logik folgte.

Der berühmte japanische Illustrator Takeo Takei gestaltete 1928 dieses Titelbild für einen Band mit Andersen-Märchen; es zeigt den „Standhaften Zinnsoldaten", dessen Liebe zu einer Papierballerina im gleichnamigen Märchen verewigt ist (Seite 78–83). Andersens Gabe, Gegenständen eine Stimme zu verleihen, machte seine Geschichten unverwechselbar. Takeis japanischer Verleger nannte seine Märchen „süßer als Schokolade und Sahne". Sie sprachen die Gefühle von Kindern direkt an und waren wie Naschwerk nach Jahrhunderten schwer verdaulicher Didaktikkost und fader Moralpredigten in der Kinderliteratur. Das Vermächtnis, das aus ihnen hervorging, sind die uns heute so vertrauten Erzählungen aus der Kinderperspektive, die in Fantasiewelten spielen.

Auf der Suche nach Unsterblichkeit

Obwohl er mit dänischen Volksmärchen aufgewachsen war, dachte sich Andersen eigene Geschichten aus, anstatt vorhandene zu sammeln, wie es die Brüder Grimm taten. 1835 erschien ein kleines Broschurheft mit seinen ersten vier Erzählungen. Dem dänischen Experten Bengt Holbek zufolge basieren nur sieben seiner über 200 Märchen auf Vorlagen. Als ein enger Freund ihm prophezeite, nachdem sein erster erfolgreicher Roman, *Der Improvisator* (1835), ihn berühmt gemacht habe, würden diese Geschichten ihn unsterblich machen, „denn sie sind das Vollkommenste, was [du] je geschrieben hast", befand Andersen: „Ich selbst bin nicht dieser Ansicht." Er hatte seine Form gefunden, auch wenn er es selbst noch nicht wusste.

Tatsächlich waren seine Märchen von einer Psychologie durchdrungen, die neu und frisch war, und trafen im vormodernen Europa regelrecht einen Nerv. In seiner Empfindsamkeit und Neigung zur Innenschau war Andersen auf die Anforderungen seines eigenen Lebens nur unzureichend eingestellt, doch er besaß die Gabe, große wie kleine Sehnsüchte in Worte zu fassen und in überweltliche Geschichten zu verwandeln. Der Einfluss, den seine Märchen auf die Kinderliteratur hatten, war so groß, dass der heute wichtigste Preis für Autoren und Illustratoren in dieser Sparte Hans-Christian-Andersen-Preis heißt und Andersens Geburtstag am 2. April zum Internationalen Tag des Kinderbuchs erkoren wurde.

Das Einzimmerhäuschen, in dem Andersen aufwuchs, war erfüllt von Anregungen für Auge und Geist – vom Aberglauben seiner Mutter, den ausgiebigen Vorlesestunden des Vaters, den selbstgemachten Puppentheatern und Spielsachen, mit denen er seinen Sohn lockte, den Bildern und blühenden Zweigen, mit denen die Mutter das Heim ausschmückte, und Andersens eigenen Leseabenteuern. Kein Wunder, dass er oft in sein eigenes Gedankenreich entfloh.

Vincent van Gogh, ein Zeitgenosse Andersens, war über die bildhaften Details in dessen Erzählungen so verblüfft, dass er in ihm einen bildenden Künstler vermutete. Tatsächlich war Andersen in der Kunst des Scherenschnitts versiert, die er als Kind erlernt hatte und oft bei gesellschaftlichen Anlässen zum Besten gab. Rechts abgebildet zwei Beispiele von Hunderten aus seiner Hand: Aus dem Jahr 1844 ein symmetrisches Ornament mit Schwänen und tanzenden Harlekinen, eines seiner Lieblingsmotive, sowie eine Baumvignette mit Harlekin und Tänzerin von ca. 1866.

Die sichere Innenwelt seiner Fantasie sollte zum unerschöpflichen Quell seines kreativen Schaffens werden. Sein Verstand war darauf konditioniert, neue Anregungen augenblicklich aufzugreifen. Wullschlager zitiert Andersens eigene Beschreibung seiner Denkweise: „[Ideen] lagen in meinen Gedanken wie Samenkörner, und es bedurfte nur eines strömenden Flusses, eines Sonnenstrahls, eines Tropfens aus dem Becher der Bitternis, um sie aufspringen und erblühen zu lassen."

Eine Ahnung des Unbewussten zu Beginn der Moderne

Manche Forscher vermuten, dass Andersens Märchen im Grunde frühe Geschichten über das Unbewusste sind und somit Vorboten der künstlerischen Strömungen zu Beginn des 20. Jahrhunderts und später des Surrealismus waren. Wo moderne Künstler und Denker wie Freud das Unbewusste zu erfassen oder dessen kreatives Potenzial freizusetzen versuchten, war Andersens Ansatz, immer bereit zu sein, um auf die wilden Eingebungen seines eigenen Verstandes zu reagieren.

Die Wirrnisse seiner Kindheit und der steinige Weg, den er als gesellschaftlicher Außenseiter meistern musste, hätten ihn leicht für den Rest seines Lebens verbittern und so weit entmutigen können, seine Träume aufzugeben. Doch sein Antrieb – den Geschichtsforscher auch als Glaube an seine ganz besondere Bestimmung beschreiben – ließ ihn auf alle Zeit bereit bleiben. Während sich Andersens Stücke, Reiseberichte und Romane als künstlerisch eher uneinheitlich erwiesen haben, bleiben die Märchen glänzende Beispiele seiner einzigartigen Vorstellungskraft und der Fantasiewelten, die er in seinem Kopf heraufbeschwor und meisterhaft lenkte. Diese

Welten waren ein sicherer Ort, an den er in schwierigen Zeiten zurückkehrte, und hier brachte er seine Gefühle mit der Wirklichkeit in Einklang. Der Märchenkundler Jack Zipes schreibt: „Seine Märchen handelten vom Leben, das er nicht führte, und drückten aus, was er öffentlich sagen wollte, aber nicht wagte. Seine Erzählungen waren majestätische Akte der Selbstbestätigung und Selbsttäuschung."

Freud und Leid der Subjektivität

Andersen belebt ein einfaches Tintenfass, einen Zinnsoldaten, einen Vogel, eine Erbse, einen Kreisel mit eigenen Trieben, Schwächen und Sehnsüchten, mit Hochmut und Mut. Oft haben seine in ihren Leidenschaften wie Gebrechlichkeiten menschenähnlichen Figuren eine leicht verquere Weltsicht, sind unfähig, ihr wahres Los oder ihre Lage zu erkennen, als wollte Andersen ein Schlaglicht auf die Schranken unserer eigenen, menschlichen Subjektivität werfen. Möglicherweise ist, so gesehen, gerade dieses unausweichliche Befangensein in Subjektivität als Wesenskern menschlichen Erlebens das eigentliche Thema seiner Geschichten.

Doch gerade diese Subjektivität ist es auch, die Liebe ermöglicht, das tiefe Ergriffensein vom eigenen Erleben, überwältigt und sogar verzehrt zu werden von der Fürsorge für einen anderen Menschen – Gefühle, die für Andersen sowohl eine starke Antriebsfeder seiner Kunst als auch Quelle möglicher Enttäuschung und Verletzung sind. Die ungeheure Tiefe der Gefühle, deren er fähig war, die aber in seinem eigenen Leben keine Erwiderung fanden, zeigt sich in seinen Märchen. Zipes schreibt über Andersens Verhältnis zur eigenen Geschichte: „Andersen versuchte verzweifelt, seinem Leben die Form und den Inhalt eines Märchens zu geben, gerade weil er ein gequälter,

einsamer und hochneurotischer Künstler war, der in literarischen Schöpfungen sein Unvermögen sublimierte, die eigenen Wünsche und Träume in der Wirklichkeit auszuleben. Sein literarischer Ruhm beruht auf diesem Unvermögen, denn was er für sich selbst nicht erreichen konnte, bescherte er Millionen Lesern, Jung und Alt, mit der Hoffnung, dass deren Leben sich anders gestalten würde als das seine." Sein Geschenk an uns waren Kindermärchen, die den Gefühlslandschaften, Schwächen und dunklen Winkeln der menschlichen Seele Raum gaben – einen Raum, zu dem er selbst mit Herz und Seele Zuflucht nahm.

GEGENÜBER *Andersens 1843 erschienenes Märchen „Die Nachtigall" über einen Singvogel, der einem Kunstvogel weichen muss, gilt als eines seiner Meisterwerke (Seite 32–45). Kay Nielsens Illustration aus dem Jahr 1924 fängt die exotische Anmutung dieser Erzählung ein. In jungen Jahren galt Andersen wegen seiner Stimme als „Nachtigall von Fünen"; später verliebte er sich in die Opernsängerin Jenny Lind, bekannt als „die schwedische Nachtigall", doch seine Gefühle blieben unerwidert.*

OBEN *Tom Seidmann-Freud, eine Nichte Sigmund Freuds, setzte neue Maßstäbe in der Kinderbuchgestaltung. Ihr 1921 erschienenes Buch* Kleine Märchen *enthielt eine frühe Version ihrer Illustration für „Die Prinzessin auf der Erbse", abgebildet auf Seite 28/29.*

DIE MÄRCHEN

Die Prinzessin auf der Erbse

Als eines seiner kürzesten zählt dieses Märchen auch zu Andersens berühmtesten – satirisch, komisch und respektlos, all das in wenigen Hundert Worten. Es handelt von einer Prinzessin, die ein Unwetter zum Schloss eines Prinzen verschlägt, der seit Langem auf Brautschau nach einer echten Prinzessin ist. Um ihr Zartgefühl und damit ihre königliche Abstammung auf die Probe zu stellen, legt man ihr eine Erbse ins Bett. Das amüsante Bild einer durch eine Erbse verursachten schlaflosen Nacht hat seinen Weg in unseren Alltagswortschatz gefunden, als Metapher für ein übermäßig empfindsames Wesen. Einige Historiker sind der Ansicht, dass Andersen sich in diesem Märchen über seine eigene Dünnhäutigkeit lustig macht – oder ihr ein Denkmal setzt. Andere vermuten, dass er damit den zimperlichen Hochadel auf die Schippe nimmt. Das Märchen erschien 1835 als eines seiner ersten. Anders als die meisten späteren Geschichten, die seiner eigenen Fantasie entsprangen, geht es auf eine mündliche Erzählung zurück, die er als Kind hörte. Einem Freund schrieb er über diese frühen Märchen: „Ich habe sie genau so aufgeschrieben, wie ich sie einem Kind erzählen würde." Anfangs ernteten diese Geschichten jedoch harsche Kritik und einige Empörung, vor allem ihrer gewöhnlichen Sprache wegen, die zur damaligen Zeit eine Ungeheuerlichkeit war – letztendlich aber Andersens Ruhm als Erneuerer des Genres begründete. – ND

Aquarellierte Tuschezeichnung von Tom Seidmann-Freud, Österreich, 1921

Es war einmal ein Prinz, der wollte eine Prinzessin heiraten; aber es sollte eine wirkliche Prinzessin sein. Da reiste er in der ganzen Welt umher, um eine solche zu finden, aber überall stand dem etwas entgegen. Prinzessinnen gab es genug, aber ob es wirkliche Prinzessinnen waren, konnte er nicht herausbringen. Immer gab es etwas, was nicht in der Ordnung war. Da kam er denn wieder nach Hause und war traurig, denn er wollte doch gar zu gern eine wirkliche Prinzessin haben.

Eines Abends zog ein schreckliches Gewitter auf; es blitzte und donnerte, der Regen strömte herunter, es war entsetzlich! Da klopfte es an das Stadttor, und der alte König ging hin, um aufzumachen.

Es war eine Prinzessin, die draußen vor dem Tore stand. Aber, o Gott! Wie sah die von dem Regen und dem bösen Wetter aus! Das Wasser lief ihr von dem Haare und den Kleidern herunter; es lief in die Schnäbel der Schuhe hinein und an den Hacken wieder heraus. Und doch sagte sie, dass sie eine wirkliche Prinzessin sei.

„Ja, das werden wir schon erfahren!“, dachte die alte Königin. Aber sie sagte nichts, ging in die Schlaf-

Am Morgen wurde sie gefragt, wie sie geschlafen habe. „O, schrecklich schlecht!“, sagte die Prinzessin. „Ich habe meine Augen fast die ganze Nacht nicht geschlossen! Gott weiß, was da im Bette gewesen ist!

kammer hinein, nahm alle Betten ab und legte eine Erbse auf den Boden der Bettstelle, darauf nahm sie zwanzig Matratzen und legte sie auf die Erbse, und dann noch zwanzig Eiderdaunenbetten auf die Matratzen.

Darauf musste nun die Prinzessin die ganze Nacht liegen. Am Morgen wurde sie gefragt, wie sie geschlafen habe.

„O, schrecklich schlecht!“, sagte die Prinzessin. „Ich habe meine Augen fast die ganze Nacht nicht geschlossen! Gott weiß, was da im Bette gewesen ist! Ich habe auf etwas Hartem gelegen, sodass ich ganz braun und blau über meinen ganzen Körper bin! Es ist entsetzlich!“

Nun sahen sie ein, dass sie eine wirkliche Prinzessin war, weil sie durch die zwanzig Matratzen und die zwanzig Eiderdaunenbetten hindurch die Erbse verspürt hatte. So empfindlich konnte niemand sein als eine wirkliche Prinzessin.

Da nahm der Prinz sie zur Frau, denn nun wusste er, dass er eine wirkliche Prinzessin besitze; und die Erbse kam auf die Kunstkammer, wo sie noch zu sehen ist, wenn niemand sie gestohlen hat.

Sieh, das ist eine wahre Geschichte.

Die Nachtigall

Sein berühmtes Märchen von der Nachtigall, die einem wunderschönen Kunstvogel weichen muss, trug dazu bei, Andersens Ruf als glänzender Geschichtenerzähler zu festigen. Als das Märchen 1843 erschien, wurde es von der Kritik als poetisches Meisterwerk gefeiert. Da Andersen die meisten seiner Erzählungen frei aus dem Kopf schrieb, flossen oft Eindrücke aus dem wirklichen Leben in die Geschichten mit ein. Als Beispiel nennen Historiker seine Schwärmerei für die Starsopranistin Jenny Lind, auch als die „schwedische Nachtigall“ bekannt. Obwohl seine Liebe nicht erwidert wurde, fühlte er sich der Sängerin künstlerisch zutiefst seelenverwandt. Er selbst war als aufstrebendes Gesangstalent in jungen Jahren die „Nachtigall von Fünen“ genannt worden, und auch der Stil, in dem er schrieb, ähnelte in seiner recht ungekünstelten Art dem beseelten Singstil von Lind, der sich vom opulenten Operngesang jener Epoche stark unterschied. Auch das China-Motiv des Märchens geht auf eine Anregung aus Andersens Umwelt zurück: die Chinoiserie im neu eröffneten Kopenhagener Tivoli. Doch das wohl wichtigste Vermächtnis der Erzählung ist der tiefe Einblick in Andersens Gedanken über die Bedeutung von Kunst und die Herausforderung, der eigenen Überzeugung zu folgen, selbst auf die Gefahr hin, mit seiner künstlerischen Vision alleine zu stehen. Zu einer Zeit, in welcher der Demokratisierungsprozess in Europa allmählich voranschritt, erlebte Andersen hautnah mit, wie sich auch künstlerischem Genie vielfältigere Ausdrucksmöglichkeiten eröffneten. – ND

Schattenrisse, teilweise koloriert, von Georgi Iwanowitsch Narbut, Ukraine, 1912

Im Garten sah man die wunderbarsten Blumen,
und an die prächtigsten waren Silberglocken gebunden,
welche klangen, damit man nicht
vorbeigehen möchte, ohne die Blumen zu bemerken.

In China, weißt du wohl, ist der Kaiser ein Chinese, und alle, die er um sich hat, sind auch Chinesen. Es ist nun viele Jahre her, aber eben deshalb ist es der Mühe wert, die Geschichte zu hören, ehe sie vergessen wird! Des Kaisers Schloss war das prächtigste in der Welt, ganz und gar von feinem Porzellan, sehr kostbar, aber so spröde, so misslich, daran zu rühren, dass man sich sehr in Acht nehmen musste. Im Garten sah man die wunderbarsten Blumen, und an die prächtigsten waren Silberglocken gebunden, welche klangen, damit man nicht vorbeigehen möchte, ohne die Blumen zu bemerken. Ja, alles war in des Kaisers Garten fein ausspekuliert. Und er erstreckte sich so weit, dass der Gärtner selbst das Ende desselben nicht kannte. Ging man immer weiter, so kam man in den herrlichsten Wald mit hohen Bäumen und tiefen Seen.

Der Wald ging gerade hinunter bis zum Meere, welches blau und tief war; große Schiffe konnten bis unter die Zweige der Bäume hinsegeln, und in diesen wohnte eine Nachtigall, die so herrlich sang, dass selbst der arme Fischer, der doch viel anderes zu tun hatte, stillhielt und horchte, wenn er des Nachts ausgefahren war, um das Fischnetz auszuwerfen, und dann die Nachtigall hörte. „Ach Gott, wie ist das schön!“, sagte er; aber er musste auf seine Sachen Acht geben und vergaß dabei den Vogel. Doch wenn dieser in der nächsten Nacht wieder sang und der Fischer dorthin kam, sagte er dasselbe: „Ach Gott, wie ist das schön!“

Aus allen Ländern der Welt kamen Reisende nach der Stadt des Kaisers und bewunderten diese, das Schloss und den Garten. Doch wenn sie die Nachtigall zu hören bekamen, sagten sie alle: „Das ist doch das Beste!“

Die Reisenden erzählten davon, wenn sie nach Hause kamen, und die Gelehrten schrieben viele Bücher über die Stadt, das Schloss und den Garten. Aber auch die Nachtigall vergaßen sie nicht: Die wurde am höchsten gestellt; und die, welche dichten konnten, schrieben die herrlichsten Gedichte über die Nachtigall im Walde bei dem tiefen See.

Die Bücher durchliefen die Welt, und einige davon kamen auch einmal zum Kaiser. Er saß in seinem goldenen Stuhle und las und las; jeden Augenblick nickte er mit dem Kopfe, denn es freute ihn, die prächtigen Beschreibungen der Stadt, des Schlosses und des Gartens zu vernehmen. „Aber die Nachtigall ist doch das Allerbeste!“, stand da geschrieben.

F.H
12

T. H
11

Da begann die Nachtigall zu schlagen.
„Das ist sie!", sagte das kleine Mädchen. „Hört! Hört!
Da sitzt sie!" – „Ist es möglich!", sagte der Kavalier.

„Was ist das?", sagte der Kaiser. „Die Nachtigall kenne ich ja gar nicht! Ist ein solcher Vogel in meinem Kaiserreiche und sogar in meinem Garten? Das habe ich nie gehört! So etwas erst aus Büchern zu erfahren!"

Und hierauf rief er seinen Kavalier. Der war so vornehm, dass, wenn jemand, der geringer als er war, mit ihm zu sprechen oder ihn nach etwas zu fragen wagte, er weiter nichts erwiderte als: „P!", und das hat nichts zu bedeuten.

„Hier soll ja ein höchst merkwürdiger Vogel sein, welcher Nachtigall genannt wird!", sagte der Kaiser. „Man sagt, dies sei das Allerbeste in meinem großen Reiche. Weshalb hat man mir nie etwas davon gesagt?"

„Ich habe ihn früher nie nennen hören!", sagte der Kavalier. „Er ist nie bei Hofe vorgestellt worden!"

„Ich will, dass er heute Abend herkommen und vor mir singen soll!", sagte der Kaiser. „Die ganze Welt weiß, was ich habe, und ich weiß es nicht!"

„Ich habe ihn früher nie nennen hören!", sagte der Kavalier. „Ich werde ihn suchen, ich werde ihn finden!"

Aber wo war der zu finden? Der Kavalier lief alle Treppen auf und nieder, durch Säle und Gänge, aber keiner von allen denen, auf die er traf, hatte von der Nachtigall sprechen hören. Und der Kavalier lief wieder zum Kaiser und sagte, dass es sicher eine Fabel von denen sein müsste, die da Bücher schrieben. „Dero Kaiserliche Majestät können gar nicht glauben, was alles geschrieben wird! Das sind Erdichtungen und etwas, was man die schwarze Kunst nennt."

„Aber das Buch, in dem ich dieses gelesen habe", sagte der Kaiser, „ist mir von dem großmächtigsten Kaiser von Japan gesandt, und es kann also keine Unwahrheit sein. Ich will die Nachtigall hören! Sie muss heute Abend hier sein! Sie hat meine höchste Gnade! Und kommt sie nicht, so soll dem ganzen Hofe auf den Leib getrampelt werden, wenn er Abendbrot gegessen hat!"

„Tsing pe!", sagte der Kavalier und lief wieder alle Treppen auf und nieder, durch alle Säle und Gänge; und der halbe Hof lief mit, denn sie wollten nicht gern auf den Leib getrampelt sein. Da gab es ein Fragen nach der merkwürdigen Nachtigall, welche die ganze Welt kannte, nur niemand bei Hofe.

Endlich trafen sie ein kleines, armes Mädchen in der Küche. Die sagte: „O Gott, die Nachtigall kenne ich gut; ja, wie kann sie singen! Jeden Abend habe ich Erlaubnis, meiner armen, kranken Mutter Überbleibsel vom Tische nach Hause zu tragen; sie wohnt unten am Strande; und wenn ich zurückgehe, müde bin und im Walde ausruhe, dann höre ich die Nachtigall singen!

Kurz, die Nachtigall machte wahrlich Glück. Sie sollte nun bei Hofe bleiben und ihr eigenes Bauer haben.

Es kommen mir dabei die Tränen in die Augen, und es ist, als ob meine Mutter mich küsste!“

„Kleine Köchin!“, sagte der Kavalier. „Ich werde dir eine Anstellung in der Küche und die Erlaubnis verschaffen, den Kaiser speisen zu sehen, wenn du uns zur Nachtigall führen kannst, denn sie ist zu heute Abend angesagt.“

Und so zogen sie alle hinaus in den Wald, wo die Nachtigall zu singen pflegte; der halbe Hof war mit. Als sie im besten Zuge waren, fing eine Kuh zu brüllen an.

„O!“, sagten die Hofjunker. „Nun haben wir sie! Das ist doch eine merkwürdige Kraft in einem so kleinen Tiere! Die habe ich sicher schon früher gehört!“

„Nein, das sind Kühe, welche brüllen!“, sagte die kleine Köchin. „Wir sind noch weit von dem Orte entfernt!“

Nun quakten die Frösche im Sumpfe.

„Herrlich!“, sagte der chinesische Hofprediger. „Nun höre ich sie; es klingt gerade wie kleine Kirchenglocken.“

„Nein, das sind Frösche!“, sagte die kleine Köchin. „Aber nun denke ich, werden wir sie bald hören!“

Da begann die Nachtigall zu schlagen.

„Das ist sie!“, sagte das kleine Mädchen. „Hört! Hört! Da sitzt sie!“ Und sie zeigte nach einem kleinen, grauen Vogel oben in den Zweigen.

„Ist es möglich!“, sagte der Kavalier. „So hätte ich sie mir nimmer gedacht! Wie sie einfach aussieht! Sie hat sicher ihre Farbe darüber verloren, dass sie so viele vornehme Menschen um sich erblickt!“

„Kleine Nachtigall!“, rief die kleine Köchin laut. „Unser gnädigster Kaiser wünscht, dass Sie vor ihm singen!“

„Mit dem größten Vergnügen!“, sagte die Nachtigall und sang dann, dass es eine Lust war.

„Es klingt gerade wie Glasglocken!“, sagte der Kavalier. „Und seht die kleine Kehle, wie sie arbeitet! Es ist merkwürdig, dass wir sie früher nie gehört haben! Sie wird großen Succès bei Hofe machen!“

„Soll ich noch einmal vor dem Kaiser singen?“, fragte die Nachtigall, welche glaubte, der Kaiser sei auch da.

„Meine vortreffliche kleine Nachtigall!“, sagte der Kavalier. „Ich habe die große Freude, Sie zu einem Hoffeste heute Abend einzuladen, wo Sie Dero Hohe Kaiserliche Gnaden mit Ihrem charmanten Gesange bezaubern werden!“

P.H

Aber wo war die? Niemand hatte bemerkt, dass sie aus dem offenen Fenster zu ihren grünen Wäldern fortgeflogen war.

„Der hört sich am besten im Grünen an!“, sagte die Nachtigall; aber sie kam doch gern mit, als sie hörte, dass es der Kaiser wünschte. Auf dem Schlosse war tüchtig aufgeputzt. Die Wände und der Fußboden, welche von Porzellan waren, glänzten im Strahle vieler Tausend Goldlampen, die prächtigsten Blumen, welche recht klingeln konnten, waren in den Gängen aufgestellt. Das war ein Laufen und ein Zugwind, und alle Glocken klingelten so, dass man sein eigenes Wort nicht hören konnte.

Mitten in den großen Saal, wo der Kaiser saß, war ein goldener Stecken gestellt, auf diesem sollte die Nachtigall sitzen. Der ganze Hof war da, und die kleine Köchin hatte die Erlaubnis erhalten, hinter der Tür zu stehen, da sie nun den Titel einer wirklichen Hofköchin bekommen hatte. Alle waren in ihrem größten Putz, und alle sahen nach dem kleinen grauen Vogel, dem der Kaiser zunickte.

Die Nachtigall sang so herrlich, dass dem Kaiser die Tränen in die Augen traten und ihm über die Wangen herniederliefen, da sang die Nachtigall noch schöner: Das ging recht zu Herzen. Der Kaiser war so froh, dass er sagte, die Nachtigall solle seinen goldenen Pantoffel um den Hals zu tragen bekommen. Aber die Nachtigall dankte, sie habe schon Belohnung genug erhalten.

„Ich habe Tränen in des Kaisers Augen gesehen, das ist mir der reichste Schatz! Eines Kaisers Tränen haben eine besondere Kraft! Gott weiß es, ich bin genug belohnt.“ Darauf sang sie wieder mit ihrer süßen herrlichen Stimme.

„Das ist die liebenswürdigste Koketterie, die ich kenne!“, sagten die Damen rings umher, und dann nahmen sie Wasser in den Mund, um zu glucken, wenn jemand mit ihnen spräche. Sie glaubten, dann auch Nachtigallen zu sein. Ja, die Lakaien und Kammermädchen ließen melden, dass auch sie zufrieden seien; das will viel sagen, denn die sind am schwersten zu befriedigen. Kurz, die Nachtigall machte wahrlich Glück.

Sie sollte nun bei Hofe bleiben, ihr eigenes Bauer und die Freiheit haben, zweimal des Tages und einmal des Nachts herauszuspazieren. Sie bekam dann zwölf Diener mit, welche ihr alle ein Seidenband um das Bein geschlungen hatten, an dem sie sie recht fest hielten. Es war durchaus kein Vergnügen bei einem solchen Ausfluge.

Die ganze Stadt sprach von dem merkwürdigen Vogel, und begegneten sich zwei, so sagte der eine nichts anderes als: „Nacht!“ – und der andere sagte: „Gall!“ Und dann seufzten sie und verstanden einander. Ja, elf

Der arme Kaiser konnte kaum atmen;
es war, als ob etwas auf seiner Brust säße; er schlug die Augen
auf, und da sah er, dass es der Tod sei.

Hökerkinder wurden nach ihr benannt; aber nicht eins von ihnen hatte einen Ton in der Kehle.

Eines Tages erhielt der Kaiser ein großes Paket, worauf geschrieben stand: „Die Nachtigall."

„Da haben wir nun ein neues Buch über unsern berühmten Vogel!", sagte der Kaiser. Aber es war kein Buch, sondern ein kleines Kunstwerk, welches in einer Schachtel lag: eine künstliche Nachtigall, die der lebenden gleichen sollte, allein überall mit Diamanten, Rubinen und Saphiren besetzt war. Sobald man den Kunstvogel aufzog, konnte er eins der Stücke, die der wirkliche Vogel sang, singen; und dann bewegte sich der Schweif auf und nieder und glänzte von Silber und Gold. Um den Hals hing ein kleines Band, darauf stand geschrieben: „Des Kaisers von Japan Nachtigall ist arm gegen die des Kaisers von China."

„Das ist herrlich!", sagten alle; und der, welcher den künstlichen Vogel gebracht hatte, erhielt sogleich den Titel „Kaiserlicher Ober-Nachtigall-Bringer".

„Nun müssen sie zusammen singen: Was wird das für ein Duett werden!"

Und so mussten sie zusammen singen; aber es wollte nicht recht passen, denn die wirkliche Nachtigall sang auf ihre Weise, und der Kunstvogel ging auf Walzen. „Der hat keine Schuld", sagte der Spielmeister, „der ist besonders taktfest und ganz nach meiner Schule!" Nun sollte der Kunstvogel allein singen. Er machte ebenso viel Glück als der wirkliche, und dann war er ja viel niedlicher anzusehen: Er glänzte wie Armbänder und Busennadeln.

Dreiunddreißig Mal sang er ein und dasselbe Stück und war doch nicht müde. Die Leute hätten ihn gern wieder aufs Neue gehört, aber der Kaiser meinte, dass nun auch die lebendige Nachtigall etwas singen solle. – Aber wo war die? Niemand hatte bemerkt, dass sie aus dem offenen Fenster zu ihren grünen Wäldern fortgeflogen war.

„Aber was ist denn das!", sagte der Kaiser. Und alle Hofleute schalten und weinten, dass die Nachtigall ein höchst undankbares Tier sei. „Den besten Vogel haben wir doch!", sagten sie, und so musste denn der Kunstvogel wieder singen, und das war das vierunddreißigste Mal, dass sie dasselbe Stück zu hören bekamen. Sie konnten es dessen ungeachtet doch nicht auswendig, es war gar zu schwer. Und der Spielmeister lobte den Vogel außerordentlich; ja, er versicherte, dass er besser als eine Nachtigall sei, nicht nur was die Kleider und die vielen herrlichen Diamanten beträfe, sondern auch innerlich.

P.H
12

„Denn sehen Sie, meine Herrschaften, der Kaiser vor allen! Bei der wirklichen Nachtigall kann man nie berechnen, was da kommen wird; aber bei dem Kunstvogel ist alles bestimmt! Man kann es erklären, man kann ihn öffnen und dem Menschen begreiflich machen, wie die Walzen liegen, wie sie gehen, und wie das eine aus dem andern folgt!"

„Das sind auch unsere Gedanken!", sagten alle, und der Spielmeister erhielt die Erlaubnis, am nächsten Sonntage den Vogel dem Volke vorzuzeigen. Es sollte ihn auch singen hören, befahl der Kaiser. Und es hörte ihn; und es wurde so vergnügt, als ob es sich in Tee berauscht hätte, denn das ist chinesisch; da sagten alle: „Oh!", und hielten den Zeigefinger in die Höhe und nickten dazu. Die armen Fischer jedoch, welche die wirkliche Nachtigall gehört hatten, sagten: „Das klingt hübsch genug; die Melodien gleichen sich auch; aber es fehlt etwas, ich weiß nicht was!"

Die wirkliche Nachtigall wurde aus dem Lande und Reiche verwiesen.

Der Kunstvogel hatte seinen Platz auf einem Seidenkissen dicht bei des Kaisers Bette; alle die Geschenke, welche er erhalten, Gold und Edelsteine, lagen rings um ihn her, und im Titel war er zu einem „Hochkaiserlichen Nachttisch-Sänger" gestiegen, im Range bis Nummer eins zur linken Seite. Denn der Kaiser rechnete die Seite für die vornehmste, auf der das Herz saß, und das Herz sitzt auch bei einem Kaiser links. Und der Spielmeister schrieb ein Werk von fünfundzwanzig Bänden über den Kunstvogel; das war so gelehrt und so lang, voll von den allerschwersten chinesischen Wörtern, dass alle Leute sagten, sie hätten es gelesen und verstanden, denn sonst wären sie ja dumm gewesen und wären auf den Leib getrampelt worden.

So ging es ein ganzes Jahr. Der Kaiser, der Hof und alle die andern Chinesen konnten jeden Gluck in des Kunstvogels Gesange auswendig. Aber gerade deshalb gefiel er ihnen jetzt am allerbesten: Sie konnten selbst mitsingen, und das taten sie auch. Die Straßenbuben sangen: „Zizizi! Gluckgluckgluck!", und der Kaiser sang es ebenfalls. Ja, das war gewiss prächtig!

Eines Abends jedoch, als der Kunstvogel am besten sang und der Kaiser im Bette lag und darauf hörte, sagte es inwendig im Vogel „Schwupp". Da sprang etwas! „Schnurrrr!" Alle Räder liefen herum, und dann stand die Musik still.

Der Kaiser sprang gleich aus dem Bette und ließ seinen Leibarzt rufen, aber was konnte der helfen! Dann ließen sie den Uhrmacher holen, und nach vielem Sprechen und Nachsehen bekam er den Vogel etwas in Ordnung; aber er sagte,

dass er geschont werden müsse, denn die Zapfen seien abgenutzt, und es wäre unmöglich, neue so einzusetzen, dass die Musik sicher ginge. Nun war eine große Trauer! Nur einmal des Jahres durfte man den Kunstvogel singen lassen, und das war schon fast zu viel. Aber dann hielt der Spielmeister eine kleine Rede voll inhaltsschwerer Worte und sagte, dass es ebenso gut sei wie früher; dann war es ebenso gut wie früher.

Jetzt waren fünf Jahre vergangen, und das Land bekam eine große Trauer. Die Chinesen hielten im Grunde alle auf ihren Kaiser, und jetzt war er krank und konnte nicht lange mehr leben, sagte man. Schon war ein neuer Kaiser gewählt, und das Volk stand draußen auf der Straße und fragte den Kavalier, wie es ihrem alten Kaiser ginge.

„P!", sagte er und schüttelte mit dem Kopfe.

Kalt und bleich lag der Kaiser in seinem großen prächtigen Bette; der ganze Hof glaubte ihn tot, und ein jeder von ihnen lief hin, den neuen Kaiser zu begrüßen. Die Kammerdiener liefen hinaus, um darüber zu schwatzen, und die Kammermädchen hatten große Kaffeegesellschaft. Ringsumher in alle Säle und Gänge war Tuch gelegt, damit man keinen Fußtritt vernehme, und deshalb war es da still, ganz still! Aber der Kaiser war noch nicht tot; steif und bleich lag er in dem prächtigen Bette mit den langen Sammetgardinen und den schweren Goldquasten; hoch oben stand ein Fenster offen, und der Mond schien herein auf den Kaiser und den Kunstvogel.

Der arme Kaiser konnte kaum atmen; es war, als ob etwas auf seiner Brust säße; er schlug die Augen auf, und da sah er, dass es der Tod sei, der auf seiner Brust saß und sich seine goldene Krone aufgesetzt hatte und in der einen Hand des Kaisers goldenen Säbel, in der andern seine prächtige Fahne hielt. Und ringsumher aus den Falten der großen, samtnen Bettgardinen sahen wunderbare Köpfe hervor: einige hässlich, andere lieblich und mild. Das waren alle des Kaisers böse und gute Taten, welche ihn anblickten, jetzt da der Tod ihm auf dem Herzen saß.

„Entsinnest du dich dieses?", flüsterte einer nach dem andern.

„Erinnerst du dich dessen?" Und dann erzählten sie ihm so viel, dass ihm der Schweiß von der Stirne rann.

„Das habe ich nicht gewusst!", sagte der Kaiser. „Musik! Musik! Die große chinesische Trommel", rief er, „damit ich nicht alles zu hören brauche, was sie sagen!"

Und sie fuhren fort, und der Tod nickte wie ein Chinese zu allem, was gesagt wurde.

„Musik, Musik!“, schrie der Kaiser. „Du kleiner herrlicher Goldvogel! Singe doch, singe! Ich habe dir ja Gold und Kostbarkeiten gegeben; ich habe dir selbst meinen goldenen Pantoffel um den Hals gehängt. Singe doch, singe!“

Der Vogel aber stand still; es war niemand da, ihn aufzuziehen, und sonst sang er nicht; aber der Tod fuhr fort, den Kaiser mit seinen großen, hohlen Augen anzustarren; und still war es, schrecklich still!

Da klang auf einmal vom Fenster her der herrlichste Gesang: Es war die kleine, lebende Nachtigall, welche auf einem Zweige draußen saß. Sie hatte von der Not ihres Kaisers gehört und war deshalb gekommen, ihm Trost und Hoffnung zu singen. Und wie sie sang, wurden die Gespenster immer bleicher und bleicher, das Blut kam immer rascher und rascher in des Kaisers schwachen Gliedern in Bewegung, und selbst der Tod horchte und sagte: „Fahre fort, kleine Nachtigall! Fahre fort!“

„Ja, willst du mir den prächtigen goldenen Säbel geben? Willst du mir die reiche Fahne geben? Willst du mir des Kaisers Krone geben?“

Und der Tod gab jedes Kleinod für einen Gesang, und die Nachtigall fuhr noch fort zu singen; sie sang von dem stillen Gottesacker, wo die weißen Rosen wachsen, wo der Flieder duftet und wo das frische Gras von den Tränen der Überlebenden befeuchtet wird. Da bekam der Tod Sehnsucht nach seinem Garten und schwebte wie ein kalter, weißer Nebel aus dem Fenster.

„Dank, Dank!“, sagte der Kaiser. „Du himmlischer, kleiner Vogel! Ich kenne dich wohl! Dich habe ich aus meinem Lande und Reiche gejagt! Und doch hast du die bösen Gesichter von meinem Bette weggesungen, den Tod von meinem Herzen weggeschafft! Wie kann ich dir lohnen?“

„Du hast mich belohnt!“, sagte die Nachtigall. „Ich habe deinen Augen Tränen entlockt, als ich das erste Mal sang: Das vergesse ich nie! Das sind Juwelen, die ein Sängerherz erfreuen! – Aber schlafe nun und werde wieder frisch und stark! Ich werde dir etwas vorsingen!“

Und sie sang – und der Kaiser fiel in einen süßen Schlummer. Ach! Wie mild und wohltuend war der Schlaf!

Die Sonne schien durch die Fenster zu ihm herein, als er gestärkt und gesund erwachte. Keiner von seinen Dienern war noch zurückgekehrt, denn sie glaubten, er sei tot; nur die Nachtigall saß noch bei ihm und sang.

„Ich liebe dein Herz mehr als deine Krone,
und doch hat die Krone einen Duft von etwas
Heiligtum um sich!"

„Immer musst du bei mir bleiben!", sagte der Kaiser. „Du sollst nun singen, wenn du selbst willst, und den Kunstvogel schlage ich in tausend Stücke."

„Tue das nicht!", sagte die Nachtigall. „Der hat ja Gutes getan, so lange er konnte! Behalte ihn wie bisher! Ich kann im Schlosse nicht mein Nest bauen und bewohnen; aber lass mich kommen, wenn ich selbst Lust habe: Da will ich des Abends auf dem Zweige dort beim Fenster sitzen und dir etwas vorsingen, damit du froh werden kannst und gedankenvoll zugleich! Ich werde von den Glücklichen singen und von denen, die da leiden! Ich werde vom Bösen und vom Guten singen, was rings um dich her verborgen bleibt! Der kleine Singvogel fliegt weit umher, zu dem armen Fischer, zu des Landmanns Dach, zu jedem, der weit von dir und deinem Hofe entfernt ist! Ich liebe dein Herz mehr als deine Krone, und doch hat die Krone einen Duft von etwas Heiligtum um sich! – Ich komme, ich singe dir etwas vor! – Aber eins musst du mir versprechen."

„Alles!", sagte der Kaiser und stand da in seiner kaiserlichen Tracht, die er selbst angelegt hatte, und drückte den Säbel, welcher schwer von Gold war, an sein Herz.

„Um eins bitte ich dich! Erzähle niemand, dass du einen kleinen Vogel hast, der dir alles sagt; dann wird es noch besser gehen!"

Da flog die Nachtigall fort.

Die Diener kamen herein, um nach ihrem toten Kaiser zu sehen – ja, da standen sie, und der Kaiser sagte: „Guten Morgen!"

Der Schweinehirt

Dieses Märchen von 1841 über einen Prinzen, der einer verwöhnten Prinzessin den Hof macht, zeigt Andersen von seiner witzigsten und verspieltesten Seite. Es geht zurück auf eine der vielen mündlichen Überlieferungen jahrhundertealter Märchen, die Andersens Kindheit im vorindustriellen Dänemark prägten. Seinen eigenen Worten nach hörte er die Geschichte zum ersten Mal in einer Version, „die zu wiederholen der Anstand verbietet". Das Motiv des vergeblichen Werbens um eine Frau ist so alt wie die Dichtung selbst und wurde unter anderem von Shakespeare in *Der Widerspenstigen Zähmung* (1592) aufgegriffen. Eingeflochten in Andersens augenzwinkernde Version finden sich Lektionen aus dem wirklichen Leben: Die Oberflächlichkeit der Prinzessin macht sie blind für wahre Werte, etwa die Kostbarkeit einer Rose oder den schönen Gesang einer Nachtigall (ein Thema, mit dem sich zwei Jahre später das Märchen „Die Nachtigall" eingehend befasst). Andersen selbst empfand die Anerkennung, die ihm mit zunehmender Bekanntheit von königlicher Seite zuteil wurde, zwar als Bestätigung, hatte aber keine Skrupel, sich über unverdiente Privilegien und königliche Ignoranz lustig zu machen. In der Tat lassen seine Märchen reichlich Raum für Interpretationen: Schöpft er Genugtuung aus dem Ende – der Zurückweisung der Prinzessin als Stellvertreterin all der Frauen in Andersens Leben, die seine Liebe nicht erwiderten, wie manche Historiker vermuten? Oder prangert er auch den Prinzen an, der meint, die Prinzessin würde ihn wegen seines berühmten Namens und einiger Geschenke heiraten? Andersen überlässt das Urteil dem Leser. – ND

Illustrationen von Einar Nerman, Schweden, 1912

Nun war es freilich etwas keck von ihm, dass er zur Tochter des Kaisers zu sagen wagte: „Willst du mich haben?“ Aber er wagte es doch.

Es war einmal ein armer Prinz; er hatte ein Königreich, welches ganz klein war; aber es war immer groß genug, um darauf zu heiraten, und verheiraten wollte er sich.

Nun war es freilich etwas keck von ihm, dass er zur Tochter des Kaisers zu sagen wagte: „Willst du mich haben?“ Aber er wagte es doch, denn sein Name war weit und breit berühmt; es gab Hunderte von Prinzessinnen, die gern Ja gesagt hätten, aber ob sie es wohl tun würde?

Nun, wir wollen sehen.

Auf dem Grabe des Vaters des Prinzen war ein Rosenstrauch, ein gar herrlicher Rosenstrauch! Der blühte nur jedes fünfte Jahr, und auch dann trug er nur eine einzige Rose; aber was für eine Rose! Die duftete so süß, dass man alle seine Sorge und seinen Kummer vergaß, wenn man daran roch. Und dann hatte er eine Nachtigall, die konnte singen, als ob alle schönen Melodien in ihrer kleinen Kehle säßen. Diese Rose und diese Nachtigall sollte die Prinzessin haben; und deshalb wurden sie beide in große Silberbehälter gesetzt und so ihr zugesandt.

Der Kaiser ließ sie vor sich her in den großen Saal tragen, wo die Prinzessin war und „Es kommt Besuch“ mit ihren Hofdamen spielte; und als sie die großen Behälter mit den Geschenken darin erblickte, klatschte sie vor Freude in die Hände.

„Wenn es doch eine kleine Miezekatze wäre!“, sagte sie. – Aber da kam der Rosenstrauch mit der herrlichen Rose hervor.

„Nein, wie ist die niedlich gemacht!“, sagten alle Hofdamen.

„Sie ist mehr als niedlich“, sagte der Kaiser, „sie ist charmant!“

Aber die Prinzessin befühlte sie, und da war sie nahe daran zu weinen.

„Pfui, Papa!“, sagte sie. „Sie ist nicht künstlich, sie ist natürlich!“

„Pfui!“, sagten alle Hofdamen. „Sie ist natürlich!“

„Lasst uns erst sehen, was in dem andern Behälter ist, ehe wir böse werden“, meinte der Kaiser; und da kam die Nachtigall heraus; die sang so schön, dass man nicht gleich etwas Böses gegen sie vorzubringen wusste.

„Superbe! Charmant!“, sagten die Hofdamen, denn sie plauderten alle französisch, eine immer ärger als die andere.

„Wie der Vogel mich an die Spieldose der seligen Kaiserin erinnert“, sagte ein alter Kavalier, „ach, das ist ganz derselbe Ton, derselbe Vortrag!“

Aber den ganzen Tag saß er und arbeitete,
und als es Abend war, hatte er einen niedlichen, kleinen Topf
gemacht; rings um denselben waren Schellen.

„Ja", sagte der Kaiser, und dann weinte er wie ein kleines Kind.

„Es wird doch hoffentlich kein natürlicher sein?", sagte die Prinzessin.

„Ja, es ist ein natürlicher Vogel", sagten die, welche ihn gebracht hatten.

„So lasst den Vogel fliegen", sagte die Prinzessin, und sie wollte auf keine Weise gestatten, dass der Prinz käme. Aber der ließ sich nicht einschüchtern: Er bemalte sich das Antlitz mit Braun und Schwarz, zog die Mütze tief über den Kopf und klopfte an.

„Guten Tag, Kaiser!", sagte er. „Könnte ich nicht hier auf dem Schlosse einen Dienst bekommen?"

„Ja", sagte der Kaiser, „es sind aber so sehr viele, die um Anstellung bitten, ich weiß daher nicht, ob es sich machen wird, ich werde aber an dich denken. Doch, da fällt mir eben ein, ich brauche jemanden, der die Schweine hüten kann, denn deren haben wir viele, sehr viele."

Und der Prinz wurde angestellt als kaiserlicher Schweinehirt. Er bekam eine jämmerlich kleine Kammer unten beim Schweinekoben, und hier musste er bleiben; aber den ganzen Tag saß er und arbeitete, und als es Abend war, hatte er einen niedlichen, kleinen Topf gemacht; rings um denselben waren Schellen, und sobald der Topf kochte, klingelten sie aufs Schönste und spielten die alte Melodie:

„Ach, du lieber Augustin,
Alles ist hin, hin, hin!"

Aber das Allerkünstlichste war doch, dass man, wenn man den Finger in den Dampf des Topfes hielt, sogleich riechen konnte, welche Speisen auf jedem Feuerherd in der Stadt zubereitet wurden. Das war wahrlich etwas ganz anderes als die Rose.

Nun kam die Prinzessin mit allen ihren Hofdamen daherspaziert, und als sie die Melodie hörte, blieb sie stehen und sah ganz erfreut aus; denn sie konnte auch „Ach, du lieber Augustin" spielen; es war die einzige Melodie, die sie konnte, aber die spielte sie mit einem Finger.

„Das ist ja das, was ich kann!", sagte sie. „Es muss ein gebildeter Schweinehirt sein! Höre, geh hinunter und frage ihn, was das Instrument kosten soll."

Und da musste eine der Hofdamen hinuntergehen; aber sie zog Holzpantoffeln an.

„Was willst du für den Topf haben?", fragte die Hofdame.

„Ich will zehn Küsse von der Prinzessin haben", sagte der Schweinehirt.

„Was willst du für den Topf haben?“, fragte die Hofdame. „Ich will zehn Küsse von der Prinzessin haben, für weniger tue ich es nicht“, sagte der Schweinehirt.

Und die Hofdamen stellten sich davor, und dann breiteten sie ihre Kleider aus, alsdann bekam der Schweinehirt zehn Küsse, und sie erhielt den Topf.

„Gott bewahre!“, sagte die Hofdame.

„Ja, für weniger tue ich es nicht“, antwortete der Schweinehirt.

„Nun, was antwortete er?“, sagte die Prinzessin.

„Das kann ich gar nicht sagen“, erwiderte die Hofdame.

„Ei, so kannst du es mir ins Ohr flüstern.“

„Er ist unartig!“, sagte die Prinzessin, und dann ging sie. – Aber als sie ein kleines Stück gegangen war, erklangen die Schellen so lieblich:

„Ach, du lieber Augustin,
Alles ist hin, hin, hin!“

„Höre“, sagte die Prinzessin, „frage ihn, ob er zehn Küsse von meinen Hofdamen haben will!“

„Ich danke schön“, sagte der Schweinehirt, „zehn Küsse von der Prinzessin, oder ich behalte meinen Topf.“

„Das ist doch langweilig!“, sagte die Prinzessin. „Aber dann müsst ihr euch vor mich stellen, damit es niemand sieht.“

Und die Hofdamen stellten sich davor, und dann breiteten sie ihre Kleider aus, alsdann bekam der Schweinehirt zehn Küsse, und sie erhielt den Topf.

Nun, das war eine Freude! Den ganzen Abend und den ganzen Tag musste der Topf kochen; es gab nicht einen Feuerherd in der ganzen Stadt, von dem sie nicht wussten, was darauf gekocht wurde, sowohl beim Kammerherrn wie beim Schuhmacher. Die Hofdamen tanzten und klatschten in die Hände.

„Wir wissen, wer Suppe und Eierkuchen essen wird; wir wissen, wer Grütze und Karbonade bekommt; wie ist das doch interessant!“

„Sehr interessant!“, sagte die Oberhofmeisterin.

*„Packt euch!“, sagte der Kaiser, denn er war sehr böse.
Und sowohl die Prinzessin als der Schweinehirt wurden
aus seinem Kaiserreiche hinausgestoßen.*

„Ja, aber haltet reinen Mund, denn ich bin des Kaisers Tochter.“

„Jawohl, das versteht sich!“, sagten alle.

Der Schweinehirt, das heißt der Prinz – aber sie wussten es ja nicht anders, als dass er ein wirklicher Schweinehirt sei –, ließ keinen Tag verstreichen, ohne etwas zu tun, und so machte er eine Knarre, wenn man die herumschwang, erklangen alle die Walzer, Hopser und Polkas, die man seit Erschaffung der Welt gekannt hat.

„Aber das ist superbe!“, sagte die Prinzessin, indem sie vorbeiging. „Ich habe nie eine schönere Komposition gehört. Höre, gehe hinunter und frage ihn, was das Instrument kosten soll; aber ich küsse ihn nicht wieder.“

„Er will hundert Küsse von der Prinzessin haben“, sagte die Hofdame, welche hinuntergangen war, um zu fragen.

„Ich glaube, er ist verrückt!“, sagte die Prinzessin, und dann ging sie; aber als sie ein kleines Stück gegangen war, blieb sie stehen. „Man muss zur Kunst aufmuntern“, sagte sie. „Ich bin des Kaisers Tochter! Sage ihm, er solle, wie neulich, zehn Küsse haben; den Rest kann er von meinen Hofdamen bekommen.“

„Ach, aber wir tun es so ungern!“, sagten die Hofdamen.

„Das ist Geschwätz“, sagte die Prinzessin, „und wenn ich ihn küssen kann, so könnt ihr es auch. Bedenkt, ich gebe euch Kost und Lohn!“ Und nun mussten die Hofdamen wieder zu ihm hinunter.

„Hundert Küsse von der Prinzessin“, sagte er, „oder jeder behält das Seine.“

„Stellt euch vor uns“, sagte sie alsdann, und da stellten alle Hofdamen sich davor, und nun küsste er die Prinzessin.

„Was mag das wohl für ein Auflauf beim Schweinekoben sein?“, fragte der Kaiser, welcher auf den Balkon hinausgetreten war. Er rieb sich die Augen und setzte die Brille auf. „Das sind ja die Hofdamen, die da ihr Wesen treiben; ich werde wohl zu ihnen hinuntermüssen.“ – Und so zog er seine Hausschuhe hinten herauf, denn es waren Schuhe, die er zu Pantoffeln niedergetreten hatte.

Potz Wetter, wie er sich sputete!

Sobald er in den Hof hinunterkam, ging er ganz leise, und die Hofdamen hatten so viel damit zu tun, die Küsse zu zählen, damit es ehrlich zugehe, dass sie den Kaiser gar nicht bemerkten. Er erhob sich auf den Zehen.

„Was ist das?“, sagte er, als er sah, dass sie sich küssten, und dann schlug er sie mit einem seiner Pantoffeln an die Köpfe, gerade als der Schweinehirt den sechsundachtzigsten Kuss erhielt.

Da stand sie nun und der Regen strömte hernieder.
„Ach, ich elendes Geschöpf", sagte die Prinzessin,
„hätte ich doch den schönen Prinzen genommen.
Ach, wie unglücklich bin ich!"

„Packt euch!", sagte der Kaiser, denn er war böse. Und sowohl die Prinzessin als der Schweinehirt wurden aus seinem Kaiserreiche hinausgestoßen.

Da stand sie nun und weinte, der Schweinehirt schalt, und der Regen strömte hernieder.

„Ach, ich elendes Geschöpf", sagte die Prinzessin, „hätte ich doch den schönen Prinzen genommen. Ach, wie unglücklich bin ich!"

Und der Schweinehirt ging hinter einen Baum, wischte das Schwarze und Braune aus seinem Gesicht, warf die schlechten Kleider von sich und trat nun in seiner Prinzentracht hervor, so schön, dass die Prinzessin sich verneigen musste.

„Ich bin nun dahin gekommen, dass ich dich verachte", sagte er. „Du wolltest keinen ehrlichen Prinzen haben; du verstandest dich nicht auf die Rose und die Nachtigall; aber den Schweinehirten konntest du für eine Spielerei küssen, das hast du nun dafür!"

Und dann ging er in sein Königreich und machte ihr die Tür vor der Nase zu. Da konnte sie draußen stehen und singen:

„Ach, du lieber Augustin,
Alles ist hin, hin, hin!"

Des Kaisers neue Kleider

1837 war für Andersen ein ereignisreiches Jahr, in dem er neben „Die kleine Seejungfer“ auch diese berühmte Satire veröffentlichte, in der ein Kaiser sich von Betrügern beschwatzen lässt, unsichtbare Kleider zu tragen. Wie in „Der Schweinehirt“ nimmt Andersen auch hier die Eitelkeit, Verlogenheit und Unfähigkeit der adeligen Klasse aufs Korn. Als Vorlage für dieses weltweit geschätzte Märchen gilt eine spanische Erzählung aus dem Mittelalter, die von einem maurischen König handelt, doch nach Ansicht einiger Historiker datiert das Thema selbst aus dem zweiten Jahrhundert vor Christus. Das Märchen stellt auf humorvolle Weise den Pomp und Prunk eines großspurigen Königs und seiner kriecherischen Berater an den Pranger. Doch damit nicht genug: Gerade als Andersens jüngstes Werk in Druck gehen sollte, fügte er ein neues Ende ein. Ein kleines Kind, das nichts von dem Schwindel weiß, bringt den Streich der Betrüger und die Torheit des nackten Kaisers ans Licht. Mit diesem neuen Schluss sind nun drei Generationen im Spiel: Der Kaiser als der Älteste hat Macht und Status, die Gauner sind gerissen, aber das Kind spricht die Wahrheit. Egal wie raffiniert die List oder wie groß die ausgeübte Macht, die jüngste Generation wird sich immer durchsetzen. Dieses Ende steht als klassisches Beispiel für Andersens Überzeugung, dass Kinder der Wahrheit am nächsten sind. – ND

Illustrationen von Harry Clarke,
Irland, 1916

Aber der Minister konnte nichts sehen,
denn es war nichts da. „Herrgott!", dachte er.
„Sollte ich dumm sein?"

Vor vielen Jahren lebte ein Kaiser, der so ungeheuer viel auf neue Kleider hielt, dass er all sein Geld dafür ausgab, um recht geputzt zu sein. Er kümmerte sich nicht um seine Soldaten, kümmerte sich nicht um das Theater und liebte es nur, spazieren zu fahren, um seine neuen Kleider zu zeigen. Er hatte einen Rock für jede Stunde des Tages, und ebenso, wie man von einem Könige sagt, er ist im Rate, sagte man hier immer: „Der Kaiser ist in der Garderobe!"

In der großen Stadt, in welcher er wohnte, ging es sehr munter zu; an jedem Tage trafen viele Fremde daselbst ein. Eines Tages kamen auch zwei Betrüger an; sie gaben sich für Weber aus und sagten, dass sie das schönste Zeug, das man sich denken könne, zu weben verständen. Die Farben und das Muster wären nicht allein ungewöhnlich schön, sondern die Kleider, die von dem Zeuge genäht würden, besäßen die wunderbare Eigenschaft, dass sie für jeden Menschen unsichtbar wären, der nicht für sein Amt tauge oder der unverzeihlich dumm sei.

„Das wären ja prächtige Kleider", dachte der Kaiser, „wenn ich die anhätte, könnte ich ja dahinterkommen, welche Männer in meinem Reiche zu dem Amte, das sie haben, nicht taugen; ich könnte die Klugen von den Dummen unterscheiden! Ja, das Zeug muss sogleich für mich gewebt werden!" Und er gab den beiden Betrügern viel Handgeld, damit sie ihre Arbeit beginnen möchten.

Sie stellten auch zwei Webstühle auf und taten, als ob sie arbeiteten; aber sie hatten nicht das Geringste auf dem Stuhle. Frischweg verlangten sie die feinste Seide und das prächtigste Gold, das steckten sie in ihre eigenen Taschen und arbeiteten an den leeren Stühlen bis spät in die Nacht hinein.

„Ich möchte doch wohl wissen, wie weit sie mit dem Zeuge sind!", dachte der Kaiser. Aber es war ihm ordentlich beklommen zumute, wenn er daran dachte, dass derjenige, welcher dumm sei oder nicht zu seinem Amte tauge, es nicht sehen könne. Nun glaubte er zwar, dass er für sich selbst nichts zu fürchten habe, aber er wollte doch erst einen andern senden, um zu sehen, wie es damit stände. Alle Menschen in der ganzen Stadt wussten, welche besondere Kraft das Zeug habe, und alle waren begierig zu sehen, wie schlecht oder dumm ihr Nachbar sei.

„Ich will meinen alten, ehrlichen Minister zu den Webern senden!", dachte der Kaiser. „Er kann am besten beurteilen, wie das Zeug sich ausnimmt, denn er hat Verstand, und keiner versteht sein Amt besser als er!"

HARRY CLARKE

„Ist das nicht ein hübsches Stück Zeug?“,
fragten die beiden Betrüger und zeigten und erklärten
das prächtige Muster, welches gar nicht da war.

Nun ging der alte, gute Minister in den Saal hinein, wo die zwei Betrüger saßen und an den leeren Webstühlen arbeiteten. „Gott behüte uns!“, dachte der alte Minister und riss die Augen auf. „Ich kann ja nichts erblicken!“ Aber das sagte er nicht.

Beide Betrüger baten ihn, gefälligst näher zu treten, und fragten, ob es nicht ein hübsches Muster und schöne Farben seien. Dann zeigten sie auf den leeren Webstuhl, und der arme, alte Minister fuhr fort, die Augen aufzureißen, aber er konnte nichts sehen, denn es war nichts da. „Herrgott!“, dachte er. „Sollte ich dumm sein? Das habe ich nie geglaubt, und das darf kein Mensch wissen! Sollte ich nicht zu meinem Amte taugen? Nein, es geht nicht an, dass ich erzähle, ich könnte das Zeug nicht sehen!“

„Nun, Sie sagen nichts dazu?“, fragte der eine, der da webte.

„O, es ist niedlich, ganz allerliebst!“, antwortete der alte Minister und sah durch seine Brille. „Dieses Muster und diese Farben! – Ja, ich werde dem Kaiser sagen, dass es mir sehr gefällt.“

„Nun, das freut uns!“, sagten beide Weber, und darauf nannten sie die Farben mit Namen und erklärten das seltsame Muster. Der alte Minister passte gut auf, damit er dasselbe sagen könnte, wenn er zum Kaiser zurückkäme, und das tat er.

Jetzt verlangten die Betrüger mehr Geld, mehr Seide und mehr Gold, das sie zum Weben gebrauchen wollten. Sie steckten alles in ihre eigenen Taschen, auf den Webstuhl kam kein Faden, aber sie fuhren fort, wie bisher an dem leeren Webstuhle zu arbeiten.

Der Kaiser sendete bald wieder einen andern ehrlichen Staatsmann hin, um zu sehen, wie es mit dem Weben stände und ob das Zeug bald fertig sei. Es ging ihm gerade wie dem ersten, er sah und sah, weil aber außer dem leeren Webstuhle nichts da war, so konnte er nichts sehen.

„Ist das nicht ein hübsches Stück Zeug?“, fragten die beiden Betrüger und zeigten und erklärten das prächtige Muster, welches gar nicht da war.

„Dumm bin ich nicht!“, dachte der Mann. „Es ist also mein gutes Amt, zu dem ich nicht tauge. Es ist komisch genug, aber das muss man sich nicht merken lassen!“, und so lobte er das Zeug, welches er nicht sah, und versicherte ihnen seine Freude über die schönen Farben und das herrliche Muster. „Ja, es ist ganz allerliebst!“, sagte er zum Kaiser.

Alle Menschen in der Stadt sprachen von dem prächtigen Zeuge.

Nun wollte der Kaiser es selbst sehen, während es noch auf dem Webstuhle sei. Mit einer ganzen Schar auserwählter Männer, unter denen auch die beiden ehrlichen Staatsmänner waren, die schon früher dort gewesen, ging er zu den beiden listigen Betrügern hin, die nun aus allen Kräften webten, aber ohne Faser und Faden.

„Ist das nicht prächtig?“, sagten die beiden alten Staatsmänner, die schon einmal da gewesen waren. „Sehen Euer Majestät, welches Muster, welche Farben!“ Und dann zeigten sie auf den leeren Webstuhl, denn sie glaubten, dass die andern das Zeug wohl sehen könnten.

„Was!“, dachte der Kaiser. „Ich sehe gar nichts! Das ist ja schrecklich! Bin ich dumm? Tauge ich nicht dazu, Kaiser zu sein? Das wäre das Schrecklichste, was mir begegnen könnte.“ – „O, es ist sehr hübsch!“, sagte er. „Es hat meinen allerhöchsten Beifall!“ Und er nickte zufrieden und betrachtete den leeren Webstuhl, denn er wollte nicht sagen, dass er nichts sehen könne. Das ganze Gefolge, das er bei sich hatte, sah und sah und bekam nicht mehr heraus als alle die andern, aber sie sagten wie der Kaiser: „O, das ist hübsch!“ Und sie rieten ihm, diese neuen, prächtigen Kleider das erste Mal bei der großen Prozession, die bevorstand, zu tragen. „Es ist herrlich, niedlich, exzellent!“, ging es von Mund zu Mund; man schien allerseits innig erfreut darüber, und der Kaiser verlieh den Betrügern den Titel „Kaiserliche Hofweber“.

Die ganze Nacht vor dem Morgen, an dem die Prozession stattfinden sollte, waren die Betrüger auf und hatten über sechzehn Lichter angezündet. Die Leute konnten sehen, dass sie stark beschäftigt waren, des Kaisers neue Kleider fertig zu machen. Sie taten, als ob sie das Zeug von dem Webstuhle nähmen, sie schnitten mit großen Scheren in die Luft, sie nähten mit Nähnadeln ohne Faden und sagten zuletzt: „Nun sind die Kleider fertig!“

Der Kaiser kam mit seinen vornehmsten Kavalieren selbst dahin, und beide Betrüger hoben den einen Arm in die Höhe, gerade als ob sie etwas hielten, und sagten: „Seht, hier sind die Beinkleider! Hier ist der Rock! Hier der

„Ei, wie gut sie kleiden! Wie herrlich sie sitzen!“,
sagten alle. „Welches Muster, welche Farben!
Das ist eine köstliche Tracht!“

Mantel!“, und so weiter. „Es ist so leicht wie Spinngewebe, man sollte glauben, man habe nichts auf dem Leibe, aber das ist gerade die Schönheit davon!“

„Ja!“, sagten alle Kavaliere; aber sie konnten nichts sehen, denn es war nichts da.

„Belieben Euer Kaiserliche Majestät jetzt Ihre Kleider allergnädigst auszuziehen“, sagten die Betrüger, „so wollen wir Ihnen die neuen anziehen, hier vor dem großen Spiegel!“

Der Kaiser legte alle seine Kleider ab, und die Betrüger stellten sich, als ob sie ihm jedes Stück der neuen Kleider anzögen, welche fertig wären; und der Kaiser wendete sich und drehte sich vor dem Spiegel.

„Ei, wie gut sie kleiden! Wie herrlich sie sitzen!“, sagten alle.

„Welches Muster, welche Farben! Das ist eine köstliche Tracht!“

„Draußen stehen sie mit dem Thronhimmel, welcher über Euer Majestät in der Prozession getragen werden soll“, meldete der Oberzeremonienmeister.

„Seht, ich bin fertig!“, sagte der Kaiser. „Sitzt es nicht gut?“ Und dann wendete er sich nochmals zu dem Spiegel, denn es sollte scheinen, als ob er seinen Schmuck recht betrachte.

Die Kammerherren, welche die Schleppe tragen sollten, griffen mit den Händen nach dem Fußboden, gerade als ob sie die Schleppe aufhöben; sie gingen und taten, wie wenn sie etwas in der Luft hielten; sie wagten nicht, es sich merken zu lassen, dass sie nichts sehen konnten.

So ging der Kaiser in Prozession unter dem prächtigen Thronhimmel, und alle Menschen auf der Straße und in den Fenstern sprachen: „Gott, wie sind des Kaisers neue Kleider unvergleichlich; welche Schleppe der am Kleide hat, wie schön das sitzt!“ Keiner wollte es sich merken lassen, dass er nichts sehe, denn dann hätte er ja nicht zu seinem Amte getaugt oder wäre sehr dumm gewesen. Keine Kleider des Kaisers hatten solches Glück gemacht wie diese.

„Aber er hat ja nichts an!“, sagte endlich ein kleines Kind. „Herrgott, hört des Unschuldigen Stimme!“, sagte der Vater; und der eine zischelte dem andern zu, was das Kind gesagt hatte.

„Aber er hat ja nichts an!“, rief zuletzt das ganze Volk. Das ergriff den Kaiser, denn es schien ihm, als hätten sie recht, aber er dachte bei sich: „Nun muss ich die Prozession aushalten.“ Und die Kammerherren gingen noch straffer und trugen die Schleppe, die gar nicht da war.

Zwölf mit der Post

Klassische Märchen beginnen oft mit den Worten „Es war einmal ..." – eine Konvention, die Andersen in dieser 1861 erschienenen, herrlich fantasievollen Geschichte über die Zukunft auf den Kopf stellt. Zu einer Neujahrsfeier, die in ihrer ausgelassenen Stimmung an die alljährliche Weihnachtsfeier des Mr. Fezziwig in Charles Dickens' *Eine Weihnachtsgeschichte* (1843) erinnert, treffen als rätselhafte Gäste die zwölf Monate des Jahres ein, gekleidet je nach ihrer Jahreszeit. Auch diese unheimlichen Reisenden gemahnen an Dickens' Erzählung und deren Geister der vergangenen, diesjährigen und zukünftigen Weihnacht. Sie verkörpern den Kreislauf des Lebens und das mögliche Glück und Unglück, das ein Jahr mit sich bringen kann. Tatsächlich war Andersen mit Dickens bekannt. Er besuchte ihn 1857 in England, blieb allerdings statt geplanter zwei ganze fünf Wochen zu Gast. Er selbst schien sich der Störung nicht bewusst zu sein, hörte danach aber nie wieder von Dickens. Andersen war ein für seine Zeit vielgereister Mann. Die erste der insgesamt 30 Reisen, die er in seinem Leben unternahm, führte ihn als 14-Jährigen nach Kopenhagen, wo er hoffte, zu Ruhm und Reichtum zu kommen. Damals wie auch später häufig fuhr er mit der Postkutsche – dem schnellsten und zuverlässigsten Fortbewegungsmittel vor Aufkommen der Eisenbahn, das ihm zudem die willkommene Gelegenheit bot, seine Mitreisenden zu studieren. – ND

Scherenschnitte von Hertha List, Deutschland, 1940, und Silhouetten von Laura Barrett, England, eigens angefertigt für dieses Buch, 2013

Nun stieg der Zweite, Februar, aus, der war ein Bruder Lustig; er war Schauspieldirektor, Direktor der Maskenbälle und aller Vergnügungen, die man sich nur denken kann.

Es war eine schneidende Kälte, sternenheller Himmel, kein Lüftchen regte sich.

„Bums!“ Da wurde ein alter Topf an die Haustüre des Nachbars geworfen. „Puff, paff!“ Dort knallte die Büchse; man begrüßte das neue Jahr. Es war Neujahrsnacht! Jetzt schlug die Turmuhr zwölf!

„Trateratra!“ Die Post kam angefahren. Der große Postwagen hielt vor dem Stadttore an. Er brachte zwölf Personen mit, alle Plätze waren besetzt.

„Hurra! Hurra hoch!“, sangen die Leute in den Häusern der Stadt, wo die Neujahrsnacht gefeiert wurde und man sich beim Schlage zwölf mit dem gefüllten Glase erhob, um das neue Jahr leben zu lassen.

„Prost Neujahr!“, hieß es. „Ein schönes Weib! Viel Geld! Keinen Ärger und Verdruss!“

Das wünschte man sich gegenseitig, und darauf stieß man mit den Gläsern an, dass es klang und sang – und vor dem Stadttore hielt der Postwagen mit den fremden Gästen, den zwölf Reisenden.

Und wer waren diese Fremden? Jeder von ihnen führte seinen Reisepass und sein Gepäck bei sich; ja, sie brachten sogar Geschenke für mich und dich und alle Menschen des Städtchens mit. Wer waren sie, was wollten sie, und was brachten sie?

„Guten Morgen!“, riefen sie der Schildwache am Eingange des Stadttores zu.

„Guten Morgen!“, antwortete diese, denn die Uhr hatte ja zwölf geschlagen.

„Ihr Name? Ihr Stand?“, fragte die Schildwache den von ihnen, der zuerst aus dem Wagen stieg.

„Sehen Sie selbst im Passe nach“, antwortete der Mann. „Ich bin ich!“ Und es war auch ein ganzer Kerl, angetan mit Bärenpelz und Pelzstiefeln. „Ich bin der Mann, in den sehr viele Leute ihre Hoffnung setzen. Komm’ morgen zu mir; ich gebe dir ein Neujahrsgeschenk! Ich werfe Groschen und Taler unter die Leute, ja, ich gebe auch Bälle, volle einunddreißig Bälle, mehr Nächte kann ich aber nicht daraufgehen lassen. Meine Schiffe sind eingefroren, aber in meinem Comptoir ist es warm und gemütlich. Ich bin Kaufmann, heiße Januar und führe nur Rechnungen bei mir.“

FEBRUARY

„Aber bald ist man gut, bald schlecht gelaunt, je nach Verhältnissen; bald Regen, bald Sonnenschein; ein- und ausziehen! Hier bin ich nun!“, sagte April zu März.

Nach ihm stieg eine Dame aus dem Wagen. Fräulein Mai nannte sie sich. Sie trug einen Sommeranzug und Galoschen und dazu duftete sie von Waldmeister.

Nun stieg der Zweite aus, der war ein Bruder Lustig; er war Schauspieldirektor, Direktor der Maskenbälle und aller Vergnügungen, die man sich nur denken kann. Sein Gepäck bestand aus einer großen Tonne.

„Aus der Tonne“, sagte er, „wollen wir zur Fastnachtszeit die Katze herausjagen. Ich werde euch schon Vergnügen bereiten und mir auch; alle Tage lustig! Ich habe nicht gerade lange zu leben; von der ganzen Familie die kürzeste Zeit; ich werde nämlich nur achtundzwanzig Tage alt. Bisweilen schalten sie mir zwar noch einen Tag ein – aber das kümmert mich wenig, hurra!“

„Sie dürfen nicht so schreien!“, sagte die Schildwache.

„Ei was, freilich darf ich schreien“, rief der Mann, „ich bin Prinz Karneval und reise unter dem Namen Februarius.“

Jetzt stieg der Dritte aus; er sah wie das leibhaftige Fasten aus, aber er trug die Nase hoch, denn er war verwandt mit den „vierzig Rittern“ und war Wetterprophet. Allein das ist kein fettes Amt, und deshalb pries er auch die Fasten. In einem Knopfloche trug er ein Sträußchen Veilchen, aber diese waren sehr klein.

„März! März!“, rief der Vierte ihm nach und schlug ihn auf die Schulter. „Riechst du nichts? Geschwind in die Wachtstube hinein, dort trinken sie Punsch, deinen Leib- und Labetrunk; ich rieche es schon hier außen. Marsch, Herr Martius!“ – Aber es war nicht wahr, der wollte ihn nur den Einfluss seines Namens fühlen lassen, ihn in den April schicken; denn damit begann der Vierte seinen Lebenslauf in der Stadt. Er sah überhaupt sehr flott aus; arbeiten tat er nur sehr wenig; desto mehr aber machte er Feiertage. „Wenn es nur etwas beständiger in der Welt wäre“, sagte er, „aber bald ist man gut, bald schlecht gelaunt, je nach Verhältnissen; bald Regen, bald Sonnenschein; ein- und ausziehen!

MAY

Darauf kam die Mutter selbst, Madame August,
Obsthändlerin en gros, Besitzerin einer Menge Fischteiche
und Landökonom in großer Krinoline.

Ich bin auch so eine Art Lokalvermietungscomptoiragent, auch Leichenbitter; ich kann lachen und weinen, je nach Umständen! Im Koffer hier habe ich Sommergarderobe, aber es würde sehr töricht sein, sie anzuziehen. Hier bin ich nun! Sonntags geh' ich in Schuhen und weißseidenen Strümpfen und mit Muff spazieren."

Nach ihm stieg eine Dame aus dem Wagen. Fräulein Mai nannte sie sich. Sie trug einen Sommeranzug und Galoschen, ein lindenblattgrünes Kleid, Anemonen im Haare, und dazu duftete sie dermaßen von Waldmeister, dass die Schildwache niesen musste. „Zur Gesundheit und Gottes Segen!", sagte sie, das war ihr Gruß. Wie sie niedlich war! Und Sängerin war sie, nicht Theatersängerin, auch nicht Bänkelsängerin, nein, Sängerin des Waldes – den frischen grünen Wald durchstreifte sie und sang dort zu ihrem eigenen Vergnügen.

„Jetzt kommt die junge Frau!", riefen sie drinnen im Wagen, und aus stieg die junge Frau, fein, stolz und niedlich. Man sah es ihr an, dass sie, Frau Juni, von faulen Siebenschläfern bedient zu werden gewohnt war. Am längsten Tage des Jahres gab sie große Gesellschaft, damit die Gäste Zeit haben möchten, die vielen Gerichte der Tafel zu verzehren. Sie hatte zwar ihre eigene Equipage; allein sie reiste dennoch mit der Post wie die andern, weil sie zeigen wollte, dass sie nicht hochmütig sei. Aber ohne Begleitung war sie nicht; ihr jüngerer Bruder Julius war bei ihr.

Er war ein wohlgenährter Bursche, sommerlich angekleidet und mit Panamahut. Er führte nur wenig Gepäck bei sich, weil dies bei großer Hitze zu beschwerlich sei: Deshalb hatte er sich nur mit einer Schwimmhose versehen, und dies ist nicht viel.

Darauf kam die Mutter selbst, Madame August, Obsthändlerin en gros, Besitzerin einer Menge Fischteiche, Landökonom in großer Krinoline; sie

*Nach ihr stieg wieder ein Mann aus der Kutsche,
ein Maler, Herr Koloriermeister September, den musste der Wald
bekommen. Die Blätter mussten Farbe wechseln.*

war dick und heiß, fasste selbst überall an, trug eigenhändig den Arbeitern Bier auf das Feld hinaus. „Im Schweiße deines Angesichtes sollst du dein Brot essen!", sagte sie. „Das steht in der Bibel. Hinterdrein kommen die Spazierfahrten, Tanz und Spiel im Grünen und die Erntefeste!" Sie war eine tüchtige Hausfrau.

Nach ihr stieg wieder ein Mann aus der Kutsche, ein Maler, Herr Koloriermeister September; den musste der Wald bekommen; die Blätter mussten Farbe wechseln; aber wie schön, wenn er es wollte; bald schillerte der Wald in Rot, Gelb oder Braun. Der Meister pfiff wie der schwarze Star, war ein flinker Arbeiter und wand die braun-grüne Hopfenranke um seinen Bierkrug. Das putzte den Krug, und für Ausputz hatte er gerade Sinn. Da stand er nun mit seinem Farbentopfe: Der war sein ganzes Gepäck!

Ihm folgte der Gutsbesitzer, der an den Saatmonat, an das Pflügen und Beackern des Bodens, auch an die Jagdvergnügungen dachte; Herr Oktober führte Hund und Büchse mit sich, hatte Nüsse in seiner Jagdtasche: „Knick, knack!" Er hatte viel Reisegut bei sich, sogar einen englischen Pflug; er sprach von der Landwirtschaft; aber vor lauter Husten und Stöhnen seines Nachbars vernahm man nicht viel davon.

Der November war es, der so hustete, während er ausstieg. Derselbe war sehr mit Schnupfen behaftet; er putzte sich fortwährend die Nase und doch, sagte er, müsse er die Dienstmädchen begleiten und sie in ihre neuen Winterdienste einführen; die Erkältung meinte er, verliere sich schon wieder, wenn er ans Holzmachen ginge, und Holz müsse er sägen und spalten; denn er sei Sägemeister der Holzmacherinnung. Die Abende brächte er mit Schneiden von Schlittschuhhölzern zu, denn er wisse wohl, sagte er, dass man in wenigen Wochen Bedarf für diese Art vergnüglichen Schuhwerks haben werde.

DECEMBER

„Ich hole das Märchenbuch aus der Tasche“, sagte Dezember, „und lese laut aus demselben vor, dass alle Kinder im Zimmer still werden.“

„Lass doch erst die zwölf zu mir herein!“, sprach der wachhabende Kapitän. „Einen nach dem andern! Herr Januar, belieben Sie näher zu treten.“ Und Herr Januar trat näher.

Endlich kam der letzte Passagier zum Vorschein, das alte Mütterchen Dezember mit der Feuerkiepe; die Alte fror, aber ihre Augen strahlten wie zwei helle Sterne. Sie trug einen Blumentopf auf dem Arme, in welchen ein kleiner Tannenbaum eingepflanzt war. „Den Baum will ich hegen und pflegen, damit er gedeihe und groß werde bis zum Weihnachtsabende, vom Fußboden bis hoch an die Decke reiche und emporschieße mit flammenden Lichtern, goldenen Äpfeln und ausgeschnittenen Figürchen. Die Feuerkiepe wärmt wie ein Ofen; ich hole das Märchenbuch aus der Tasche und lese laut aus demselben vor, dass alle Kinder im Zimmer still, die Figürchen an dem Baume aber lebendig werden und der kleine Engel von Wachs auf der äußersten Spitze die Flittergoldflügel ausbreitet, herabfliegt vom grünen Sitze und Klein und Groß im Zimmer küsst, ja auch die armen Kinder küsst, die draußen auf dem Flure und auf der Straße stehen und das Weihnachtslied von dem Bethlehemgestirne singen.“

„So! Jetzt kann die Kutsche abfahren“, sagte die Schildwache, „wir haben sie alle zwölf. Der Beiwagen mag vorfahren!“

„Lass doch erst die zwölf zu mir herein!“, sprach der wachhabende Kapitän. „Einen nach dem andern! Die Pässe behalte ich hier; sie gelten jeder einen Monat; wenn der verstrichen ist, werde ich das Verhalten auf dem Passe bescheinigen. Herr Januar, belieben Sie näher zu treten.“

Und Herr Januar trat näher.

Wenn ein Jahr verstrichen ist, werde ich dir sagen, was die zwölf dir, mir und uns allen gebracht haben. Jetzt weiß ich es nicht, und sie wissen es wohl selbst nicht – denn es ist eine kuriose Zeit, in der wir leben.

Der standhafte Zinnsoldat

Diese anrührende Geschichte über einen Zinnsoldaten, dessen schmachtende Liebe zu einer Papierballerina ihn durch eine Reihe widriger Abenteuer trägt, greift zwei Themen auf, die Andersen besonders am Herzen lagen – die Liebe und der Balletttanz. Als das Märchen 1838 erschien, vollzog sich in der Welt des Balletts gerade ein nie gesehener Wandel: Nach Jahrhunderten männlicher Vorherrschaft wurden Ballerinen die neuen Stars der Tanzkunst. Der Wendepunkt kam 1832 mit Marie Taglionis Pariser Sensationserfolg als *La Sylphide (Die Sylphe)*. Das Publikum war wie elektrisiert von diesem neuen Typus der Spitzentänzerin in weißem Tüll – „einer poetischen Vision des Ätherischen", wie die Ballettexpertin Jennifer Homans schreibt. Andersen, der in jungen Jahren selbst Ambitionen als Schauspieler und Balletttänzer gehabt hatte, war entzückt und verwendete das Motiv vielfach in Scherenschnitten, wie in denen auf Seite 21 und 243 gezeigten. Zum tragischen Schluss des Märchens vergleicht er seine zarte Papierfigur mit einer „Sylphide", worin sich die Vorliebe der Romantik für Naturgeister verrät. In dieser Epoche der Kunst hatten Märchen und Balletttanz noch weitere Themen gemeinsam: unglückliche Liebe, alles verzehrende Leidenschaft, hehre Ideale, die durch gesellschaftliche Erwartungen untergraben werden. Andersen stellte der Ballerina einen einbeinigen Spielzeugsoldaten zur Seite, als Symbol für unerschütterliches Soldatentum und die schmerzliche Wehrlosigkeit des Kriegsveteranen. – ND

Tuschezeichnung und aquarellierte Tuschezeichnung von Kay Nielsen, Dänemark, 1924

Es waren einmal fünfundzwanzig Zinnsoldaten, alle Brüder, denn sie waren von einem alten zinnernen Löffel geboren. Das Gewehr hielten sie im Arme und das Gesicht geradeaus; rot und blau war ihre Uniform. Das Erste, was sie in dieser Welt hörten, als der Deckel von der Schachtel genommen wurde, in der sie lagen, war das Wort: „Zinnsoldaten!“ Das rief ein kleiner Knabe und klatschte in die Hände; er hatte sie bekommen, denn es war sein Geburtstag, und stellte sie nun auf dem Tische auf. Der eine Soldat glich dem andern leibhaftig, nur ein einziger war zuletzt gegossen, und da hatte das Zinn nicht ausgereicht, doch stand er ebenso fest auf seinem einen Beine als die andern auf ihren zweien, und grade er ist es, der merkwürdig wurde.

Auf dem Tische, auf welchem sie aufgestellt wurden, stand viel anderes Spielzeug; aber das, was am meisten in die Augen fiel, war ein niedliches Schloss von Papier. Durch die kleinen Fenster konnte man in die Säle hineinsehen. Vor dem Schlosse standen kleine Bäume rings um einen kleinen Spiegel, der wie ein klarer See aussah. Schwäne von Wachs schwammen darauf und spiegelten sich. Das war alles niedlich, aber das Niedlichste war doch eine kleine Dame, die mitten in der offenen Schlosstüre stand. Sie war auch aus Papier geschnitten, aber sie hatte einen Rock vom klarsten Linnen an und ein kleines, schmales, blaues Band über die Schultern, ähnlich einem Gewande; mitten in diesem saß eine glänzende Flitterrose, so groß wie ihr ganzes Gesicht. Die kleine Dame streckte ihre beiden Arme aus, denn sie war Tänzerin; und dann hob sie das eine Bein so hoch empor, dass der Zinnsoldat es durchaus nicht finden konnte und glaubte, dass sie, wie er, nur ein Bein habe.

„Das wäre eine Frau für mich!“, dachte er. „Aber sie ist sehr vornehm, sie wohnt in einem Schlosse, ich habe nur eine Schachtel, und da sind wir fünfundzwanzig drin; das ist kein Ort für sie! Doch ich muss mit ihr Bekanntschaft machen!“ Dann legte er sich, so lang er war, hinter eine Schnupftabaksdose, welche auf dem Tische stand; da konnte er die kleine, feine Dame recht betrachten, die fortfuhr, auf einem Beine zu stehen, ohne aus dem Gleichgewichte zu kommen.

Als es Abend wurde, kamen alle die andern Zinnsoldaten in ihre Schachtel, und die Leute im Hause gingen zu Bette. Nun fing das Spielzeug an zu spielen, sowohl „Es kommt Besuch“ als auch „Krieg führen und Ball geben“. Die Zinn-

Jetzt schlug die Uhr zwölf und klatsch!, da sprang der Deckel von der Schnupftabaksdose, aber es war kein Tabak drin, sondern ein kleiner schwarzer Kobold, das war ein Kunststück.

Nun ging das Papier entzwei, und der Zinnsoldat stürzte hinab – wurde aber augenblicklich von einem großen Fische verschlungen.

soldaten rasselten in der Schachtel, denn sie wollten mit dabei sein, aber sie konnten den Deckel nicht abheben. Der Nussknacker machte Purzelbäume, und der Griffel belustigte sich auf der Tafel; es war ein Lärm, dass der Kanarienvogel davon erwachte und anfing mitzusprechen, und zwar in Versen. Die beiden Einzigen, die sich nicht von der Stelle bewegten, waren der Zinnsoldat und die Tänzerin; sie hielt sich gerade auf einer Fußzehenspitze und hatte beide Arme ausgestreckt, er war ebenso standhaft auf seinem einen Beine; seine Augen wandte er keinen Augenblick von ihr.

Jetzt schlug die Uhr zwölf und klatsch!, da sprang der Deckel von der Schnupftabaksdose, aber es war kein Tabak drin, sondern ein kleiner schwarzer Kobold, das war ein Kunststück.

„Zinnsoldat!", sagte der Kobold. „Sieh doch nicht nach dem, was dich nichts angeht!"

Aber der Zinnsoldat tat, als ob er es nicht hörte.

„Ja, warte nur bis morgen!", sagte der Kobold.

Als es nun Morgen wurde und die Kinder aufstanden, wurde der Zinnsoldat in das Fenster gestellt und, war es nun der Kobold oder der Zugwind, auf einmal flog das Fenster auf und der Soldat fiel Hals über Kopf aus dem dritten Stockwerke hinunter. Das war eine schreckliche Fahrt! Er streckte das Bein gerade in die Höhe und blieb auf dem Tschako mit dem Bajonett zwischen den Pflastersteinen stecken.

Das Dienstmädchen und der kleine Knabe kamen sogleich herunter, ihn zu suchen; obgleich sie nun nahe daran waren, auf ihn zu treten, sahen sie ihn doch nicht. Hätte der Zinnsoldat gerufen: „Hier bin ich!", so hätten sie ihn wohl gefunden; aber er fand es nicht für passend, laut zu schreien, weil er in Uniform war.

Nun fing es an zu regnen; bald fielen die Tropfen dichter; endlich wurde es ein Platzregen. Als er vorüber war, kamen zwei Straßenbuben.

„Sieh einmal!", sagte der eine. „Da liegt ein Zinnsoldat! Der muss hinaus und auf dem Kahne fahren!"

Da machten sie einen Kahn von einer Zeitung, setzten den Soldaten mitten in denselben, und nun segelte er den Rinnstein hinunter; beide Knaben liefen nebenher und klatschten in die Hände. Gott bewahre uns! Was für Wellen schlugen in dem Rinnsteine, und welch' ein Strom war da; ja, der Regen hatte aber auch geflutet! Das Papierboot schaukelte auf und nieder, und mitunter drehte es sich so geschwind, dass der Zinnsoldat bebte; aber er blieb standhaft, verzog keine Miene, sah geradeaus und hielt das Gewehr im Arme. Mit einem Male trieb der Kahn unter eine lange Rinnsteinbrücke, da wurde es so dunkel, als wäre er in seiner Schachtel.

„Wohin mag ich nun kommen?", dachte er. „Ja, ja, daran ist der Kobold schuld! Ach, säße doch die kleine Dame hier im Kahne, da möchte es hier meinetwegen noch einmal so dunkel sein!"

Da kam plötzlich eine große Wasserratte, welche unter der Rinnsteinbrücke wohnte.

„Hast du einen Pass?", fragte die Ratte. „Her mit dem Passe!"

Aber der Zinnsoldat schwieg und hielt das Gewehr noch fester.

Der Kahn fuhr fort und die Ratte hinterher. Hu! Wie fletschte sie die Zähne und rief den Holzspänen und dem Stroh zu: „Haltet ihn! Haltet ihn! Er hat keinen Zoll bezahlt! Er hat den Pass nicht gezeigt!"

Aber die Strömung wurde stärker und stärker; der Zinnsoldat konnte schon da, wo die Brücke aufhörte, den hellen Tag erblicken; allein er hörte auch einen brausenden Ton, der wohl einen tapfern Mann erschrecken konnte. Man denke nur: Die Gosse mündete da, wo die Brücke endete, in einen großen Kanal ein: Das wäre für ihn ebenso gefährlich gewesen als für uns, einen großen Wasserfall hinunterzufahren.

Nun war er schon so nahe daran, dass er nicht mehr anhalten konnte. Der Kahn fuhr hinaus, der arme Zinnsoldat hielt sich so steif, wie er konnte; niemand sollte ihm nachsagen, dass er mit den Augen blinke. Der Kahn schnurrte drei, vier Mal herum und war bis zum Rande mit Wasser gefüllt: Er musste sinken! Der Zinnsoldat stand bis an den Hals im Wasser, und tiefer und tiefer sank der Kahn, mehr und mehr löste das Papier sich auf; nun ging das Wasser über des Soldaten Kopf. – Da dachte er an die kleine, niedliche Tänzerin, die er nie mehr zu Gesicht bekommen sollte; und es klang vor seinen Ohren:

„Fahre hin, o Kriegesmann!
Den Tod musst du erleiden!"

Da ging plötzlich eine Tür auf, und sie flog,
einer Sylphide gleich, in den Ofen zum Zinnsoldaten,
loderte in Flammen auf, und fort war sie.

Nun ging das Papier entzwei, und der Zinnsoldat stürzte hinab – wurde aber augenblicklich von einem großen Fische verschlungen.

O, wie dunkel war es im Fischleibe! Da war es noch finsterer, als unter der Rinnsteinbrücke; und dann war es da sehr enge. Aber der Zinnsoldat blieb standhaft und lag, so lang er war, mit dem Gewehr im Arme.

Der Fisch schwamm hin und her; er machte die schrecklichsten Bewegungen; endlich wurde er ganz still; es durchfuhr ihn wie ein Blitzstrahl; das Licht schien klar, und eine Stimme rief laut: „Der Zinnsoldat!" Der Fisch war gefangen, auf den Markt gebracht, verkauft und in die Küche hinaufgekommen, wo die Köchin ihn mit einem großen Messer aufschnitt. Sie fasste mit ihren beiden Fingern den Soldaten mitten um den Leib und trug ihn in die Stube hinein, wo alle einen solchen merkwürdigen Mann sehen wollten, der im Magen eines Fisches herumgereist war; aber der Zinnsoldat war nicht stolz. Sie stellten ihn auf den Tisch und da – nein, wie sonderbar kann es doch in der Welt zugehen! Der Zinnsoldat war in derselben Stube, in der er früher gewesen war; er sah dieselben Kinder, und dasselbe Spielzeug stand auf dem Tische: das herrliche Schloss mit der niedlichen, kleinen Tänzerin. Sie hielt sich noch auf dem einen Beine und hatte das andere hoch in der Luft: Sie war auch standhaft. Das rührte den Zinnsoldaten; er war nahe daran, Zinn zu weinen, aber es passte sich nicht. Er sah sie an, aber sie sagte nichts.

Da nahm der eine der kleinen Knaben den Soldaten und warf ihn in den Ofen und gab keinen Grund dafür an; es war sicher der Kobold in der Dose, der Schuld daran war.

Der Zinnsoldat stand beleuchtet da und fühlte eine Hitze, die schrecklich war; aber ob sie von dem wirklichen Feuer oder von der Liebe herrührte, wusste er nicht. Die Farben waren von ihm abgegangen; ob das auf der Reise geschehen oder ob der Kummer daran schuld war, konnte niemand sagen. Er sah die kleine Dame an, sie blickte ihn an, und er fühlte, dass er schmolz; aber noch stand er standhaft mit dem Gewehr im Arme. Da ging plötzlich eine Tür auf, der Wind ergriff die Tänzerin, und sie flog, einer Sylphide gleich, in den Ofen zum Zinnsoldaten, loderte in Flammen auf, und fort war sie. Da schmolz der Zinnsoldat zu einem Klumpen, und als das Mädchen am folgenden Tage die Asche herausnahm, fand sie ihn als ein kleines Herz. Von der Tänzerin hingegen war nur die Flitterrose da, welche kohlschwarz gebrannt war.

Die Schneekönigin

Diese Geschichte, erschienen 1844 als eines der längsten Andersen-Märchen, erzählt in sieben Teilen von der Suche der kleinen Gerda nach ihrem besten Freund Kay, der von der Schneekönigin entführt wurde. Im Lauf der Erzählung treten bunte Gestalten und Naturgeister auf, wie sie Andersen seit seiner Kindheit durch mündliche Erzählungen vertraut waren: der Teufel samt seinen Kobolden, eine gute Hexe, ein Räubermädchen, Ungeheuer in Schneeflockengestalt, Engel und viele mehr. Andersen ersinnt eine eigene Welt aus Schnee, um ein moralisches Dilemma zu veranschaulichen: Im eisigen Reich der Schneekönigin sind alle Herzen gefroren, es gibt keinerlei zwischenmenschliche Beziehungen, Familienbande werden durchtrennt – kurz gesagt, Liebe und Selbstbewusstsein existieren nicht mehr. Andersen scheint uns Leser zu fragen, wie wir uns dem Wissen der Welt öffnen können, ohne dabei aus den Augen zu verlieren, wer wir selbst sind (die wir ja, in seinen Worten, immer „Kinder im Herzen" bleiben). Das Märchen beginnt mit einer originellen Geschichte darüber, wie das Böse in die Welt kam: Der Teufel macht einen Zauberspiegel, der alles nur hässlich zeigt; als der Spiegel zerbricht, streuen die Scherben das Schlechte weiter aus. Andersens typischer Witz blitzt dabei überall in der Geschichte auf. Als er die Schneekönigin trifft, versucht der verängstigte Kay zu beten, doch „er konnte sich nur des großen Einmaleins entsinnen". – ND

Zweifarbige Zeichnungen von Katharine Beverley und Elizabeth Ellender, Herkunft unbekannt, 1929

Da erzitterte der Spiegel so fürchterlich in seinem Grinsen, dass er ihren Händen entfiel und zur Erde fiel, wo er in hundert Millionen, Billionen und noch mehr Stücke zersprang.

Erste Geschichte,
welche von dem Spiegel und den Scherben handelt

Seht! Nun fangen wir an. Wenn wir am Ende der Geschichte sind, wissen wir mehr als jetzt, denn es war ein böser Kobold! Er war einer der allerärgsten, er war der Teufel! Eines Tags war er recht bei Laune, denn er hatte einen Spiegel gemacht, welcher die Eigenschaft besaß, dass alles Gute und Schöne, was sich darin spiegelte, fast zu nichts zusammenschwand, aber das, was nichts taugte und sich schlecht ausnahm, hervortrat und noch ärger wurde. Die herrlichsten Landschaften sahen wie gekochter Spinat darin aus, und die besten Menschen wurden widerlich oder standen auf dem Kopfe ohne Rumpf; die Gesichter wurden so verdreht, dass sie nicht zu erkennen waren, und hatte man eine Sommersprosse, so konnte man überzeugt sein, dass sie sich über Nase und Mund ausbreitete. Das sei äußerst belustigend, sagte der Teufel. Fuhr nun ein guter frommer Gedanke durch einen Menschen, dann zeigte sich ein Grinsen im Spiegel, sodass der Teufel über seine künstliche Erfindung lachen musste. Die, welche die Koboldschule besuchten – denn er hielt Koboldschule –, erzählten überall, dass ein Wunder geschehen sei; nun könnte man erst sehen, meinten sie, wie die Welt und die Menschen wirklich aussähen. Sie liefen mit dem Spiegel umher, und zuletzt gab es kein Land und keinen Menschen mehr, welcher nicht verdreht darin gesehen wäre. Nun wollten sie auch zum Himmel selbst auffliegen, um sich über die Engel und den lieben Gott lustig zu machen. Je höher sie mit dem Spiegel flogen, um so mehr grinste er; sie konnten ihn kaum festhalten; sie flogen höher und höher, Gott und den Engeln näher; da erzitterte der Spiegel so fürchterlich in seinem Grinsen, dass er ihren Händen entfiel und zur Erde fiel, wo er in hundert Millionen, Billionen und noch mehr Stücke zersprang. Und nun gerade verursachte er weit größeres Unglück als zuvor, denn einige Stücke waren kaum so groß als ein Sandkorn; diese flogen nun in die weite Welt, und wo jemand sie in das Auge bekam, da blieben sie sitzen, und da sahen die Menschen alles verkehrt, oder hatten nur Augen für das Verkehrte bei einer Sache; denn jede kleine Spiegelscherbe behielt dieselben Kräfte, welche der ganze Spiegel besessen hatte. Einige Menschen bekamen sogar eine Spiegelscherbe in das Herz, dann aber war es ganz entsetzlich; das Herz wurde einem Klumpen Eis gleich. Einige Spiegel-

scherben waren so groß, dass sie zu Fensterscheiben verbraucht wurden; aber durch diese Scheiben taugte es nicht, seine Freunde zu betrachten; andere Stücke kamen in Brillen, und dann ging es schlecht, wenn die Leute diese Brillen aufsetzten, um recht zu sehen und gerecht zu sein; der Böse lachte, dass ihm der Bauch wackelte, und das kitzelte ihn so angenehm. Aber draußen flogen noch kleine Glasscherben in der Luft umher. Nun, wir werden's hören!

Zweite Geschichte

Ein kleiner Knabe und ein kleines Mädchen

Drinnen in der großen Stadt, wo so viele Menschen und Häuser sind, dass dort nicht Platz genug ist, damit alle Leute einen kleinen Garten besitzen können, und wo sich deshalb die meisten mit Blumen in Blumentöpfen begnügen müssen, waren zwei arme Kinder, die einen etwas größeren Garten als einen Blumentopf besaßen. Sie waren nicht Bruder und Schwester, aber sie waren sich ebenso gut, als wenn sie es wären. Die Eltern wohnten einander gerade gegenüber in zwei Dachkammern. Da, wo das Dach des einen Nachbarhauses gegen das andere stieß und die Wasserrinne zwischen den Dächern entlanglief, war in jedem Hause ein kleines Fenster; man brauchte nur über die Rinne zu schreiten, so konnte man von dem einen Fenster zu dem andern gelangen.

Beider Eltern hatten draußen einen großen hölzernen Kasten, und darin wuchsen Küchenkräuter, die sie gebrauchten, und ein kleiner Rosenstock; in jedem Kasten stand einer; die wuchsen herrlich! Nun fiel es den Eltern ein, die Kasten quer über die Rinne zu stellen, sodass sie fast von dem einen Fenster zum andern reichten und zwei Blumenwällen ganz ähnlich sahen. Erbsenranken hingen über die Kasten herab, und die Rosenstöcke schossen lange Zweige, die sich um die Fenster rankten und einander entgegenbogen; es war fast einer Ehrenpforte von Blättern und Blumen gleich. Da die Kasten sehr hoch waren und die Kinder wussten, dass sie nicht hinaufkriechen durften, so erhielten sie oft die Erlaubnis, zueinander hinauszusteigen und auf ihren kleinen Schemeln unter den Rosen zu sitzen; da spielten sie dann prächtig.

Im Winter hatte dieses Vergnügen ein Ende. Die Fenster waren oft ganz zugefroren; aber dann wärmten sie Kupferschillinge auf dem Ofen und legten den warmen Schilling gegen die gefrorene Scheibe; dadurch entstand ein schönes Guckloch, so rund, so rund; dahinter blitzte ein lieblich mildes Auge, eins

Die Rosenstöcke schossen lange Zweige, die sich um die Fenster rankten und einander entgegenbogen; es war fast einer Ehrenpforte von Blättern und Blumen gleich.

vor jedem Fenster; das war der kleine Knabe und das kleine Mädchen. Er hieß Kay, und sie hieß Gerda. Im Sommer konnten sie mit einem Sprunge zueinander gelangen, im Winter mussten sie erst die vielen Treppen herunter und die Treppen hinauf; draußen stob der Schnee.

„Das sind die weißen Bienen, die schwärmen", sagte die alte Großmutter.

„Haben sie auch eine Bienenkönigin?", fragte der kleine Knabe, denn er wusste, dass unter den wirklichen Bienen eine solche ist.

„Die haben sie!", sagte die Großmutter. „Sie fliegt dort, wo sie am dichtesten schwärmen! Es ist die größte von allen, und nie bleibt sie still auf der Erde; sie fliegt wieder in die schwarze Wolke hinauf. Manche Mitternacht fliegt sie durch die Straßen der Stadt und blickt zu den Fenstern hinein, und dann frieren diese so sonderbar und sehen wie Blumen aus."

„Ja, das haben wir gesehen!", sagten beide Kinder und wussten nun, dass es wahr sei.

„Kann die Schneekönigin hier hereinkommen?", fragte das kleine Mädchen.

„Lass sie nur kommen!", sagte der Knabe. „Dann setze ich sie auf den warmen Ofen, und sie schmilzt."

Aber die Großmutter glättete sein Haar und erzählte andere Geschichten.

Am Abend, als der kleine Kay zu Hause und halb entkleidet war, kletterte er auf den Stuhl am Fenster und guckte durch das kleine Loch; einige Schneeflocken fielen draußen, und eine derselben, die größte, blieb auf dem Rande des einen Blumenkastens liegen; die Schneeflocke wuchs mehr und mehr und wurde zuletzt wie eine ganze

Kay und Gerda sahen in das Bilderbuch,
als Kay sagte: „Au! Es stach mich in das Herz,
und mir flog etwas in das Auge!“

Jungfrau, in den feinsten weißen Flor gekleidet, der aus Millionen sternartigen Flocken zusammengesetzt war. Sie war so schön und fein, aber von Eis, von blendendem, blinkendem Eise. Doch sie war lebendig; die Augen blitzten wie zwei klare Sterne; aber es war keine Ruhe oder Rast in ihnen. Sie nickte dem Fenster zu und winkte mit der Hand. Der kleine Knabe erschrak und sprang vom Stuhle herunter; da war es, als ob draußen vor dem Fenster ein großer Vogel vorbeiflöge.

Am nächsten Tage wurde es klarer Frost – und dann kam das Frühjahr; die Sonne schien, das Grün keimte hervor, die Schwalben bauten Nester, die Fenster wurden geöffnet, und die kleinen Kinder saßen wieder in ihrem kleinen Garten hoch oben in der Dachrinne über allen Stockwerken.

Wie prachtvoll blühten die Rosen diesen Sommer! Das kleine Mädchen hatte einen Psalm gelernt, in welchem auch von Rosen die Rede war; und bei den Rosen dachte sie an ihre eigenen; und sie sang ihn dem kleinen Knaben vor, und er sang mit:

„Die Rosen, sie verblüh'n und verwehen,
Wir werden das Christkindlein sehen!“

Und die Kleinen hielten einander bei den Händen, küssten die Rosen, blickten in Gottes hellen Sonnenschein hinein und sprachen zu demselben, als ob das Jesuskind da wäre. Was waren das für herrliche Sommertage; wie schön war es draußen bei den frischen Rosenstöcken, welche zu blühen nie aufhören zu wollen schienen!

„Sieh nun in das Glas, Gerda!", sagte er; und jede Schneeflocke wurde viel größer und sah aus wie eine prächtige Blume oder ein zehneckiger Stern.

Kay und Gerda sahen in das Bilderbuch mit Tieren und Vögeln, da war es – die Uhr schlug gerade fünf auf dem großen Kirchturme –, als Kay sagte: „Au! Es stach mich in das Herz, und mir flog etwas in das Auge!"

Das kleine Mädchen fiel ihm um den Hals; er blinzelte mit den Augen; nein, es war nichts zu sehen.

„Ich glaube, es ist weg!", sagte er; aber weg war es doch nicht. Es war gerade so eins von jenen Glaskörnern, welche vom Spiegel gesprungen waren, dem Zauberspiegel – wir entsinnen uns seiner wohl –, dem hässlichen Glase, welches alles Große und Gute, das sich darin abspiegelte, klein und hässlich machte; aber das Böse und Schlechte trat recht hervor, und jeder Fehler an einer Sache war gleich zu bemerken. Der arme Kay hatte auch ein Körnchen gerade in das Herz hinein bekommen. Das wird nun bald wie ein Eisklumpen werden. Nun tat es nicht mehr weh, aber das Körnchen war da.

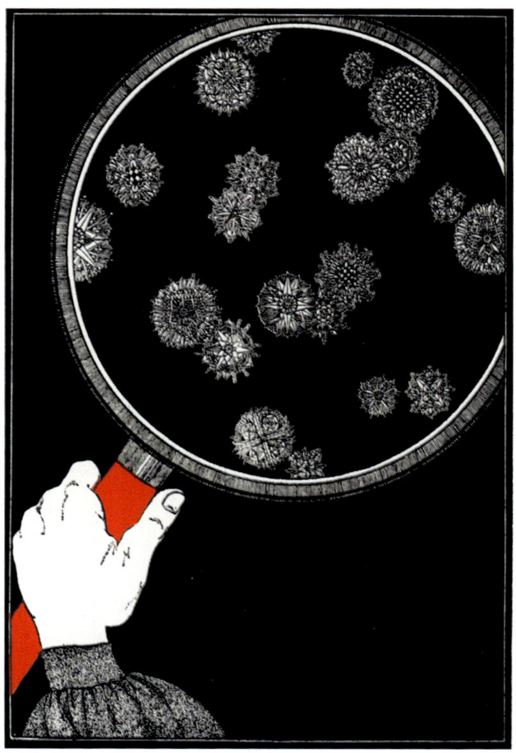

„Weshalb weinst du?", fragte er. „So siehst du hässlich aus!" „Mir fehlt ja nichts!" „Pfui!", rief er auf einmal. „Die Rose dort hat einen Wurmstich! Und sieh, diese da ist ganz schief! Im Grunde sind es hässliche Rosen! Sie gleichen dem Kasten, in welchem sie stehen!" Und dann stieß er mit dem Fuße gegen den Kasten und riss die beiden Rosen ab.

„Kay, was machst du?", rief das kleine Mädchen; und als er ihren Schrecken gewahrte, riss er noch eine Rose ab und sprang dann in sein Fenster hinein von der kleinen, lieblichen Gerda fort.

Wenn sie später mit dem Bilderbuche kam, sagte er, dass das für Wickelkinder wäre; und erzählte die Großmutter Geschichten,

„Friert dich noch?", fragte sie und küsste ihn auf die Stirn. O! Das war kälter als Eis.

so kam er immer mit einem Aber – konnte er dazu gelangen, dann ging er hinter ihr her, setzte eine Brille auf und sprach ebenso wie sie; das machte er ganz treffend, und die Leute lachten über ihn. Bald konnte er die Sprache und den Gang aller Menschen in der ganzen Straße nachahmen. Alles, was an ihnen eigentümlich und unschön war, das wusste Kay nachzuahmen; und die Leute sagten: „Das ist sicher ein ausgezeichneter Kopf, den der Knabe hat!" Aber es war das Glas, welches ihm in dem Herzen saß; daher kam es auch, dass er selbst die kleine Gerda neckte, die ihm von ganzem Herzen gut war.

Seine Spiele wurden nun anders als früher; sie wurden ganz verständig. – An einem Wintertage, wo es schneite, kam er mit einem großen Brennglase, hielt seinen blauen Rockzipfel heraus und ließ die Schneeflocken darauffallen.

„Sieh nun in das Glas, Gerda!", sagte er; und jede Schneeflocke wurde viel größer und sah aus wie eine prächtige Blume oder ein zehneckiger Stern; es war schön anzusehen. „Siehst du, wie künstlich!", sagte Kay. „Das ist weit interessanter als die wirklichen Blumen! Und es ist kein einziger Fehler daran; sie sind ganz regelmäßig. Wenn sie nur nicht schmelzen!"

Bald darauf kam Kay mit großen Handschuhen und seinem Schlitten auf dem Rücken; er rief Gerda in die Ohren: „Ich habe Erlaubnis erhalten, auf dem großen Platze zu fahren, wo die anderen Knaben spielen", und weg war er.

Dort auf dem Platze banden die kecksten Knaben oft ihre Schlitten an den Wagen der Landleute fest, und dann fuhren sie ein gutes Stück Wegs mit. Das ging recht schön. Als sie im besten Spielen waren, kam ein großer Schlitten; der war ganz weiß angestrichen, und darin saß jemand, in einen rauen, weißen Pelz gehüllt und mit einer rauen, weißen Mütze auf dem Kopfe; der Schlitten fuhr zwei Mal um den Platz herum, und Kay band seinen kleinen Schlitten schnell daran fest, und nun fuhr er mit. Es ging rascher und rascher, gerade hinein in die nächste Straße. Der, welcher fuhr, drehte sich um, nickte dem Kay freundlich zu; es war als ob sie einander kennten; jedes Mal, wenn Kay seinen kleinen Schlitten abbinden wollte, nickte der Fahrende wieder, und dann blieb Kay sitzen; sie fuhren zum Stadttore hinaus. Da begann der Schnee so dicht niederzufallen, dass der kleine Knabe keine Hand vor sich erblicken konnte; aber er fuhr weiter; nun ließ er schnell die Schnur fahren, um von dem großen Schlitten loszukommen, doch das half nichts, sein kleines Fuhrwerk hing fest, und es ging mit Windeseile vorwärts. Da rief er ganz laut, aber niemand hörte ihn, und der Schnee stob, und der Schlitten flog von dannen;

Sie flogen über Meer und Länder; unter ihnen sauste der kalte Wind, die Wölfe heulten, und über ihnen flogen die schwarzen, schreienden Krähen.

mitunter gab es einen Sprung; es war, als führe er über Gräben und Hecken. Der Knabe war ganz erschrocken; er wollte sein Vaterunser beten, aber er konnte sich nur des großen Einmaleins entsinnen.

Die Schneeflocken wurden größer und größer; zuletzt sahen sie aus wie große, weiße Hühner; auf einmal sprangen sie zur Seite, der große Schlitten hielt, und die Person, die ihn fuhr, erhob sich; der Pelz und die Mütze waren ganz und gar von Schnee; es war eine Dame, hoch und schlank, glänzend weiß; es war die Schneekönigin.

„Wir sind gut gefahren", sagte sie, „aber wer wird wohl frieren! Krieche in meinen Pelz!" Und sie setzte ihn neben sich in den Schlitten und schlug den Pelz um ihn; es war, als versänke er in einem Schneetreiben.

„Friert dich noch?", fragte sie und küsste ihn auf die Stirn. O! Das war kälter als Eis; das ging ihm gerade hinein bis ins Herz, welches ja schon zur Hälfte ein Eisklumpen war; es war, als sollte er sterben; aber nur einen Augenblick, dann tat es ihm recht wohl; er spürte nichts mehr von der Kälte ringsumher.

„Meinen Schlitten! Vergiss nicht meinen Schlitten!" Daran dachte er zuerst, und der wurde an einem der weißen Hühnchen festgebunden, und dieses flog hinterher mit dem Schlitten auf dem Rücken. Die Schneekönigin küsste Kay nochmals, und da hatte er die kleine Gerda, die Großmutter und alle daheim vergessen.

„Nun bekommst du keine Küsse mehr!", sagte sie. „Denn sonst küsste ich dich tot!"

Kay sah sie an; sie war so schön! Ein klügeres, lieblicheres Antlitz konnte er sich nicht denken; nun erschien sie ihm nicht von Eis, wie damals, als sie draußen vor dem Fenster saß und ihm winkte; in seinen Augen war sie vollkommen; er fühlte gar keine Furcht. Er erzählte ihr, dass er kopfrechnen könne, und zwar mit Brüchen; er wisse des Landes Quadratmeilen und die Einwohnerzahl; und sie lächelte immer. Da kam es ihm vor, als wäre es doch nicht genug, was er wisse; und er blickte hinaus in den großen Luftraum; und sie flog mit ihm hoch hinaus auf die schwarze Wolke, und der Sturm sauste und brauste; es war, als sänge er alte Lieder. Sie flogen über Wälder und Seen, über Meer und Länder; unter ihnen sauste der kalte Wind, die Wölfe heulten, der Schnee knisterte; über ihnen flogen die schwarzen, schreienden Krähen; aber hoch oben schien der Mond groß und klar, und dort betrachtete Kay die lange, lange Winternacht; am Tage schlief er zu den Füßen der Schneekönigin.

Dritte Geschichte

Der Blumengarten bei der Frau,
welche zaubern konnte

Aber wie erging es der kleinen Gerda, als Kay nicht zurückkehrte? Wo war er geblieben? – Niemand wusste es, niemand konnte Bescheid geben. Die Knaben erzählten nur, dass sie ihn seinen Schlitten an einen andern großen hätten binden sehen, der in die Straße hinein und aus dem Stadttore gefahren wäre. Niemand wusste, wo er geblieben; viele Tränen flossen, besonders die kleine Gerda weinte sehr viel und lange – dann sagte sie, er sei tot; er wäre im Fluss ertrunken, der nahe bei der Schule vorbeifloss; o, das waren recht lange, finstere Wintertage!

Nun kam der Frühling mit wärmerem Sonnenschein.

„Kay ist tot und fort!“, sagte die kleine Gerda.

„Das glaube ich nicht!“, antwortete der Sonnenschein.

„Er ist tot und fort!“, sagte sie zu den Schwalben.

„Das glauben wir nicht!“, erwiderten diese, und am Ende glaubte die kleine Gerda auch nicht.

„Ich will meine neuen, roten Schuhe anziehen“, sagte sie eines Morgens, „die, welche Kay nie gesehen hat, und dann will ich zum Flusse hinuntergehen und den nach ihm fragen!“

Da kam eine alte, alte Frau aus dem Hause, die sich auf einen Krückstock stützte; sie hatte einen großen Sonnenhut auf, und der war mit den schönsten Blumen bemalt.

Und es war noch sehr früh; sie küsste die alte Großmutter, die noch schlief, zog die roten Schuhe an und ging ganz allein aus dem Stadttore nach dem Flusse.

„Ist es wahr, dass du mir meinen kleinen Spielkameraden genommen hast? Ich will dir meine roten Schuhe schenken, wenn du ihn mir wiedergeben willst!"

Und es war ihr, als nickten die Wellen ganz sonderbar; da nahm sie ihre roten Schuhe, die sie am liebsten hatte, und warf sie beide in den Fluss hinein; aber sie fielen dicht an das Ufer, und die kleinen Wellen trugen sie ihr wieder an das Land; es war gerade, als wollte der Fluss das Liebste, was sie hatte, nicht, weil er den kleinen Kay nicht hatte; aber sie glaubte nun, dass sie die Schuhe nicht weit genug hinausgeworfen habe; und so kroch sie in ein Boot, welches im Schilfe lag; sie ging bis an das äußerste Ende desselben und warf die Schuhe von da in das Wasser; aber das Boot war nicht festgebunden, und bei der Bewegung, welche sie verursachte, glitt es vom Lande ab; sie bemerkte es und beeilte sich, herauszukommen; doch ehe sie zurückkam, war das Boot über eine Elle vom Lande, und nun trieb es schneller von dannen.

Da erschrak die kleine Gerda sehr und fing an zu weinen; allein niemand außer den Sperlingen hörte sie, und die konnten sie nicht an das Land tragen; aber sie flogen längs des Ufers und sangen, gleichsam um sie zu trösten: „Hier sind wir, hier sind wir!" Das Boot trieb mit dem Strome; die kleine Gerda saß ganz still, nur mit Strümpfen an den Füßen; ihre kleinen roten Schuhe trieben hinter ihr her; aber sie konnten das Boot nicht erreichen; das hatte schnellere Fahrt.

Hübsch war es an beiden Ufern; schöne Blumen, alte Bäume und Abhänge mit Schafen und Kühen; aber nicht ein Mensch war zu erblicken.

„Vielleicht trägt mich der Fluss zu dem kleinen Kay hin", dachte Gerda, und da wurde sie heiterer, erhob sich und betrachtete viele Stunden die grünen, schönen Ufer; dann gelangte sie zu einem großen Kirschgarten, in welchem ein kleines Haus mit sonderbaren, roten und blauen Fenstern war, übrigens hatte es ein Strohdach, und draußen waren zwei hölzerne Soldaten, die vor der Vorbeisegelnden das Gewehr schulterten.

Gerda rief nach ihnen; sie glaubte, dass sie lebendig wären; aber sie antworteten natürlich nicht; sie kam ihnen ganz nahe; der Fluss trieb das Boot gerade auf das Land zu.

Gerda rief noch lauter, und da kam eine alte, alte Frau aus dem Hause, die sich auf einen Krückstock stützte; sie hatte einen großen Sonnenhut auf, und

*Nun führte sie Gerda hinaus in den Blumengarten.
Was war da für ein Duft und eine Herrlichkeit! Alle nur denkbaren Blumen,
und zwar für jede Jahreszeit, standen hier im prächtigsten Flor.*

der war mit den schönsten Blumen bemalt.

„Du armes, kleines Kind!", sagte die alte Frau. „Wie bist du doch auf den großen, reißenden Strom gekommen und weit in die Welt hinausgetrieben!" Und dann ging die alte Frau in das Wasser hinein, erfasste mit ihrem Krückstock das Boot, zog es an das Land und hob die kleine Gerda heraus.

Und Gerda war froh, wieder auf das Trockene zu gelangen, obgleich sie sich vor der fremden alten Frau ein wenig fürchtete.

„Komm doch, und erzähle mir, wer du bist und wie du hierherkommst!", sagte sie.

Und Gerda erzählte ihr alles; und die Alte schüttelte mit dem Kopfe und sagte: „Hm! Hm!" Und als ihr Gerda alles gesagt und sie gefragt hatte, ob sie nicht den kleinen Kay gesehen habe, sagte die Frau, dass er nicht vorbeigekommen sei; aber er komme wohl noch; sie solle nur nicht betrübt sein, sondern ihre Kirschen kosten und ihre Blumen betrachten; die wären schöner als irgendein Bilderbuch; eine jede könne eine Geschichte erzählen. Dann nahm sie Gerda bei der Hand, führte sie in das kleine Haus hinein und schloss die Türe zu.

Die Fenster lagen sehr hoch, und die Scheiben waren rot, blau und gelb; das Tageslicht schien mit allen Farben gar sonderbar herein; auf dem Tische standen die schönsten Kirschen, und Gerda aß davon, so viel sie wollte, denn das war ihr erlaubt. Während sie aß, kämmte die alte Frau ihr das Haar mit einem goldenen Kamme, und das Haar ringelte sich und glänzte herrlich gelb rings um das kleine, freundliche Antlitz, welches so rund war und wie eine Rose aussah.

Gerdas Tränen fielen gerade auf eine Stelle, wo ein Rosenstrauch versunken war, und da schoss der Strauch auf einmal empor.

„Nach einem so lieben, kleinen Mädchen habe ich mich schon lange gesehnt", sagte die Alte. „Nun wirst du sehen, wie gut wir miteinander leben werden!" Und so wie sie der kleinen Gerda Haar kämmte, vergaß Gerda mehr und mehr ihren Pflegebruder Kay; denn die alte Frau konnte zaubern; aber eine böse Zauberin war sie nicht; sie zauberte nur ein wenig zu ihrem Vergnügen und wollte gern die kleine Gerda behalten. Deshalb ging sie in den Garten, streckte ihren Krückstock gegen alle Rosensträuche aus, und wie schön sie auch blühten, so sanken sie doch alle in die schwarze Erde hinunter, und man konnte nicht sehen, wo sie gestanden hatten. Die Alte fürchtete, wenn Gerda die Rosen erblickte, möchte sie an ihre eigenen denken, sich dann des kleinen Kay erinnern und davonlaufen.

Nun führte sie Gerda hinaus in den Blumengarten. Was war da für ein Duft und eine Herrlichkeit! Alle nur denkbaren Blumen, und zwar für jede Jahreszeit, standen hier im prächtigsten Flor; kein Bilderbuch konnte bunter und schöner sein. Gerda sprang vor Freuden hoch auf und spielte, bis die Sonne hinter den hohen Kirschbäumen unterging; da bekam sie ein schönes Bett mit roten Seidenkissen, die waren mit Veilchen gestopft; und sie schlief und träumte da so herrlich wie nur eine Königin an ihrem Hochzeitstage.

Am nächsten Tage konnte sie wieder mit den Blumen im warmen Sonnenscheine spielen, und so verflossen viele Tage. Gerda kannte jede Blume; aber wie viele deren auch waren, so war es ihr doch, als ob eine fehlte, allein welche, das wusste sie nicht. Da sitzt sie eines Tages und betrachtet

Hand in Hand tanzten sie beim stillen See im hellen Mondscheine. Es waren keine Elfen, es waren Menschenkinder.

den Sonnenhut der alten Frau mit den gemalten Blumen, und gerade die schönste war eine Rose. Die Alte hatte vergessen, diese vom Hute wegzuwischen, als sie die andern in die Erde zauberte. Aber so ist es, wenn man die Gedanken nicht beisammen hat! „Was! Sind hier keine Rosen?", sagte Gerda und sprang zwischen die Beete, suchte und suchte; ach, da war keine zu finden. Da setzte sie sich hin und weinte, aber ihre Tränen fielen gerade auf eine Stelle, wo ein Rosenstrauch versunken war, und als die warmen Tränen die Erde benetzten, schoss der Strauch auf einmal empor, so blühend, wie er versunken war, und Gerda umarmte ihn, küsste die Rosen und gedachte der herrlichen Rosen daheim und mit ihnen auch des kleinen Kay.

„O, wie bin ich aufgehalten worden!", sagte das kleine Mädchen. „Ich wollte ja den kleinen Kay suchen! – Wisst ihr nicht, wo er ist?", fragte sie die Rosen. „Glaubt ihr, er sei tot?"

„Tot ist er nicht", antworteten die Rosen. „Wir sind ja in der Erde gewesen; dort sind alle Toten, aber Kay war nicht da."

„Ich danke euch!", sagte die kleine Gerda und ging zu den andern Blumen hin, sah in deren Kelch hinein und fragte: „Wisst ihr nicht, wo der kleine Kay ist?"

Aber jede Blume stand in der Sonne und träumte ihr eigenes Märchen oder Geschichtchen; davon hörte Gerda so viele, viele; aber keine wusste etwas von Kay.

Und was sagte denn die Feuerlilie?

„Hörst du die Trommel: bum, bum! Es sind nur zwei Töne; immer: bum, bum! Höre der Frauen Trauergesang, höre den Ruf der Priester. – In ihrem langen roten Mantel steht das Hinduweib auf dem Scheiterhaufen; die Flammen lodern um sie und ihren toten Mann empor; aber das Hinduweib denkt an den Lebenden hier im Kreise, an ihn, dessen Augen heißer als die Flammen brennen, an ihn, dessen Augenfeuer ihr Herz stärker berührt als die Flammen, welche bald ihren Körper zu Asche verbrennen. Kann die Flamme des Herzens in der Flamme des Scheiterhaufens ersterben?"

„Das verstehe ich durchaus nicht", sagte die kleine Gerda.

„Das ist mein Märchen!", sagte die Feuerlilie.

Was sagt die Winde?

„Über den schmalen Fußweg herüber hängt eine alte Ritterburg; das dichte Immergrün wächst um die morschen, roten Mauern empor, Blatt an Blatt, um

den Altan herum, und da steht ein schönes Mädchen; sie beugt sich über das Geländer hinaus und sieht den Weg entlang. Keine Rose hängt frischer an den Zweigen als sie; keine Apfelblüte, wenn der Wind sie dem Baume entführt, schwebt leichter dahin als sie; wie rauschte das prächtige Seidengewand! ‚Kommt er noch nicht?'"

„Ist es Kay, den du meinst?", fragte die kleine Gerda.

„Ich spreche nur von meinem Märchen, meinem Traume", erwiderte die Winde.

Was sagt die kleine Schneeblume?

„Zwischen den Bäumen hängt an Seilen das lange Brett; das ist eine Schaukel; zwei niedliche, kleine Mädchen – die Kleider sind weiß wie der Schnee; lange grüne Seidenbänder flatterten von den Hüten – sitzen darauf und schaukeln sich; der Bruder, welcher größer ist als sie, steht in der Schaukel; er hat den Arm um das Seil geschlungen, um sich zu halten, denn in der einen Hand hat er eine kleine Schale, in der andern eine Tonpfeife; er bläst Seifenblasen; die Schaukel fliegt, und die Blasen steigen mit schönen, wechselnden Farben; die letzte hängt noch am Pfeifenstiele und wiegt sich im Winde. Die Schaukel schwebt; der kleine schwarze Hund, leicht wie die Blasen, erhebt sich auf den Hinterfüßen und will mit in die Schaukel; sie fliegt; der Hund fällt, bellt und ist böse; er wird geneckt, die Blasen platzen. – Ein schaukelndes Brett, ein zerspringendes Schaumbild ist mein Gesang!"

„Es ist möglich, dass es hübsch ist, was du erzählst; aber du sagst es so traurig und erwähnst den kleinen Kay nicht."

Was sagen die Hyazinthen?

„Es waren drei schöne Schwestern, durchsichtig und fein; der einen Kleid war rot, der andern Kleid blau, der dritten Kleid weiß; Hand in Hand tanzten sie beim stillen See im hellen Mondscheine. Es waren keine Elfen, es waren Menschenkinder. Dort duftete es so süß, und die Mädchen verschwanden im Walde; der Duft wurde stärker; drei Särge, darin lagen die schönen Mädchen, glitten von des Waldes Dickicht über den See dahin; die Johanniswürmchen flogen leuchtend ringsumher wie kleine schwebende Lichter. Schlafen die tanzenden Mädchen, oder sind sie tot? – Der Blumenduft sagt, sie sind Leichen; die Abendglocke läutet den Grabgesang!"

„Du machst mich ganz betrübt", sagte die kleine Gerda. „Du duftest so stark; ich muss an die toten Mädchen denken! Ach, ist denn der kleine Kay wirklich tot? Die Rosen sind unten in der Erde gewesen und sagen: ‚Nein!'"

Die kleine Tänzerin zieht das weiße Kleid an.
Das Bein ausgestreckt!
Sieh, wie sie auf einem Stiele prangt!

„Kling, klang!", läuteten die Hyazinthenglocken. „Wir läuten nicht für den kleinen Kay, wir kennen ihn nicht; wir singen nur unser Lied, das einzige, welches wir wissen."

Und Gerda ging zur Butterblume, die aus den glänzenden, grünen Blättern hervorschien.

„Du bist eine kleine, helle Sonne!", sagte Gerda. „Sage mir, weißt du, wo ich meinen Gespielen finden kann?"

Und die Butterblume glänzte so schön und sah wieder auf Gerda. Welches Lied konnte wohl die Butterblume singen! Es handelte auch nicht von Kay.

„In einem kleinen Hofe schien die liebe Gottessonne am ersten Frühlingstage so warm; die Strahlen glitten an des Nachbarhauses weißen Wänden herab; dicht dabei wuchs die erste gelbe Blume und glänzte golden in den warmen Sonnenstrahlen; die alte Großmutter saß draußen in ihrem Stuhle; die Enkelin, ein armes, schönes Dienstmädchen, kehrte von einem kurzen Besuche heim: Sie küsste die Großmutter; es war Gold, Herzensgold in dem gesegneten Kusse. Gold im Munde, Gold im Grunde, Gold in der Morgenstunde! Sieh, das ist meine kleine Geschichte!", sagte die Butterblume.

„Meine arme, alte Großmutter!", seufzte Gerda. „Ja, sie sehnt sich gewiss nach mir und grämt sich um mich, ebenso wie sie es um den kleinen Kay tat. Aber ich komme bald wieder nach Hause, und dann bringe ich Kay mit. – Es nützt nichts, dass ich die Blumen frage, die wissen nur ihr eigenes

„Er hatte ein kleines Ränzel auf dem Rücken!“, sagte die Krähe. „Nein, das war sicher sein Schlitten!“, sagte Gerda. „Denn mit dem Schlitten ging er fort!“

Lied; sie geben mir keinen Bescheid!“ Und dann band sie ihr kleines Kleid auf, damit sie rascher laufen könne; aber die Pfingstlilie schlug an ihr Bein, indem sie darüber hinsprang; da blieb sie stehen, betrachtete die lange gelbe Blume und fragte: „Weißt du vielleicht etwas?“ Und sie bog sich ganz zur Pfingstlilie hinab; und was sagte die?

„Ich kann mich selbst erblicken! Ich kann mich selbst sehen!“, sagte die Pfingstlilie. „O, o, wie ich rieche! – Oben in dem kleinen Erkerzimmer steht, halb angekleidet, eine kleine Tänzerin; sie steht bald auf einem Beine, bald auf beiden; sie tritt die ganze Welt mit Füßen; sie ist nichts als Augentäuschung. Sie gießt Wasser aus dem Teetopfe auf ein Stück Zeug aus, welches sie hält; es ist der Schnürleib – Reinlichkeit ist eine schöne Sache; das weiße Kleid hängt am Haken; das ist auch im Teetopf gewaschen und auf dem Dache getrocknet; sie zieht es an und schlägt das safrangelbe Tuch um den Hals; nun scheint das Kleid noch weißer. Das Bein ausgestreckt! Sieh, wie sie auf einem Stiele prangt! Ich kann mich selbst erblicken! Ich kann mich selbst sehen!“

„Darum kümmere ich mich gar nicht!“, sagte Gerda. „Das brauchst du mir nicht zu erzählen.“ Und dann lief sie bis an das Ende des Gartens.

Die Türe war verschlossen, aber sie drückte auf die verrostete Klinke, sodass diese losbrach; die Türe ging auf und die kleine Gerda sprang mit nackten Füßen in die weite Welt hinaus. Sie blickte drei Mal zurück, aber niemand war da, der sie verfolgte; zuletzt konnte sie nicht mehr laufen und setzte sich auf einen großen Stein; und als sie sich umsah, war es mit dem Sommer vorbei; es war Spät-

herbst; das konnte man in dem schönen Garten gar nicht bemerken, wo immer Sonnenschein und Blumen aller Jahreszeiten waren.

„Gott, wie habe ich mich verspätet!", sagte die kleine Gerda. „Es ist ja Herbst geworden! Da darf ich nicht ruhen!" Und sie erhob sich, um zu gehen.

O, wie waren ihre kleinen Füße so wund und müde! Rings umher sah es kalt und rau aus; die langen Weidenblätter waren ganz gelb, und der Tau tröpfelte als Wasser nieder; ein Blatt fiel nach dem andern ab; nur der Schlehendorn trug noch Früchte, die waren aber herbe und zogen den Mund zusammen. O, wie war es grau und schwer in der weiten Welt!

Vierte Geschichte

Prinz und Prinzessin

Gerda musste wieder ausruhen; da hüpfte dort auf dem Schnee, der Stelle, wo sie saß, gerade gegenüber, eine große Krähe; die hatte lange gesessen, sie betrachtet und mit dem Kopfe gewackelt; nun sagte sie: „Krah! Krah! – Gu'Tag! Gu'Tag!" Besser konnte sie es nicht herausbringen, aber sie meinte es gut mit dem kleinen Mädchen und fragte, wohin sie so allein in die weite Welt hinausginge. Das Wort allein verstand Gerda sehr wohl und fühlte recht, wie viel darin lag; und sie erzählte der Krähe ihr ganzes Leben und Schicksal und fragte, ob sie Kay nicht gesehen habe.

Und die Krähe nickte ganz bedächtig und sagte: „Das könnte sein! Das könnte sein!"

„Wie? Glaubst du?", rief das kleine Mädchen und hätte fast die Krähe totgedrückt, so küsste sie diese.

„Vernünftig, vernünftig!", sagte die Krähe. „Ich glaube, ich weiß – ich glaube; es kann sein; der kleine Kay – aber nun hat er dich sicher über der Prinzessin vergessen!"

„Wohnt er bei einer Prinzessin?", fragte Gerda.

„Ja, höre!", sagte die Krähe. „Aber es fällt mir so schwer, deine Sprache zu sprechen. Verstehst du die Krähensprache? Dann will ich besser erzählen."

„Nein, die habe ich nicht gelernt", sagte Gerda, „aber die Großmutter verstand sie, und auch sprechen konnte sie diese Sprache. Hätte ich sie nur gelernt!"

„Tut gar nichts!", sagte die Krähe. „Ich werde erzählen, so gut ich kann; aber schlecht wird es gehen." Dann erzählte sie, was sie wusste.

„Es ist mir, als käme jemand hinter uns her", sagte Gerda; und es sauste an ihr vorbei; es war wie Schatten an der Wand: Pferde mit fliegenden Mähnen und dünnen Beinen.

„In dem Königreiche, in welchem wir jetzt sitzen, wohnt eine Prinzessin, die ist ganz unbändig klug; aber sie hat auch alle Zeitungen, die es in der Welt gibt, gelesen und wieder vergessen, so klug ist sie. Neulich saß sie auf dem Throne, und das ist doch nicht so angenehm, wie man sagt; da fing sie an, ein Lied zu singen, und das war dieses: ‚Weshalb sollt' ich mich nicht verheiraten?' Höre, da ist etwas daran", sagte die Krähe, „und so wollte sie sich verheiraten; aber sie wollte einen Mann haben, der zu antworten verstehe, wenn man mit ihm spreche; einen, der nicht bloß dastehe und vornehm aussehe, denn das sei zu langweilig. Nun ließ sie alle Hofdamen zusammentrommeln, und als diese hörten, was sie wollte, wurden sie sehr vergnügt. ‚Das mag ich leiden!', sagte sie. ‚Daran dachte ich neulich auch!' – Du kannst glauben, dass jedes Wort, was ich sage, wahr ist!", fügte die Krähe hinzu. „Ich habe eine zahme Geliebte, die geht frei im Schlosse umher, und die hat mir alles erzählt!"

Die Geliebte war natürlich auch eine Krähe. Denn eine Krähe sucht die andere, und es bleibt immer eine Krähe.

„Die Zeitungen kamen sogleich mit einem Rande von Herzen und der Prinzessin Namenszug heraus; man konnte darin lesen, dass es einem jeden jungen Manne, der gut aussehe, freistehe, auf das Schloss zu kommen und mit der Prinzessin zu sprechen; und derjenige, welcher so spreche, dass man hören könne, er sei dort zu Hause, und der am besten spräche, den wolle die Prinzessin zum Manne nehmen. – Ja, ja", sprach die Krähe. „Du kannst es mir glauben; es ist so gewiss wahr, als ich hier sitze. Junge Männer strömten herzu; es war ein Gedränge und ein Laufen, aber es glückte weder am ersten, noch am zweiten Tage. Sie konnten alle gut sprechen, wenn sie auf der Straße waren, aber wenn sie in das Schlosstor traten und die Gardisten in Silber sahen und die Treppen hinauf die Lakaien in Gold und die großen erleuchteten Säle – dann wurden sie verwirrt. Und standen sie gar vor dem Throne, wo die Prinzessin saß, dann wussten sie nichts zu sagen als das letzte Wort, was sie gesprochen hatte; und das noch einmal zu hören, dazu hatte sie keine Lust. Es war, als ob die Leute drinnen Schnupftabak auf den Magen bekommen hätten und in den Schlaf gefallen wären, bis sie wieder auf die Straße kamen, dann erst konnten sie wieder sprechen. Da stand eine Reihe vom Stadttore an bis zum Schlosse. – Ich war selbst drinnen, um es zu sehen!", sagte die Krähe. „Sie wurden hungrig und durstig, aber auf dem Schlosse erhielten sie nicht einmal ein Glas Wasser. Zwar hatten einige der Klügsten Butterbrot mitgenommen, aber sie teilten

nicht mit ihrem Nachbarn; sie dachten so: ‚Lass ihn hungrig aussehen, dann nimmt ihn die Prinzessin nicht!'"

„Aber Kay, der kleine Kay!", fragte Gerda. „Wann kam der? War er unter der Menge?"

„Warte! Warte! Jetzt sind wir bei ihm! Es war am dritten Tage, da kam eine kleine Person, ohne Pferd und Wagen, fröhlich gerade auf das Schloss zumarschiert; seine Augen glänzten wie deine; er hatte schönes langes Haar, aber sonst ärmliche Kleider."

„Das war Kay!", jubelte Gerda. „O, dann habe ich ihn gefunden!", und sie klatschte in die Hände.

„Er hatte ein kleines Ränzel auf dem Rücken!", sagte die Krähe. „Nein, das war sicher sein Schlitten!", sagte Gerda. „Denn mit dem Schlitten ging er fort!"

„Das kann wohl sein", sagte die Krähe, „ich sah nicht so genau darnach! Aber das weiß ich von meiner zahmen Geliebten, dass er, als er in das Schlosstor kam und die Leibgardisten in Silber sah und die Treppe hinauf die Lakaien in Gold, nicht im mindesten verlegen wurde; er nickte und sagte zu ihnen: ‚Das muss langweilig sein, auf der Treppe zu stehen; ich gehe lieber hinein!' Da glänzten die Säle von Lichtern; Geheimräte und Exzellenzen gingen mit entblößten Füßen und trugen Goldgefäße; man konnte wohl andächtig werden! Seine Stiefel knarrten gar gewaltig laut, aber ihm wurde doch nicht bange."

„Das ist ganz gewiss Kay!", sagte Gerda. „Ich weiß, er hat neue Stiefel an; ich habe sie in der Großmutter Stube knarren hören!"

„Ja freilich knarrten sie!", sagte die Krähe. „Und frischen Muts ging er gerade zur Prinzessin hinein, die auf einer großen Perle saß, die so groß wie ein Spinnrad war; und alle Hofdamen mit ihren Jungfern und den Jungfern der Jungfern, und alle Kavaliere mit ihren Dienern und den Dienern der Diener, die wieder einen Burschen hielten, standen ringsherum aufgestellt; und je näher sie der Tür standen, desto stolzer sahen sie aus. Des Dieners Dieners Burschen, der immer in Pantoffeln geht, darf man kaum anzusehen wagen; so stolz steht er in der Türe!"

„Das muss gräulich sein!", sagte die kleine Gerda. „Und Kay hat doch die Prinzessin erhalten?"

„Wäre ich nicht eine Krähe gewesen, so hätte ich sie genommen, und dessen ungeachtet, dass ich verlobt bin. Er soll ebenso gut gesprochen haben wie ich, wenn ich die Krähensprache spreche: Das habe ich von meiner zahmen Gelieb-

„Au!", sagte das Weib zu gleicher Zeit;
sie wurde von der eigenen Tochter,
gar wild und unartig, in das Ohr gebissen.

ten gehört. Er war fröhlich und niedlich; er war nicht gekommen zum Freien, sondern nur, um der Prinzessin Klugheit zu hören; und die fand er gut, und sie fand ihn wieder gut."

„Ja, sicher! Das war Kay!", sagte Gerda. „Er war so klug; er konnte die Kopfrechnung mit Brüchen. – O, willst du mich nicht auf dem Schlosse einführen?"

„Ja, das ist leicht gesagt!", antwortete die Krähe. „Aber wie machen wir das? Ich werde es mit meiner zahmen Geliebten besprechen; sie kann uns wohl Rat erteilen; denn das muss ich dir sagen: So ein kleines Mädchen, wie du bist, bekommt nie die Erlaubnis hineinzukommen!"

„Ja, die erhalte ich!", sagte Gerda. „Wenn Kay hört, dass ich da bin, kommt er gleich heraus und holt mich!"

„Erwarte mich dort am Gitter!", sagte die Krähe, wackelte mit dem Kopfe und flog davon.

Erst als es spät am Abend war, kehrte die Krähe wieder zurück. „Rar! Rar!", sagte sie. „Ich soll dich vielmals von ihr grüßen, und hier ist ein kleines Brot für dich, sie nahm es aus der Küche, dort ist Brot genug, und du bist gewiss hungrig. – Es ist nicht möglich, dass du in das Schloss hineinkommen kannst: Du bist ja barfuß. Die Gardisten in Silber und die Lakaien in Gold würden es nicht erlauben. Aber weine nicht. Du sollst schon hinaufkommen. Meine Geliebte kennt eine schmale Hintertreppe, die zum Schlafgemach führt, und sie weiß, wie sie den Schlüssel erhalten kann."

Sie gingen in den Garten hinein, in die große Allee, wo ein Blatt nach dem andern abfiel: Und als auf dem Schlosse die Lichter ausgelöscht

wurden, das eine nach dem andern, führte die Krähe die kleine Gerda zu einer Hintertür, die nur angelehnt war.

O, wie Gerdas Herz vor Angst und Sehnsucht pochte! Es war, als ob sie etwas Böses tun wollte; und sie wollte ja doch nur wissen, ob es der kleine Kay sei. Ja, er musste es sein; sie gedachte so lebendig seiner klugen Augen, seines langen Haares; sie konnte sehen, wie er lächelte wie damals, als sie daheim unter den Rosen saßen. Er würde sicher froh sein, sie zu erblicken; zu hören, welchen langen Weg sie um seinetwillen zurückgelegt; zu wissen, wie betrübt sie alle daheim gewesen, als er nicht wiedergekommen. O, das war eine Furcht und eine Freude!

Nun waren sie auf der Treppe; da brannte eine kleine Lampe auf dem Schranke; mitten auf dem Fußboden stand die zahme Krähe und wendete den Kopf nach allen Seiten und betrachtete Gerda, die sich verneigte, wie die Großmutter sie gelehrt hatte.

„Mein Verlobter hat mir so viel Gutes von Ihnen gesagt, mein kleines Fräulein", sagte die zahme Krähe, „Ihr Lebenslauf, wie man es nennt, ist auch sehr rührend. – Wollen Sie die Lampe nehmen, dann werde ich vorangehen. Wir gehen hier den geraden Weg, denn da begegnen wir niemand."

„Es ist mir, als käme jemand hinter uns her", sagte Gerda; und es sauste an ihr vorbei; es war wie Schatten an der Wand: Pferde mit fliegenden Mähnen und dünnen Beinen, Jägerburschen, Herren und Damen zu Pferde.

„Das sind nur Träume", sagte die Krähe, „die kommen und holen der hohen Herrschaften Gedanken zur Jagd ab. Das ist recht gut, dann können Sie sie

Da sagten die Waldtauben: „Kurre! Kurre!
Wir haben den kleinen Kay gesehen;
er saß im Wagen der Schneekönigin.“

besser im Bette betrachten. Aber ich hoffe, wenn Sie zu Ehren und Würden gelangen, werden Sie ein dankbares Herz zeigen.“

„Das versteht sich von selbst!“, sagte die Krähe vom Walde.

Nun kamen sie in den ersten Saal; der war von rosenrotem Atlas mit künstlichen Blumen an den Wänden hinauf, hier sausten an ihnen schon die Träume vorbei; aber sie fuhren so schnell, dass Gerda die hohen Herrschaften nicht zu sehen bekam. Ein Saal war immer prächtiger als der andere; ja, man konnte wohl verdutzt werden. Nun waren sie im Schlafgemache. Hier glich die Decke einer großen Palme mit Blättern von kostbarem Glas, und mitten auf dem Fußboden hingen an einem dicken Stängel von Gold zwei Betten, von denen jedes wie eine Lilie aussah; die eine war weiß, in der lag die Prinzessin; die andere war rot, und in dieser sollte Gerda den kleinen Kay suchen. Sie bog eins der roten Blätter zur Seite, da sah sie einen braunen Nacken. – O, das war Kay! Sie rief laut seinen Namen, hielt die Lampe nach ihm hin – die Träume sausten zu Pferde wieder in die Stube herein – er erwachte, drehte den Kopf um und – es war nicht der kleine Kay.

Der Prinz glich ihm nur im Nacken; aber jung und hübsch war er. Und aus dem weißen Lilienblatte blinzelte die Prinzessin hervor und fragte, wer da wäre. Da weinte die kleine Gerda und erzählte ihre ganze Geschichte und alles, was die Krähen für sie getan hatten.

„Du armes Kind!“, sagte der Prinz und die Prinzessin; und sie lobten die Krähen und sagten, dass sie nicht böse auf sie seien; aber sie sollten es ja nicht öfter tun. Übrigens sollten sie eine Belohnung erhalten.

„Wollt ihr frei fliegen?“, sagte die Prinzessin. „Oder wollt ihr feste Anstellung als Hofkrähen haben, mit allem, was in der Küche abfällt?“

Und beide Krähen verneigten sich und baten um feste Anstellung, denn sie gedachten des Alters und sagten: „Es wäre schön, etwas für die alten Tage zu haben“, wie sie es nannten.

Und der Prinz stand aus seinem Bette auf und ließ Gerda darin schlafen, mehr konnte er nicht tun. Sie faltete ihre kleinen Hände und dachte: „Wie gut sind nicht die Menschen und die Tiere!“ – Dann schloss sie ihre Augen und schlief sanft. Alle Träume kamen wieder hereingeflogen, sie sahen wie Engel Gottes aus und zogen einen kleinen Schlitten, auf welchem Kay saß und nickte; aber das Ganze war nur ein Traum, und deshalb war es auch wieder fort, sobald sie erwachte.

Am folgenden Tage wurde sie vom Kopfe bis zum Fuße in Seide und Samt gekleidet; es wurde ihr angeboten, auf dem Schlosse zu bleiben und gute Tage zu genießen; aber sie bat nur um einen kleinen Wagen mit einem Pferde und um ein Paar Stiefelchen; dann wollte sie wieder in die weite Welt hinausfahren und Kay suchen.

Und sie erhielt sowohl Stiefelchen als Muff; sie wurde niedlich gekleidet; als sie fortwollte, hielt vor der Tür eine neue Kutsche aus reinem Golde; des Prinzen und der Prinzessin Wappen glänzte an derselben wie ein Stern; Kutscher, Diener und Vorreiter – denn es waren auch Vorreiter da – saßen mit Goldkronen auf dem Kopfe zu Pferde. Der Prinz und die Prinzessin halfen ihr selbst in den Wagen und wünschten ihr alles Glück. Die Waldkrähe, welche nun verheiratet war, begleitete sie die ersten drei Meilen; sie saß ihr zur Seite, denn sie konnte nicht vertragen, rückwärts zu fahren; die andere Krähe stand in der Türe und schlug mit den Flügeln; sie kam nicht mit, denn sie litt an Kopfschmerzen, seitdem sie eine feste Anstellung und zu viel zu essen erhalten hatte. Inwendig war die Kutsche mit Zuckerbrezeln gefüttert, und im Sitze waren Früchte und Pfeffernüsse.

„Lebewohl! Lebewohl!“, rief der Prinz und die Prinzessin; und die kleine Gerda weinte, und die Krähe weinte. – So ging es die ersten drei Meilen; da sagte auch die Krähe Lebewohl, und das war der schwerste Abschied; sie flog auf einen Baum und schlug mit ihren schwarzen Flügeln, solange sie den Wagen, welcher wie der helle Sonnenschein glänzte, erblicken konnte.

Fünfte Geschichte
Das kleine Räubermädchen

Sie fuhren durch den dunkeln Wald, aber die Kutsche leuchtete gleich einer Fackel; das stach den Räubern in die Augen, das konnten sie nicht ertragen.

„Das ist Gold, das ist Gold!“, riefen sie, stürzten hervor, ergriffen die Pferde, schlugen die kleinen Jockeys, den Kutscher und die Diener tot und zogen dann die kleine Gerda aus dem Wagen.

„Sie ist fett, sie ist niedlich, sie ist mit Nusskernen gefüttert!“, sagte das alte Räuberweib, das einen langen struppigen Bart und Augenbrauen hatte, die ihr über die Augen herabhingen.

„Du musst dieses kleine Mädchen zum Schlosse der Schneekönigin bringen, wo ihr Spielkamerad ist", sagte das Räubermädchen. Das Rentier sprang vor Freuden hoch auf.

„Sie ist so gut wie ein kleines fettes Lamm; wie soll die schmecken!" Und dann zog sie ihr blankes Messer heraus, das glänzte, dass es grässlich war.

„Au!", sagte das Weib zu gleicher Zeit; sie wurde von der eigenen Tochter, die auf ihrem Rücken hing, gar wild und unartig, dass es eine Lust war, in das Ohr gebissen. „Du hässlicher Balg!", sagte die Mutter und hatte nicht Zeit, Gerda zu schlachten.

„Sie soll mit mir spielen!", sagte das kleine Räubermädchen. „Sie soll mir ihren Muff, ihr hübsches Kleid geben, bei mir in meinem Bette schlafen!" Und dann biss sie wieder, dass das Räuberweib in die Höhe sprang und sich ringsherum drehte. Und alle Räuber lachten und sagten: „Sieh, wie es mit seinem Kalbe tanzt!"

„Ich will in den Wagen hinein", sagte das kleine Räubermädchen. Sie musste und wollte ihren Willen haben, denn sie war ganz verzogen und sehr hartnäckig! Sie und Gerda saßen drinnen und fuhren über Stock und Stein tiefer in den Wald hinein. Das kleine Räubermädchen war so groß wie Gerda, aber stärker, breitschultriger und von dunkler Haut; die Augen waren schwarz; sie sahen fast traurig aus. Sie fasste die kleine Gerda um den Leib und sagte: „Sie sollen dich nicht schlachten, solange ich dir nicht böse werde. Du bist wohl eine Prinzessin?"

„Nein", sagte Gerda und erzählte alles, was sie erlebt hatte, und wie sehr sie den kleinen Kay lieb hätte.

Das Räubermädchen betrachtete sie ganz ernsthaft, nickte ein wenig mit dem Kopfe und sagte: „Sie sollen dich nicht schlachten, selbst wenn ich dir böse werde; dann werde ich es schon selbst tun!" Und dann trocknete sie Gerdas Augen und steckte ihre beiden Hände in den schönen Muff, der weich und warm war.

Nun hielt die Kutsche, sie waren mitten auf dem Hofe eines Räuberschlosses; dasselbe war von oben bis unten geborsten; Raben und Krähen flogen aus den offnen Löchern, und die großen Bullenbeißer, von denen jeder aussah, als könne er einen Menschen verschlingen, sprangen hoch empor; aber sie bellten nicht, denn das war verboten.

In dem großen, alten, verräucherten Saale brannte mitten auf dem steinernen Fußboden ein helles Feuer; der Rauch zog unter der Decke hin und musste sich selbst den Ausweg suchen; ein großer Braukessel mit Suppe kochte; Hasen und Kaninchen wurden am Spieße gebraten.

„Das sind meine alten Nordlichter!", sagte das Rentier. „Sieh, wie sie leuchten!" Und nun lief es noch schneller davon, Tag und Nacht.

„Du sollst diese Nacht mit mir bei allen meinen kleinen Tieren schlafen", sagte das Räubermädchen. Sie bekamen zu essen und zu trinken und gingen dann nach einer Ecke, wo Stroh und Teppiche lagen. Oben darüber saßen auf Latten und Stäben mehr als hundert Tauben, die alle zu schlafen schienen, sich aber noch ein wenig drehten, als die beiden kleinen Mädchen kamen.

„Die gehören mir alle!", sagte das kleine Räubermädchen und ergriff rasch eine der nächsten, hielt sie bei den Füßen und schüttelte sie, dass sie mit den Flügeln schlug. „Küsse sie", rief sie und schlug sie Gerda ins Gesicht. „Da sitzen die Waldkanaillen", fuhr sie fort und zeigte hinter eine Anzahl Stäbe, die vor einem Loche oben in die Mauer eingeschlagen waren. „Das sind Waldkanaillen, die beiden; die fliegen gleich fort, wenn man sie nicht recht verschlossen hält; und hier steht mein alter Liebster, Bä!" Und sie zog ein Rentier am Horne hervor, welches einen blanken kupfernen Ring um den Hals trug und angebunden war. „Den müssen wir auch in der Klemme halten, sonst springt er von uns fort. An jedem Abend kitzele ich ihn mit meinem scharfen Messer am Halse, davor fürchtet er sich sehr!" Und das kleine Mädchen zog ein langes Messer aus einer Spalte in der Mauer und ließ es über des Rentiers Hals hingleiten; das arme Tier schlug mit den Beinen aus, das kleine Räubermädchen lachte und zog dann Gerda mit in das Bett hinein.

„Willst du das Messer behalten, wenn du schläfst?", fragte Gerda und blickte etwas furchtsam nach demselben hin.

„Ich schlafe immer mit dem Messer!", sagte das kleine Räubermädchen. „Man weiß nie, was vorfallen kann! Aber erzähle mir nun wieder, was du mir vorhin von dem kleinen Kay erzähltest, und weshalb du in die weite Welt hinausgegangen bist." Und Gerda erzählte wieder von vorn, und die Waldtauben kurrten oben im Käfig, aber die andern Tauben schliefen. Das kleine Räubermädchen legte ihren Arm um Gerdas Hals, hielt das Messer in der andern Hand und schlief, dass man es hören konnte; aber Gerda konnte ihre Augen durchaus nicht schließen; sie wusste nicht, ob sie leben oder sterben sollte. Die Räuber saßen rings um das Feuer, sangen und tranken, und das Räuberweib überpurzelte sich. O! Es war dies mit anzusehen ganz grässlich für das kleine Mädchen.

Da sagten die Waldtauben: „Kurre! Kurre! Wir haben den kleinen Kay gesehen. Ein weißes Huhn trug seinen Schlitten; er saß im Wagen der Schneekönigin, welcher dicht über den Wald hinfuhr, als wir im Neste lagen; sie blies auf uns junge Tauben, und außer uns beiden starben alle. Kurre! Kurre!"

„Was sagt ihr dort oben?", rief Gerda. „Wohin reiste die Schneekönigin? Wisst ihr etwas davon?"

„Sie reiste wahrscheinlich nach Lappland, denn dort ist immer Schnee und Eis! Frage das Rentier, welches am Stricke angebunden steht."

„Dort ist Eis und Schnee, dort ist es herrlich und gut!", sagte das Rentier. „Dort springt man frei umher in den großen glänzenden Tälern! Dort hat die Schneekönigin ihr Sommerzelt; aber ihr bestes Schloss ist oben, gegen den Nordpol hin, auf der Insel, die Spitzbergen genannt wird!"

„O Kay, kleiner Kay!", seufzte Gerda.

„Du musst still liegen!", sagte das Räubermädchen. „Sonst stoße ich dir das Messer in den Leib!"

Am Morgen erzählte Gerda ihr alles, was die Waldtauben gesagt hatten, und das kleine Räubermädchen sah ernsthaft aus, nickte mit dem Kopfe und sagte: „Das ist einerlei! Das ist einerlei! – Weißt du, wo Lappland ist?", fragte sie das Rentier.

„Wer könnte es wohl besser wissen als ich?", sagte das Tier, und die Augen funkelten ihm im Kopfe. „Dort bin ich geboren und erzogen; dort bin ich auf den Schneefeldern umhergesprungen!"

Da drinnen war eine Hitze; gleich löste sie die Kleider der kleinen Gerda und zog ihr die Fausthandschuhe und Stiefel aus – denn sonst wäre es ihr zu heiß geworden.

„Höre!", sagte das Räubermädchen zu Gerda. „Du siehst, alle unsere Mannsleute sind fort; nur die Mutter ist noch hier, und die bleibt; aber gegen Mittag trinkt sie aus der großen Flasche und schlummert nachher ein wenig darauf – dann werde ich etwas für dich tun!" Nun sprang sie aus dem Bette, fuhr der Mutter um den Hals, zog sie am Bart und sagte: „Mein einzig lieber Ziegenbock, guten Morgen!" Und die Mutter gab ihr Nasenstüber, dass die Nase rot und blau wurde; und das geschah alles aus lauter Liebe.

Als die Mutter dann aus ihrer Flasche getrunken hatte und darauf einschlief, ging das Räubermädchen zum Rentier hin und sagte: „Ich könnte große Freude daran haben, dich noch manches Mal mit dem scharfen Messer zu kitzeln, denn dann bist du so possierlich; aber es ist einerlei; ich will deine Schnur lösen und dir hinaushelfen, damit du nach Lappland laufen kannst; aber du musst tüchtig Beine machen und dieses kleine Mädchen zum Schlosse der Schneekönigin bringen, wo ihr Spielkamerad ist. Du hast wohl gehört, was sie erzählte, denn sie sprach laut genug, und du horchtest."

Das Rentier sprang vor Freuden hoch auf. Das Räubermädchen hob die kleine Gerda hinauf und hatte die Vorsicht, sie festzubinden, ja ihr sogar ihr kleines Kissen als Sitz mitzugeben. „Da hast du auch deine Pelzstiefel", sagte sie, „denn es wird kalt; aber den Muff behalte ich, der ist gar zu niedlich! Darum sollst du aber doch nicht frieren. Hier hast du meiner Mutter große Fausthandschuhe, die reichen dir gerade bis zu den Ellenbogen

Die Schneeflocken liefen gerade auf der Erde hin;
sie waren fürchterlich; sie lebten; sie waren der Schneekönigin
Vorposten, sie hatten die sonderbarsten Gestalten.

hinauf. Kriech hinein! – Nun siehst du an den Händen ebenso aus wie meine hässliche Mutter!"

Und Gerda weinte vor Freuden.

„Ich kann nicht leiden, dass du grinsest!", sagte das kleine Räubermädchen. „Jetzt musst du gerade recht froh aussehen! Und hier hast du zwei Brote und einen Schinken: Nun wirst du nicht hungern." Beides wurde hinten auf das Rentier gebunden; das kleine Räubermädchen öffnete die Türe, lockte alle die großen Hunde herein, durchschnitt dann den Strick mit dem scharfen Messer und sagte zum Rentiere: „Lauf nun! Aber gib recht auf das kleine Mädchen Acht!"

Und Gerda streckte die Hände mit den großen Fausthandschuhen gegen das Räubermädchen aus und sagte: „Lebewohl!" Dann jagte das Rentier über Stock und Stein davon, durch den großen Wald, über Sümpfe und Steppen, so schnell es nur konnte. Die Wölfe heulten, und die Raben schrieen. – „Fut! Fut!", ging es am Himmel. Es war als sprühe der Himmel Feuer.

„Das sind meine alten Nordlichter!", sagte das Rentier. „Sieh, wie sie leuchten!" Und nun lief es noch schneller davon, Tag und Nacht. Die Brote wurden verzehrt, der Schinken auch, und dann waren sie in Lappland.

Sechste Geschichte

Die Lappin und die Finnin

Bei einem kleinen Hause hielten sie an; es war sehr armselig; das Dach hing fast bis zur Erde herab, und die Türe war so niedrig, dass die Familie kriechen musste, wenn sie heraus- oder hineinwollte. Hier war außer einer alten Lappin, welche bei einer Tranlampe Fische kochte, niemand im Hause; und das Rentier erzählte Gerdas ganze Geschichte; aber zuerst seine eigene, denn diese schien ihm weit wichtiger; und Gerda war so angegriffen von der Kälte, dass sie nicht sprechen konnte.

„Ach, ihr Armen!", sagte die Lappin. „Da habt ihr noch weit zu laufen! Ihr müsst über hundert Meilen in Finnmarken hinein, denn da wohnt die Schneekönigin auf dem Lande und brennt jeden Abend bengalische Flammen. Ich werde einige Worte auf einen trockenen Stockfisch schreiben; Papier habe ich nicht; den werde ich euch für die Finnin dort oben mitgeben; sie kann euch besser Bescheid erteilen als ich!"

Und als Gerda nun erwärmt war und zu essen und zu trinken bekommen hatte, schrieb die Lappin einige Worte auf einen trockenen Stockfisch, bat Gerda,

Der Atem wurde dichter und dichter und gestaltete sich zu kleinen Engeln. Sie stachen mit ihren Spießen gegen die gräulichen Schneeflocken, sodass diese in hundert Stücke zersprangen.

wohl darauf zu achten, band sie wieder auf dem Rentier fest, und dieses sprang davon. „Fut! Fut!", ging es oben in der Luft; die ganze Nacht brannten die schönsten blauen Nordlichter – und dann kamen sie nach Finnmarken und klopften an den Schornstein der Finnin; denn sie hatte nicht einmal eine Türe.

Da drinnen war eine Hitze, dass die Finnin fast nackt ging; sie war klein und schmutzig; gleich löste sie die Kleider der kleinen Gerda und zog ihr die Fausthandschuhe und Stiefel aus – denn sonst wäre es ihr zu heiß geworden –, legte dem Rentier ein Stück Eis auf den Kopf und las dann, was auf dem Stockfische geschrieben stand; sie las es drei Mal, da wusste sie es auswendig und steckte den Fisch in den Suppenkessel; denn er konnte ja gegessen werden, und sie verschwendete nie etwas.

Nun erzählte das Rentier zuerst seine Geschichte, dann die der kleinen Gerda; und die Finnin blinzelte mit den klugen Augen, sagte aber nichts.

„Du bist sehr klug", sagte das Rentier, „ich weiß, du kannst alle Winde der Welt mit einem Zwirnfaden zusammenbinden, wenn der Schiffer den einen Knoten löst, so erhält er guten Wind, löst er den andern, dann weht er scharf, und löst er den dritten und vierten, so stürmt es, dass die Wälder umfallen. Willst du nicht dem kleinen Mädchen einen Trank geben, dass sie Zwölf-Männer-Kraft erhält und die Schneekönigin überwindet?"

„Zwölf-Männer-Kraft?", sagte die Finnin. „Ja, das würde viel helfen!" Dann ging sie nach einem Bette, nahm ein

großes zusammengerolltes Fell hervor und rollte es auf; da waren wunderbare Buchstaben darauf geschrieben, und die Finnin las, dass ihr das Wasser von der Stirn herunterlief.

Aber das Rentier bat wieder so sehr für die kleine Gerda, und Gerda blickte die Finnin mit so bittenden Augen voll Tränen an, dass sie abermals mit den ihrigen zu blinzeln anfing und das Rentier in einen Winkel zog, wo sie ihm zuflüsterte, während es wieder frisches Eis auf den Kopf bekam:

„Der kleine Kay ist freilich bei der Schneekönigin und findet dort alles nach seinem Geschmacke und Gefallen und glaubt, es sei der beste Ort in der Welt; aber das kommt daher, dass er einen Glassplitter in das Herz und ein kleines Glaskörnchen in das Auge bekommen hat; die müssen erst heraus, sonst wird er nie wieder ein Mensch, und die Schneekönigin wird die Gewalt über ihn behalten!"

„Aber kannst du nicht der kleinen Gerda etwas eingeben, dass sie Gewalt über das Ganze erhält?"

„Ich kann ihr keine größere Gewalt geben, als sie schon besitzt; siehst du nicht, wie groß die ist? Siehst du nicht, wie Menschen und Tiere ihr dienen müssen, wie sie mit nackten Füßen so gut in der Welt fortgekommen ist? Sie kann nicht von uns ihre Macht erhalten; die besitzt sie in ihrem Herzen; die besteht darin, dass sie ein liebes unschuldiges Kind ist. Kann sie nicht selbst zur Schneekönigin hineingelangen und das Glas aus dem kleinen Kay bringen, dann können wir nicht helfen! Zwei Meilen von hier beginnt der Garten der Schneekönigin; dahin kannst du das kleine Mädchen tragen; setze sie beim großen Busche ab, welcher mit roten Beeren im Schnee steht; halte keinen Gevatterklatsch, sondern spute dich, hierher zurückzukommen!" Und dann hob die Finnin die kleine Gerda auf das Rentier, welches lief, was es konnte.

„O, ich habe meine Stiefel nicht! Ich habe meine Fausthandschuhe nicht!", rief die kleine Gerda. Das merkte sie in der schneidenden Kälte; aber das Rentier wagte nicht, anzuhalten; es lief, bis es zu dem Busche mit den roten Beeren gelangte; da setzte es Gerda ab und küsste sie auf den Mund, und es liefen große, blanke Tränen über des Tieres Backen; und dann lief es, was es nur konnte, wieder zurück. Da stand die arme Gerda, ohne Schuhe, ohne Handschuhe, mitten in dem fürchterlichen, eiskalten Finnmarken.

Sie lief vorwärts, so schnell sie nur konnte; da kam ein Regiment Schneeflocken; aber die fielen nicht vom Himmel herab, der war hell und glänzte von

Die Eisstücke lagen in den Buchstaben, von denen die Schneekönigin gesagt hatte, dass er sie ausfindig machen solle, dann wäre er sein eigener Herr.

Nordlichtern; die Schneeflocken liefen gerade auf der Erde hin, und je näher sie kamen, desto größer wurden sie. Gerda erinnerte sich noch, wie groß und künstlich die Schneeflocken damals ausgesehen hatten, als sie dieselben durch ein Brennglas betrachtete. Aber hier waren sie freilich noch größer und fürchterlicher; sie lebten; sie waren der Schneekönigin Vorposten, sie hatten die sonderbarsten Gestalten. Einige sahen aus wie hässliche, große Stachelschweine, andere wie Knoten, gebildet von Schlangen, welche die Köpfe hervorstreckten, noch andere wie kleine dicke Bären, auf denen das Haar sich sträubte; alle waren glänzend weiß, alle waren lebendige Schneeflocken.

Da betete die kleine Gerda ihr Vaterunser; die Kälte war so groß, dass sie ihren eigenen Atem sehen konnte; er ging ihr wie Rauch aus dem Munde. Der Atem wurde dichter und dichter und gestaltete sich zu kleinen Engeln, die mehr und mehr wuchsen, wenn sie die Erde berührten; und alle hatten Helme auf dem Kopfe und Spieße und Schilde in den Händen; ihre Anzahl wurde größer und größer, und als Gerda ihr Vaterunser beendet hatte, war eine ganze Legion um sie; sie stachen mit ihren Spießen gegen die gräulichen Schneeflocken, sodass diese in hundert Stücke zersprangen; und die kleine Gerda ging sicher und frohen Mutes vorwärts. Die Engel streichelten ihre Hände und Füße, da empfand sie weniger, wie kalt es war, und eilte nach der Schneekönigin Schloss.

Aber nun müssen wir doch erst sehen, was Kay macht. Er dachte freilich nicht an die kleine Gerda, am wenigsten, dass sie draußen vor dem Schlosse stehe.

Siebente Geschichte

Von dem Schlosse der Schneekönigin und was sich später darin zutrug

Des Schlosses Wände waren gebildet von treibendem Schnee, und Fenster und Türen von den schneidenden Winden; es waren über hundert Säle darin, alle, wie sie der Schnee zusammenwehte; der größte erstreckte sich mehrere Meilen lang; das starke Nordlicht beleuchtete sie alle, und wie groß und leer, wie eisig kalt und glänzend waren sie! Nie gab es hier Lustbarkeiten, nicht einmal einen kleinen Bärenball, wozu der Sturm hätte aufspielen und wobei die Eisbären hätten auf den Hinterfüßen gehen und ihre feinen Manieren zeigen können; nie eine kleine Spielgesellschaft mit Maulklapp und Tatzenschlag; nie ein kleiner

Aus dem Wald kam auf einem prächtigen Pferde, welches Gerda kannte, ein junges Mädchen geritten; das war das kleine Räubermädchen.

Kaffeeklatsch von Weißen-Fuchs-Fräuleins; leer, groß und kalt war es in der Schneekönigin Sälen. Die Nordlichter flammten so genau, dass man zählen konnte, wann sie am höchsten und wann sie am niedrigsten standen. Mitten in diesem leeren unendlichen Schneesaale war ein zugefrorner See, der war in tausend Stücke zersprungen; aber jedes Stück war dem andern gleich, dass es ein vollkommenes Kunstwerk war; und mitten auf dem See saß die Schneekönigin, wenn sie zu Hause war; dann sagte sie, dass sie im Spiegel des Verstandes säße, und dass dieser der einzige und der beste in der Welt sei.

Der kleine Kay war blau vor Kälte, ja fast schwarz; aber er merkte es doch nicht, denn sie hatte ihm den Frostschauer abgeküsst, und sein Herz glich einem Eisklumpen. Er schleppte einige scharfe, flache Eisstücke hin und her, die er auf alle mögliche Weise aneinanderfügte, denn er wollte damit etwas herausbringen. Es war, als wenn wir kleine Holztafeln haben und diese in Figuren zusammenlegen, was man das chinesische Spiel nennt. Kay ging auch und legte Figuren, und zwar die künstlichsten. Das war das Eisspiel des Verstandes. In seinen Augen waren die Figuren ausgezeichnet und von der höchsten Wichtigkeit: Das machte das Glaskörnchen, welches ihm im Auge saß! Er legte vollständige Figuren, die ein geschriebenes Wort waren; aber nie konnte er es dahin bringen, das Wort zu legen, das er haben wollte, das Wort „Ewigkeit“. Die Schneekönigin hatte gesagt: „Kannst du diese Figur ausfindig machen, dann sollst du dein eigener Herr sein, und ich schenke dir die ganze Welt und ein Paar neue Schlittschuhe.“ Aber er konnte es nicht.

„Nun sause ich fort nach den warmen Ländern!“, sagte die Schneekönigin. „Ich will hinfahren und in die schwarzen Töpfe hineinsehen!“ – Das waren die Feuer speienden Berge Ätna und Vesuv, wie man sie nennt. „Ich werde sie ein wenig weiß machen! Das gehört dazu; das tut den Zitronen und Weintrauben gut!“ Und die Schneekönigin flog davon, und Kay saß allein in dem viele Meilen großen, leeren Eissaale, betrachtete die Eisstücke und dachte so, dass es in ihm knackte; steif und still saß er; man hätte glauben sollen, er wäre erfroren.

Da geschah es, dass die kleine Gerda durch das große Tor in das Schloss trat. Hier herrschten schneidende Winde, als ob sie schlafen wollten; und sie trat in die großen, leeren, kalten Säle hinein – da erblickte sie Kay; sie erkannte ihn, flog ihm um den Hals, hielt ihn so fest und rief. „Kay! Lieber kleiner Kay! Da habe ich dich endlich gefunden!“

Aber er saß still, steif und kalt – da weinte die kleine Gerda heiße Tränen, die fielen auf seine Brust; sie drangen in sein Herz, sie tauten den Eisklumpen auf und verzehrten das kleine Spiegelstück darin; er betrachtete sie, und sie sang:

„Rosen, die blüh'n und verwehen;
Wir werden das Christkindlein sehen!“

Da brach Kay in Tränen aus: Er weinte so, dass das Spiegelkörnchen aus dem Auge schwamm; nun erkannte er sie und jubelte: „Gerda! Liebe kleine Gerda! – Wo bist du doch so lange gewesen? Und wo bin ich gewesen?“ Und er blickte rings um sich her. „Wie kalt ist es hier! Wie ist es hier weit und leer!“, und er klammerte sich an Gerda an und sie lachte und weinte vor Freuden; das war so herrlich, dass selbst die Eisstücke vor Freuden ringsumher tanzten, und als sie müde waren und sich niederlegten, lagen sie in den Buchstaben, von denen die Schneekönigin gesagt hatte, dass er sie ausfindig machen solle, dann wäre er sein eigener Herr, und sie wolle ihm die ganze Welt und ein Paar neue Schlittschuhe geben.

Und Gerda küsste seine Wangen, und sie wurden blühend; sie küsste seine Augen und sie leuchteten gleich den ihrigen; sie küsste seine Hände und Füße, und er war gesund und munter. Die Schneekönigin mochte nun nach Hause kommen: Sein Freibrief stand da mit glänzenden Eisstücken geschrieben.

Und sie fassten einander bei den Händen und wanderten aus dem großen Schlosse heraus; sie sprachen von der Großmutter und von den Rosen oben auf dem Dache; und wo sie gingen, ruhten die Winde, und Sonne brach hervor; und als sie den Busch mit den roten Beeren erreichten, stand das Rentier da

und wartete; es brachte noch ein anderes junges Rentier mit, dessen Euter voll war; und dieses gab den Kleinen seine warme Milch und küsste sie auf den Mund. Dann trugen sie Kay und Gerda zuerst zur Finnin, wo sie sich in der heißen Stube aufwärmten und über die Heimreise Bescheid erhielten; dann zur Lappin, welche ihnen neue Kleider genäht und ihren Schlitten instand gesetzt hatte.

Das Rentier und das Junge sprangen zur Seite und folgten bis zur Grenze des Landes; dort sprosste das erste Grün hervor; da nahmen sie Abschied von den Rentieren und von der Lappin. „Lebt wohl!", sagten alle. Und die ersten kleinen Vögel begannen zu zwitschern, der Wald hatte grüne Knospen, und aus ihm kam auf einem prächtigen Pferde, welches Gerda kannte – es war vor die goldene Kutsche gespannt gewesen –, ein junges Mädchen geritten, mit einer glänzend roten Mütze auf dem Kopfe und Pistolen im Halfter; das war das kleine Räubermädchen, welches es satt hatte, zu Hause zu sein, und nun erst gegen Norden und später, wenn ihr das nicht zusagte, nach einer andern Weltgegend hin wollte. Sie erkannte Gerda sogleich, und Gerda erkannte sie auch: Das war eine Freude.

„Du bist ein schöner Patron im Herumschweifen!", sagte sie zum kleinen Kay. „Ich möchte wissen, ob du verdienst, dass man deinethalben bis an das Ende der Welt läuft!"

Aber Gerda klopfte ihm die Wangen und fragte nach dem Prinzen und der Prinzessin.

„Die sind nach fremden Ländern gereist!", sagte das Räubermädchen.

„Aber die Krähe?", fragte Gerda.

„Ja, die Krähe ist tot!", erwiderte sie. „Die zahme Geliebte ist Witwe geworden und geht mit einem Endchen schwarzen wollenen Garns um das Bein; sie klagt jämmerlich, und Geschwätz ist das Ganze! – Aber erzähle mir nun, wie es dir ergangen ist, und wie du ihn erwischt hast."

Und Gerda und Kay erzählten.

„Snipp-Snapp-Snure-Pure-Basselurre!", sagte das Räubermädchen, nahm beide bei den Händen und versprach, dass, wenn sie je durch ihre Stadt kommen sollte, sie hinaufkommen wolle, sie zu besuchen. Und damit ritt sie in die weite Welt hinein. Aber Gerda und Kay gingen Hand in Hand, und wo sie gingen, war es herrlicher Frühling mit Blumen und Grün; die Kirchenglocken läuteten und sie erkannten die hohen Türme, die große Stadt; es war die, in

Die Großmutter saß und las laut aus der Bibel.
Gerda und Kay saßen da, erwachsen und doch Kinder,
Kinder im Herzen.

der sie wohnten; und sie gingen in dieselbe hinein und hin zur Türe der Großmutter, die Treppe hinauf, in die Stube hinein, wo alles wie früher auf derselben Stelle stand; und die Uhr ging: „Tick! Tack!", und die Zeiger drehten sich; aber indem sie durch die Türe gingen, bemerkten sie, dass sie erwachsene Menschen geworden waren. Die Rosen aus der Dachrinne blühten zum offenen Fenster herein, und da standen die kleinen Kinderstühle, und Kay und Gerda setzten sich ein jeder auf den seinigen und hielten einander bei den Händen; die kalte, leere Herrlichkeit bei der Schneekönigin hatten sie wie einen schweren Traum vergessen. Die Großmutter saß in Gottes hellem Sonnenschein und las laut aus der Bibel: „Werdet ihr nicht wie die Kinder, so werdet ihr das Reich Gottes nicht schauen!"

Und Kay und Gerda sahen einander in die Augen und verstanden auf einmal den alten Gesang:

„Rosen, die blüh'n
und verwehen:
Wir werden das
Christkindlein sehen!"

Da saßen sie beide, erwachsen und doch Kinder, Kinder im Herzen; und es war Sommer, warmer wohltuender Sommer.

Ole Luk-Oie

Das Spannungsfeld zwischen Gut und Böse ist von jeher ein wichtiges Element der Volksdichtung. In diesem beliebten Märchen aus dem Jahr 1841 werden gute Kinder mit wundervollen, zauberhaften Träumen belohnt, die ihnen ein Sandmann, Ole Luk-Oie („Ole, der Augenschließer"), mittels eines von zwei magischen Regenschirmen, die er bei sich trägt, beschert. Unartigen Kindern dagegen bleiben die Träume, ausgelöscht vom zweiten Zauberschirm, verwehrt. Eine Woche lang besucht Ole Luk-Oie jede Nacht einen kleinen Jungen namens Hjalmar, dessen allnächtliche Träume hier nacherzählt werden. Die Figur eines den Schlaf herbeizaubernden Geistes weist auf Morpheus, den griechischen Gott der Träume, und den Sandmann der deutschen Sage zurück. Märchenkundler ordnen die Geschichte der Fantasy-Literatur zu, in der Figuren auf wundersame Weise von der echten Welt in eine Fantasiewelt und zurück reisen, wie beispielsweise auch in *Alice im Wunderland*, *Der Zauberer von Oz* und *Der König von Narnia*. Zu den amüsanten Einfällen dieser Geschichte zählen die vielen Verweise auf andere Märchen von Andersen. In Gastrollen, die er zum Teil erst später in Hauptrollen verwandelte, treten unter anderem auf: die Fünfe in einer Hülse, die Stopfnadel, Zinnsoldaten, tanzende Blumen, Enten und Hühner, eine Hochzeitserbse, eine Schwalbe und kleine Chinesen. – ND

Federzeichnungen von Takeo Takei,
Japan, 1928

Es gibt niemanden in der Welt, der so viele Geschichten weiß, als Ole Luk-Oie. – Der kann gehörig erzählen!

So gegen Abend hin, wenn die Kinder noch nett am Tische oder auf ihrem Schemel sitzen, kommt Ole Luk-Oie. Er kommt leise die Treppe herauf, denn er geht auf Socken; er macht leise die Türen auf und husch!, da spritzt er den Kindern süße Milch in die Augen hinein, und das so fein, so fein, aber doch immer genug, dass sie die Augen nicht aufhalten und ihn deshalb auch nicht sehen können. Er schleicht sich hinter sie, bläst ihnen sanft in den Nacken, und davon wird ihnen schwer in dem Kopfe. O ja! Aber es tut nicht weh, denn Ole Luk-Oie meint es gut mit den Kindern; er will nur, dass sie ruhig sein sollen, und das sind sie am ersten, wenn man sie zu Bette gebracht hat; sie sollen still sein, damit er ihnen Geschichten erzählen kann.

Wenn die Kinder dann schlafen, setzt sich Ole Luk-Oie auf ihr Bett. Er ist gut gekleidet; sein Rock ist von Seide, aber es ist unmöglich zu sagen, von welcher Farbe, denn er glänzt grün, rot und blau, je nachdem er sich wendet. Unter jedem Arme hält er einen Regenschirm; den einen, mit Bildern darauf, spannt er über die guten Kinder aus, und dann träumen sie die ganze Nacht die herrlichsten Geschichten; aber den andern Schirm, auf welchem durchaus nichts ist, stellt er über die unartigen Kinder, dann schlafen sie wie dumm und haben am Morgen, wenn sie erwachen, nicht das Geringste geträumt.

Nun werden wir hören, wie Ole Luk-Oie an jedem Abende in einer Woche zu einem kleinen Knaben kam, welcher Hjalmar hieß, und was er ihm erzählte. Es sind sieben Geschichten; denn es sind sieben Tage in der Woche.

MONTAG

„Höre mal!“, sagte Ole Luk-Oie am Abend, als er Hjalmar zu Bette gebracht hatte. „Nun werde ich aufputzen!“ Und da wurden alle Blumen in den Blumentöpfen zu großen Bäumen, welche ihre langen Zweige unter der Zimmerdecke und längs den Wänden ausstreckten, sodass die Stube wie ein prächtiges Lusthaus aussah; und alle Zweige waren voll Blumen, und jede Blume war schöner als eine Rose, duftete lieblich, und wollte man sie essen, so war sie noch süßer als Eingemachtes! Die Früchte glänzten wie Gold, und Kuchen war da, der vor lauter Rosinen platzte. Es war unvergleichlich schön! Aber zu gleicher Zeit ertönte ein schreckliches Jammern aus dem Tischkasten her, wo Hjalmars Schulbücher lagen.

„Eins, zwei! Eins, zwei!“, und so exerzierte er die Buchstaben; und sie standen ganz schlank und so schön, wie nur eine Vorschrift stehen kann.

„Was ist nur das?“, sagte Ole Luk-Oie und ging nach dem Tische und zog den Kasten auf. Es war die Schiefertafel, auf der es riss und wühlte, denn es war eine falsche Zahl in das Rechenexempel gekommen, sodass es nahe dran war, auseinanderzufallen; der Griffel hüpfte und sprang an seinem Bande, als ob er ein kleiner Hund wäre, der dem Rechenexempel helfen möchte, aber er konnte es nicht. – Und dann jammerte es auch in Hjalmars Schreibebuche; o, es war hässlich anzuhören! Auf jedem Blatte standen der Länge nach herunter die großen Buchstaben, einem jeden ein kleiner zur Seite: Das war eine Vorschrift; und neben diesen standen wieder einige Buchstaben, welche ebenso auszusehen glaubten, und diese hatte Hjalmar geschrieben; sie lagen aber fast so, als ob sie über die Bleistiftlinien gefallen wären, auf denen sie stehen sollten.

„Seht, so sollt ihr euch halten!“, sagte die Vorschrift. „Seht, so schräg geneigt, mit einem kräftigen Schwunge!“

„O, wir möchten gern“, sagten Hjalmars Buchstaben, „aber wir können nicht; wir sind zu schwächlich!“

„Dann müsst ihr einnehmen!“, sagte Ole Luk-Oie. „O nein!“, riefen sie, und da standen sie so schlank, dass es eine Lust war.

„Ja, nun können wir keine Geschichten erzählen!“, sagte Ole Luk-Oie. „Nun muss ich sie exerzieren! Eins, zwei! Eins, zwei!“, und so exerzierte er die Buchstaben; und sie standen ganz schlank und so

Auf den Altanen standen Prinzessinnen. Jede streckte die Hände aus und hielt das niedlichste Zuckerherz hin. Hjalmar fasste die eine Seite des Zuckerherzens an, indem er vorüberfuhr.

schön, wie nur eine Vorschrift stehen kann. Aber als Ole Luk-Oie ging und Hjalmar sie am Morgen besah, da waren sie ebenso schwächlich und jämmerlich wie früher.

DIENSTAG

Sobald Hjalmar zu Bette gegangen war, berührte Ole Luk-Oie mit seiner kleinen Zauberspritze alle Möbel in der Stube, und zugleich fingen sie an zu plaudern und sprachen allesamt von sich selbst, mit Ausnahme des Spucknapfes, welcher stumm dastand und sich darüber ärgerte, dass sie so eitel sein könnten, nur von sich selbst zu sprechen, nur an sich selbst zu denken und durchaus keine Rücksicht auf den zu nehmen, der bescheiden in der Ecke stand und sich bespucken ließ.

Über der Kommode hing ein großes Gemälde in einem vergoldeten Rahmen, das war eine Landschaft; man sah darauf große, alte Bäume, Blumen im Grase und einen breiten Fluss, welcher um den Wald herumfloss, an vielen Schlössern vorbei und weit hinaus in das wilde Meer. Ole Luk-Oie berührte mit seiner Zauberspritze das Gemälde, und da begannen die Vögel darauf zu singen, die Baumzweige bewegten sich, und die Wolken zogen weiter; man konnte ihren Schatten über die Landschaft hingleiten sehen.

Nun hob Ole Luk-Oie den kleinen Hjalmar zu dem Rahmen empor und stellte seine Füße in das Gemälde, gerade in das hohe Gras; da stand er. Die Sonne beschien ihn durch die Zweige der Bäume. Er lief hin zum Wasser und setzte sich in ein kleines Boot, welches dort lag; es war rot und weiß angestrichen, die Segel glänzten wie Silber, und sechs Schwäne, mit Goldkronen um den Hals und einem strahlenden blauen Sterne auf dem Kopfe, zogen das Boot an dem grünen Walde vorüber, wo die Bäume von Räubern und Hexen und die Blumen von den niedlichen kleinen Elfen und von dem, was die Schmetterlinge ihnen gesagt haben, erzählen.

Die herrlichsten Fische mit Schuppen wie Silber und Gold schwammen dem Boote nach; mitunter machten sie einen Sprung, dass es im Wasser plätscherte, und Vögel, rot und blau, klein und groß, flogen in zwei langen Reihen hinterher; die Mücken tanzten, und die Maikäfer sagten: „Bum! Bum!“ Sie wollten Hjalmar alle folgen, und jeder hatte eine Geschichte zu erzählen.

Das war eine Lustfahrt! Bald waren die Wälder dicht und dunkel, bald waren sie wie der herrlichste Garten voll Sonnen und Blumen; da lagen große

Schlösser von Glas und von Marmor: Auf den Altanen standen Prinzessinnen, und diese waren alle kleine Mädchen, die Hjalmar gut kannte; er hatte früher mit ihnen gespielt. Jede streckte die Hände aus und hielt das niedlichste Zuckerherz hin, welches je eine Kuchenfrau verkaufen konnte; und Hjalmar fasste die eine Seite des Zuckerherzens an, indem er vorüberfuhr, und die Prinzessin hielt recht fest, und so bekam jeder ein Stück: sie das kleinste, Hjalmar das größte. Bei jedem Schlosse standen kleine Prinzen Schildwache, sie schulterten mit Goldsäbeln und ließen Rosinen und Zinnsoldaten regnen; man sah es ihnen an, dass es echte Prinzen waren.

Bald segelte Hjalmar durch Wälder, bald durch große Säle, oder mitten durch eine Stadt, er kam auch durch die, in welcher sein Kindermädchen wohnte, welche ihn getragen hatte, da er noch ein kleiner Knabe war, und die ihm immer so gut gewesen; sie nickte und winkte und sang den niedlichen kleinen Vers, den sie selbst gedichtet und Hjalmar gesendet hatte:

Ich denke deiner so manches Mal,
Mein teurer Hjalmar, du Lieber!
Ich gab dir Küsse ohne Zahl
Auf Stirne, Mund und Augenlider.
Ich hörte dich lallen das erste Wort,
Doch musst' ich dir Abschied sagen;
Es segne der Herr dich an jedem Ort,
Du Engel, den ich getragen.

Und alle Vögel sangen mit, die Blumen tanzten auf den Stielen, und die alten Bäume nickten, als ob Ole Luk-Oie ihnen auch Geschichten erzähle.

MITTWOCH

Nein, wie strömte der Regen draußen hernieder! Hjalmar konnte es im Schlafe hören; und da Ole Luk-Oie ein Fenster öffnete, stand das Wasser herauf bis an das Fensterbrett; es war ein ganzer See da draußen, aber das prächtigste Schiff lag dicht am Hause.

„Willst du mitsegeln, kleiner Hjalmar“, sagte Ole Luk-Oie, „so kannst du diese Nacht nach fremden Ländern gelangen und morgen wieder hier sein!“

Da stand Hjalmar plötzlich in seinen Sonntagskleidern mitten auf dem prächtigen Schiffe; sogleich wurde das Wetter schön, und sie segelten durch die Straßen, kreuzten um die Kirche, und nun war alles eine große wilde See.

Das Wasser stand bis an das Fensterbrett herauf;
es war ein ganzer See da draußen, aber das prächtigste
Schiff lag dicht am Hause.

Sie segelten so lange, bis kein Land mehr zu erblicken war, und sie sahen einen Flug Störche, die kamen auch aus der Heimat und wollten nach den warmen Ländern; ein Storch flog immer hinter dem andern, und sie waren schon weit, weit geflogen! Einer von ihnen war so ermüdet, dass seine Flügel ihn kaum noch zu tragen vermochten; er war der letzte in der Reihe, und bald blieb er ein großes Stück zurück; zuletzt sank er mit ausgebreiteten Flügeln tiefer und tiefer; er machte noch wenige Schläge mit den Schwingen, aber es half nichts; nun berührte er mit seinen Füßen das Tauwerk des Schiffes, dann glitt er vom Segel herab, und bums!, da stand er auf dem Verdecke.

Jetzt nahm ihn der Schiffsjunge und setzte ihn in das Hühnerhaus zu den Hühnern, Enten und Truthähnen; der arme Storch stand befangen mitten unter ihnen.

„Sieh den Kerl an!“, sagten alle Hühner.

Und der kalkuttische Hahn blies sich so dick auf, wie er konnte, und fragte, wer er wäre; die Enten gingen rückwärts und pufften einander: „Rappel dich! Rappel dich!“ Und der Storch erzählte vom warmen Afrika, von den Pyramiden und vom Strauße, der, einem wilden Pferde gleich, die Wüste durchlaufe; aber die Enten verstanden nicht, was er sagte, und dann pufften sie einander: „Wir sind doch wohl alle derselben Meinung, nämlich, dass er dumm ist!“

„Ja, sicher ist er dumm!“, sagte der Truthahn, und dann kollerte er. Da schwieg der Storch und dachte an sein Afrika.

„Das sind herrlich dünne Beine, die Ihr habt!“, sagte der Kalkuttaer. „Was kostet die Elle davon?“

Mitten in dem Saale sah man das Brautpaar, das küsste sich gar schrecklich viel vor aller Augen, denn es war Verlobung, und es sollte auch gleich Hochzeit sein.

„Skrat, skrat, skrat!“, grinsten alle Enten; aber der Storch tat, als ob er es nicht höre.

„Ihr könnt immer mitlachen“, sagte der Kalkuttaer zu ihm, „denn es war sehr witzig gesagt! Oder war es Euch vielleicht zu hoch? Ach, ach, er ist nicht vielseitig! Wir wollen interessant unter uns selbst bleiben!“ Und dann gluckte er, und die Enten schnatterten: „Gik, gak! Gik, gak!“ Es war schrecklich, wie sie sich selbst belustigten.

Aber Hjalmar ging nach dem Hühnerhause, öffnete die Türe, rief den Storch, und der hüpfte heraus auf das Verdeck. Nun hatte er ja ausgeruht, und es war, als ob er Hjalmar zunickte, ihm zu danken. Darauf entfaltete er seine Schwingen und flog nach den warmen Ländern. Aber die Hühner gluckten, die Enten schnatterten, und der kalkuttische Hahn wurde feuerrot am Kopfe.

„Morgen werden wir Suppe von euch kochen!“, sagte Hjalmar, und damit erwachte er und lag in seinem leinenen Bette. Es war doch eine sonderbare Reise, die Ole Luk-Oie ihn diese Nacht hatte machen lassen.

DONNERSTAG

„Weißt du was?“, sagte Ole Luk-Oie. „Werde nur nicht furchtsam! Hier wirst du eine kleine Maus sehen!“ Und dann hielt er seine Hand her mit dem leichten, niedlichen Tiere. „Sie ist gekommen, um dich zur Hochzeit einzuladen. Hier sind in dieser Nacht zwei kleine Mäuse, die in den Stand der Ehe treten wollen. Sie wohnen unter deiner Mutter Speisekammerfußboden: Das soll eine schöne Wohnung sein!“

„Aber wie kann ich durch das kleine Mauseloch im Fußboden hindurchkommen?“, fragte Hjalmar.

„Da lass mich nur sorgen!“, sagte Ole Luk-Oie. „Ich werde dich schon klein machen!“ Und nun berührte er Hjalmar mit seiner Zauberspritze, worauf dieser sogleich kleiner und kleiner wurde! Zuletzt war er keinen Finger lang. „Nun kannst du dir die Kleider des Zinnsoldaten leihen; ich denke, sie werden dir passen, und es sieht gut aus, Uniform anzuhaben, wenn man in Gesellschaft ist!“

„Ja freilich!“, sagte Hjalmar, und war im Augenblick wie der niedlichste Zinnsoldat angekleidet.

„Wollen Sie nicht so gut sein, sich in Ihrer Mutter Fingerhut zu setzen?“, sagte die kleine Maus. „Dann werde ich die Ehre haben, Sie zu ziehen!“

RRR

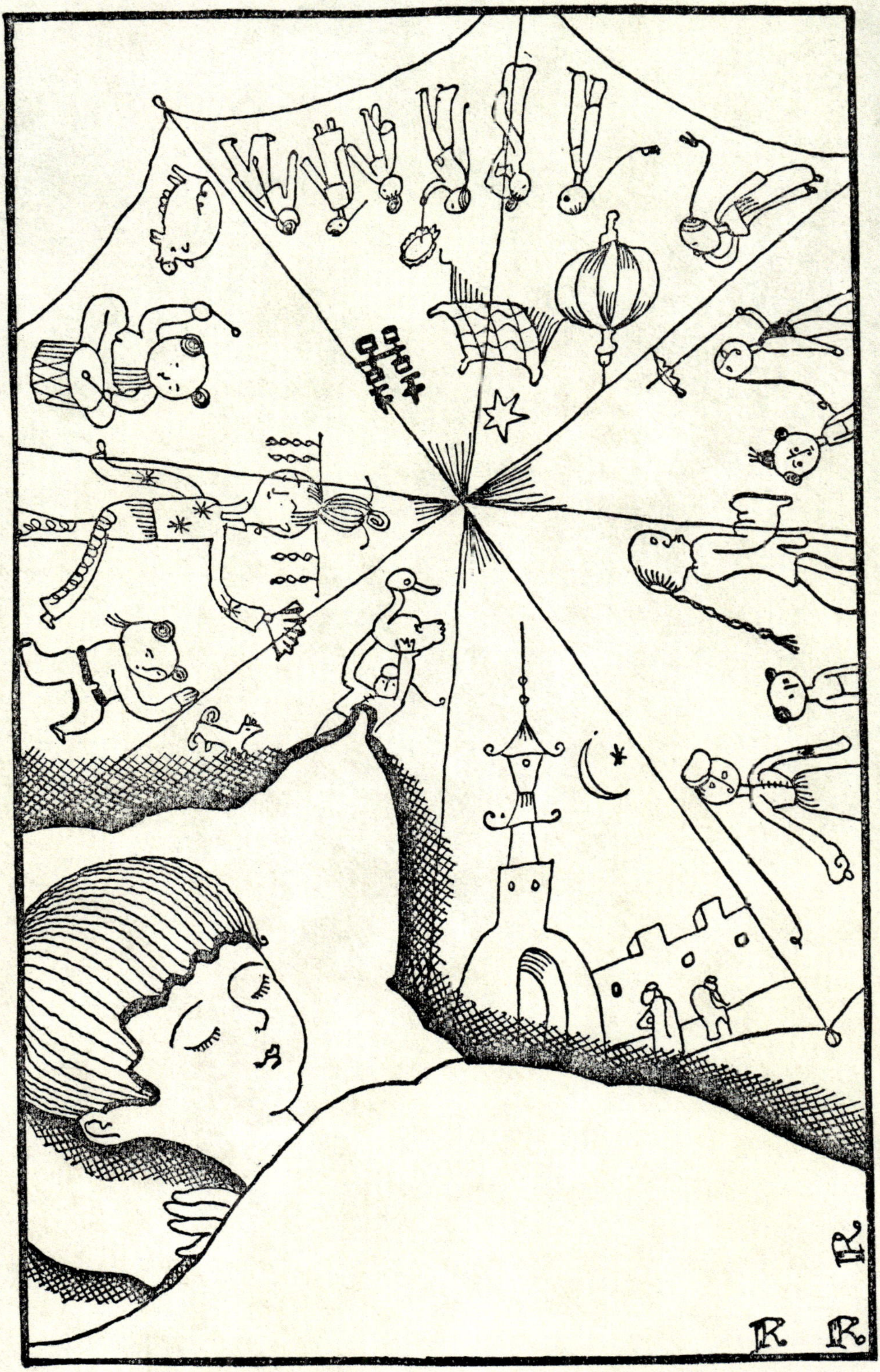

Ole Luk-Oie spannte seinen schönen Regenschirm über ihm auf; und der Regenschirm sah aus wie eine große chinesische Schale mit blauen Bäumen und spitzen Brücken.

„Gott, wollen sich das Fräulein selbst bemühen!“, sagte Hjalmar, und so fuhren sie zur Mausehochzeit.

Zuerst kamen sie unter dem Fußboden in einen langen Gang, der aber nicht höher war, als dass sie gerade mit dem Fingerhut dort fahren konnten, und der ganze Gang war mit faulem Holze illuminiert.

„Riecht es hier nicht herrlich?“, fragte die Maus, die ihn zog. „Der Gang ist mit Speckschwarten geschmiert! Es kann nichts Schöneres geben!“

Nun kamen sie in den Brautsaal hinein. Hier standen zur Rechten alle kleinen Mäusedamen; die wisperten und pisperten, als ob sie einander zum Besten hätten. Zur Linken standen alle Mäuseherren und strichen sich mit der Pfote den Schnauzbart; mitten in dem Saale aber sah man das Brautpaar; es stand in einer ausgehöhlten Käserinde und küsste sich gar schrecklich viel vor aller Augen, denn es war Verlobung, und es sollte auch gleich Hochzeit sein.

Es kamen immer mehr und mehr Fremde; die eine Maus war nahe daran, die andere totzutreten, und das Brautpaar hatte sich mitten in die Türe gestellt, sodass man weder hinaus- noch hereingelangen konnte. Die Stube war ebenso wie der Gang mit Speckschwarten eingeschmiert, das war die ganze Bewirtung; aber zum Dessert wurde eine Erbse vorgezeigt, in die eine Maus aus der Familie den Namen des Brautpaares eingebissen hatte, das heißt: den ersten Buchstaben. Das war etwas Außerordentliches! Alle Mäuse sagten, dass es eine schöne Hochzeit sei, und dass die Unterhaltung sehr angenehm gewesen wäre.

Dann fuhr Hjalmar wieder nach Hause; er war wahrlich in vornehmer Gesellschaft gewesen, aber er hatte auch sehr zusammenkriechen, sich klein machen und Zinnsoldatenuniform anziehen müssen.

FREITAG

„Es ist unglaublich, wie viele ältere Leute es gibt, die mich gar zu gern haben möchten!“, sagte Ole Luk-Oie. „Es sind besonders die, welche etwas Böses verübt haben. ‚Guter, kleiner Ole,‘ sagten sie zu mir, ‚wir können die Augen nicht schließen, und so liegen wir die ganze Nacht und sehen alle unsere bösen Taten, die wie kleine hässliche Kobolde auf der Bettstelle sitzen und uns mit heißem Wasser bespritzen; möchtest du doch kommen und sie fortjagen, damit wir einen guten Schlaf bekämen‘, dann seufzten sie tief: ‚Wir möchten es wahrlich gern bezahlen; gute Nacht, Ole! Das Geld liegt im Fenster!‘ Aber ich tue es nicht für Geld!“, sagte Ole Luk-Oie.

„Was wollen wir nun diese Nacht vornehmen?", fragte Hjalmar.

„Ja, ich weiß nicht, ob du diese Nacht wieder Lust hast, zur Hochzeit zu gehen; es ist eine andere Art, als die gestrige war. Deiner Schwester große Puppe, die, welche wie ein Mann aussieht und Hermann genannt wird, will sich mit der Puppe Bertha verheiraten. Es ist obendrein der Puppe Geburtstag, und deshalb werden sie sehr viele Geschenke bekommen!"

„Ja, das kenne ich schon", sagte Hjalmar. „Immer, wenn die Puppen neue Kleider nötig haben, lässt meine Schwester sie ihren Geburtstag feiern oder Hochzeit halten; das ist sicher schon hundert Mal geschehen!"

„Ja, aber in dieser Nacht ist es die hundertunderste Hochzeit, und wenn hundertundeins aus ist, dann ist alles vorbei! Deshalb wird diese so beispiellos schön. Sieh nur einmal!"

Und Hjalmar sah nach dem Tische. Da stand das kleine Papphaus mit Licht in den Fenstern, und draußen davor präsentierten alle Zinnsoldaten das Gewehr. Das Brautpaar saß gedankenvoll, wozu es wohl Ursache hatte, auf dem Fußboden, und lehnte sich gegen das Tischbein. Aber Ole Luk-Oie, in der Großmutter schwarzen Rock gekleidet, traute sie. Als die Trauung vorbei war, stimmten alle Möbel in der Stube folgenden schönen Gesang an, welcher von dem Bleistift geschrieben war; er ging nach der Melodie des Zapfenstreiches:

Das Lied ertöne wie der Wind;
Dem Brautpaar „Hoch!" das sich verbind't:
Sie prangen beide steif und blind,
Da sie von Handschuhleder sind!
Hurrah, Hurrah! Ob taub und blind,
Wir singen es in Wetter und Wind!

Und nun bekamen sie Geschenke, aber sie hatten sich alle Speisewaren verbeten, denn sie hatten an ihrer Liebe genug.

„Wollen wir nun eine Sommerwohnung beziehen oder auf Reisen gehen?", fragte der Bräutigam. Und da wurde die Schwalbe, die viel gereist war, und die alte Hofhenne, welche fünfmal Küchlein ausgebrütet hatte, zu Rate gezogen. Die Schwalbe erzählte von den herrlichen warmen Ländern, wo die Weintrauben so groß und schwer hingen, wo die Luft so mild sei und die Berge Farben hätten, wie man sie hier nicht an ihnen kenne!

„Aber unsern Braunkohl haben sie doch nicht!", sagte die Henne. „Ich war einen Sommer lang mit allen meinen Küchlein auf dem Lande; da war eine

Sandgrube, in der wir umhergehen und kratzen konnten; und dann hatten wir Zutritt zu einem Garten mit Braunkohl! O, wie herrlich war der! Ich kann mir nichts Schöneres denken."

„Aber der eine Kohlstrunk sieht ebenso aus wie der andere", sagte die Schwalbe, „und dann ist hier gar oft schlechtes Wetter."

„Ja, daran ist man gewöhnt!", sagte die Henne.

„Aber hier ist es kalt, und es friert!"

„Das ist gut für den Kohl!", sagte die Henne. „Übrigens können wir es auch warm haben! Hatten wir nicht vor vier Jahren einen Sommer, der fünf Wochen lang währte? Es war hier so heiß, man konnte nicht atmen! Und dann haben wir nicht alle die giftigen Tiere, die sie dort haben! Und wir sind von Räubern frei: Der ist ein Bösewicht, der nicht findet, dass unser Land das schönste ist! Er verdient wahrlich nicht, hier zu sein!" Und dann weinte die Henne und fuhr fort: „Ich bin auch gereist! Ich bin in einer Bütte über zwölf Meilen gefahren! Es ist durchaus kein Vergnügen beim Reisen!"

„Ja, die Henne ist eine vernünftige Frau!", sagte die Puppe Bertha. „Ich halte auch nichts davon, Berge zu bereisen, denn das geht nur hinauf und dann wieder herunter! Nein, wir wollen hinaus vor's Tor in die Sandgrube ziehen und im Kohlgarten umherspazieren!"

Und dabei blieb es.

SONNABEND

„Bekomme ich nun Geschichten zu hören?", fragte der kleine Hjalmar, sobald Ole Luk-Oie ihn in den Schlaf gebracht hatte.

„Diesen Abend haben wir nicht Zeit dazu", sagte Ole Luk-Oie und spannte seinen schönen Regenschirm über ihm auf. „Betrachte nur diese Chinesen!" Und der Regenschirm sah aus wie eine große chinesische Schale mit blauen Bäumen und spitzen Brücken und mit kleinen Chinesen darauf, die dastanden und mit dem Kopfe nickten. „Wir müssen die ganze Welt zu morgen schön aufgeputzt haben", sagte Ole Luk-Oie, „es ist ja dann ein Feiertag, es ist Sonntag. Ich will nach den Kirchentürmen hin, um zu sehen, ob die kleinen Kirchenkobolde die Glocken polieren, damit sie hübsch klingen! Ich will hinaus auf das Feld und sehen, ob die Winde den Staub von Gras und Blättern blasen; und was die größte Arbeit ist, ich will alle Sterne herunterholen, um sie zu polieren. Ich nehme sie in meine Schürze; aber erst muss ein jeder nummeriert werden, und die

Löcher, worin sie da oben sitzen, müssen auch nummeriert werden, damit sie wieder auf den rechten Fleck kommen, sonst würden sie nicht festsitzen, und wir bekämen zu viele Sternschnuppen, indem der eine nach dem andern herunterpurzeln würde!“

„Hören Sie, wissen Sie was, Herr Ole Luk-Oie?“, sagte ein altes Porträt, welches an der Wand hing, wo Hjalmar schlief. „Ich bin Hjalmars Urgroßvater, ich danke Ihnen, dass Sie dem Knaben Geschichten erzählen, aber Sie müssen seine Begriffe nicht verwirren. Die Sterne können nicht heruntergenommen werden! Die Sterne sind Weltkugeln, ebenso wie unsere Erde, und gerade das ist das Gute an ihnen.“

„Ich danke dir, du alter Großvater!“, sagte Ole Luk-Oie. „Ich danke dir! Du bist ja das Haupt der Familie; du bist das Urhaupt, aber ich bin doch älter als du! Ich bin ein alter Heide, Römer und Griechen nannten mich den Traumgott! Ich bin in die vornehmsten Häuser gekommen und komme noch dahin! Ich weiß sowohl mit Geringen wie mit Großen umzugehen! Nun kannst du erzählen.“ – Und da ging Ole Luk-Oie und nahm seinen Regenschirm mit.

„Nun, nun! Man darf seine Meinung wohl gar nicht mehr sagen!“, brummte das alte Porträt.

Da erwachte Hjalmar.

SONNTAG

„Guten Abend!“, sagte Ole Luk-Oie, und Hjalmar nickte und sprang dann hin und kehrte das Porträt des Urgroßvaters gegen die Wand um, damit es nicht, wie gestern, mit hineinsprechen möchte.

„Nun musst du mir Geschichten erzählen: von den fünf grünen Erbsen, die in einer Schote wohnten; von dem Hahnenfuße, der dem Hühnerfuße den Hof machte, und von der Stopfnadel, die so vornehm tat, dass sie sich einbildete, eine Nähnadel zu sein!“

„Man kann auch des Guten zu viel bekommen!“, sagte Ole Luk-Oie. „Du weißt doch wohl, dass ich dir am liebsten etwas zeige! Ich will dir meinen Bruder zeigen. Er heißt auch Ole Luk-Oie, aber er kommt zu niemand öfter als einmal, und zu wem er kommt, den nimmt er mit auf sein Pferd und erzählt ihm Geschichten. Er kennt nur zwei; die eine ist so außerordentlich schön, dass sie niemand in der Welt sich denken kann, und die andere ist so hässlich und grässlich – es ist gar nicht zu beschreiben!“ Dann hob Ole Luk-Oie den kleinen

Hjalmar zum Fenster hinauf und sagte: „Da wirst du meinen Bruder sehen, den andern Ole Luk-Oie! Sie nennen ihn den Tod! Siehst du, er sieht nicht so schlimm aus wie in den Bilderbüchern, wo er ein Knochengerippe ist! Nein, das ist Silberstickerei, die er auf dem Kleide hat, das ist die schönste Husarenuniform; ein Mantel von schwarzem Samt fliegt hinten über das Pferd! Sieh, wie er in Galopp reitet."

Und Hjalmar sah, wie dieser Ole Luk-Oie davonritt und sowohl junge, wie alte Leute auf sein Pferd nahm. Einige setzte er vorn, andere hinten auf, aber immer fragte er erst: „Wie steht es mit dem Zensurbuche?" – „Gut!", sagten sie allesamt. „Ja, lasst sie mich selbst sehen!", sagte er, und dann musste ihm jeder das Buch zeigen, und alle die, welche „sehr gut" und „ausgezeichnet" hatten, setzte er vorn auf das Pferd und bekamen die herrliche Geschichte, die aber, welche „ziemlich gut" und „mittelmäßig" hatten, mussten hinten auf und bekamen die grässliche Geschichte zu hören. Sie zitterten und weinten, sie wollten vom Pferde springen, konnten es aber nicht, denn sie waren sogleich darauf festgewachsen.

„Aber der Tod ist ja der prächtigste Ole Luk-Oie!", sagte Hjalmar. „Vor ihm ist mir nicht bange!"

„Das sollst du auch nicht sein!", sagte Ole Luk-Oie. „Sieh nur zu, dass du ein gutes Zensurbuch hast!"

„Ja, das ist lehrreich!", murmelte des Urgroßvaters Porträt. „Es hilft doch, wenn man seine Meinung sagt!"
Und nun gab er sich zufrieden.

Sieh, das ist die Geschichte von Ole Luk-Oie; nun mag er dir selbst diesen Abend mehr erzählen!

Das hässliche, junge Entlein

„Das Buch geht weg wie warme Semmeln!", stellte Andersen 1843 in einem Brief kurz nach Erscheinen seiner jüngsten Sammlung fest, in der auch dieses beliebte, herzerwärmende Märchen enthalten war. Die Ähnlichkeiten zwischen Andersens Leben und dem des hässlichen Entleins sind unübersehbar: Andersen – ein armer, ungebildeter Schlaks – wurde lange verkannt, aber dennoch berühmt. In ähnlicher Weise wird das Küken als gewöhnliches Entlein verkannt und misshandelt, bis es schließlich entdeckt, dass es zu einem wunderschönen Schwan herangewachsen ist. Andersen brauchte ein Jahr, um „Das hässliche, junge Entlein" zu schreiben; neunzehn Jahre später gewährte er Einblick in den Entstehungsprozess und befand die Geschichte als „am schwersten zu komponieren, vielleicht weil sie so unmittelbar autobiografisch wie keine sonst war". Aus diesem klassischen Tiermärchen stammt auch das berühmte Andersen-Zitat: „Es schadet nichts, in einem Entenhofe geboren zu sein, wenn man nur in einem Schwanenei gelegen hat!" In der Epoche, in der Andersen lebte, wandelte sich die Auffassung von künstlerischem Genie, das nun immer weniger als von Klassenzugehörigkeit abhängig angesehen wurde. Andersen gehörte einem aufregend neuen Schlag von Künstlern an, und mit diesem Märchen vermittelte er eine motivierende, Hoffnung verheißende Botschaft, die es bis heute zu einem seiner beliebtesten macht. – ND

Farblithografien von Theo van Hoytema, Niederlande, 1893

Bis zum Wasser herunter wuchsen große Klettenblätter. Wie im tiefsten Walde saß auf ihrem Neste eine Ente, welche ihre Jungen ausbrüten musste.

Endlich platzte ein Ei nach dem andern: „Piep! Piep!", sagte es, und alle Eidotter waren lebendig geworden und steckten den Kopf heraus.

Es war herrlich draußen auf dem Lande. Es war Sommer, das Korn stand gelb, der Hafer grün, das Heu war unten auf den grünen Wiesen in Schobern aufgesetzt, und der Storch ging auf seinen langen, roten Beinen und plapperte ägyptisch, denn diese Sprache hatte er von seiner Frau Mutter gelernt. Rings um die Äcker und Wiesen waren große Wälder, und mitten in den Wäldern tiefe Seen. Ja, es war wirklich herrlich draußen auf dem Lande! Mitten im Sonnenscheine lag dort ein altes Landgut, von tiefen Kanälen umgeben, und von der Mauer bis zum Wasser herunter wuchsen große Klettenblätter, die so hoch waren, dass kleine Kinder unter den höchsten aufrecht stehen konnten; es war ebenso wild darin wie im tiefsten Walde. Hier saß auf ihrem Neste eine Ente, welche ihre Jungen ausbrüten musste, aber es wurde ihr fast zu langweilig, ehe die Jungen kamen; dazu erhielt sie selten Besuch; die andern Enten schwammen lieber in den Kanälen umher, als dass sie hinaufliefen, sich unter ein Klettenblatt zu setzen, um mit ihr zu schnattern.

Endlich platzte ein Ei nach dem andern: „Piep! Piep!", sagte es, und alle Eidotter waren lebendig geworden und steckten den Kopf heraus.

„Rapp! Rapp!", sagte sie; und so rappelten sich alle, was sie konnten, und sahen nach allen Seiten unter den grünen Blättern; und die Mutter ließ sie sehen, so viel sie wollten, denn das Grüne ist gut für die Augen.

„Wie groß ist doch die Welt!", sagten alle Jungen; denn nun hatten sie freilich viel mehr Platz als wie im Ei.

„Glaubt ihr, dass dies die ganze Welt sei?", sagte die Mutter. „Die erstreckt sich noch weit über die andere Seite des Gartens, gerade hinein in des Pfarrers Feld; aber da bin ich noch nie gewesen!" – „Ihr seid doch alle beisammen?", fuhr sie fort und stand auf. „Nein, ich habe nicht alle; das größte Ei liegt noch da;

Endlich platzte das große Ei. „Piep! Piep!“,
sagte das Junge und kroch heraus.
Es war sehr groß und hässlich!

wie lange soll denn das dauern! Jetzt bin ich es bald überdrüssig!“, und so setzte sie sich wieder.

„Nun, wie geht es?“, sagte eine alte Ente, welche gekommen war, um ihr einen Besuch abzustatten.

„Es währt recht lange mit dem einen Ei!“, sagte die Ente, die da saß. „Es will nicht platzen; doch sieh nur die andern an: Sind es nicht die niedlichsten Entlein, die man je gesehen? Sie gleichen allesamt ihrem Vater; der Bösewicht kommt nicht, mich zu besuchen.“

„Lass mich das Ei sehen, welches nicht platzen will!“, sagte die Alte. „Glaube mir, es ist ein Kalkutten-Ei! Ich bin auch einmal so angeführt worden und hatte meine große Sorge und Not mit den Jungen, denn ihnen ist bange vor dem Wasser! Ich konnte sie nicht hineinbringen; ich rappte und schnappte, aber es half nichts. – Lass mich das Ei sehen! Ja, das ist ein Kalkutten-Ei! Lass das liegen und lehre lieber die andern Kinder schwimmen!“

„Ich will doch noch ein bisschen darauf sitzen“, sagte die Ente, „habe ich nun so lange gesessen, so kann ich auch noch einige Tage sitzen.“

„Nach Belieben“, sagte die alte Ente und ging von dannen.

Endlich platzte das große Ei. „Piep! Piep!“, sagte das Junge und kroch heraus. Es war sehr groß und hässlich! Die Ente betrachtete es: „Es ist doch ein gewaltig großes Entlein das“, sagte sie, „keins von den andern sieht so aus; sollte es wohl ein kalkuttisches Küchlein sein? Nun, wir wollen bald dahinterkommen; in das Wasser muss es, sollte ich es auch selbst hineinstoßen.“

Am nächsten Tage war schönes, herrliches Wetter; die Sonne schien auf alle grünen Kletten. Die Entleinmutter ging mit ihrer ganzen Familie zu dem Kanale hinunter. Platsch! Da sprang sie in das Wasser. „Rapp!

Am nächsten Tage ging die Entleinmutter mit ihrer ganzen Familie zu dem Kanale hinunter. „Rapp! rapp!", sagte sie, und ein Entlein nach dem andern plumpste hinein.

rapp!", sagte sie, und ein Entlein nach dem andern plumpste hinein; das Wasser schlug ihnen über dem Kopfe zusammen, aber sie kamen gleich wieder empor und schwammen ganz prächtig; die Beine gingen von selbst, und alle waren sie im Wasser; selbst das hässliche, graue Junge schwamm mit.

„Nein, es ist kein Kalkutt", sagte sie, „sieh, wie herrlich es die Beine gebraucht, wie gerade es sich hält; es ist mein eigenes Kind! Im Grunde ist es doch hübsch, wenn man es nur recht betrachtet. Rapp! Rapp! – Kommt nur mit mir, ich werde euch in die große Welt führen, euch im Entenhofe präsentieren; aber haltet euch immer nahe zu mir, damit euch niemand trete, und nehmt euch vor den Katzen in Acht!"

Und so kamen sie in den Entenhof hinein. Drinnen war ein schrecklicher Lärm, denn da waren zwei Familien, die sich um einen Aalkopf bissen, und am Ende bekam ihn doch die Katze.

„Seht, so geht es in der Welt zu!", sagte die Entleinmutter und wetzte ihren Schnabel, denn sie wollte auch den Aalkopf haben. „Braucht nun die Beine!", sagte sie. „Seht, dass ihr euch rappeln könnt, und neigt euern Hals vor der alten Ente dort; die ist die vornehmste von allen hier. Sie ist aus spanischem Geblüt, deshalb ist sie so dick, und seht ihr: Sie hat einen roten Lappen um das Bein; das ist etwas außerordentlich Schönes und die größte Auszeichnung, welche einer Ente zuteil werden kann; das bedeutet so viel, dass man sie nicht verlieren will und dass sie von Tier und Menschen erkannt werden soll! – Rappelt euch! – Setzt die Füße nicht einwärts. Ein wohlerzogenes Entlein setzt die Füße weit auswärts, gerade wie Vater und Mutter; seht: So! Nun neigt euern Hals und sagt: ‚Rapp!'"

Aber das arme Entlein, welches so hässlich aussah, wurde gebissen, gestoßen und zum Besten gehabt, und das sowohl von den Enten wie von den Hühnern.

Und das taten sie, aber die andern Enten rings umher betrachteten sie und sagten ganz laut: „Siehe da! Nun sollen wir noch den Anhang haben; als ob wir nicht schon so genug wären! Und pfui! Wie das eine Entlein aussieht, das wollen wir nicht dulden!“ – Und sogleich flog eine Ente hin und biss es in den Nacken.

„Lass es gehen!“, sagte die Mutter. „Es tut ja niemandem etwas.“

„Ja, aber es ist zu groß und ungewöhnlich“, sagte die beißende Ente, „und deshalb muss es gepufft werden.“

„Es sind hübsche Kinder, welche die Mutter hat“, sagte die alte Ente mit dem Lappen um das Bein, „alle schön, bis auf das eine; das ist nicht geglückt; ich möchte, dass sie es umarbeitete.“

„Das geht nicht, Ihro Gnaden“, sagte die Entleinmutter; „es ist nicht hübsch, aber es hat ein innerlich gutes Gemüt und schwimmt so herrlich wie jedes andere, ja, ich darf sagen, noch etwas besser; ich denke, es wird hübsch heranwachsen und mit der Zeit etwas kleiner werden; es hat zu lange in dem Ei gelegen und deshalb nicht die rechte Gestalt bekommen!“ Und so zupfte sie es im Nacken und glättete das Gefieder. „Es ist überdies ein Entrich“, sagte sie; „und darum macht es nicht so viel aus. Ich denke, er wird gute Kräfte bekommen; er schlägt sich schon durch.“

„Die andern Entlein sind niedlich“, sagte die Alte, „tut nun, als ob ihr zu Hause wäret, und findet ihr einen Aalkopf, so könnt ihr mir ihn bringen.“

Und nun waren sie zu Hause.

Aber das arme Entlein, welches zuletzt aus dem Ei gekrochen war und so hässlich aussah, wurde gebissen, gestoßen und zum Besten gehabt, und das sowohl von den Enten wie von den Hühnern. „Es ist zu groß!“, sagten alle, und der kalkuttische Hahn, welcher mit Sporen zur Welt gekommen war und deshalb glaubte, dass er Kaiser sei, blies sich auf wie ein Fahrzeug mit vollen Segeln und ging auf dasselbe los; dann kollerte er und wurde ganz rot am Kopfe. Das arme Entlein wusste nicht, wo es stehen oder gehen sollte; es war betrübt, weil es hässlich aussah und vom ganzen Entenhofe verspottet wurde.

So ging es den ersten Tag, und später wurde es schlimmer und schlimmer. Das arme Entlein wurde von allen gejagt: Selbst seine Schwestern waren böse gegen dasselbe und sagten immer: „Wenn die Katze dich nur fangen möchte, du hässliches Geschöpf!“ Und die Mutter sagte: „Wenn du nur weit fort wärst!“ Die Enten bissen es, und die Hühner schlugen es, und das Mädchen, welches die Tiere füttern sollte, stieß mit den Füßen nach ihm.

Da lief es und flog über den Zaun;
die kleinen Vögel in den Büschen flogen
erschrocken auf.

Da lief es und flog über den Zaun; die kleinen Vögel in den Büschen flogen erschrocken auf. „Das geschieht, weil ich so hässlich bin", dachte das Entlein und schloss die Augen, lief aber gleichwohl weiter. So kam es hinaus zu dem großen Moor, wo die wilden Enten wohnten. Hier lag es die ganze Nacht; es war müde und kummervoll.

Gegen Morgen flogen die wilden Enten auf und betrachteten den neuen Kameraden. „Was bist du für einer?", fragten sie; und das Entlein wendete sich nach allen Seiten und grüßte, so gut es konnte.

„Du bist außerordentlich hässlich!", sagten die wilden Enten. „Aber das kann uns gleich sein, wenn du nur nicht in unsere Familie hineinheiratest." – Das Arme! Es dachte wahrlich nicht daran, sich zu verheiraten, wenn es nur die Erlaubnis erhalten konnte, im Schilfe zu liegen und etwas Moorwasser zu trinken.

So lag es zwei ganze Tage; da kamen zwei wilde Gänse oder richtiger wilde Gänseriche dorthin; es war noch nicht lange her, dass sie aus dem Ei gekrochen waren, und deshalb waren sie auch so keck.

„Höre, Kamerad!", sagten sie. „Du bist so hässlich, dass wir dich gut leiden können; willst du mitziehen und Zugvogel werden? Hier nahebei in einem andern Moor gibt es einige süße, liebliche, wilde Gänse, sämtlich Fräulein, die alle ‚Rapp!' sagen können. Du bist imstande, dein Glück dort zu machen, so hässlich du auch bist!"

„Piff! Paff!", ertönte es eben, und beide wilden Gänseriche fielen tot in das Schilf nieder, und das Wasser wurde blutrot. – „Piff! Paff!", erscholl es wieder, und ganze Scharen wilder Gänse flogen aus dem Schilfe auf. Und dann knallte es abermals. Es war große Jagd; die Jäger lagen rings um das Moos herum; ja, einige saßen oben in den Baumzweigen, welche sich weit über das Schilfrohr

„Höre, Kamerad!", sagten die wilden Gänse.
„Du bist so hässlich, dass wir dich gut leiden können;
willst du mitziehen und Zugvogel werden?"

hinstreckten. Der blaue Dampf zog gleich Wolken in die dunkeln Bäume hinein und weit über das Wasser hin; zum Moore kamen die Jagdhunde: Platsch, platsch; das Schilf und das Rohr neigte sich nach allen Seiten. Das war ein Schreck für das arme Entlein! Es wendete den Kopf, um ihn unter den Flügel zu stecken, aber in demselben Augenblicke stand ein fürchterlich großer Hund dicht bei dem Entlein; die Zunge hing ihm lang aus dem Halse heraus, und die Augen leuchteten gräulich, hässlich; er streckte seine Schnauze dem Entlein gerade entgegen, zeigte ihm die scharfen Zähne und – platsch, platsch! – ging er wieder, ohne es zu packen.

„O, Gott sei Dank!", seufzte das Entlein. „Ich bin so hässlich, dass mich selbst der Hund nicht beißen mag!"

Und so lag es still, während die Schrote durch das Schilf sausten und Schuss auf Schuss knallte.

Erst spät am Tage wurde es ruhig, aber das arme Junge wagte noch nicht, sich zu erheben. Es wartete noch mehrere Stunden, bevor es sich umsah, und dann eilte es fort aus dem Moore, so schnell es konnte. Es lief über Feld und Wiese. Da tobte ein solcher Sturm, dass es ihm schwer wurde, von der Stelle zu kommen.

Gegen Abend erreichte es eine kleine, armselige Bauernhütte; die war so baufällig, dass sie selbst nicht wusste, nach welcher Seite sie fallen sollte, und darum blieb sie stehen. Der Sturm umsauste das Entlein so, dass es sich niedersetzen musste, um sich dagegenzustemmen, und es wurde

Am Morgen bemerkte man sogleich das fremde Entlein; und der Kater begann zu schnurren und die Henne zu glucken. „Was ist das?“, sagte die Frau.

schlimmer und schlimmer. Da bemerkte es, dass die Türe aus dem einen Angel gegangen war und so schief hing, dass es durch die Spalte in die Stube hineinschlüpfen konnte, und das tat es.

Hier wohnte eine Frau mit ihrem Kater und ihrer Henne. Und der Kater, welchen sie Söhnchen nannte, konnte einen Buckel machen und schnurren; er

sprühte sogar Funken, aber dann musste man ihn gegen das Haar streicheln. Die Henne hatte ganz kleine, niedrige Beine, und deshalb wurde sie Küchelchen-Kurzbein genannt; sie legte gute Eier, und die Frau liebte sie wie ihr Kind.

Am Morgen bemerkte man sogleich das fremde Entlein; und der Kater begann zu schnurren und die Henne zu glucken.

„Was ist das?“, sagte die Frau und sah sich ringsum; aber sie sah nicht gut, und so glaubte sie, dass das Entlein eine fette Ente sei, die sich verirrt habe. „Das ist ja ein seltener Fang!“, sagte sie. „Nun kann ich Enteneier bekommen. Wenn es nur kein Entrich ist! Das müssen wir erproben.“

Und so wurde das Entlein für drei Wochen auf Probe angenommen; aber es kamen keine Eier. Und der Kater war Herr im Hause, und die Henne war die Dame, und immer sagte sie: „Wir und die Welt!“

Denn sie glaubte, dass sie die Hälfte seien, und zwar die bei Weitem beste Hälfte. Das Entlein glaubte, dass man auch eine andere Meinung haben könne; aber das litt die Henne nicht.

„Kannst du Eier legen?“, fragte sie.

„Nein!“

„Nun, da wirst du die Güte haben zu schweigen!“

Und der Kater sagte: „Kannst du einen krummen Buckel machen, schnurren und Funken sprühen?“

„Nein!“

„So darfst du auch keine Meinung haben, wenn vernünftige Leute sprechen!“

Und das Entlein saß im Winkel und war bei schlechter Laune; da fiel die frische Luft und der Sonnenschein herein; es bekam solche sonderbare Lust, auf dem Wasser zu schwimmen, dass es nicht unterlassen konnte, dies der Henne zu sagen.

„Was fällt dir ein?“, fragte die. „Du hast nichts zu tun, deshalb fängst du Grillen! Lege Eier oder schnurre, so gehen sie vorüber.“

„Aber es ist so schön, auf dem Wasser zu schwimmen!“, sagte das Entlein. „So herrlich, es über dem Kopfe zusammenschlagen zu lassen und auf den Grund zu tauchen!“

„Ja, das ist ein großes Vergnügen!“, sagte die Henne. „Du bist wohl verrückt geworden! Frage den Kater darnach – er ist das klügste Geschöpf, das ich kenne –, ob er es liebt, auf dem Wasser zu schwimmen oder unterzutauchen? Ich will nicht von mir sprechen. – Frage selbst unsere Herrschaft, die alte Frau;

klüger als sie ist niemand auf der Welt! Glaubst du, dass die Lust hat, zu schwimmen und das Wasser über dem Kopfe zusammenschlagen zu lassen?"

„Ihr versteht mich nicht!", sagte das Entlein.

„Wir verstehen dich nicht? Wer soll dich denn verstehen können!

Du wirst doch wohl nicht klüger sein wollen als der Kater und die Frau – von mir will ich nicht reden! Bilde dir nichts ein, Kind, und danke deinem Schöpfer für all' das Gute, was man dir erwiesen! Bist du nicht in eine warme Stube gekommen und hast du nicht eine Gesellschaft, von der du etwas profitieren kannst? Aber du bist ein Schwätzer, und es ist nicht erfreulich, mit dir umzugehen! Mir kannst du glauben! Ich meine es gut mit dir. Ich sage dir Unannehmlichkeiten, und daran kann man seine wahren Freunde erkennen! Sieh nur zu, dass du Eier legst oder schnurren und Funken sprühen lernst!"

„Ich glaube, ich gehe hinaus in die weite Welt!", sagte das Entlein.

„Ja, tue das!", sagte die Henne.

Und das Entlein ging; es schwamm auf dem Wasser, es tauchte unter, aber von allen Tieren wurde es wegen seiner Hässlichkeit übersehen.

Nun trat der Herbst ein; die Blätter im Walde wurden gelb und braun; der Wind fasste sie, sodass sie umhertanzten; und oben in der Luft war es sehr kalt; die Wolken hingen schwer von Hagel und Schneeflocken, und auf dem Zaune stand der Rabe und schrie „Au! Au!" vor Kälte; ja, es fror einen schon, wenn man nur daran dachte. Das arme Entlein hatte es wahrlich nicht gut! Eines Abends – die Sonne ging so schön unter! – kam ein Schwarm herrlicher, großer Vögel aus dem Busche, das Entlein hatte nie so schöne gesehen; sie waren blendend weiß mit langen geschmeidigen Hälsen: Es waren Schwäne. Sie stießen einen eigentümlichen Ton aus, breiteten ihre prächtigen, langen Flügel aus und flogen aus der kalten Gegend fort nach wärmeren Ländern, nach offenen Seen. Sie stiegen so hoch, so hoch, und dem hässlichen, jungen Entlein wurde gar sonderbar zumute. Es drehte sich im Wasser wie ein Rad, rundherum, streckte den Hals hoch in die Luft nach ihnen und stieß einen so lauten und sonderbaren Schrei aus, dass es sich selbst davor fürchtete. O, es konnte die schönen, glücklichen Vögel nicht vergessen; und sobald es sie nicht mehr erblickte, tauchte es unter bis auf den Grund; und als es wieder heraufkam, war es wie außer sich. Es wusste nicht, wie die Vögel hießen, auch nicht, wohin sie flögen; aber doch war es ihnen gut, wie es nie jemandem gewesen. Es beneidete sie durchaus nicht. Wie konnte es ihm einfallen, sich solche Lieblichkeit zu

Eines Abends – die Sonne ging so schön unter! –
kam ein Schwarm herrlicher, großer Vögel aus dem Busche,
das Entlein hatte nie so schöne gesehen.

Aber was erblickte es in dem klaren Wasser? Es sah sich selbst als Schwan. Es schadet nichts, in einem Entenhofe geboren zu sein, wenn man nur in einem Schwanenei gelegen hat!

wünschen? Es wäre schon froh gewesen, wenn die Enten es nur unter sich geduldet hätten – das arme, hässliche Tier!

Der Winter wurde kalt, sehr kalt! Das Entlein musste im Wasser umherschwimmen, um das völlige Zufrieren desselben zu verhindern; aber in jeder Nacht wurde das Loch, in dem es schwamm, kleiner und kleiner. Es fror so, dass es in der Eisdecke knackte; das Entlein musste fortwährend die Beine gebrauchen, damit das Loch sich nicht schloss. Zuletzt wurde es matt, lag ganz stille und fror so im Eise fest.

Des Morgens früh kam ein Bauer; da er dies sah, ging er hin, schlug mit seinem Holzschuh das Eis in Stücke und trug das Entlein heim zu seiner Frau. Da kam es wieder zu sich.

Die Kinder wollten mit ihm spielen; aber das Entlein glaubte, sie wollten ihm etwas zuleide tun, und fuhr in der Angst gerade in den Milchnapf hinein, sodass die Milch in die Stube spritzte. Die Frau schlug die Hände zusammen, worauf es in das Butterfass, dann hinunter in die Mehltonne und wieder herausflog. Wie sah es da aus! Die Frau schrie und schlug mit der Feuerzange danach; die Kinder rannten einander über den Haufen, um das Entlein zu fangen; sie lachten und schrien! – Gut war es, dass die Tür aufstand, und es zwischen die Reiser in den frisch gefallenen Schnee schlüpfen konnte – da lag es ganz ermattet.

Aber all' die Not und das Elend, welche das Entlein in dem harten Winter erdulden musste, zu erzählen, würde zu trübe sein. Es lag im Moore zwischen dem Schilfe, als die Sonne wieder warm zu scheinen begann. Die Lerchen sangen; es war herrlicher Frühling.

Da konnte auf einmal das Entlein seine Flügel schwingen; sie brausten stärker, als früher und trugen es kräftig davon; und ehe es dasselbe recht wusste, befand es sich in einem großen Garten, wo der Flieder duftete und seine langen, grünen Zweige bis zu den geschlängelten Kanälen hinunterneigte. O, hier war es so schön, so frühlingsfrisch! Und vorn aus dem Dickichte kamen drei prächtige, weiße Schwäne; sie brausten mit den Federn und schwammen leicht auf dem Wasser. Das Entlein kannte die prächtigen Tiere und wurde von einer eigentümlichen Traurigkeit befangen.

„Ich will zu ihnen hinfliegen, zu den königlichen Vögeln! Und sie werden mich totschlagen, weil ich, der ich so hässlich bin, mich ihnen zu nahen wage. Aber das ist einerlei! Besser von ihnen getötet als von den Enten gezwackt, von den Hühnern geschlagen, von dem Mädchen, welches den Hühnerhof hütet,

In den Garten kamen einige kleine Kinder,
die warfen Brot und Korn in das Wasser:
Und das kleinste rief: „Da ist ein neuer!“

gestoßen zu werden und im Winter Mangel zu leiden!“ Und es flog hinaus in das Wasser und schwamm den prächtigen Schwänen entgegen; diese erblickten es und schossen mit brausenden Federn auf dasselbe los. „Tötet mich nur!“, sagte das arme Tier, neigte seinen Kopf der Wasserfläche zu und erwartete den Tod. – Aber was erblickte es in dem klaren Wasser? Es sah sein eigenes Bild unter sich, das kein plumper, schwarzgrauer Vogel mehr, hässlich und garstig, sondern selbst ein Schwan war.

Es schadet nichts, in einem Entenhofe geboren zu sein, wenn man nur in einem Schwanenei gelegen hat!

Es fühlte sich erfreut über all' die Not und das Drangsal, welche es erduldet. Nun erkannte es erst recht sein Glück an der Herrlichkeit, die es begrüßte. – Und die großen Schwäne umschwammen es und streichelten es mit den Schnäbeln.

In den Garten kamen einige kleine Kinder, die warfen Brot und Korn in das Wasser: Und das kleinste rief: „Da ist ein neuer!“ Und die andern Kinder jubelten mit: „Ja, es ist ein neuer angekommen.“ Und sie klatschten mit den Händen und tanzten umher, liefen zu dem Vater und der Mutter, und es wurde Brot und Kuchen in das Wasser geworfen, und sie sagten alle: „Der neue ist der schönste! So jung und prächtig!“ Und die alten Schwäne neigten sich vor ihm.

Da fühlte er sich ganz beschämt und steckte den Kopf unter seine Flügel; er wusste selbst nicht, was er beginnen sollte; er war allzu glücklich, aber durchaus nicht stolz! Er dachte daran, wie er verfolgt und verhöhnt worden war, und hörte nun alle sagen, dass er der schönste aller schönen Vögel sei. Selbst der Flieder bog sich mit den Zweigen zu ihm in das Wasser hinunter, und die Sonne schien warm und mild! Da brausten seine Federn, der schlanke Hals hob sich, und aus vollem Herzen jubelte er: „So viel Glück habe ich mir nicht träumen lassen, als ich noch das hässliche Entlein war!“

Und die alten Schwäne neigten sich vor ihm.
Da fühlte er sich ganz beschämt und steckte den Kopf unter seine Flügel; er wusste selbst nicht, was er beginnen sollte.

Die Blumen der kleinen Ida

Als 1835 ein Sammelband mit Andersens ersten vier Märchen erschien, der auch diese erste selbst erdachte Erzählung enthielt, war kaum abzusehen, dass Andersen innerhalb eines Jahrzehnts berühmt und seine Märchen auf ewig Teil der Weltliteratur werden würden. Dieses hier erzählt von einem kleinen Mädchen, das ein junger Student mit Scherenschnitten und Geschichten unterhält – beides auch Andersens liebste Zeitvertreibe. Als die kleine Ida nicht begreift, warum ihre Blumen welken, erzählt der Student ihr eine beschwichtigende Geschichte über das heimliche *social life* von Blumen, die gerade genug über Leben und Tod aussagt, um Ida zu trösten. Auch Andersen selbst war sehr gesellig und verbrachte viele Abende im Kreis von Freunden und Verwandten. Außerdem war er ein scharfer Beobachter seines Umfeldes und nahm ein Gespräch, das er im wirklichen Leben mit Ida, der Tochter seiner Nachbarn, führte, zum Ausgangspunkt dieses ausgesprochen modernen Märchens. In der Gegenwart angesiedelt, aber mit magischen Elementen angereichert, stellte es eine radikale Abkehr von den „Es-war-einmal“-Märchen der Brüder Grimm dar, die 1812 erstmals erschienen, und gab eine Vorahnung von dem, was die Zukunft des Geschichtenerzählens bringen sollte – unterhaltsame Märchen zum Vergnügen der Kinder. Der Student wird von einem drögen Kanzleirat dafür gerügt, „einem Kinde ... dumme Fantasie“ in den Kopf zu setzen. Aber Ida kümmerte das ebenso wenig wie seitdem Millionen von Lesern. – ND

Scherenschnitte von Hertha List, Deutschland, 1940

Der Student wusste die allerschönsten Geschichten und schnitt höchst belustigende Bilder aus: Herzen mit kleinen Damen darin, welche tanzten, und Blumen und große Schlösser.

Meine armen Blumen sind ganz abgestorben!", sagte die kleine Ida. „Wie schön waren sie gestern Abend, und nun hängen alle Blätter verwelkt da! Warum tun sie das?", fragte sie den Studenten, der auf dem Sofa saß, denn er mochte sie sehr gern leiden. Er wusste die allerschönsten Geschichten und schnitt höchst belustigende Bilder aus: Herzen mit kleinen Damen darin, welche tanzten, Blumen und große Schlösser, in denen man die Türen öffnen konnte; er war ein munterer Student. „Weshalb sehen die Blumen heute so hinfällig aus?", fragte sie wieder und zeigte ihm einen Strauß, welcher welk war.

„Weißt du, was ihnen fehlt?", sagte der Student. „Die Blumen sind diese Nacht auf dem Balle gewesen, und sie lassen deshalb die Köpfe hängen."

„Aber die Blumen können ja nicht tanzen!", sagte die kleine Ida.

„Allerdings", sagte der Student, „wenn es dunkel wird und wenn wir schlafen, dann springen sie lustig umher; fast jede Nacht halten sie Ball."

„Können Kinder nicht mit auf diesen Ball kommen?"

„Ja", sagte der Student, „kleine Gänseblümchen und Maiblümchen."

„Wo tanzen die schönen Blumen?", fragte die kleine Ida.

„Bist du nicht oft außerhalb des Tores bei dem großen Schlosse gewesen, wo der König im Sommer wohnt, wo der herrliche Garten mit den vielen Blumen ist? Du hast ja die Schwäne gesehen, welche zu dir

„Meine armen Blumen sind ganz abgestorben!", sagte Ida. „Wie schön waren sie, und nun hängen alle Blätter verwelkt da! Warum tun sie das?"

hinschwimmen, wenn du ihnen Brotkrümelchen geben willst. Glaube mir, da draußen ist großer Ball.“

„Ich war gestern mit meiner Mutter draußen im Garten“, sagte Ida, „aber alle Blätter waren von den Bäumen, und es waren durchaus keine Blumen mehr da. Wo sind die? Im Sommer sah ich so viele!“

„Sie sind drinnen im Schlosse“, sagte der Student. „Wisse, sobald der König und alle Hofleute in die Stadt ziehen, laufen die Blumen gleich aus dem Garten auf das Schloss und sind lustig. Da sollst du sehen: Die beiden schönsten Rosen setzen sich auf den Thron, und dann sind sie König und Königin; alle die roten Hahnenkämme stellen sich zu beiden Seiten auf und verbeugen sich: Das sind die Kammerjunker. – Dann kommen alle die niedlichen Blumen, und es ist großer Ball. Die blauen Veilchen stellen kleine Seekadetten vor; sie tanzen mit Hyazinthen und Krokus, welche sie Fräulein nennen; die Tulpen und die großen Feuerlilien sind alte Damen, die passen auf, dass schön getanzt wird und dass es hübsch zugeht.“

„Aber“, fragte die kleine Ida, „ist jemand da, der den Blumen etwas zuleide tut, weil sie im Schlosse des Königs tanzen?“

„Es weiß eigentlich niemand darum“, sagte der Student. „Zuweilen kommt freilich in der Nacht der alte Schlossverwalter, welcher dort draußen aufpassen soll; er hat ein großes Bund Schlüssel bei sich; aber sobald die Blumen die

Schlüssel rasseln hören, sind sie still, verstecken sich hinter den Gardinen und stecken die Köpfe hervor."

„Ich rieche, dass Blumen hier sind", sagte der alte Schlossverwalter, aber er kann sie nicht sehen.

„Das ist herrlich!", sagte die kleine Ida und klatschte in die Hände. „Aber würde ich die Blumen auch nicht sehen können?"

„Die Tulpen und die großen Feuerlilien sind alte Damen, die passen auf, dass schön getanzt wird und dass es hübsch zugeht.“

„Ja“, sagte der Student, „denke nur daran, wenn du wieder hinauskommst, dass du durch das Fenster siehst: So wirst du sie schon bemerken. Das tat ich heute; da lag eine lange gelbe Lilie auf dem Sofa und streckte sich; die war eine Hofdame.“

„Können auch die Blumen aus dem botanischen Garten dahin kommen? Können sie den weiten Weg gehen?“

„Ja, gewiss“, sagte der Student, „wenn sie wollen, so können sie fliegen. Hast du nicht die schönen Schmetterlinge gesehen, die roten, gelben und weißen? Sie sehen fast aus wie Blumen: Das sind sie auch gewesen. Sie sind vom Stängel ab hoch in die Luft geflogen und haben da mit den Blättern geschlagen, als wenn sie kleine Flügel wären, und da flogen sie. Und weil sie sich gut aufführten, bekamen sie die Erlaubnis, auch bei Tage herumzufliegen, und brauchten nicht zu Hause und still auf dem Stiele zu sitzen; und so wurden die Blätter am Ende zu wirklichen Flügeln. Das hast du ja selbst gesehen. Es kann übrigens sein, dass die Blumen im botanischen Garten noch nie im Schlosse des Königs gewesen sind oder nicht wissen, dass es dort des Nachts so munter hergeht. Deshalb will ich dir etwas sagen: Er wird recht erstaunen, der Professor der Botanik, der hier nebenan wohnt, du kennst ihn ja wohl? Wenn du in seinen Garten kommst, musst du einer der Blumen erzählen, dass draußen auf dem Schlosse großer Ball sei, die sagt es allen andern wieder, und alsdann fliegen sie fort; kommt nun der Professor in den Garten hinaus, so ist nicht eine einzige Blume da, und er kann gar nicht begreifen, wo sie geblieben sind.“

„Aber wie kann es denn die eine Blume den andern erzählen? Die Blumen können ja nicht sprechen!“

„Das können sie freilich nicht“, erwiderte der Student, „aber dann machen sie Pantomimen. Hast du nicht oft gesehen, dass die Blumen, wenn es ein wenig weht, sich zunicken und alle ihre grünen Blätter bewegen? Das ist ihnen ebenso verständlich, als wenn wir zusammen sprechen.“

„Kann der Professor denn die Pantomimen verstehen?“, fragte Ida.

„Ja, sicherlich. Er kam eines Morgens in seinen Garten und sah eine große Brennnessel stehen, die mit ihren Blättern einer schönen, roten Nelke Pantomimen machte. Sie sagte: ‚Du bist gar so niedlich, und ich bin dir von Herzen gut!‘ Aber dergleichen kann der Professor nicht leiden, er schlug sogleich der Brennnessel auf die Blätter, denn das sind ihre Finger; aber da brannte er sich, und seit der Zeit wagt er es nicht, eine Brennnessel anzurühren.“

Der Kanzleirat brummte immer, wenn er den Studenten die possierlichen, muntern Bilder ausschneiden sah: Bald war es eine alte Hexe, welche auf einem Besen ritt und ihren Mann auf der Nase hatte.

„Das ist lustig!", sagte die kleine Ida und lachte.

„Wie kann man einem Kinde so etwas in den Kopf setzen!", sagte der langweilige Kanzleirat, welcher zum Besuch gekommen war und auf dem Sofa saß. Er konnte den Studenten nicht leiden und brummte immer, wenn er ihn die possierlichen, muntern Bilder ausschneiden sah: Bald war es ein Mann, der an einem Galgen hing und ein Herz in der Hand hielt, denn er war ein Herzdieb; bald eine alte Hexe, welche auf einem Besen ritt und ihren Mann auf der Nase hatte. Das konnte der alte Kanzleirat nicht leiden, und dann sagte er, gerade wie jetzt: „Wie kann man einem Kinde so etwas in den Kopf setzen! Das ist dumme Fantasie!"

Aber der kleinen Ida schien es doch recht drollig zu sein, was der Student von ihren Blumen erzählte, und sie dachte viel daran. Die Blumen ließen die Köpfe hängen, denn sie waren müde, da sie die ganze Nacht getanzt hatten; sie waren sicher krank. Da ging sie mit ihnen zu ihrem andern Spielzeuge, welches auf einem niedlichen, kleinen Tische stand, und das ganze Schubfach war voll schöner Sachen. Im Puppenbette lag ihre Puppe Sophie und schlief, aber die kleine Ida sagte zu ihr: „Du musst wirklich aufstehen, Sophie, und damit fürlieb nehmen, diese Nacht im Schubkasten zu liegen. Die armen Blumen sind krank, und da müssen sie in deinem Bette liegen; vielleicht werden sie dann wieder gesund!" Und sogleich nahm sie die Puppe heraus; aber die sah verdrießlich aus und

sagte nicht ein einziges Wort, denn sie war ärgerlich, dass sie ihr Bett nicht behalten konnte.

Dann legte Ida die Blumen in das Puppenbett, zog die kleine Decke über sie herauf und sagte, nun möchten sie hübsch still liegen, sie wolle ihnen Tee kochen, damit sie wieder gesund würden und morgen aufstehen könnten. Sie zog die Gardinen dicht um das kleine Bett zusammen, damit die Sonne ihnen nicht in die Augen scheine.

Den ganzen Abend hindurch konnte sie nicht unterlassen, an das zu denken, was ihr der Student erzählt hatte. Und als sie nun selbst zu Bette sollte, musste sie erst hinter die Gardinen sehen, welche vor den Fenstern herabhingen, wo ihrer Mutter herrliche Blumen standen, sowohl Hyazinthen wie Tulpen; und da flüsterte sie leise: „Ich weiß wohl, ihr geht diese Nacht auf den Ball!“ Aber die Blumen taten, als ob sie nichts verständen, und rührten kein Blatt; allein die kleine Ida wusste doch, was sie wusste.

Als sie in das Bett gegangen war, lag sie lange und dachte daran, wie hübsch es sein müsse, die schönen Blumen draußen im Schlosse des Königs tanzen zu sehen. „Ob meine Blumen wirklich dabei gewesen sind?“ Aber dann schlief sie ein. In der Nacht erwachte sie wieder: Sie hatte von den Blumen und dem Studenten, den der Kanzleirat getadelt hatte, geträumt. Es war still in der Schlafstube, wo Ida lag; die Nachtlampe brannte auf dem Tische, und Vater und Mutter schliefen.

„Ob meine Blumen wohl noch in Sophiens Bett liegen?“, dachte sie bei sich selbst. „Wie gern möchte ich es doch wissen!“ Sie erhob sich ein wenig und blickte nach der Türe, welche angelehnt stand: Drinnen lagen die Blumen und all ihr Spielzeug. Sie horchte, und da kam es ihr vor, als höre sie, dass drinnen in der Stube auf dem Klavier gespielt würde, aber ganz leise und so hübsch, wie sie es nie zuvor gehört hatte.

„Nun tanzen sicherlich alle Blumen drinnen!“, dachte sie. „O Gott, wie gern möchte ich es doch sehen!“ Aber sie wagte nicht aufzustehen, denn sonst weckte sie ihren Vater und ihre Mutter.

„Wenn sie doch nur hereinkommen wollten“, dachte sie. Aber die Blumen kamen nicht, und die Musik fuhr fort, wunderhübsch zu spielen; da konnte sie es nicht mehr aushalten, denn es war gar zu schön; sie kroch aus ihrem kleinen Bette heraus und ging leise nach der Türe und sah in die Stube hinein. Nein, wie herrlich war das, was sie zu sehen bekam!

Auf dem Fußboden tanzten alle Blumen sehr zierlich rings umeinander herum, machten Touren und hielten sich bei den langen, grünen Blättern, wenn sie sich herumschwenkten.

Es brannte keine Nachtlampe drinnen, aber doch war's hell; der Mond schien durch das Fenster mitten auf den Fußboden; es war fast, als ob es Tag sei. Alle Hyazinthen und Tulpen standen in zwei langen Reihen im Zimmer; es waren durchaus keine mehr am Fenster; da standen die leeren Töpfe. Auf dem Fußboden tanzten alle Blumen sehr zierlich rings umeinander herum, machten Touren und hielten sich bei den langen, grünen Blättern, wenn sie sich herumschwenkten. Aber am Klavier saß eine große, gelbe Lilie, welche die kleine Ida bestimmt im Sommer gesehen hatte, denn sie erinnerte sich deutlich, dass der Student gesagt hatte: „Nein, wie gleicht sie dem Fräulein Lienchen!" Aber da wurde er von allen ausgelacht; doch nun schien es der kleinen Ida wirklich auch, als ob die lange, gelbe Blume dem Fräulein gleiche; und sie hatte auch dieselben Manieren beim Spielen: Bald neigte ihr lächelndes, gelbes Antlitz nach der einen Seite, bald nach der andern, und nickte den Takt zur herrlichen Musik! Niemand bemerkte die kleine Ida. Dann sah sie eine große, blaue Krokusblume mitten auf den Tisch hüpfen, wo das Spielzeug stand, hierauf auf das Puppenbett zugehen und die Gardinen beiseite ziehen; da lagen die kranken Blumen, aber sie erhoben sich sogleich und nickten den andern zu, dass sie auch mittanzen wollten. Der alte Räuchermann, dem die Unterlippe abgebrochen war, stand auf und verneigte sich vor den hübschen Blumen: Diese sahen durchaus nicht krank aus; sie sprangen hinunter zu den andern und waren recht vergnügt.

Es war, als ob etwas vom Tische herunterfiele; Ida sah dorthin: Es war die Fastnachtsrute, welche heruntersprang; es schien auch, als ob sie mit zu den Blumen gehörte. Sie war ebenfalls sehr niedlich, und eine kleine Wachspuppe, die gerade einen solchen breiten Hut auf dem Kopfe hatte, wie ihn der Kanzleirat trug, saß oben drauf. Die Fastnachtsrute hüpfte auf ihren drei roten Stelzfüßen mitten unter die Blumen und stampfte laut, denn sie tanzte Mazurka; den Tanz konnten die andern Blumen nicht, weil sie zu leicht waren und nicht so zu stampfen vermochten.

Die Wachspuppe auf der Fastnachtsrute wurde auf einmal groß und lang, drehte sich über die Papierblumen hinweg und rief laut: „Wie kann man dem Kinde so etwas in den Kopf setzen? Das ist dumme Fantasie!" Und da glich die Wachspuppe dem Kanzleirat mit dem breiten Hute ganz genau; sie sah ebenso gelb und verdrießlich aus. Aber die Papierblumen schlugen ihn an die dünnen Beine; und da schrumpfte er wieder zusammen und wurde eine kleine Wachspuppe. Das war recht belustigend anzusehen; die kleine Ida konnte das Lachen nicht unterdrücken. Die Fastnachtsrute fuhr fort zu tanzen, und der Kanzleirat musste mittanzen; es half ihm nichts, er mochte sich nun groß und lang machen oder die kleine gelbe Wachspuppe mit dem großen, schwarzen Hute bleiben. Da legten die andern Blumen ein gutes Wort für ihn ein, besonders die, welche im Puppenbette gelegen hatten, und dann ließ die Fastnachtsrute es gut sein. In demselben Augenblicke klopfte es laut drinnen an den Schubkasten, wo Idas Puppe Sophie bei vielem andern Spielzeuge lag; der Räuchermann lief bis an die Kante des Tisches, legte sich lang hin auf den Bauch und begann den Schubkasten ein wenig herauszuziehen. Da erhob sich Sophie und sah erstaunt rings umher. „Hier ist wohl Ball?", sagte sie. „Weshalb hat mir das niemand gesagt?"

„Willst du mit mir tanzen?", fragte der Räuchermann.

„Ja, du bist mir der Rechte zum Tanzen!", sagte sie und kehrte ihm den Rücken zu. Dann setzte sie sich auf den Schubkasten und dachte, dass wohl eine der Blumen kommen würde, sie aufzufordern; aber es kam keine. Dann räusperte sie sich: „Hm, hm, hm!" Aber dessen ungeachtet kam keine. Der Räuchermann tanzte nun allein, und das gar nicht so schlecht!

Da nun keine der Blumen Sophie zu bemerken schien, ließ sie sich vom Schubkasten auf den Fußboden herunterfallen, sodass es Lärm gab. Alle Blumen kamen auch zu ihr gelaufen und fragten, ob sie sich nicht weh getan, und sie

waren alle sehr artig gegen sie, besonders die Blumen, welche in ihrem Bette gelegen hatten. Aber sie hatte sich nicht weh getan, und Idas Blumen bedankten sich für das schöne Bett und waren ihr gut, nahmen sie mitten in die Stube, wo der Mond hineinschien, und tanzten mit ihr; und alle die andern Blumen bildeten einen Kreis um sie herum. Nun war Sophie froh und sagte, sie möchten ihr Bett behalten; sie machte sich nichts daraus, im Schubkasten zu liegen.

Aber die Blumen sagten: „Wir danken dir herzlich, doch wir können so nicht lange leben! Morgen sind wir tot. Aber sage der kleinen Ida, sie möge uns draußen im Garten, wo der Kanarienvogel liegt, begraben: Dann wachen wir im Sommer wieder auf und werden weit schöner!“

„Nein, ihr dürft nicht sterben!“, sagte Sophie und küsste die Blumen: Da ging die Saaltüre auf, und eine Menge herrlicher Blumen kam tanzend herein. Ida konnte gar nicht begreifen, woher sie gekommen waren; das waren sicher alle Blumen draußen vom Schlosse des Königs. Voran gingen zwei prächtige Rosen, die hatten kleine Goldkronen auf: Sie waren ein König und eine Königin. Dann kamen die niedlichen Levkojen und Nelken, welche nach allen Seiten grüßten. Sie hatten Musik bei sich: Große Mohnblumen und Päonien bliesen aus Erbsenschoten, dass sie ganz rot im Gesicht wurden. Die blauen Traubenhyazinthen und die kleinen, weißen Schneeglöckchen klingelten, als ob sie Schellen hätten. Das war eine merkwürdige Musik! Dann kamen viele andere Blumen und tanzten allesamt: die blauen Veilchen und die roten Tausendschönchen, die Gänseblümchen und die Maiblümchen. Alle Blumen küssten einander; es war allerliebst anzusehen!

Zuletzt sagten die Blumen einander gute Nacht; dann schlich sich auch die kleine Ida in ihr Bett, wo sie von allem träumte, was sie gesehen hatte.

Als sie am nächsten Morgen aufstand, ging sie geschwind nach dem kleinen Tische hin, um zu sehen, ob die Blumen noch da seien. Sie zog die Gardine von dem kleinen Bette zur Seite: Da lagen sie alle verwelkt, weit mehr denn gestern. Sophie lag im Schubkasten, wo sie sie hingelegt hatte; sie sah sehr schläfrig aus.

„Entsinnst du dich, was du mir sagen solltest?“, sagte die kleine Ida. Aber Sophie sah dumm aus und sagte nicht ein einziges Wort.

„Du bist gar nicht gut!“, sagte Ida. „Und sie tanzten doch alle mit dir.“ Dann nahm sie eine kleine Papierschachtel, auf welche schöne Vögel gezeichnet waren, machte sie auf und legte die toten Blumen hinein. „Das soll euer niedlicher Sarg sein“, sagte sie, „und wenn später die Vettern zum Besuch kommen, so

Da ging die Saaltüre auf, und eine Menge herrlicher Blumen kam tanzend herein. Das waren sicher alle Blumen draußen vom Schlosse des Königs.

sollen sie mir helfen, euch draußen im Garten zu begraben, damit ihr zum Sommer wieder wachsen und schöner werden könnt!"

Die Vettern waren zwei muntere Knaben; sie hießen Jonas und Adolph; ihr Vater hatte ihnen zwei neue Armbrüste geschenkt, und die hatten sie bei sich, um sie Ida zu zeigen. Diese erzählte ihnen von den armen Blumen, welche gestorben waren, und dann erhielten sie Erlaubnis, sie zu begraben. Beide Knaben gingen mit den Armbrüsten auf den Schultern voran, und die kleine Ida folgte mit den toten Blumen in der niedlichen Schachtel. Draußen im Garten wurde ein kleines Grab gegraben; Ida küsste erst die Blumen und setzte sie dann mit der Schachtel in die Erde; Adolph und Jonas schossen mit den Armbrüsten über das Grab, denn Gewehre und Kanonen hatten sie nicht.

Die Hirtin und der Schornsteinfeger

In diesem Märchen aus dem Jahr 1845 fliehen ein Schornsteinfeger und eine Hirtin aus Porzellan von einem Tisch hinunter und einen Schornstein hinauf, um der Gefahr einer für die Hirtin arrangierten Ehe zu entkommen. Ihre Geschichte vom Abstieg in die Tiefe und Aufstieg Richtung Himmel erzählt wunderbar bildhaft von dem verzweifelten Versuch der beiden, gesellschaftliche Zwänge zu überwinden und die ideellen Höhen wahrer Liebe zu erreichen. Das Paar macht schließlich auf dem Schornsteinrand Rast. Setzen sie ihre Flucht fort? Kehren sie zurück in die Welt gesellschaftlicher Verpflichtungen? Mit dem schlechten Stern, unter dem ihre Liebe steht, hat ihr Drama das Format von *Romeo und Julia* und lässt den Leser beinahe vergessen, dass es von leblosen Gegenständen handelt. Die Hirtin bekennt schließlich: „Das ist allzu viel!", und beider Schicksal ist besiegelt, als sie ihre Furcht vor der Welt gesteht, die beide nun erstmals erblicken. Die Historikerin Jennifer Homans beschreibt die romantische Flucht treffend „als ästhetisierte Form von Verlust – das tiefe *Gefühl* von Sehnsucht". Was die beiden verloren, als sie sich letztendlich gegen die Flucht entschieden – die sie vermutlich zerstört hätte –, gewannen sie an Gefühlstiefe hinzu. Andersen war in die Idee von Liebe verliebt, trotz seiner Enttäuschung darüber, sie für sich selbst nie finden zu können, und schenkte den Liebenden ein Happy End, indem er sie wohlbehalten auf ihren Tisch zurückkehren ließ. – ND

Tuschezeichnung und aquarellierte Tuschezeichnung von Kay Nielsen, Dänemark, 1924

Hast du wohl je einen recht alten Holzschrank, über und über schwarz vor Alter und mit ausgeschnitzten Schnörkeln und Laubwerk daran, gesehen? Ein solcher stand in einer Wohnstube; er war von der Urgroßmutter ererbt und mit ausgeschnitzten Rosen und Tulpen von oben bis unten bedeckt. Da gab es die sonderbarsten Schnörkel, und aus diesen ragten kleine Hirschköpfe mit Geweihen hervor. Mitten auf dem Schranke aber stand ein Mann ausgeschnitzt; er war freilich lächerlich anzusehen und grinste auch, denn lachen konnte man es nicht nennen; er hatte Ziegenbocksbeine, kleine Hörner am Kopfe und einen langen Bart. Die Kinder im Zimmer nannten ihn immer den Ziegenbocksbein-Oberunduntergeneralkriegskommandiersergeanten: Das war ein Name, schwer auszusprechen, und es gibt nicht viele, die diesen Titel bekommen; aber ihn ausschnitzen zu lassen, das war auch etwas. Doch nun war er ja da! Immer sah er nach dem Tische unter dem Spiegel, denn da stand eine liebliche, kleine Hirtin aus Porzellan. Die Schuhe waren vergoldet, das Kleid war mit einer roten Rose geschmückt, und dazu hatte sie einen Goldhut und einen Hirtenstab, sie war wunderschön. Dicht neben ihr stand ein kleiner Schornsteinfeger, so schwarz wie eine Kohle, übrigens aber auch aus Porzellan; er war ebenso rein und fein, als irgend ein anderer; dass er ein Schornsteinfeger war, war ja nur etwas, was er vorstellte; der Porzellanarbeiter hätte ebenso gut einen Prinzen aus ihm machen können, wenn er gewollt hätte!

Da stand er gar niedlich mit seiner Leiter und mit einem Gesicht, so weiß und rot wie das eines Mädchens; und das war eigentlich ein Fehler, denn etwas schwarz hätte es sein müssen. Er stand ganz nahe bei der Hirtin; sie waren beide hingestellt, wo sie standen; da sie nun einmal hingestellt waren, so hatten sie sich verlobt. Sie passten ja zueinander; sie waren junge Leute, von demselben Porzellan und beide gleich zerbrechlich.

Dicht bei ihnen stand noch eine Figur, die war dreimal größer. Es war ein alter Chinese, der nicken konnte. Er war auch aus Porzellan und sagte, er sei der Großvater der kleinen Hirtin; aber das konnte er wohl nicht beweisen. Er behauptete, dass er Gewalt über sie habe, und deshalb hatte er dem Ziegenbocksbein-Oberunduntergeneralkriegskommandiersergeanten, der um die kleine Hirtin freite, zugenickt.

Mitten auf dem Schranke aber stand ein Mann ausgeschnitzt; er hatte Ziegenbocksbeine, kleine Hörner am Kopfe und einen langen Bart.

„Da erhältst du einen Mann“, sagte der alte Chinese, „einen Mann, der, wie ich fast glaube, von Mahagoniholz ist. Er kann dich zur Ziegenbocksbein-Oberunduntergeneralkriegskommandiersergeantin machen; er hat den ganzen Schrank voll Silberzeug, was er in den geheimen Fächern aufbewahrt!“

„Ich will nicht in den dunklen Schrank hinein!“, sagte die kleine Hirtin. „Ich habe sagen hören, dass er elf Porzellanfrauen darin hat!“

„Dann kannst du die zwölfte werden!“, sagte der Chinese. „Diese Nacht, sobald es in dem alten Schranke knackt, sollt ihr Hochzeit halten, so wahr ich ein Chinese bin!“ Und darauf nickte er mit dem Kopfe und verfiel in Schlaf.

Aber die kleine Hirtin weinte und blickte ihren Herzallerliebsten, den Porzellanschornsteinfeger, an.

„Ich möchte dich bitten“, sagte sie, „mit in die weite Welt hinauszugehen, denn hier können wir nicht bleiben!“

„Ich will alles, was du willst!“, sagte der kleine Schornsteinfeger. „Lass uns gleich gehen! Ich denke wohl, dass ich dich mit der Profession ernähren kann!“

„Wenn wir nur glücklich zum Tische hinunter wären!“, sagte sie. „Ich werde nicht froh, bevor wir in die weite Welt hinaus sind!“

Und er tröstete sie und zeigte ihr, wie sie ihren kleinen Fuß auf die ausgeschnittenen Ecken und das vergoldete Laubwerk am Tischfuße hinabsetzen müsse; seine Leiter nahm er auch zu Hilfe, und da waren sie auf dem Fußboden. Aber als sie nach dem alten Schranke hinsahen, war große Unruhe darin; alle die ausgeschnittenen Hirsche streckten die Köpfe weiter hervor, erhoben die Geweihe und drehten die Hälse; der Ziegenbocksbein-Oberunduntergeneralkriegskommandiersergeant sprang hoch in die Höhe und rief zum alten Chinesen hinüber: „Nun laufen sie fort! Nun laufen sie fort!“

Da erschraken sie etwas und sprangen geschwind in den Schubkasten des Fenstertrittes.

Sie kletterten und krochen; ein gräulicher Weg war es, unendlich hoch; aber er hielt sie und zeigte ihr die besten Stellen, wo sie ihre kleinen Porzellanfüße hinsetzen könne.

Hier lagen drei bis vier Spiele Karten, die nicht vollständig waren, und ein kleines Puppentheater, welches, so gut es sich tun ließ, aufgebaut war. Da wurde Komödie gespielt, und alle Damen, *carreau* wie *coeur*, *trèfle* wie *pique*, saßen in der ersten Reihe und fächelten sich mit ihren Tulpen; und hinter ihnen standen alle Buben und zeigten, dass sie Kopf hatten, sowohl oben als unten, wie die Spielkarten es haben. Die Komödie handelte von zwei Personen, die einander nicht bekommen sollten, und die Hirtin weinte darüber; denn es war wie ihre eigene Geschichte.

„Das kann ich nicht aushalten!", sagte sie. „Ich muss aus dem Schubkasten heraus!" Aber als sie auf dem Fußboden anlangten und nach dem Tische hinaufblickten: Da war der alte Chinese erwacht und schüttelte den ganzen Körper; unten war er ja ein Klumpen!

„Nun kommt der alte Chinese!", schrie die kleine Hirtin und fiel auf ihre Porzellanknie nieder: So betrübt war sie.

„Es fällt mir etwas ein!", sagte der Schornsteinfeger. „Wollen wir in die große Potpourrivase, die in der Ecke steht, kriechen? Da können wir auf Rosen und Lavendel liegen und ihm Salz in die Augen werfen, wenn er kommt."

„Das kann nichts nützen!", sagte sie. „Überdies weiß ich, dass der alte Chinese und die Potpourrivase miteinander verlobt gewesen sind, und es bleibt immer etwas Wohlwollen zurück, wenn man in solchen Verhältnissen gestanden hat. Nein, es bleibt nichts übrig, als in die weite Welt hinauszugehen!"

„Hast du wirklich Mut, mit mir in die weite Welt hinauszugehen?", fragte der Schornsteinfeger. „Hast du bedacht, wie groß die ist, und dass wir nie mehr hierher zurückkommen können?"

„Das habe ich!", sagte sie.

Und der Schornsteinfeger sah sie fest an, und dann sagte er: „Mein Weg geht durch den Schornstein! Hast du wirklich Mut, mit mir durch den Ofen, sowohl durch den eisernen Kasten als durch die Rohre zu kriechen? Dann kommen wir hinaus in den Schornstein, und da verstehe ich mich zu tummeln! Wir steigen so hoch, dass sie uns nicht erreichen können, und ganz oben geht ein Loch in die weite Welt hinaus!"

Und er führte sie zu der Ofentüre hin.

„Da sieht es schwarz aus!", sagte sie, aber sie ging doch mit ihm, sowohl durch den Kasten wie durch die Rohre, wo die pechfinstere Nacht herrschte.

„Nun sind wir im Schornsteine!“, sagte er. „Und sieh, sieh! Dort oben scheint der herrlichste Stern!“

Und es war ein wirklicher Stern am Himmel, der gerade zu ihnen herabschien, als wollte er ihnen den Weg zeigen. Und sie kletterten und krochen; ein gräulicher Weg war es, unendlich hoch; aber er hob sie und half ihr; er hielt sie und zeigte ihr die besten Stellen, wo sie ihre kleinen Porzellanfüße hinsetzen könne; und so erreichten sie den Schornsteinrand und auf den setzten sie sich; denn sie waren sehr ermüdet, und das konnten sie auch wohl sein.

Der Himmel mit allen seinen Sternen war hoch über und alle Dächer der Stadt tief unter ihnen. Sie sahen weit umher, weit, weit hinaus in die Welt. Die arme Hirtin hatte es sich nie so gedacht; sie lehnte sich mit ihrem kleinen Kopfe an ihren Schornsteinfeger, und dann weinte sie, dass das Gold von ihrem Leibgürtel absprang.

„Das ist allzu viel!“, sagte sie. „Das kann ich nicht ertragen! Die Welt ist allzu groß! Wäre ich doch wieder auf dem Tische unter dem Spiegel! Ich werde nie froh, ehe ich wieder dort bin! Nun bin ich dir in die Welt hinaus gefolgt, nun kannst du mich auch wieder zurückbegleiten, wenn du mich wirklich lieb hast.“

Und der Schornsteinfeger sprach vernünftig mit ihr, sprach von dem alten Chinesen und vom Ziegenbocksbein-Oberunduntergeneralkriegskommandiersergeanten; aber sie schluchzte gewaltig und küsste ihren kleinen Schornsteinfeger, sodass er nicht anders konnte, als sich ihr fügen, obgleich es töricht war.

Und so kletterten sie mit vielen Beschwerden den Schornstein wieder hinunter und krochen durch die Rohre und den Kasten: Das war nichts Schönes! Dann standen sie in dem dunklen Ofen; da horchten sie hinter der Türe, um zu erfahren, wie es in der Stube aussehe. Dort war es ganz still; sie sahen hinein – ach, da lag der alte Chinese mitten auf dem Fußboden. Er war vom Tische heruntergefallen, als er hinter ihnen her wollte, und lag nun in drei Stücke zerschlagen: der ganze Rücken war in einem Stücke abgegangen und der Kopf war in eine Ecke gerollt. Der Ziegenbocksbein-Oberunduntergeneralkriegskommandiersergeant stand, wo er immer gestanden hatte, und dachte nach.

„Das ist grässlich!“, sagte die kleine Hirtin. „Der alte Großvater ist in Stücke zersprungen, und wir sind

Sie lehnte sich mit ihrem kleinen Kopfe an ihren Schornsteinfeger, und dann weinte sie. „Das kann ich nicht ertragen!", sagte sie. „Die Welt ist allzu groß!"

schuld daran! Das werde ich nicht überleben!" Und dann rang sie ihre kleinen Hände.

„Er kann noch genietet werden!", sagte der Schornsteinfeger. „Er kann noch genietet werden! Sei nur nicht so heftig: Wenn sie ihn im Rücken kitten und ihm eine gute Niete im Nacken geben, so wird er so gut wie neu sein und kann noch manches Unangenehme sagen!"

„Glaubst du?", sagte sie. Und dann krochen sie wieder auf den Tisch hinauf, wo sie früher gestanden hatten.

„Sieh, so weit kamen wir!", sagte der Schornsteinfeger. „Da hätten wir uns alle die Mühe ersparen können!"

„Hätten wir nur erst den alten Großvater wieder genietet!", sagte die Hirtin. „Ob das sehr teuer ist?"

Und genietet wurde er. Die Familie ließ ihn im Rücken kitten; er bekam eine gute Niete durch den Hals; er war so gut wie neu: Aber nicken konnte er nicht mehr.

„Sie sind wohl hochmütig geworden, seitdem Sie in Stücke zersprungen sind?", sagte der Ziegenbocksbein-Oberunduntergeneralkriegskommandiersergeant. „Mir däucht nicht, dass Sie Ursache hätten, so gefährlich zu tun. Soll ich sie haben, oder soll ich sie nicht haben?"

Und der Schornsteinfeger und die kleine Hirtin sahen den alten Chinesen gar rührend an; sie fürchteten, er möchte nicken. Aber das konnte er nicht; und es war ihm fatal, einem Fremden zu erzählen, dass er beständig eine Niete im Nacken habe. Und so blieben die Porzellanleute beisammen, und sie segneten des Großvaters Niete und liebten sich, bis sie zerbrachen.

Der fliegende Koffer

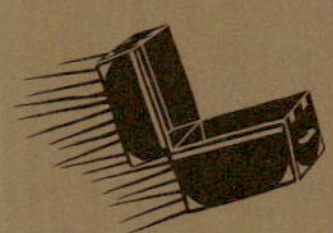

„Ich bringe keine andere Morgengabe als ein Märchen!“, verspricht der Kaufmannssohn seiner zukünftigen Frau, der Tochter des Sultans, die er mit fantasievollen Geschichten erfolgreich umworben hat. Auch wenn dieses launige Märchen aus dem Jahr 1839 im fernen „Land der Türken“ spielt, ist sein Grundthema Andersen doch wohlvertraut und besonders nahe: die Kunst des Geschichtenerzählens. Hier kombiniert er zwei Geschichten; eine davon, in der ein fliegender Koffer vorkommt, ist der (inhaltlich *Tausendundeine Nacht* vergleichbaren) arabischen Märchensammlung *Tausendundein Tag* entlehnt, die der Orientalist François Pétis de la Croix im 18. Jahrhundert nach Europa brachte: Ein Kaufmannssohn verprasst sein Erbe und wird von allen Freunden verlassen, doch einer schickt ihm zuvor noch einen alten Koffer mit der Bemerkung: „Packe ein!“ – ein Andersen-Einfall. Der Koffer trägt ihn wie ein fliegender Teppich davon, und seine Abenteuer beginnen. Eingebunden in diese Rahmenhandlung findet sich eine zweite – Andersens eigene – Erzählung, die ursprünglich als eigenständiges Märchen unter dem Titel „Die Schwefelhölzchen“ erscheinen sollte und die denkbar simpelsten Figuren auftreten lässt: Küchengerätschaften. Das Glück des Kaufmannssohns aber endet jäh, als sein Koffer bei einem Feuerwerk am Vorabend der Hochzeit verbrennt. Seitdem muss er die Welt durchwandern, und seine Märchen klingen nie mehr so heiter und fröhlich wie zuvor. – ND

Tuschezeichnungen von Takeo Takei,
Japan, 1928

Das war ein merkwürdiger Koffer. Sobald man an das Schloss drückte, konnte der Koffer fliegen. Er drückte und: Wips!

Es war einmal ein Kaufmann, der war so reich, dass er die ganze Straße und fast noch eine kleine Gasse dazu mit Silbergeld pflastern konnte; aber das tat er nicht: Er wusste sein Geld anders anzuwenden. Gab er einen Schilling aus, so bekam er einen Taler wieder; ein so guter Kaufmann war er – bis er starb.

Der Sohn bekam nun all dieses Geld. Lebte lustig, ging jede Nacht zur Maskerade, machte Papierdrachen aus Talerscheinen und warf Fitschen auf der See mit Goldstücken anstatt mit Steinen. Auf diese Weise konnte das Geld schon zu Ende gehen, und das tat es. Zuletzt besaß er nicht mehr als vier Schillinge und hatte keine andern Kleider als ein Paar Pantoffeln und einen alten Schlafrock. Nun kümmerten sich seine Freunde nicht mehr um ihn, da sie ja nicht zusammen auf die Straße gehen konnten; aber einer von ihnen, der gutmütig war, sandte ihm einen alten Koffer, mit der Bemerkung: „Packe ein!“ Ja, das war nun recht schön, aber er hatte nichts einzupacken; darum setzte er sich selbst in den Koffer.

Das war ein merkwürdiger Koffer. Sobald man an das Schloss drückte, konnte der Koffer fliegen. Er drückte und wips!, flog er mit ihm durch den Schornstein hoch über die Wolken hinauf, weiter und weiter fort. So oft aber der Boden ein wenig knackte, war er gar sehr in Angst, dass der Koffer in Stücke gehen könnte; alsdann hätte er einen tüchtigen Purzelbaum gemacht. – Gott bewahre uns! Auf solche Weise kam er nach dem Lande der Türken. Den Koffer verbarg er im Walde unter den dürren Blättern und ging dann in die Stadt hinein. Das konnte er auch gut, denn bei den Türken gingen ja alle so wie er: in Schlafrock und Pantoffeln. Da begegnete er einer Amme mit einem kleinen Kinde. „Höre, du Türkenamme“, sagte er, „was ist das für ein großes Schloss hier dicht bei der Stadt, wo die Fenster so hoch oben sind?“

„Da wohnt die Tochter des Sultans!“, erwiderte sie. „Es ist prophezeit, dass sie über einen Geliebten sehr unglücklich werden würde, und deshalb darf niemand zu ihr kommen, wenn nicht der Sultan und die Sultanin dabei sind!“

„Ich danke!“, sagte der Kaufmannssohn und ging hinaus in den Wald, setzte sich in seinen Koffer, flog auf das Dach und kroch durch das Fenster zur Prinzessin hinein.

Sie lag auf dem Sofa und schlief; sie war so schön, dass der Kaufmannssohn sie küssen musste. Da erwachte sie und erschrak gewaltig; aber er sagte, er sei der Türkengott, der durch die Luft zu ihr herab gekommen wäre, und das gefiel ihr.

Sie setzten sich nebeneinander, und er erzählte ihr Geschichten von ihren Augen: Das wären die herrlichsten, dunklen See, da schwämmen die Gedanken gleich Meerweibchen drin. Und er erzählte von ihrer Stirn: Die wäre ein Schneeberg mit den prächtigsten Sälen und Bildern.

Ja das waren schöne Geschichten! Dann freite er um die Prinzessin, und sie sagte gleich Ja!

„Aber Sie müssen den Sonnabend herkommen!", sagte sie. „Da sind der Sultan und die Sultanin bei mir zum Tee! Sie werden sehr stolz darauf sein, dass ich den Türkengott bekomme. Aber sehen Sie zu, dass Sie ein recht hübsches Märchen wissen, denn das lieben meine Eltern außerordentlich. Meine Mutter will es moralisch und vornehm, und mein Vater belustigend haben, sodass man lachen kann!"

„Ja, ich bringe keine andere Morgengabe als ein Märchen!", sagte er, und so schieden sie. Aber die Prinzessin gab ihm einen Säbel, der war mit Goldstücken besetzt, die konnte er gebrauchen.

Nun flog er fort, kaufte sich einen neuen Schlafrock und saß dann draußen im Walde und dichtete ein Märchen: Das sollte bis zum Sonnabend fertig sein, und das ist doch nicht leicht.

Als er damit fertig wurde, war es Sonnabend.

Der Sultan, die Sultanin und der ganze Hof waren zum Tee bei der Prinzessin. Er wurde sehr gnädig empfangen!

„Wollen Sie uns ein Märchen erzählen?", sagte die Sultanin. „Eins, das tiefsinnig und belehrend ist?"

„Aber worüber man doch lachen kann!", sagte der Sultan.

„Jawohl!", erwiderte er und erzählte. Und nun gut aufgepasst!

„Es war einmal ein Bund Schwefelhölzchen, die waren sehr stolz auf ihre hohe Herkunft! Ihr Stammbaum, das heißt die große Fichte, von der ein jedes von ihnen ein kleines Hölzchen war, hatte als großer, alter Baum im Walde gestanden. Die Schwefelhölzchen lagen nun in der Mitte zwischen einem Feuerzeuge und einem alten, eisernen Topfe, und diese erzählten von ihrer Jugend. „Ja, als wir auf den grünen Zweigen waren", sagten sie, „da waren wir wirklich auf den grünen Zweigen! Jeden Morgen und Abend gab es Diamanttee, das war der Tau; den ganzen Tag hatten wir Sonnenschein, wenn die Sonne schien, und die kleinen Vögel mussten Geschichten erzählen. Wir konnten wohl merken, dass wir auch reich waren, denn die Laubbäume waren nur im Sommer

Der Kehrbesen zog grüne Petersilie aus dem Sandloche
und bekränzte den Topf, denn er wusste,
dass es die anderen ärgern würde.

bekleidet, aber unsere Familie hatte Mittel zu grünen Kleidern sowohl im Sommer wie im Winter. Doch da kam der Holzhauer, das war die große Revolution, und unsere Familie wurde zersplittert. Der Stammherr erhielt eine Stelle als Hauptmast auf einem prächtigen Schiffe, welches die Welt umsegeln konnte, wenn es wollte; die andern Zweige kamen nach andern Orten, und wir haben nun das Amt, der niedrigen Menge das Licht anzuzünden. Deshalb sind wir vornehme Leute hierher in die Küche gekommen."

„Mein Schicksal gestaltete sich auf eine andere Weise!", sagte der eiserne Topf, neben welchem die Schwefelhölzchen lagen. „Von Anfang an, seit ich in die Welt kam, ist in mir viele Mal gescheuert und viele Male gekocht worden! Ich sorge für das Solide und bin der Erste hier im Hause. Meine einzige Freude ist, nach Tisch recht rein und nett an meinem Platze zu liegen und ein vernünftiges Gespräch mit meinen Kameraden zu führen. Doch wenn ich den Wassereimer ausnehme, der hin und wieder einmal in den Hof hinunterkommt, so leben wir immer innerhalb unserer vier Wände. Unser einziger Neuigkeitsbote ist der Marktkorb, aber der spricht sehr unruhig über die Regierung und das Volk; ja, neulich war da ein alter Topf, der vor Schreck darüber niederfiel und in Stücke zersprang. Der ist liberal, sage ich euch!" – „Nun sprichst du zu viel!", fiel das Feuer ein, und der Stahl schlug gegen den Feuerstein, dass es sprühte. „Wollen wir uns nicht einen lustigen Abend machen?"

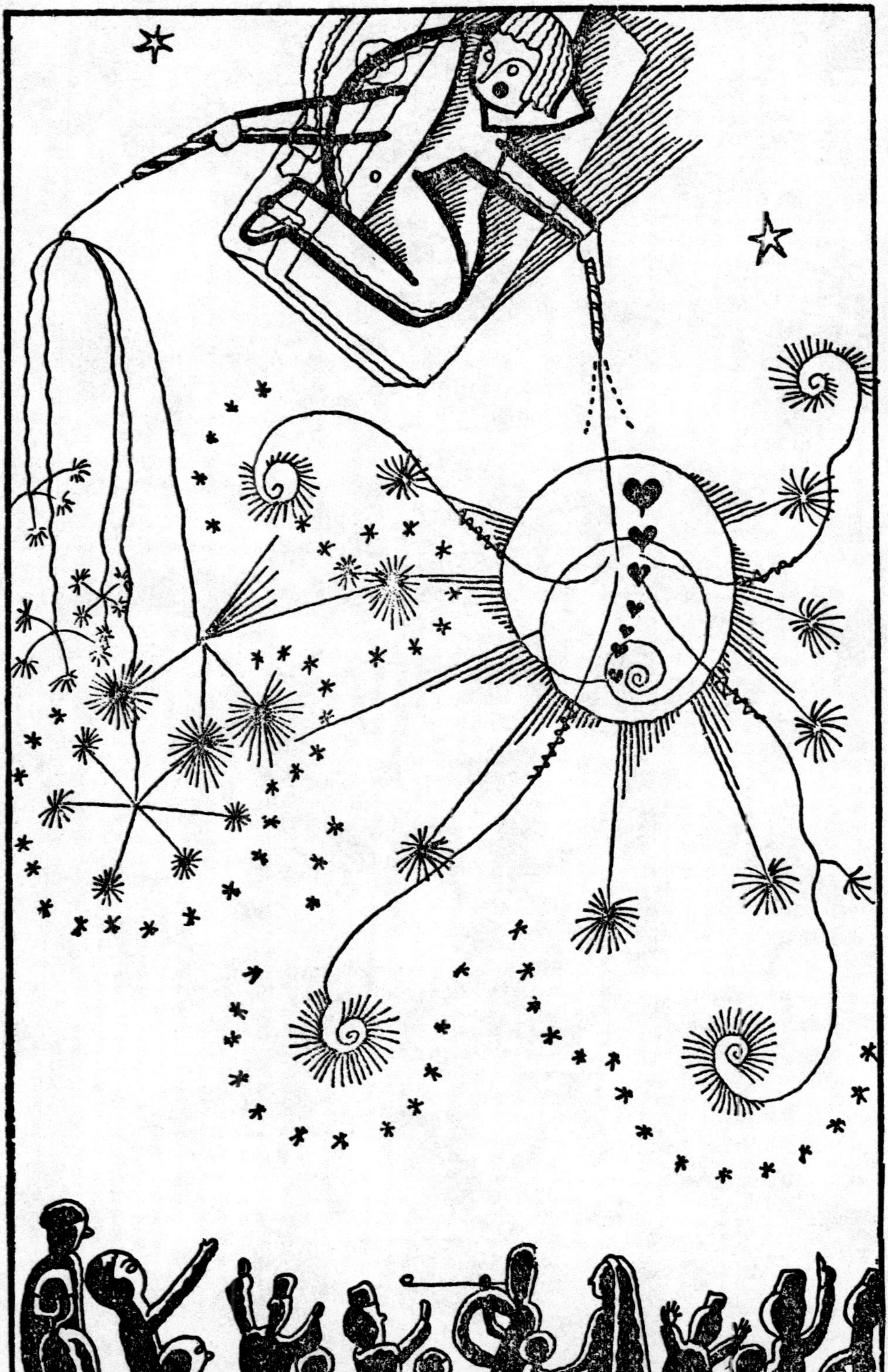

Er kaufte Raketen und flog damit in die Luft. Rutsch, wie das ging und wie das pufftel Eine solche Lufterscheinung hatten sie noch nie gesehen.

„Ja, lasst uns davon sprechen, wer der Vornehmste ist!", sagten die Schwefelhölzchen.

„Nein, ich liebe es nicht, von mir selbst zu reden", wendete der Topf ein. „Lasst uns eine Abendunterhaltung veranstalten! Ich will anfangen und eine Geschichte aus dem Leben, so etwas, was jeder erlebt hat, erzählen, da kann man sich leicht hineinversetzen und hat auch Freude daran. An der Ostsee bei den dänischen Buchen –"

„Das ist ein hübscher Anfang!", sagten alle Teller. „Das wird eine Geschichte werden, die uns gefällt."

„Ja, da verlebte ich meine Jugend bei einer stillen Familie; die Möbel wurden gebohnt, der Fußboden gescheuert, und alle vierzehn Tage wurden reine Gardinen aufgehängt!"

„Wie Sie doch interessant erzählen!", sagte der Kehrbesen. „Man kann gleich hören, dass ein Mann erzählt, der viel mit Frauen in Berührung gekommen ist; es geht so etwas Reines hindurch!"

„Ja, das fühlt man!", sagte der Wassereimer und machte vor Freude einen kleinen Sprung, sodass es auf dem Fußboden platschte.

Und der Topf fuhr fort zu erzählen, und das Ende war ebenso gut wie der Anfang.

Alle Teller klapperten vor Freude, und der Kehrbesen zog grüne Petersilie aus dem Sandloche und bekränzte den Topf, denn er wusste, dass es die anderen ärgern würde. „Bekränze ich ihn heute", dachte er, „so bekränzt er mich morgen."

„Nun will ich tanzen!", sagte die Feuerzange und tanzte. Gott bewahre uns, wie konnte sie das eine Bein in die Höhe strecken! Der alte Stuhlüberzug dort im Winkel platzte, als er es sah! „Werde ich nun auch bekränzt?", fragte die Feuerzange, und sie wurde es.

„Das ist doch nur Pöbel!", dachten die Schwefelhölzchen.

Nun sollte die Teemaschine singen; aber die sagte, sie habe sich erkältet, sie könne nicht singen, wenn es nicht in ihr koche. Allein das war bloß Vornehmtuerei: Sie wollte nicht singen, wenn sie nicht drinnen bei der Herrschaft auf dem Tische stand.

Im Fenster stak eine alte Gänsefeder, mit der das Mädchen zu schreiben pflegte. Es war nichts Bemerkenswertes an ihr; außer dass sie gar zu tief in die Tinte getaucht worden. Aber darauf war sie stolz. „Will die Teemaschine nicht singen", sagte sie, „so kann sie es bleiben lassen! Draußen hängt eine Nachtigall

im Käfig, die kann singen. Die hat zwar nichts gelernt, aber das wollen wir diesen Abend dahingestellt sein lassen!“

„Ich finde es höchst unpassend“, sagte der Teekessel – er war Küchensänger und Halbbruder der Teemaschine –, „dass ein solcher fremder Vogel gehört werden soll! Ist das patriotisch? Der Marktkorb mag darüber entscheiden!“

„Ich ärgere mich nur!“, sagte der Marktkorb. „Ich ärgere mich innerlich so sehr, wie niemand es sich denken kann! Ist das eine passende Art, den Abend hinzubringen? Würde es nicht vernünftiger sein, das Haus zurechtzusetzen? Ein jeder müsste auf seinen Platz kommen, und ich würde das Spiel leiten. Das würde etwas anderes werden!“

„Ja, lasst uns Spektakel machen!“, sagten alle. Da ging die Türe auf. Das Dienstmädchen kam, da standen sie still. Keiner muckste! Aber da war nicht ein einziger Topf, der nicht gewusst hätte, was er zu tun vermöge und wie vornehm er sei. „Ja, wenn ich gewollt hätte“, dachte jeder, „so hätte es ein recht lustiger Abend werden sollen!“

Das Dienstmädchen nahm die Schwefelhölzchen und machte Feuer damit an. – Gott bewahre uns, wie die sprühten und in Flammen gerieten!

„Nun kann doch jeder sehen“, dachten sie, „dass wir die Ersten sind! Welchen Glanz haben wir! Welches Licht!“

Und damit waren sie verbrannt.

„Das war ein herrliches Märchen!“, sagte die Sultanin. „Ich fühle mich ganz und gar in die Küche versetzt zu den Schwefelhölzchen. Ja, nun sollst du unsere Tochter haben.“

„Ja, wohl!“, sagte der Sultan. „Du sollst unsere Tochter den Montag haben!“ Denn nun sagten sie „du“ zu ihm, da er zur Familie gehören sollte.

Die Hochzeit wurde bestimmt, und am Abend vorher die ganze Stadt illuminiert. Zwieback und Brezeln wurden unter das Volk geworfen; die Straßenbuben standen auf den Zehen, riefen Hurra und pfiffen auf den Fingern, es war außerordentlich prachtvoll.

„Ja, ich werde wohl auch etwas zum Besten geben müssen!“, dachte der Kaufmannssohn. Und so kaufte er Raketen, Knallerbsen und alles Feuerwerk, was man nur erdenken kann, legte es in seinen Koffer und flog damit in die Luft. Rutsch, wie das ging und wie das puffte!

Alle Türken hüpften dabei in die Höhe, dass ihnen die Pantoffeln um die Ohren flogen; eine solche Lufterscheinung hatten sie noch nie gesehen. Nun

konnten sie begreifen, dass es der Türkengott selbst war, der die Prinzessin haben sollte.

Sobald der Kaufmannssohn wieder mit seinem Koffer herunter in den Wald kam, dachte er: „Ich will doch in die Stadt hineingehen, um zu erfahren, wie es sich ausgenommen hat!“ Und es war natürlich, dass er Lust dazu hatte.

Nein, was doch die Leute erzählten! Ein jeder, den er darnach fragte, hatte es auf seine Weise gesehen; aber schön hatten es alle gefunden.

„Ich sah den Türkengott selbst“, sagte der eine. „Er hatte Augen wie glänzende Sterne und einen Bart wie schäumende Wasser!“

„Er flog in einem Feuermantel“, sagte ein anderer. „Die lieblichsten Engelskinder blickten aus den Falten hervor!“

Ja, das waren herrliche Sachen, die er hörte, und am folgenden Tag sollte er Hochzeit machen.

Nun ging er in den Wald zurück, um sich in seinen Koffer zu setzen – aber wo war der geblieben? Der Koffer war verbrannt. Ein Funken des Feuerwerks war zurückgeblieben, der hatte Feuer gefangen, und der Koffer lag in Asche. Er konnte nicht mehr fliegen, nicht mehr zu seiner Braut gelangen.

Sie stand den ganzen Tag auf dem Dache und wartete; sie wartet wahrscheinlich noch. Er aber durchwandert die Welt und erzählt Märchen, doch sind sie nicht mehr so lustig, wie das, welches er von den Schwefelhölzchen erzählte.

Das kleine Mädchen mit den Schwefelhölzchen

Dieses Märchen von 1845 zählt zu Andersens berühmtesten – und tragischsten. Ein Bettelkind, das Zündhölzchen verkauft, erliegt der Winterkälte und hat im Erfrieren Visionen, die immer schöner und prächtiger werden, bis sie sich in einem letzten, herzergreifenden Bild auflösen. Am Ende macht das Märchen Hoffnung – der Geist des Kindes fliegt in den Himmel hinauf –, wirft aber auch ein Schlaglicht auf zwei drängende gesellschaftliche Probleme der damaligen Zeit, Obdachlosigkeit und Kinderarbeit. Andersens Mutter musste als Kind betteln gehen, und in der viktorianischen Literatur war das Motiv des sterbenden Kindes weit verbreitet. Andersen selbst schrieb 1827 ein Gedicht mit dem Titel „Das sterbende Kind" und 1843 das Märchen „Der Engel" über einen Engel und ein sterbendes Kind. Dieses 1845 entstandene Märchen war eine Auftragsarbeit für einen beliebten Almanach, die zur Illustration eines Mädchens mit Schwefelhölzchen passen sollte. Im vorigen Märchen, „Der fliegende Koffer", lässt Andersen in einer heiteren Sozialsatire über alltägliche Küchengeräte einen Bund statusbewusster Schwefelhölzchen die Hauptrolle spielen. Hier nun lassen Schwefelhölzchen die Unschuld und Herzensgüte des kleinen Mädchens erstrahlen. Andersen sah sich selbst als unpolitisch, doch der Andersen-Experte Reginald Spink weist darauf hin, dass er „nie seine niedere Herkunft verbarg und sich in seinen Romanen, Stücken und Märchen immer wieder für die Armen und Verstoßenen starkmachte". – ND

Aquarellierte Tuschezeichnung von Arthur Rackham, Großbritannien, 1932

Die Kleine verlor ihre Pantoffeln, als sie über die Straße weghuschte, weil zwei Wagen schrecklich schnell vorüberrollten. Zitternd vor Kälte und Hunger schlich sie einher, ein Bild des Jammers, die arme Kleine!

Es war entsetzlich kalt; es schneite und war beinahe dunkel, der letzte Abend des Jahres. In dieser Kälte und Finsternis ging auf der Straße ein kleines, armes Mädchen mit bloßem Kopfe und nackten Füßen. Als sie das Haus verließ, hatte sie freilich Pantoffeln angehabt; aber was half das? Es waren sehr große Pantoffeln, die ihre Mutter bisher benutzt hatte, so groß waren sie. Die Kleine aber verlor dieselben, als sie über die Straße weghuschte, weil zwei Wagen schrecklich schnell vorüberrollten. Der eine Pantoffel war nicht wieder zu finden, den andern hatte ein Junge erwischt und lief damit fort. Da ging nun das kleine Mädchen mit nackten Füßen, die rot und blau vor Kälte waren. In einer roten Schürze trug sie eine Menge Schwefelhölzchen und ein Bund davon in der Hand. Niemand hatte ihr den ganzen langen Tag etwas abgekauft, niemand ihr einen Pfennig geschenkt.

Zitternd vor Kälte und Hunger schlich sie einher, ein Bild des Jammers, die arme Kleine!

Die Schneeflocken bedeckten ihr langes blondes Haar, welches in schönen Locken um den Hals fiel; aber daran dachte sie nun freilich nicht. Aus allen Fenstern glänzten die Lichter, und es roch herrlich nach Gänsebraten: Es war ja Silvesterabend. Ja, daran dachte sie!

In einem Winkel, von zwei Häusern gebildet, von denen das eine etwas mehr vorsprang als das andere, setzte sie sich hin und kauerte sich zusammen. Die kleinen Füße hatte sie an sich gezogen; aber es fror sie noch mehr, und nach Hause zu gehen wagte sie nicht; sie hatte ja keine Schwefelhölzchen verkauft und brachte keinen Pfennig Geld mit. Von ihrem Vater würde sie gewiss Schläge bekommen, und zu Hause war es auch kalt; über sich hatten sie nur das Dach, durch

Ein zweites wurde an der Wand abgestrichen; und die Mauer wurde durchsichtig wie ein Schleier. Herrlich dampfte die gebratene Gans, mit Äpfeln und getrockneten Pflaumen gefüllt.

welches der Wind pfiff, wenn auch die größten Spalten mit Stroh und Lumpen zugestopft waren.

Ihre kleinen Hände waren beinahe vor Kälte erstarrt. Ach! Ein Schwefelhölzchen konnte ihr gar wohltun, wenn sie nur ein einziges aus dem Bunde herausziehen, es an die Wand streichen und sich die Finger erwärmen dürfte. Sie zog eins heraus. Rrscht! Wie sprühte, wie brannte es! Es war eine warme, helle Flamme, wie ein Lichtchen, als sie die Hände darüberhielt; es war ein wunderbares Lichtchen! Es schien wirklich dem kleinen Mädchen, als säße sie vor einem großen eisernen Ofen mit polierten Messingfüßen und einem messingenen Aufsatze. Wie brannte das Feuer darin, wie wohltuend wärmte es! Die Kleine streckte schon die Füße aus, um auch diese zu wärmen – doch – da erlosch das Flämmchen, der Ofen verschwand, sie hatte nur die kleinen Überreste des abgebrannten Schwefelhölzchens in der Hand.

Ein zweites wurde an der Wand abgestrichen; es leuchtete, und wo der Schein auf die Mauer fiel, wurde diese durchsichtig wie ein Schleier: Sie konnte in das Zimmer hineinsehen. Auf dem Tische war ein weißes Tischtuch ausgebreitet, darauf stand glänzendes Porzellangeschirr, und herrlich dampfte die gebratene Gans, mit Äpfeln und getrockneten Pflaumen gefüllt. Und was noch prächtiger anzusehen war, die Gans hüpfte von der Schüssel herunter und wackelte auf dem Fußboden, Messer und Gabel in der Brust, bis zu dem armen Mädchen hin. Da erlosch das Schwefelhölzchen, und es blieb nur die dicke, feuchtkalte Mauer zurück. Sie zündete noch ein Hölzchen an. Da saß sie nun unter dem herrlichen Christbaume; er war noch größer und geputzter als der, den sie durch die Glastüre bei dem reichen Kaufmanne gesehen hatte. Tausende von Lichtern brannten auf den grünen Zweigen, und bunte Bilder, wie sie an

Sie zündete noch ein Hölzchen an. Da saß sie nun unter dem herrlichen Christbaume. Die Kleine streckte ihr Hände danach aus: Da erlosch das Schwefelhölzchen.

Schaufenstern zu sehen waren, blicken auf sie herab. Die Kleine streckte ihr Hände danach aus: Da erlosch das Schwefelhölzchen. Die Weihnachtslichter stiegen höher: Sie sah sie jetzt als Sterne am Himmel; einer davon fiel herunter und bildete einen langen Feuerstreifen.

„Jetzt stirbt jemand!“, dachte das kleine Mädchen, denn ihre alte Großmutter, die Einzige, die sie lieb gehabt hatte, und die jetzt gestorben war, hatte ihr erzählt, dass, wenn ein Stern herunterfällt, eine Seele zu Gott emporsteigt.

Sie strich wieder ein Hölzchen an der Mauer ab, es wurde wieder hell, und in dem Gange stand die alte Großmutter klar und schimmernd, gar mild und liebevoll.

„Großmutter!“, rief die Kleine. „O! Nimm mich mit! Ich weiß, du entfernst dich, wenn das Schwefelhölzchen erlischt; du verschwindest wie der warme Ofen, wie der herrliche Gänsebraten und der große, prächtige Weihnachtsbaum!“ Und sie strich schnell das ganze Bund Schwefelhölzchen ab, denn sie wollte die Großmutter recht festhalten. – Und die Schwefelhölzchen leuchteten mit einem solchen Glanze, dass es heller wurde als mitten am Tage; die Großmutter war früher nie so schön, so groß gewesen; sie nahm das kleine Mädchen auf ihre Arme, und beide flogen in Glanz und Freude hoch über die Erde, unendlich hoch; und dort oben war weder Kälte noch Hunger noch Angst – sie waren bei Gott.

Aber im Winkel an die Mauer gelehnt, saß in der kalten Morgenstunde das arme Mädchen mit roten Backen und mit lächelndem Munde – erfroren an des alten Jahres letztem Abend. Die Neujahrssonne ging auf über der kleinen Leiche. Starr saß das Kind dort mit den Schwefelhölzchen, von denen ein Bund abgebrannt war. „Sie hat sich erwärmen wollen!“, sagte man. Niemand ahnte, was sie Schönes gesehen hatte, in welchem Glanze sie mit der Großmutter zur Neujahrsfreude eingegangen war.

Das Feuerzeug

„Du bist ein wahrer Soldat!“, schmeichelt eine alte Hexe dem Kriegsheimkehrer und verlockt ihn dazu, für sie ein Zauberfeuerzeug aus einer gespenstischen unterirdischen Halle zu holen. Auf heutige Leser mag dieser beinahe 200 Jahre alte Söldner mit Tornister und Säbel altmodisch wirken, tatsächlich aber zählt er zu den literarischen Vorläufern des modernen Actionhelden. Seine dreiste Eigenmächtigkeit macht ihn zur perfekten antiautoritären Kontrastfigur. An ebendiesem eigennützigen Handeln des Soldaten, wie auch am Fehlen einer klaren moralischen Botschaft, nahmen mit kinderfreundlicher Kost rechnende Kritiker Anstoß, als dieses Märchen im Jahr 1835 erstmals erschien. Dem Märchenkundler Bengt Holbek zufolge wurde Andersen von seinem Vater ermutigt, wie der Soldat „auf sich selbst zu vertrauen und in die große weite Welt hinauszugehen, um sein Glück zu machen“. Der Vater war ihm sehr liebevoll zugetan und las oft mit ihm zusammen in *Tausendundeine Nacht*, einem Lieblingsbuch der beiden, an dessen Erzählung „Aladin und die Wunderlampe“ sich hier ebenso Anklänge finden wie an ein mündlich überliefertes Märchen aus seiner Kindheit, „Der Geist in der Kerze“, in dem ein Soldat sich weigert, eine Zauberkerze herauszugeben. Andersens berühmtes Märchen, das eine bunte Palette an Motiven der Volksdichtung auf neue Art zusammenbringt, wird heute als Meisterwerk gepriesen. – ND

Aquarelle und Schwarz-Weiß-Illustrationen von Heinrich Strub, Schweiz, 1956

„Siehst du den großen Baum dort?“, sagte die Hexe. „Von dem musst du den Gipfel erklettern, dann erblickst du ein Loch, durch welches du dich hinablassen und tief in den Baum gelangen kannst!“

Es kam ein Soldat auf der Landstraße daher marschiert: Eins, zwei! Eins, zwei! Er hatte seinen Tornister auf dem Rücken und einen Säbel an der Seite, denn er war im Kriege gewesen und wollte nun nach Hause.

Da begegnete er einer alten Hexe auf der Landstraße: Die war sehr widerlich. Ihre Unterlippe hing ihr bis auf die Brust hinab. Sie sagte: „Guten Abend, Soldat! Was hast du doch für einen schönen Säbel und großen Tornister! Du bist ein wahrer Soldat! Nun sollst du so viel Geld haben, als du besitzen magst!“

„Ich danke dir, du alte Hexe!“, sagte der Soldat.

„Siehst du den großen Baum dort?“, sagte die Hexe und zeigte auf einen Baum, der ihnen zur Seite stand. „Er ist inwendig hohl. Von dem musst du den Gipfel erklettern, dann erblickst du ein Loch, durch welches du dich hinablassen und tief in den Baum gelangen kannst! Ich werde dir einen Strick um den Leib binden, damit ich dich wieder heraufziehen kann, wenn du mich rufst.“

„Was soll ich denn da unten im Baume?“, fragte der Soldat.

„Geld holen!“, sagte die Hexe. „Wisse, wenn du auf den Boden unter dem Baume kommst, so bist du in einer großen Halle; da ist es hell, denn da brennen über dreihundert Lampen. Dann erblickst du drei Türen; du kannst sie öffnen, der Schlüssel steckt daran. Gehst du in die erste Kammer hinein, so siehst du mitten auf dem Fußboden eine große Kiste; auf derselben liegt ein Hund; er hat Augen so groß wie ein Paar Teetassen. Doch daran brauchst du dich nicht zu kehren! Ich gebe dir meine blau karierte Schürze, die kannst du auf dem Fußboden ausbreiten; geh dann rasch hin und nimm den Hund, setze ihn auf meine Schürze, öffne die Kiste, und nimm so viele Schillinge, als du willst. Sie sind von Kupfer. Willst du lieber Silber haben, so musst du in das nächste Zimmer hineingehen. Aber da sitzt ein Hund, der hat Augen so groß wie Mühlräder. Doch das lass dich nicht kümmern! Setze ihn auf meine Schürze, und nimm von dem Gelde. Willst du hingegen Gold haben, so kannst du es auch bekommen, und zwar so viel, als du tragen magst, wenn du in die dritte Kammer hineingehst. Aber der Hund, welcher dort auf dem Geldkasten sitzt, hat zwei Augen, jedes so groß wie ein Turm. Glaube mir, es ist ein böser Hund! Aber deshalb fürchte dich nur nicht! Setze ihn nur auf meine Schürze, so tut er dir nichts, und nimm aus der Kiste so viel Gold, als du willst!“

Da ließ sich der Soldat in das Loch hinuntergleiten und stand dann, wie die Hexe gesagt hatte, unten in der großen Halle, wo die vielen Hundert Lampen brannten.

SEITE 204/205 *Er ging in das andere Zimmer hinein. Da saß der Hund mit den Augen so groß wie Mühlräder. „Du solltest mich lieber nicht so starr ansehen!", sagte der Soldat.*

„Das ist so übel nicht!", sagte der Soldat. „Aber was soll ich dir geben, du alte Hexe, denn umsonst wirst du es wohl nicht tun?"

„Doch!", sagte die Hexe. „Nicht einen einzigen Schilling will ich haben! Für mich sollst du nur ein altes Feuerzeug nehmen, welches meine Großmutter vergaß, als sie das letzte Mal unten war."

„Nun so binde mir den Strick um den Leib!", sagte der Soldat.

„Hier ist er", sagte die Hexe, „und hier ist meine blau karierte Schürze."

Da kletterte der Soldat auf den Baum hinauf, ließ sich in das Loch hinuntergleiten und stand dann, wie die Hexe gesagt hatte, unten in der großen Halle, wo die vielen Hundert Lampen brannten.

Nun öffnete er die erste Tür. Uh! Da saß der Hund mit den Augen so groß wie Teetassen und glotzte ihn an.

„Du bist ein netter Kerl!", sagte der Soldat, setzte ihn auf die Schürze der Hexe und nahm so viele Kupferschillinge, als seine Taschen fassen konnten, schloss dann die Kiste, setzte den Hund wieder darauf und ging in das andere Zimmer hinein. Richtig! Da saß der Hund mit den Augen so groß wie Mühlräder.

„Du solltest mich lieber nicht so starr ansehen!", sagte der Soldat. „Deine Augen könnten dir übergehen!" Und dann setzte er den Hund auf die Schürze der Hexe. Aber als er all das Silbergeld in der Kiste erblickte, warf er all das Kupfergeld, was er hatte, fort und füllte sich die Taschen und den Tornister nur mit Silber. Dann ging er in die dritte Kammer. – Nein, das war hässlich! Der Hund darin hatte wirklich zwei Augen, jedes so groß wie ein Turm, die drehten sich im Kopfe gerade wie Räder.

„Guten Abend!", sagte der Soldat und griff an die Mütze, denn einen solchen Hund hatte er früher nie gesehen. Als er ihn aber etwas genauer betrachtet hatte, dachte er, nun ist es genug, hob ihn auf die Diele herunter und machte die Kiste auf. Gott! Was war da für eine Menge Gold! Er konnte dafür die ganze Stadt und die Zuckerferkel der Kuchenfrauen, alle Zinnsoldaten, Peitschen und Schaukelpferde in der ganzen Welt kaufen. Ja, das war einmal viel Gold! Nun warf der Soldat alles Silbergeld, womit er Taschen und Tornister gefüllt hatte, fort und nahm dafür Gold; ja, alle Taschen, der Tornister, die Mütze und die Stiefel wurden gefüllt, sodass er kaum gehen konnte. Nun hatte er Geld! Den Hund setzte er auf die Kiste, schlug die Tür zu und rief dann durch den Baum hinauf:

„Zieh mich jetzt in die Höhe, du alte Hexe!"

„Hast du auch das Feuerzeug?", fragte die Hexe.

„Donnerwetter!", sagte der Soldat. „Das hätte ich rein vergessen!" Und dann ging er und holte es. Die Hexe zog ihn herauf, und da stand er wieder auf der Landstraße mit Taschen, Stiefeln, Tornister und Mütze voll Gold.

„Was willst du mit dem Feuerzeuge machen?", fragte der Soldat.

„Das geht dich nichts an!", sagte die Hexe. „Du hast ja Geld bekommen! Gib mir nur das Feuerzeug!"

„Ach was!", sagte der Soldat. „Wirst du mir gleich sagen, was du damit machen willst, oder ich ziehe meinen Säbel und schlage dir den Kopf ab!"

„Nein!", sagte die Hexe.

Gleich schlug der Soldat ihr den Kopf ab. Da lag sie! Er aber band all sein Gold in ihre Schürze, nahm es wie ein Bündel auf seinen Rücken, steckte das Feuerzeug in die Tasche und ging geraden Wegs nach der Stadt.

Das war eine prächtige Stadt! Und in dem prachtvollsten Wirtshause kehrte er ein, verlangte die allerbesten Zimmer und seine Lieblingsspeisen; denn nun war er ja reich, da er so viel Geld hatte.

Dem Diener, welcher seine Stiefel putzen sollte, kam es freilich vor, als wären es recht wunderbar alte Stiefel für so einen reichen Herrn. Aber er hatte sich noch keine neuen gekauft; am nächsten Tage bekam er anständige Stiefel und schöne Kleider. Nun war er aus einem Soldaten ein vornehmer Herr geworden, und die Leute erzählten ihm von all den Herrlichkeiten, die in ihrer Stadt wären, und von ihrem Könige, und was für eine niedliche Prinzessin seine Tochter sei.

„Wo kann man sie zu sehen bekommen?", fragte der Soldat.

„Sie ist gar nicht zu Gesicht zu bekommen!", sagten alle. „Sie wohnt in einem großen kupfernen Schlosse, von vielen Mauern und Türmen umgeben! Niemand außer dem Könige darf bei ihr ein- und ausgehen, denn es ist prophezeiet, dass

„Schaffe mir etwas Geld!“, sagte er zum Hunde, und wipps!, war der Hund fort, wipps!, war er wieder da und hielt einen großen Beutel voll Schillinge in seiner Schnauze.

sie an einen gemeinen Soldaten verheiratet wird, und das kann der König nicht zugeben!“

„Die möchte ich wohl sehen!“, dachte der Soldat; aber dazu konnte er ja durchaus keine Erlaubnis erhalten!

Nun lebte er recht lustig, besuchte das Theater, fuhr in des Königs Garten und gab den Armen viel Geld; und das war hübsch von ihm; er wusste noch von früheren Zeiten her, wie schlimm es ist, nicht einen Schilling zu besitzen! Er war nun reich, hatte schöne Kleider und bekam sehr viele Freunde, die alle sagten, er sei ein vortrefflicher Mensch, ein wahrer Kavalier. Und das hatte der Soldat gern. Aber da er jeden Tag Geld ausgab und nie etwas einnahm, so blieben ihm zuletzt nicht mehr als zwei Schillinge übrig, und er musste die schönen Zimmer verlassen, worin er gewohnt hatte, und oben in einer kleinen Kammer unter dem Dache wohnen, seine Stiefel sich selbst putzen und sie mit einer Stopfnadel zusammennähen. Keiner seiner Freunde kam zu ihm, denn es waren zu viele Treppen hinaufzusteigen.

Es war ein dunkler Abend, und er konnte sich nicht einmal ein Licht kaufen. Aber es fiel ihm ein, dass ein kleines Endchen Licht in dem Feuerzeuge liege, welches er aus dem hohlen Baume, in den die Hexe ihm hinuntergeholfen, genommen hatte. Er suchte das Feuerzeug und das Lichtendchen hervor; aber gerade indem er Feuer anmachte und die Flamme aus dem Feuerzeuge aufschlug, sprang die Tür auf, und der Hund, welcher Augen so groß wie ein Paar Teetassen hatte und den er unter dem Baume gesehen, stand vor ihm und sagte: „Was befiehlt mein Herr?“

„Was ist das?“, fragte der Soldat. „Das ist ja ein lustiges Feuerzeug, wenn ich so bekommen kann, was ich haben will! Schaffe mir etwas Geld!“, sagte er zum Hunde, und wipps!, war der Hund fort, wipps!, war er wieder da und hielt einen großen Beutel voll Schillinge in seiner Schnauze.

Nun wusste der Soldat, was für ein prächtiges Feuerzeug das war! Strich er einmal daran, so kam der Hund, der auf der Kiste mit Kupfergeld saß; strich er zweimal, so kam der, welcher das Silbergeld hatte, und strich er dreimal, so kam der, welcher das Gold bewachte. Jetzt zog der Soldat wieder in die schönen Zimmer hinunter und erschien von Neuem in schönen Kleidern. Da erkannten ihn gleich alle seine Freunde wieder und hielten sehr viel auf ihn.

Da dachte er einst: Es ist doch etwas Sonderbares, dass man die Prinzessin nicht zu sehen bekommen kann. Sie soll sehr schön sein, sagen alle; aber was

SEITE 208/209 *Doch als es Morgen wurde und der König und die Königin Tee tranken, sagte die Prinzessin, sie hätte in der vorigen Nacht einen sonderbaren Traum von einem Hunde und einem Soldaten gehabt; und der Soldat hätte sie geküsst.*

hilft das, wenn sie immer in dem großen Kupferschlosse mit den vielen Türmen sitzen muss! – Kann ich sie denn gar nicht zu sehen bekommen? – Wo ist nur mein Feuerzeug? Und so strich er Feuer an, und wipps!, da kam der Hund mit den Augen so groß als Teetassen.

„Es ist freilich mitten in der Nacht“, sagte der Soldat, „aber ich möchte gern die Prinzessin nur einen Augenblick sehen!“

Der Hund war gleich aus der Tür, und ehe der Soldat sich's versah, kam er mit der Prinzessin wieder. Sie saß und schlief auf dem Rücken des Hundes und war so lieblich, dass ein jeder sehen konnte, dass sie wirklich eine Prinzessin war. Der Soldat konnte es durchaus nicht unterlassen, sie zu küssen, denn er war ganz und gar Soldat.

Darauf lief der Hund mit der Prinzessin wieder zurück. Doch als es Morgen wurde und der König und die Königin Tee tranken, sagte die Prinzessin, sie hätte in der vorigen Nacht einen sonderbaren Traum von einem Hunde und einem Soldaten gehabt; sie wäre auf dem Hunde geritten, und der Soldat hätte sie geküsst.

„Das wäre wahrlich eine schöne Geschichte!“, sagte die Königin.

Nun sollte in der nächsten Nacht eine der alten Hofdamen am Bette der Prinzessin wachen, um zu sehen, ob es wirklich ein Traum sei, oder was es sonst sein möchte.

Der Soldat hatte eine außerordentliche Sehnsucht, die Prinzessin wiederzusehen, und so kam denn der Hund in der Nacht, holte sie und lief so schnell, wie er konnte. Aber die alte Hofdame zog Wasserstiefel an und lief ebenso schnell hinterher. Als sie nun sah, dass sie in einem großen Hause verschwanden, dachte sie, nun weiß ich, wo es ist, und machte mit einem Stück Kreide ein großes Kreuz an die Türe. Dann ging sie nach Hause und legte sich nieder, und der Hund kam auch mit der Prinzessin wieder. Aber als er sah, dass ein Kreuz an die Türe des Hauses, wo der Soldat wohnte, gemacht war, nahm er auch ein Stück Kreide und machte Kreuze an alle Haustüren in der Stadt, und das war klug getan, denn nun konnte ja die Hofdame die richtige Tür nicht finden, da an allen Türen Kreuze waren.

Früh Morgens kam der König und die Königin, die alte Hofdame und alle Offiziere, um zu sehen, wo die Prinzessin gewesen war.

„Da ist es!“, sagte der König, als er die erste Tür mit einem Kreuz daran erblickte.

„Ich will nicht!", sagte der König, aber der größte Hund nahm sowohl ihn wie die Königin und warf sie den andern nach.

„Nein, dort ist es, mein lieber Mann!", sagte die Königin, als sie die zweite Tür ebenfalls mit einem Kreuze sah.

„Aber da ist eins, und dort ist eins!", sagten alle; wohin sie blickten, war ein Kreuz an den Türen. Da begriffen sie denn wohl, dass ihnen das Suchen nichts helfen würde.

Aber die Königin war eine äußerst kluge Frau, die mehr konnte, als in einer Kutsche fahren. Sie nahm ihre große goldene Schere, schnitt ein Stück Seidenzeug in Stücke und nähte daraus einen kleinen niedlichen Beutel; den füllte sie mit feiner Buchweizengrütze und band ihn der Prinzessin auf den Rücken, und als das getan war, schnitt sie ein kleines Loch in den Beutel, sodass die Grütze den ganzen Weg bestreuen musste, den die Prinzessin nahm.

In der Nacht kam nun der Hund wieder, nahm die Prinzessin auf den Rücken und lief mit ihr zum Soldaten hin, der sie sehr lieb hatte und gern ein Prinz hätte sein mögen, um sie zur Frau bekommen zu können.

Der Hund merkte durchaus nicht, wie die Grütze gerade vom Schlosse bis zu dem Fenster des Soldaten, wo er die Mauer mit der Prinzessin hinauflief, sich ausstreute. Am Morgen sah der König und die Königin nun wohl, wo ihre Tochter gewesen war, und da nahmen sie den Soldaten und setzten ihn ins Gefängnis.

Da saß er nun. Hu, wie dunkel und langweilig war es dort! Und sie sagten ihm: „Morgen wirst du gehängt werden." Das zu hören war eben nicht belustigend, und sein Feuerzeug hatte er im Gasthofe gelassen. Am Morgen konnte er durch das Eisengitter vor dem kleinen

Dann setzten sie den Soldaten in des Königs Kutsche, die drei Hunde tanzten voran und die Prinzessin kam aus dem kupfernen Schlosse und wurde Königin.

Fenster sehen, wie sich das Volk beeilte, aus der Stadt zu kommen, um ihn hängen zu sehen. Er hörte die Trommeln und sah die Soldaten marschieren. Alle Menschen liefen hinaus; darunter war auch ein Schuhmacherjunge mit Schurzfell und Pantoffeln; der lief so im Galopp, dass ihm ein Pantoffel von einem Fuße ab- und gerade gegen die Mauer anflog, wo der Soldat saß und durch das Eisengitter hinausguckte.

„Ei, du Schuhmacherjunge! Du brauchst nicht solche Eile zu haben!", sagte der Soldat zu ihm. „Es geht doch nicht an, bevor ich da bin! Aber willst du hinlaufen, wo ich gewohnt habe, und mir mein Feuerzeug holen, so will ich dir vier Schillinge geben. Aber du musst die Beine in die Hand nehmen!" Der Schuhmacherjunge wollte gern die vier Schillinge verdienen und holte das Feuerzeug, gab es dem Soldaten, und – ja nun, wir werden hören!

Außerhalb der Stadt war ein großer Galgen gebaut, rings herum standen die Soldaten und viele Hunderttausend Menschen. Der König und die Königin saßen auf einem prächtigen Throne den Richtern und dem ganzen Rate gegenüber.

Der Soldat stand schon oben auf der Leiter; aber als sie ihm den Strick um den Hals legen wollten, sagte er, dass man ja immer einem armen Sünder, bevor er seine Strafe erleide, die Erfüllung eines unschuldigen Wunsches gewähre. Er möchte so gern eine Pfeife Tabak rauchen; es wäre ja die letzte Pfeife in dieser Welt.

Das wollte der König ihm denn auch nicht verwehren, und so nahm der Soldat sein Feuerzeug und schlug Feuer an, eins, zwei, drei. Und siehe, da standen plötzlich alle drei Hunde; der mit den Augen so groß wie Teetassen, der mit den Augen so groß wie Mühlräder und der, dem jedes Auge so groß wie ein Turm war.

„Helft mir nun, dass ich nicht gehängt werde!", sagte der Soldat. Und da fielen die Hunde über den Richter und den ganzen Rat her, nahmen den einen bei den Beinen und den andern bei der Nase und warfen sie viele Klafter hoch in die Luft, sodass sie niederfielen und in lauter Stücke zersprangen.

„Ich will nicht!", sagte der König, aber der größte Hund nahm sowohl ihn wie die Königin und warf sie den andern nach; da erschraken die Soldaten, und alles Volk rief: „Guter Soldat, du sollst unser König sein und die schöne Prinzessin haben!"

Dann setzten sie den Soldaten in des Königs Kutsche, und die drei Hunde tanzten voran und riefen: „Hurra!" Und Knaben pfiffen auf den Fingern, und die Soldaten präsentierten das Gewehr. Die Prinzessin kam aus dem kupfernen Schlosse und wurde Königin, und das gefiel ihr wohl. Die Hochzeit währte acht Tage, und die Hunde saßen mit bei Tische und machten große Augen.

Künstlerbiografien

von Noel Daniel

„Die Schneekönigin" – Illustration von Kay Nielsen, aus Hans Christian Andersen's Fairy Tales, *1924.*

Mabel Lucie Attwell
(Großbritannien, 1879–1964)
Die Illustration für „Die Blumen der kleinen Ida" (Seite 217) entstammt dem Buch Hans Andersen's Fairy Tales, *erschienen im Verlag Raphael Tuck & Sons, London, 1914.*

Mabel Lucie Attwell war eine der berühmtesten Vertreterinnen einer neuen Generation von Illustratoren, die mit Kinderbüchern, die den Massengeschmack trafen, breiten Erfolg hatten. In England wie auch in den USA (wo in den ersten Jahrzehnten des 20. Jahrhunderts hochwertige Kinderbücher aus England den Markt beherrschten) waren Attwells unschuldige, puttenhaft-niedliche Kinderfiguren eine Sensation. War 100 Jahre zuvor in England noch heftig diskutiert worden, ob bebilderte Bücher überhaupt für Kinder geeignet seien, schien Attwell ihrer Leserschaft nun das Beste aus beiden Welten zu bieten: einen nostalgischen Blick auf die Kindheit, der inhaltlich keine Bedrohung der kindlichen Moral darstellte und, angesichts der fröhlichen Ausstrahlung ihrer Kinderfiguren, auch aus ästhetischer Sicht keinerlei Bedenken weckte.

Attwell war eins von sechs Kindern eines Fleischerehepaars im Londoner Osten. Ihr Unternehmungsgeist ließ sie früh die Kunstschule verlassen, wohl auch aus Langeweile, und sie begann, ihre Bilder an Verlage zu verkaufen. Sie arbeitete zunächst für Zeitschriften, nach der Wende zum 20. Jahrhundert erhielt sie auch Aufträge für Buchillustrationen. Neben Kinderreimen und Märchen illustrierte sie Klassiker der Kinderliteratur wie *Alice im Wunderland* (1911) und *The Water Babies* (*Die Wasserkinder,* 1915). Ihre Motive zählten zu den ersten, die auch jenseits der Kinderliteratur als „Marke" ausgeschlachtet wurden, und erschienen auf Geschenkartikeln wie etwa Kalendern, Grußkarten, Heimtextilien, Kleidern, Puppen und einem beliebten Kindergeschirr, das selbst Königin Elisabeth II. und ihr Sohn Prinz Charles als Kinder besaßen.

Den Auftrag für ihr berühmtestes Buch, *Peter Pan und Wendy* von J.M. Barrie (1921), erhielt Attwell vom Autor selbst. Die vorherrschenden Kunstströmungen ihrer Epoche, von der britischen Arts-and-Crafts-Bewegung über Jugendstil bis Art déco, schienen kaum Eingang in ihren gleichbleibenden Stil und die nostalgischen Kinderdarstellungen zu finden, die sich nichtsdestotrotz großer Beliebtheit erfreuten. Dass Attwell Kinder liebte, ist deutlich an den Kinderfiguren zu erkennen, die sie nach dem Vorbild ihres ersten Kindes Peggy schuf, und es genügte ihr, Peggys unschuldige, sorgenfreie Welt in tausenderlei Variationen zu illustrieren.

„Die Blumen der kleinen Ida" – Illustration von Mabel Lucie Attwell, aus Hans Andersen's Fairy Tales, *1914.*

MABEL
LUCIE
ATTWELL

Johanna Beckmann

(Deutschland, 1868–1941)

Die Scherenschnitte für „Die Nachtigall" (Seite 30) und „Das hässliche, junge Entlein" (Seite 144) entstammen dem Buch Andersens Märchen, *erschienen im Verlag M. Teschner, Berlin, 1909.*

Die Biografie der ausnehmend talentierten Künstlerin und Schriftstellerin Johanna Beckmann erzählt die faszinierende Geschichte einer Frau, die zu einer Zeit als Künstlerin Karriere zu machen und sich selbst dabei treu zu bleiben versuchte, als es für Frauen in der Kunst nur wenige Vorbilder gab. Im Alter von fünf Jahren bekam Beckmann ihre erste Schere von einer Tante, die ihr beibrachte, wie man Scherenschnitte anfertigt. Mit siebzehn Jahren, im Jahr 1886, verließ sie ihre Familie im mecklenburgischen Stargard und machte sich auf den Weg nach Berlin, um Kunst zu studieren. Weil die europäischen Kunstakademien zur damaligen Zeit noch eine reine Männerdomäne waren und Frauen den Zugang verwehrten, nahm Beckmann sich eine kunstgewerbliche Ausbildung vor und besuchte ab 1886 drei hochrenommierte Institute, darunter das Königliche Kunstgewerbemuseum (heute Kunstgewerbemuseum Berlin). Wie ihre Biografin Gudrun Mohr zu berichten weiß, war Beckmann im Studium sehr erfolgreich und zog mit ihren Silhouettenbildern immer wieder die Aufmerksamkeit der Lehrer auf sich. Nach dem Studium bestritt sie ihren Lebensunterhalt als Porzellanmalerin in der Königlichen Porzellan-Manufaktur Berlin, für die sie zwabzig Jahre lang tätig war. Sie nahm ihre Arbeit dort genau zu einer Zeit auf, als sich das Unternehmen für seine Dekore auf die wunderbare Blumenornamentik des Jugendstils verlegte. Doch Beckmanns persönliches Interesse hatte sich spätestens um die Jahrhundertwende von dekorativen Blumenmustern auf die naturgetreue Wiedergabe von Pflanzen verlagert, an die sie mit der Neugierde und Wahrheitsliebe einer Wissenschaftlerin heranging. Sie begann, Illustrationen für Gartenzeitschriften zu zeichnen, die die Fachleserschaft so beeindruckten, dass eine neue Pelargoniensorte nach ihr benannt wurde.

Im Lauf ihres Lebens schrieb und illustrierte sie 30 Bücher, viele davon für Kinder, und bebilderte auch Werke anderer Autoren, darunter Werke von Goethe. Beckmanns detailgetreuer Ansatz stellt die faszinierend realistische Variante einer Kunstform dar, die mit Schatten arbeitet, und dieser Realismus unterscheidet sie von anderen Scherenschnittkünstlern. Einige von ihnen, auch Hans Christian Andersen selbst, bedienten sich dieser Technik, um fantastische Welten heraufzubeschwören; Beckmann benutzte sie, um Wirklichkeit und Erfindung – Pflanzenwelt und Handlungsfiguren – zusammenzubringen. Die Konturen ihrer Pflanzen sind mitunter so präzise, dass sie an die fotografischen Pflanzenstudien denken lassen, die Mitte des

19. Jahrhunderts Maßstäbe setzten, etwa die vielbeachteten Cyanotypien der Amateurbotanikerin Anna Atkins aus den 1840er- und 1850er-Jahren.

Katharine Beverley und Elizabeth Ellender

(Herkunft und Lebensdaten unbekannt)

Der Buchumschlag und das Vor- und Nachsatzpapier (Seite 13) sowie die zweifarbigen Zeichnungen für „Die Schneekönigin" (Seite 87–127) entstammen dem Buch The Snow Queen, *erschienen im Verlag E. P. Dutton & Co., Inc., New York, 1929.*

Als in der Zeit nach dem Ersten Weltkrieg der US-Markt für Kinderprodukte geradezu explodierte, zählten Katharine Beverley und Elizabeth Ellender zu einer neuen Generation von Künstlern, die im Auftrag amerikanischer Verlage Illustrationen für preiswerte Kinderbücher lieferten. Mit ihren wunderschönen Zeichnungen für „Die Schneekönigin", die in ihrer Reduktion auf Schwarz, Weiß und Rot an das Werk Aubrey Beardsleys denken lassen, scheinen Beverley und Ellender allerdings auch den Höhepunkt ihres gemeinsamen Schaffens erreicht zu haben. Nach einer weiteren Zusammenarbeit an Illustrationen für Charles Haubiels Kinderliedersammlung *Mother Goose Songs* im Jahr 1935 verliert sich jede Spur von den beiden.

Davon unbenommen hinterließ das Buch *The Snow Queen* mit seinen Illustrationen im Art-déco-Stil starken Eindruck auf einem Markt, der von europäischen Importen beherrscht war. Im Literaturteil des *Brown Daily Herald* vom 14. November 1929 schwärmt ein Kritiker vom „wundervollen und poetischen Liebreiz" des Buches und schreibt: „Es gibt eine ganze Reihe in erster Linie für Kinder gedachter Bücher, die ihre Anziehungskraft für mich auf ewig behalten." *The Snow Queen* war im Handel für 2,50 Dollar erhältlich und war ein Beispiel für das kostengünstigere Duoton-Druckverfahren, das sich zur Herstellung erschwinglicher Bilderbücher für den Massenmarkt unter Verlegern wachsender Beliebtheit erfreute.

Zwar hatte der Mehrfarbendruck seit den 1820er-Jahren eine atemberaubende Entwicklung genommen, doch waren einige der neuen Verfahren sehr teuer. *The Snow Queen* ist ein glänzendes Beispiel für das vereinte Bemühen von Druckern, Verlegern und Künstlern, Schönheit unter Sparvorgaben zu produzieren. Welche Rolle hochwertiges Kunsthandwerk – die tragende Säule der in England entstandenen Arts-and-Crafts-Bewegung und später auch fester Bestandteil von Jugendstil und Art déco – im Alltag spielen könnte, zeigt diese Ausgabe von Andersens Märchen „Die Schneekönigin".

Eleanor Vere Boyle

(Großbritannien, 1825–1916)

Der Buchumschlag (Seite 10 links) und die Farbholzstiche für „Däumelinchen" (Seite 2 und 221) entstammen dem Buch Fairy Tales by Hans Christian Andersen, *erschienen im Verlag Sampson Low, Marston, Low, and Searle, London, 1872.*

Die britische Malerin und Autorin Eleanor Vere Boyle illustrierte 1872 eines der ersten Andersen-Märchenbücher in Farbe. Entstanden zu einer Zeit, in der sich im Farbdruck ein rasanter und tiefgreifender technischer Wandel vollzog, bot Boyles prachtvolles Buch mit seinen großformatigen, anschaulich detaillierten Bildern ein Beispiel für die Verwendung von Farbholzstichen in englischen Kinderbüchern. Zur selben Zeit begannen aber auch die Kinderbuchverlage sich weniger kostenintensiven Herstellungsverfahren zuzuwenden.

Boyle, 1825 als jüngstes von neun Kindern im Osten von Schottland geboren, war von adliger Abstammung. Ihr Großvater väterlicherseits war ein Graf, ihre Großmutter mütterlicherseits eine Ehrendame von Königin Charlotte, der Gemahlin Georgs III. Boyle erhielt Hausunterricht und wurde von ihrer Mutter, einer Freizeitmalerin, wie auch von einigen bekannten Malern aus dem Freundeskreis der Familie an die Kunst herangeführt. Ihre ersten beiden Kinderbücher, erschienen 1852 und 1853, fanden im Kreis der Präraffaeliten Beachtung, auf deren Einladung hin sie sich 1854 einer Zeichengruppe anschloss, die von John Millais, einem der Mitbegründer, ins Leben gerufen worden war. Ihr klassischer, idealisierender Stil fand in der präraffaelitischen Ästhetik mit ihrem Bezug zum Mittelalter eine natürliche Heimat. In der Folge entstand ein Dutzend Bücher, darunter auch ihre *Fairy Tales by Hans Christian Andersen*. Boyles Bücher waren im viktorianischen England beliebt und trugen zu einer wahren Publikationsschwemme bei, die tiefgreifende Auswirkungen auf die Entwicklung der Kinderliteratur in der westlichen Welt haben sollte.

Obwohl Boyles Bücher so beliebt waren und sie als Malerin an mehreren Kunstausstellungen teilnahm, verlief ihre Karriere – aufgrund ihrer Zugehörigkeit zur Oberschicht und der damit verbundenen gesellschaftlichen Erwartungen an sie als Frau – weniger steil als die der enorm umtriebigen, energiesprühenden und arbeitswütigen Illustratoren-Troika, bestehend aus Walter Crane, Randolph Caldecott und Kate Greenaway, die mit wegweisenden Farbbilderbüchern in den 1870er- und 1880er-Jahren den Kinderbuchmarkt – und später die Chroniken zum Thema – beherrschen sollten.

„Däumelinchen" – Illustration von Eleanor Vere Boyle, aus Fairy Tales by Hans Christian Andersen, *1872.*

Bezeichnenderweise ließ sich Boyle trotz des Erfolgs ihrer vierzehn Kinderbücher und der zahlreichen Bücher über Gärten und Gartengestaltung, die sie zu späterer Zeit verfasste, in Publikationen nie mit vollem Namen nennen, sondern lediglich mit ihren dezenten Initialen E.V.B. Im viktorianischen England waren besonders die puttenhaften Kinderfiguren beliebt, die Boyles Illustrationen bevölkerten, doch ihre wahre Stärke lag in den Zauberwelten, die sie als Kulissen dafür schuf, wie beispielsweise die luftige Feenlandschaft im Sonnenuntergang auf Seite 2 oder die im Schnitt dargestellte Szene mit Däumelinchen auf einem Seerosenblatt und darunter vorbeiziehenden Fischen (Seite 221). Boyles offensichtliches Vergnügen an Naturillustrationen weist voraus auf ihre spätere Leidenschaft für englische Gärten.

Harry Clarke
(Irland, 1889–1931)
Die Illustrationen zu „Des Kaisers neue Kleider“ (Seite 61 und 64) entstammen dem Band Fairy Tales by Hans Christian Andersen, *erschienenen bei Brentano's, New York, 1916.*

Harry Clarke war einer der besten Glasmaler Irlands; seine unverwechselbare, elegante und rätselhafte Bildsprache,

umgesetzt in Glasmalereien und Buchillustrationen, beeinflusste Generationen von Künstlern. Geboren in Dublin als Sohn eines Kirchenausgestalters, besuchte Clarke das nahegelegene Belvedere College, ein Jesuitengymnasium, das von James Joyce, einem seiner Ehemaligen, in *Porträt des Künstlers als junger Mann* verewigt wurde. An der Dublin Metropolitan School of Art belegte er zudem Abendkurse in Glasmalerei bei A.E. Child, dem Leiter des berühmten Ateliers An Túr Gloine (Turm aus Glas). Das Atelier war gegründet worden, um einheimische Künstler zu fördern und so die Flut ausländischer Glasmalereien einzudämmen; diese waren mit dem Wiederaufleben des Katholizismus in Europa aus Deutschland und England importiert worden, um sakrale Bauten neu auszustatten.

Nach kurzer Lehrzeit bei einem Architekten trat Clarke mit sechzehn Jahren eine Lehre in der väterlichen Restaurierungswerkstatt an. Mit Anfang Zwanzig hatte er bei anspruchsvollen Wettbewerben bereits drei Goldmedaillen in der über 1000-jährigen Kunst der Glasmalerei errungen.

1913 zog Clarke, zeit seines Lebens ein Bücherfreund, nach London, um sich dort seine Sporen als Buchillustrator zu verdienen. Nach einigen schroffen Absagen begann er schließlich eine erfolgreiche, zehn Jahre währende Zusammenarbeit mit dem Verlagshaus George G. Harrap & Co. Sein erster Auftrag war der Band *Fairy Tales by Hans Christian Andersen* (1916), der vierzig Illustrationen umfasste, sechzehn davon in Farbe – beispielhaft für die luxuriöse Ausstattung

von Büchern, wie sie zu dieser Zeit in Mode war. Clarkes Illustrationen, angesiedelt zwischen makaber und fantastisch, amüsierten und faszinierten die Leserschaft; sie verströmten einen ähnlichen Reiz wie die Geschichten von Edgar Allan Poe, dessen *Tales of Mystery and Imagination* Clarke 1919 illustrierte, neben anderen Klassikern wie *The Fairy Tales of Charles Perrault* (1922) und Goethes *Faust* (1925). Seine weiteren Arbeiten auf Papier und Glas waren gegensätzlich und komplementär zugleich – die Glasmalereien geradezu heilig in ihrer mittelalterlichen Ästhetik, die Illustrationen geradezu sündig in ihrer dunklen, mit einem unheimlichen Unterton unterlegten Erotik. Ende der 1920er-Jahre war Clarke mit Aufträgen für Glasmalereien bestens beschäftigt, und er vollendete insgesamt 160 Fensterbilder, ehe er 1931 mit einundvierzig Jahren nach zweijährigem Kampf an Tuberkulose starb.

Im Lauf seines Lebens wurde Clarke von vielen einander überschneidenden künstlerischen Strömungen beeinflusst, von dem Anti-Idealismus der Symbolisten über die Irische Renaissance bis hin zu Jugendstil (beispielhaft dafür der Zierrahmen auf Seite 64) und Art déco. In seinen reich gewandeten Figuren haben Kunsthistoriker Ähnlichkeiten zu denen Gustav Klimts erkannt. Selbst in „Des Kaisers neue Kleider", wo es ironischerweise um einen unbekleideten Kaiser geht, schwelgte Clarke – der auch Stoffe entwarf – bei den Kleidern der Höflinge in dekorativer Schönheit und aufwendigen Mustern.

Elizabeth Ellender
(Herkunft und Lebensdaten unbekannt)
Siehe Katharine Beverley

Jennie Harbour
(Großbritannien, ca. 1893–1959)
Die Illustration für „Die kleine Seejungfer" (Seite 226) ist dem Buch Hans Andersen's Stories *entnommen, erschienen im Verlag Raphael Tuck & Sons, London, 1932.*

Obwohl so gut wie keine Einzelheiten über ihr Leben erhalten sind, bleibt die britische Illustratorin Jennie Harbour dank der bezaubernden Bilder, die sie hinterließ, eine faszinierende Figur in der Geschichte der Kinderbuchillustration. Zwischen 1921 und 1934 illustrierte sie nicht mehr als sieben Bücher (für zwei davon lediglich das Frontispiz), zu Themen von Kinderliedern bis Märchen, doch zählen ihre Bilder im Art-déco-Stil zu den interessantesten dieser Periode. Die Illustration zu „Die kleinen Seejungfer" auf Seite 226 stellt eine überraschend fantasievolle Auslegung des bekannten

Märchens dar und hat fraglos den höchsten Wiedererkennungswert unter allen je von ihr geschaffenen Bildern.

Wie aus dem Kleingedruckten diverser Londoner Handelsblätter aus den 1910er-Jahren hervorgeht, war Harbour über lange Zeit (höchstwahrscheinlich in fester Anstellung) als Illustratorin für das erfolgreiche Londoner Verlagshaus Raphael Tuck & Sons tätig, für das sie Grußkarten, Kalender, Drucke und Bücher gestaltete.

In einer 1918 erschienenen Ausgabe von *British & Colonial Printer & Stationer* hob ein Kritiker sie namentlich hervor und beschrieb im Weiteren das Verlagsprogramm mit begeisterten Worten: „Inmitten eines erbitterten Weltkriegs tut es wohl, sich von der Last und Sorge des Augenblicks abzuwenden und sich eine Weile in den Sinnbildern des Friedens und Wohlwollens zu ergehen, die … Tuck & Sons für die nahende Weihnachtszeit vorbereitet hat." Neben den „wundervollen Effekten" der Illustrationen pries der Rezensent auch die außerordentliche „künstlerische Bandbreite und gestalterische Frische" ihrer Schöpfer. Bedauerlicherweise wurde das Verlagsgebäude von Tuck & Sons samt Zehntausenden Originalzeichnungen aus seiner 74-jährigen Geschichte – unter denen sich vermutlich auch Harbours Werke befanden – 1940 bei einem Bombenangriff auf London zerstört.

Drei Jahre zuvor, 1937, war J.R.R. Tolkiens *Hobbit* erschienen, heute ein Klassiker, dessen Erstauflage der Autor mit zehn eigenen Illustrationen ausstattete. Eine davon zeigt Trolle in einem dichten Wald an einem Feuer versammelt, von dem hohe weiße Rauchschwaden aufsteigen – eine Szene von verblüffender Ähnlichkeit mit einer 1921 in dem Buch *My Favourite Fairy Tales* erschienenen Harbour-Illustration, in der Hänsel und Gretel sich am Feuer wärmen. Harbours Kunst, heute in Vergessenheit geraten, wurde von ihren Zeitgenossen offensichtlich bewundert, doch ihr Einfluss auf Tolkien kam erst 1989, über 50 Jahre nach Erscheinen seines Romans, durch den britischen Kinderbuchexperten Brian Alderson ans Licht.

Heinrich Lefler und Joseph Urban

(siehe *Grimm* Seite 240)

Die farbige Halbtonabbildung zu „Des Kaisers neue Kleider" (Seite 233) entstammt einem von Lefler und Urban bebilderten Andersen-Kalender *mit Illustrationen zu den Märchen Hans Christian Andersens, erschienen im Verlag Munk, Wien, 1911.*

Hertha List

(Deutschland, 1897–1954)

Die Scherenschnitte für „Zwölf mit der Post" (Seite 69–71 und 75) und „Die Blumen der kleinen Ida" (Seite 164–173, mit einigen grün akzentuierten Details) entstammen dem Band The Tumble Bug and Other Tales by Hans Christian Andersen, *erschienen im Verlag Harcourt, Brace and Company, New York, 1940.*

Die Grafikerin und Scherenschnittkünstlerin Hertha List, geboren als Hertha Schwanhilde von Gumppenberg im bayerischen Bamberg, dessen Altstadt heute zum UNESCO-Weltkulturerbe zählt, verbrachte den Großteil ihres Lebens in München. Unter ihrem Mädchennamen Gumppenberg, der auf ein bayerisches Adelsgeschlecht verweist, das bis ins 13. Jahrhundert zurückreicht, veröffentlichte sie zwischen 1916 und 1927 Illustrationen zu Märchen, Sagen, Gedichten und Liederfibeln.

Ihre 1925 geschlossene Ehe mit dem Münchner Kapellmeister Karl List wurde vier Jahre später wieder geschieden. Da sich in Lists Stammbaum auch jüdische Vorfahren fanden, kehrte Hertha List Deutschland aus Furcht vor Verfolgung durch die Nationalsozialisten 1938 den Rücken und emigrierte zusammen mit ihrem 13-jährigen Sohn Tobias, der den berühmten evangelischen Theologen Karl Barth zum Taufpaten hatte, nach New York, wo sie den Rest ihres Lebens verbrachte. Für ihre erste und, soweit bekannt, einzige amerikanische Publikation, *The Tumble Bug and Other Tales by Hans Christian Andersen*, zeichnete sie mit ihrem Ehenamen List, höchstwahrscheinlich, um während des Zweiten Weltkriegs möglicher Deutschenfeindlichkeit aus dem Weg zu gehen.

Georgi Iwanowitsch Narbut

(Ukraine, 1886–1920)

Die Schattenrisse mit farbigen Akzenten für „Die Nachtigall" auf Seite 33–45 entstammen dem Buch Соловей (Die Nachtigall), *erschienen im Verlag I. Knebel, Moskau, 1912.*

Der Maler und Grafiker Georgi Iwanowitsch Narbut kam 1886 auf einem Bauernhof nahe der nordukrainischen Stadt Hluchiw zur Welt. Er stieg aus armen Verhältnissen zum Gründer und Präsidenten der ersten Kunstakademie der Ukraine auf, gestaltete als Grafiker neben Briefmarken und Wappen die ersten ukrainischen Banknoten und schuf als Künstler einige der schönsten Kinderbücher seiner Zeit.

Da seiner Familie, die zwar von altem Adel, aber verarmt war, die Mittel fehlten, um Narbuts augenfälliges künstlerisches Talent zu fördern, blieben ihm als

Kind nur Schere, Papier und Mehlkleber, um Scherenschnitte anzufertigen. Erst später, am Gymnasium, lernte er, mit Feder, Farbe, Pinsel und Bleistift umzugehen. Er war von der Präzision dieser neuen Utensilien fasziniert und entdeckte seine Leidenschaft dafür, Schmuckbuchstaben aus alten Büchern abzuzeichnen. So erhielt er erstmals Einblick in die Welt der grafischen Kunst und Buchillustration, und so kam er auch erstmals mit historischen Artefakten in Berührung. Auf diese Weise entwickelte er ein ausgeprägtes Geschichtsbewusstsein, das sein Interesse an Archäologie, Ahnenforschung und Wappenkunde ebenso förderte wie seine Leidenschaft für Märchen und Sagen.

Narbut studierte Kunst in Sankt Petersburg, wo er dem gefeierten russischen Illustrator Iwan Bilibin auffiel, der ihn früh förderte und zu einem seiner Vorbilder wurde, ebenso wie der englische Jugendstilkünstler Aubrey Beardsley und der Schweizer Maler Félix Vallotton.

Etwa von 1910 an illustrierte Narbut, der Berichten nach Beidhänder und mittlerweile ein meisterhafter Zeichner war, mehrere Bücher, darunter *Die Nachtigall*, für das er sich auf die Scherenschnittarbeiten seiner Kindheit besann und mit Feder und Pinsel zauberhafte Silhouettenbilder schuf, die er sehr einfallsreich farbig akzentuierte. Einigen Kunsthistorikern gelten diese Arbeiten als seine eigenständigsten Werke, seine Schattenrisse als die vorzüglichsten in der russischen Kunstgeschichte.

In dieser für Narbut hochproduktiven Schaffenszeit festigte sich sein Ruf als bedeutender Künstler: 1912 schuf er Illustrationen für sechzehn Bücher, im Jahr darauf für weitere siebzehn Titel, 1914 schließlich für beinahe doppelt so viele, daneben noch Zeitschriftenillustrationen, Druckgrafiken und Werbeplakate. Die Periode, in der seine Illustrationen für *Die Nachtigall* entstanden, war eine Blütezeit für Kinderbücher in russischer Sprache, deren künstlerische und literarische Qualität allerdings stark schwankte; ihr Spektrum reichte von Alexander Puschkin und übersetzten Klassikern wie den Brüdern Grimm, Hans Christian Andersen oder Mark Twain über russische Sagen bis hin zu Unmengen billiger Detektivromane und Schundheftchen. Narbuts in diesem Band gezeigten Werke gelten als Beispiele für die höherwertigen Publikationen dieser Zeit, und das Verlagshaus I. Knebel, in dem *Die Nachtigall* erschien, als der wichtigste russische Kinderbuchverlag dieser Epoche.

Doch während dieser für Narbut so fruchtbaren Phase vollzog sich in Russland ein gesellschaftlicher Wandel. Nach Ausbruch des Russischen Bürgerkriegs 1917 sollte es zehn Jahre dauern, bis der Kinderbuchmarkt wieder an die enormen Auflagenhöhen der ersten Dekade des Jahrhunderts anknüpfen konnte. So steht Narbuts Leben und Schaffen auch als kleine Erfolgsgeschichte in einer für viele Russen schicksalsschweren Zeit (einer seiner Brüder kam zu Kriegs-

„Die kleine Seejungfer" – Illustration von Jennie Harbour, aus Hans Andersen's Stories, *1932.*

beginn bei einem Überfall auf den Bauernhof der Familie ums Leben, ein anderer Bruder, der bekannte Dichter Wladimir Narbut, wurde in den 1930er-Jahren unter der Anklage, ein ukrainischer Nationalist zu sein, interniert und starb im Straflager). Narbut selbst starb 1920 an den Folgen einer Operation, ein Jahr nachdem er die erste Kunstakademie der Ukraine gegründet hatte.

Einar Nerman

(Schweden, 1888–1983)

Die Illustrationen zu „Der Schweinehirt" (Seite 49–50, 52–54 und 57) entstammen dem Buch Per Svinaherde (Per, der Schweinehirt)*, erschienen im Norstedt-Verlag, Stockholm, 1912.*

Einar Nerman kam 1888 in der südschwedischen Stadt Norrköping zur Welt. Aus Liebe zum Theater verbrachte er als Junge viele Stunden dort und übte sich, ausgestattet mit Stift und Block, während der Vorstellungen im Karikaturenzeichnen. Nach dem Besuch einer Kunstschule in Stockholm zog es ihn wie viele aufstrebende Künstler seiner Generation nach Paris. Dort studierte er bei Henri Matisse in dessen Académie Matisse, die von 1907 bis 1911 bestand. Allerdings empfand er den berühmten Lehrer als unnahbar und nahm aus dieser Erfahrung nur wenige bleibende Erinnerungen mit. Stattdessen ließ er sich von Aubrey Beardsleys sinnlichen Jugendstil-Illustrationen inspirieren. Doch anders als der Engländer, dessen Schwarz-Weiß-Zeichnungen eine dunkle, erotische Aura besaßen, entwickelte Nerman einen drolligen, lebenssprühenden Stil, der große, schwungvoll gerundete schwarze Flächen mit zarten, witzig-verspielten Details verband. Nerman hatte bereits eine kurze Karriere als Balletttänzer hinter sich und ein Gespür für Körper in Bewegung, das an Figuren wie den tänzelnden Hofdamen der Prinzessin auf Seite 53 zu erkennen ist. In einer 1914 erschienenen Besprechung von *Per Svinaherde* schreibt der Rezensent, dass Nermans „geschwungene Linien eine neckische Note erzeugen, die in der schwedischen Kunst ihresgleichen sucht", und bezeichnet seine Illustrationen als „rundweg originell".

Die Goldenen Zwanziger verbrachte Nerman in London, wo er als beliebter Theaterzeichner für das Gesellschaftsmagazin *Tatler* arbeitete. Der für Nermans allwöchentliche Cartoonseite verantwortliche Redakteur soll erklärt haben: „Wozu brauche ich einen Theaterkritiker? Eine Zeichnung von Ihnen sagt alles." Nerman selbst war besonders stolz auf seine riesige Karikaturensammlung prominenter Londoner Schauspieler und Musiker aus dieser Zeit – einer Zeit, die er rückblickend als die beste seines Lebens bezeichnete.

Bei Ausbruch des Zweiten Weltkriegs zog Nerman mit seiner Frau und den drei gemeinsamen Kindern nach New York. Dort karikierte er Hollywood-

Stars für das beliebte Nachmittagsblatt *New York Journal-American*, das mit seiner Tradition textbegleitender Cartoons den idealen Rahmen für seine Kunst bot (Vorläufer dieser Zeitung war William Randolph Hearsts *Evening Journal*, die erste US-Publikation mit einer täglich erscheinenden Comic-Seite, die sich ungeheurer Beliebtheit erfreute).

Zu Nermans berühmtesten Karikaturen zählt ein Porträt seiner guten Freundin Greta Garbo, das sie im Profil mit einer Lockenfrisur in Form ihres Vornamens zeigt. Es wurde 2005 für die Gedenkmarke verwendet, die anlässlich ihres 100. Geburtstags in Schweden erschien. Zwischen 1910 und den 1940er-Jahren illustrierte Nerman auch Kinderbücher in Farbe, darunter *Der Schweinehirt*. Für die Zündholzschachteln von Solstickan, Schwedens beliebtester Zündholzmarke, entwarf er 1936 ein Etikett, das bis heute in Verwendung ist. Es zeigt einen kleinen Jungen (für den ihm sein Sohn als Modell diente), der unter der Sonne dahinspaziert und in seiner zierlichen Gestalt den Kinderfiguren in vielen seiner Bücher ähnelt. Nermans Zwillingsbruder war der Archäologe Birger Nerman, sein älterer Bruder der bekannte schwedische Sozialist Ture Nerman.

Kay Nielsen

(siehe *Grimm* Seite 245)

Die Titelillustration (Seite 10 rechts), die Silhouette auf Seite 24 (Detail) sowie die aquarellierten Tuschezeichnungen und Schwarz-Weiß-Zeichnungen für „Die Schneekönigin" (Seite 8, 214), „Die Prinzessin auf der Erbse" (Seite 15), „Die Nachtigall" (Seite 22), „Der standhafte Zinnsoldat" (Seite 79 und 82), „Die Hirtin und der Schornsteinfeger" (Seite 179 und 181) und „Ole Luk-Oie" (Seite 245) sind dem Band Hans Christian Andersen's Fairy Tales *entnommen, erschienenen im Verlag Doran, New York, 1924.*

Arthur Rackham

(siehe *Grimm* Seite 247)

Der Schattenrisse für „Die kleine Seejungfer" (Seite 1) und „Des Kaisers neue Kleider" (Seite 58) sowie die aquarellierte Tuschezeichnung für „Das kleine Mädchen mit den Schwefelhölzchen" (Seite 197) entstammen dem Band Fairy Tales by Hans Andersen, *erschienen im Verlag George G. Harrap & Co., London, 1932.*

Käthe Reine
(siehe *Grimm* Seite 248)
Die Scherenschnitte zu „Der Schweinehirt“ (Seite 46), „Der standhafte Zinnsoldat“ (Seite 76), und „Das Feuerzeug“ (Seite 198) sind dem Buch Märchen von Hans Christian Andersen in Scherenbildern von Käthe Reine *entnommen, erschienen im Volksverein-Verlag, Mönchengladbach, 1926.*

Tom Seidmann-Freud
(Österreich, 1892–1930)
Der Buchumschlag (Seite 23) und die aquarellierte Tuschezeichnung für „Die Prinzessin auf der Erbse“ (Seite 28–29) entstammen dem Band Kleine Märchen, *erschienen im Verlag O. u. M. Hausser, Ludwigsburg, 1921.*

Tom Seidmann-Freud, geborene Martha Freud und Nichte Sigmund Freuds, war eine für ihren schlichten, aber modernen Stil gefeierte Kinderbuchillustratorin und Autorin. Geboren in Wien und im Alter von neun Jahren mit ihrer Familie nach Berlin umgezogen, legte sie schon als Kind künstlerische Begabung und Eigenständigkeit an den Tag. Mit fünfzehn Jahren änderte sie ihren Namen von Martha in Tom (um als angehende Künstlerin möglicher Benachteiligung aus dem Weg zu gehen). Erst in London, später in Hamburg nahm sie ein Kunststudium auf, konzentrierte sich dabei auf Jugendstil-Illustrationen und hatte 1913, mit einundzwanzig Jahren, ihre erste Einzelausstellung.

Zwischen 1914 und 1930, als sie im Alter von 38 Jahren starb, veröffentlichte sie ein knappes Dutzend eigener Bücher und steuerte zu anderen Publikationen ihr Illustrationen bei. Heute, beinahe 100 Jahre später, wirken die klare, schlichte Ästhetik ihrer Bilder und die Geschichten über fantastische Hasenwelten, sprechende Fische und Zauberboote überraschend zeitgemäß. Ihre Illustrationen sind kindlich, aber nicht infantil, und träumerisch, aber zugleich auch nachdenklich und narrativ. An ihrem Werk, das zur Zeit seiner Entstehung auffallend modern war, zeigt sich beispielhaft, wie ernst Kinderliteratur damals als Kunstform genommen wurde. Neben eigenen Geschichten illustrierte Seidmann-Freud auch klassische Märchen, etwa der Brüder Grimm oder Hans Christian Andersens, die 1921 unter dem Titel *Kleine Märchen* veröffentlicht wurden. Ihr bekanntestes Kinderbuch, *Die Fischreise*, erschien 1923.

Seidmann-Freud bediente sich für ihre Illustrationen der Pochoirtechnik, eines alten Schablonierverfahrens, das damals wieder in Mode kam. Dazu zeichnete sie Figuren, Vordergrund und Hintergrund mit Tusche und füllte die Flächen unter

Verwendung von Schablonen mit Aquarellfarben aus. Zu den verschiedenen Kinderbucharten, mit denen sie experimentierte, zählten ABC-Fibeln, Liederbücher, Spielfibeln und bewegliche Bücher wie *Das Wunderhaus* (1927) und *Das Zauberboot* (1929), „ein Bilderbuch zum Drehen, Bewegen und Verwandeln", wie der Untertitel erklärte. Aus der ebenfalls von ihr gestalteten Reihe von Rechenfibeln, die sich durch ihre wegweisende Typografie auszeichneten, wurde ein Band für die Ausstellung „Century of the Child: Growing by Design, 1900–2000" des New Yorker Museum of Modern Art ausgewählt.

Anfang der 1920er-Jahre gründete sie gemeinsam mit ihrem Mann, dem Schriftsteller und Journalisten Jakob Seidmann, den Münchner Peregrin-Verlag, benannt nach der Hauptfigur aus der *Die Fischreise*, einem Jungen, der seinem Außenseiterdasein durch die Flucht in eine utopische Traumwelt zu entkommen versucht. Die tragische Wende kam mit der Weltwirtschaftskrise 1929, als der Bankrott des gemeinsamen Verlagsunternehmens ihren Mann in den Selbstmord trieb; im Jahr darauf nahm auch sie sich das Leben. (Angela, die siebenjährige Tochter der beiden, lebte fortan mit Toms Schwester, der Schauspielerin Lily Freud, und deren Mann in Hamburg, bevor die drei 1939 nach Prag gingen. Kurz vor dem Ausbruch des Zweiten Weltkriegs emigrierten sie schließlich nach Israel.)

Seidmann-Freud starb in dem Jahr, in dem der unaufhaltsame Niedergang der Weimarer Republik und damit auch der Demokratie in Deutschland seinen Anfang nahm. Bis zu Hitlers Machtergreifung wurden ihre Werke in Fachkreisen weiterhin mit Lob überhäuft, unter anderem auch von Walter Benjamin, dem berühmten Literaturkritiker und Philosophen. Da Seidmann-Freud jedoch Jüdin gewesen war, verschwanden ihre Bücher ab 1933 allmählich von der Bildfläche. Trotz der Vernichtung „verdächtiger" Literatur im Dritten Reich und ihres viel zu frühen Endes haben Ausgaben ihrer Kinderbücher als wichtige Zeugnisse der Avantgarde-Buchkunst im Europa des 20. Jahrhunderts überlebt.

Heinrich Strub

(Schweiz, 1916–2014)

Die Aquarelle und Schwarz-Weiß-Zeichnungen für „Das Feuerzeug" (Seite 201–213) sind dem gleichnamigen Buch entnommen, erschienen in der Büchergilde Gutenberg, Zürich, 1956.

Heinrich Strub, der als Grafiker und Maler teilweise auch unter dem Pseudonym Heiri Strub arbeitete, kam 1916 im schweizerischen Riehen nahe Basel zur Welt. Sein künstlerisches Talent zeigte sich früh, und wie Hans Christian Andersen begann er schon in jungen Jahren zu zeichnen und Scherenschnitte anzufertigen. Auch sein politisches Interesse erwachte früh; als der Faschismus über Deutschland heraufzog,

schloss sich der 17-Jährige einer Schweizer Jugendbewegung gegen Krieg und Faschismus an. In den 1930er-Jahren besuchte Strub die angesehene Basler Kunstgewerbeschule (heute: Schule für Gestaltung Basel), deren strenger grafischer Ansatz mit zur Entwicklung des klaren, sachlichen Stils beitrug, der in den 1950er-Jahren als „Schweizer Schule" international neue Maßstäbe in der Typografie setzte. Neben einer Schriftsetzerlehre studierte Strub dort Grafik und Malerei. Während er im Zweiten Weltkrieg Wehrdienst bei der Schweizer Armee leistete, setzte er sein Malereistudium in Basel fort. Dort traf er auch seine Freundin aus Kindheitstagen wieder, Lotti Arnold, die später seine Lebensgefährtin wurde. Die gemeinsame Tochter der beiden ist die Schauspielerin Olga Strub.

Zu der Vielzahl an Vorbildern, die ihn künstlerisch geprägt haben, zählt Strub den italienischen Renaissancemeister Masaccio, Pieter Bruegel den Älteren, Francisco Goya, Édouard Manet, Henri de Toulouse-Lautrec und Diego Rivera. Doch wie der Humor und mitunter unverfrorene Witz seiner Bildsprache erkennen lassen, hat ihn die – in weiten Teilen freigeistige und respektlose – Kunst der Moderne gleichermaßen stark beeinflusst. Strub begann seine künstlerische Karriere mit Aufträgen als Plakatgestalter; 1944 folgten, auf Anregung eines Freundes, erste Kinderbuchillustrationen. Daneben machte er sich mit selbstentworfenen Fasnachtsmasken für die Basler Fasnacht und mit Lithografien für die beliebten Tierplakate des Basler Zoos einen Namen. 1951 veröffentlichte er *Das Walross und die Veilchen*, sein berühmtestes Kinderbuch, das bis heute in Neuauflagen erscheint.

Obwohl Strubs Kunst nie explizit politisch war, führte seine früh erwachte Leidenschaft für Kunst und Politik zu einer unlösbaren, folgenreichen Verknüpfung, die sich auf sein weiteres Leben und Schaffen auswirken sollte. Wegen seines politischen Engagements und seiner vom Konsens abweichenden Meinung sah Strub sich in der Nachkriegsschweiz zunehmend unter Druck gesetzt. Obwohl er als Künstler immer mehr an Format gewann, wurde seine Arbeit, vermutlich auf polizeiliche Einschüchterung hin, boykottiert, und die Aufträge blieben aus. Im Rückblick beschreibt Strub diese Zeit seines Lebens als existenzbedrohend. *Das Feuerzeug* war das letzte Kinderbuch, das er in seiner Heimat illustrierte, ehe er 1957 mit seiner Familie ins kommunistische Ost-Berlin übersiedelte, wo er schließlich wieder Arbeit fand, unter anderem als Illustrator für den international bekannten Kinderbuchverlag Berlin.

1971 kehrte Strub in die Schweiz zurück und arbeitete als Journalist, Kunstkritiker und Maler. Als er 92 Jahre alt war, erwarb die Stadt Basel seine gesammelten Werke einschließlich der Originalillustrationen für sämtliche seiner Bücher, um sie der 1471 gegründeten Universitätsbibliothek Basel, einer der größten Bibliotheken der Schweiz, als Schenkung zu überlassen.

„Des Kaisers neue Kleider" – Illustration von Heinrich Lefler und Joseph Urban für den Andersen-Kalender, *1911.*

Takeo Takei
(Japan, 1894–1983)
Der Buchumschlag auf Seite 18 und die Federzeichnungen für „Ole Luk-Oie" (Seite 131, 132, 137, 138 und 143) und „Der fliegende Koffer" (Seite 185 und 188) sowie das Aquarell für „Däumelinchen" (Seite 237) sind dem Buch Die Märchen von Hans Christian Andersen *entnommen, erschienen im Verlag Kobunsha, Tokio, 1928.*

Takeo Takei zählt zu den einflussreichsten japanischen Kinderbuchillustratoren des 20. Jahrhunderts. 1894 in Okaya geboren, schuf er als einer der ersten Künstler anspruchsvolle Illustrationen für Kinder und machte sich früh für eine Bildsprache stark, die die kindliche Fantasie respektierte und beflügelte. Knapp 100 Jahre nach Erscheinen seiner ersten Werke ist Takeis Einfluss im Bereich Illustration, Manga, Animation, Grafikdesign und sogar in der Werbung unvermindert stark zu spüren.

Wie auch Hans Christian Andersen war Takei ein künstlerisch hoch begabtes Kind, das viele Stunden alleine zu Hause verbrachte (in seinem Fall waren häufige Krankheiten der Grund). In diesen Stunden ging er völlig im Zeichnen und Schreiben auf, und es war dieser Aspekt seiner Kindheit, auf dem Takeis spätere hohe Achtung vor dem Kunstsinn von Kindern gründete. Obwohl sein Vater ihn zunächst von einer Künstlerlaufbahn abbringen wollte, erteilte er dem Sohn schließlich doch seinen Segen für ein Studium der westlichen Kunst und Malerei an der Tokioter Kunsthochschule (der führenden Kunstschule des Landes und Alma Mater vieler renommierter japanischer Künstler, heute unter dem Namen Tokyo University of the Arts bekannt), das Takei 1919 abschloss.

Drei Jahre später schmückte eine seiner Illustrationen die Titelseite der ersten Ausgabe von *Kodomo no kuni (Kinderland)*, einer richtungweisenden Zeitschrift mit Illustrationen, Liedern, Bastelanleitungen und Geschichten für Kinder, die von 1922 bis 1944 erschien. Sie stand für den demokratischen und individualistischen Ansatz in der Kindererziehung, der sich zur Zeit der Taisho-Demokratie (1912–1926) in Japan herausbildete und mit Takeis eigener Philosophie deckte. In den 1920er-Jahren war Takei enorm produktiv: Neben selbstverfassten Geschichten illustrierte er japanische Volksmärchen und Kunstmärchen heimischer Autoren wie Kenji Miyazawa, aber auch ausländische Märchen wie *Tausendundeine Nacht* oder 1928 die Märchen Hans Christian Andersens.

Takeis bevorzugte Mittel für seine fantastischen, surrealen, aber immer verständlichen Zeichnungen waren Tusche, Farbkreide und Aquarellfarben. Einige Kritiker meinen, in Takeis Arbeiten Ähnlichkeiten zu den flächigen Figuren und kindhaft schlichten Bildkompositionen Paul Klees entdeckt zu haben, wobei sich nicht belegen lässt, dass der Japaner Klees Werk überhaupt kannte. 1926 ver-

öffentlichte Takei eines seiner berühmtesten Bücher, *Ramu-ramu O (König Ramu-Ramu)*, und gründete im Jahr darauf zusammen mit anderen den japanischen Verband der Kinderbuchillustratoren Nihon Doga Kyokai. Im Lauf seiner Karriere übernahm er außerdem für verschiedene Zeitschriften immer wieder die Besprechung und Auswahl von Illustrationen. Bedauerlicherweise wurden viele seiner in Tokio aufbewahrten Originalzeichnungen während des Zweiten Weltkriegs durch Brände zerstört.

Im 19. und frühen 20. Jahrhundert war japanische Kunst, insbesondere die Druckkunst, eine Inspirationsquelle für westliche Kinderbuchillustratoren wie den Niederländer Theo van Hoytema („Das hässliche, junge Entlein“, Seite 146–161) oder den britischen Künstler Walter Crane, dessen mit großer Sorgfalt gestaltete und produzierte Kinderbücher ihrerseits auf weltweites Echo stießen (siehe *Grimm* Seite 27–35). In einem faszinierenden globalen Wechselspiel gegenseitiger Einflüsse wurden anschließend viele japanische Illustratoren wie Takei durch europäische Kunstströmungen angeregt, was sich an ihrer Hinwendung zum Malerischen erkennen lässt.

Theo van Hoytema

(Niederlande, 1863–1917)

Die Umschlagvignette (Seite 16) und die Farblithografien für „Das hässliche, junge Entlein“ (Seite 146–161) sind dem Band Het Leelijke Jonge Eendje *entnommen, erschienen im Verlag S. Lankhout & Co., Den Haag, 1893.*

Mit dem zeichnerischen Talent und Gespür, das Theo van Hoytema von früher Jugend an bewies, wurde er schließlich zu einem der vorzüglichsten Tier- und Pflanzenillustratoren der Niederlande und mit umfassenden Ausstellungen bedacht. In seinen phänomenalen Lithografien verbinden sich drei faszinierende Aspekte der Kunst des 19. Jahrhunderts zu dem, was seinen Stil aus heutiger Sicht so einzigartig macht. Zum einen wurde van Hoytema, geboren in Den Haag als jüngstes von acht Geschwistern, zu einer Zeit erwachsen, in der die mechanische Vervielfältigung von Kunstwerken (in Form von Radierungen, Fotografien und Lithografien) eine nie gesehene Blüte erlebte. Doch anstatt die Reproduktion seiner Zeichnungen professionellen Steindruckern zu überlassen, brachte van Hoytema sich das Handwerk selbst bei und wurde ein versierter Lithograf.

Damit erzielte er nicht nur bessere Druckergebnisse als die körnigen Chromolithografien, mit denen sich viele sei-

ner Kollegen begnügen mussten, sondern er hatte auch die völlige künstlerische Kontrolle über die Reproduktionen – vom Entwurf über die Illustration bis zur seitenverkehrten Übertragung des Druckbilds auf den Stein. Als er begann, Bücher und später seine außerordentlich beliebten Kalender zu produzieren, erwies sich diese Fertigkeit von wesentlichem Nutzen, da sie ihm erlaubte, exakte Eins-zu-eins-Reproduktionen seiner ungemein ausdrucksstarken, meisterhaften Federzeichnungen herzustellen, die von seiner Liebe für die japanische Druckkunst zeugten und kennzeichnend für seinen Stil wurden.

In der zweiten Hälfte des 19. Jahrhunderts boomte außerdem der Markt für Kinderbücher und Bücher über Tiere; van Hoytema verband beides in seinen fünf innovativen Kinderbüchern über Vögel. Seine Erstlinge waren *Hoe de vogels aan een Koning kwamen* (*Wie die Vögel zu einem König kamen*, 1891) und Hans Christian Andersens *Das Hässliches, junges Entlein* (1893). Es folgten drei weitere Titel, darunter *Twee Hanen*, eine Adaption des Andersen-Märchens „Hofhahn und Wetterhahn", die 1898 von C.M. van Gogh, einem Onkel Vincent van Goghs, herausgegeben wurde. Kunsthistorikern gelten diese frühen Werke, die van Hoytemas Ruhm begründeten, als die ersten niederländischen Beispiele für die Verbindung von Text und Bild auf einer Buchseite. Die Anregung dazu lieferte der Engländer Walter Crane, ein wahrer Gigant im Bereich der Kinderbuchillustration im 19. Jahrhundert, der ebenfalls Text und Bild kombinierte (siehe *Grimm* Seite 27–35).

Ein drittes Phänomen, das zu van Hoytemas Sonderstellung und Beliebtheit beitrug, war das Aufkommen moderner Unternehmensformen und damit auch moderner Druckereien, die Firmen mit allem vom Geschäftspapier bis zum Werbematerial versorgten. Nach Ansicht der Kunsthistoriker Kees Broos und Paul Hefting waren diese Druckereien verantwortlich für die weltweite Verbreitung des allweihnachtlich als Werbegeschenk an Geschäftskunden verteilten Wandkalenders. Die 17 Jugendstil-Kalender mit Vogelmotiven, die van Hoytema in den Jahren 1902 bis 1918 schuf (der letzte erschien ein Jahr nach seinem Tod), waren Broos und Hefting zufolge beim niederländischen Publikum, das für Naturdarstellungen schwärmte und von der ornamentalen Sinnlichkeit des Jugendstils bezaubert war, die beliebtesten ihrer Art. Obwohl van Hoytemas letztes Lebensjahrzehnt von einer Scheidung und gesundheitlichen Problemen gezeichnet war, war es auch der Abschnitt, in dem er seine bekanntesten Werke schuf.

„Däumelinchen" – Illustration von Takeo Takei, aus Die Märchen von Hans Christian Andersen, *1928.*

Anmerkungen der Herausgeberin

Eines der Motive, die in Andersens Märchen immer wiederkehren, ist die banale grüne Erbse. Um sie ranken sich Geschichten wie „Die Prinzessin auf der Erbse“, zu der die Titelillustration dieses Buches entstand, und Erinnerungen an das Miniaturgärtchen, in dem Andersen als Kind eine einsame Erbse hegte und zum Blühen brachte. Der Gestalter dieses Buches und ich entschieden uns, die Schmuckinitialen der Märchenanfänge, den Buchumschlag, das Titelblatt und auch das Vorsatzpapier mit Erbsenranken zu verzieren, als Hommage an Andersens einzigartige, zauberische Gabe, selbst in den kleinsten, einfachsten Dingen Schönheit und Sinn zu erkennen.

Andersens Bekunden, er habe seine Geschichten so geschrieben, wie er sie einem Kind erzählen würde, bezog sich auf das anregende Erlebnis des Erzählens. Andersen reicherte seine Märchen mit der Melodik und dem Gemeinschaftsgeist der mündlichen Erzähltradition seiner Jugend an. Das lockert die Sprache auf und bereitet Kindern und Erwachsenen ein vergnügliches Miteinander.

Viele seiner Märchen wurden zu internationalenKlassikern und inspirieren seit Generationen Künstler in aller Welt. Mein Bemühen war es, Bilder auszuwählen, die einen unterhaltsamen Überblick über einige der besten Illustratoren seiner Märchen geben. Manche Künstler, deren Arbeiten Bewunderung verdienen, wie Edmund Dulac, Anne Anderson oder W. Heath Robinson, mussten unberücksichtigt bleiben, um Platz für Neuentdeckungen zu geben, die andernorts nicht leicht zu finden sind. Ich habe mich für eine Kombination aus altbekannten Meistern und weniger gut bekannten Illustratoren entschieden, auf Andersens Wink hin, dass das Bemerkenswerte auch an unvermuteter Stelle zu finden ist, wie die Erbse, deren Ranken sich himmelwärts winden, als wollten sie uns in Andersens Märchenwelt emporheben. Die Erbse steht auch als treffende Metapher für die Fantasie von Kindern: Gibt man ihr ausreichend Nahrung, wird sie der Sonne entgegenwachsen. Möge dieses Buch sie dabei begleiten.

Noel Daniel
Los Angeles, Kalifornien

Nachwort: Andersen aus heutiger Sicht

Was kommt uns in den Sinn, wenn wir an Hans Christian Andersen denken? Vielleicht die kleine Meerjungfrau – und sicher das kleine Mädchen mit den Schwefelhölzchen. Wahrscheinlich auch die Nachtigall am Sterbebett des Kaisers von China – und die kleine Gerda, die nach Kay sucht, um ihn aus dem Bann der Schneekönigin und seiner eigenen Gefühlsstarre zu erlösen. Und natürlich der eitle Kaiser, der die Straße entlangstolziert mit nichts am Leib als seiner Selbsttäuschung.

Zwischen diesen beiden Polen bewegen sich Andersens Geschichten: Hier das Surreale, Fantasie und Poesie, dort die wirkliche Welt, wirkliche Menschen mit ihren Hoffnungen und Torheiten. Letztlich wir selbst – so, wie wir sind, in dieser Welt, in der wir den Schmerz der Mutter teilen, die ihr Kind verliert, den Kummer des Kreisels, dessen Liebe unerwidert bleibt, bis es zu spät ist.

Gibt es wirklich so etwas wie eine eigene Andersen-Märchenwelt? Ja und nein. Ja, besonders, was seine Nacherzählungen alter Volkssagen angeht. Und nein, insofern, als die meisten seiner Geschichten in einer uns vertrauten Welt spielen. Nicht in einer fernen Fantasiewelt, sondern in der Welt, die wir schon kennen – oder zu kennen glaubten, bis Andersen uns die Augen öffnete. Die grenzenlosen Möglichkeiten des Märchens waren für Andersen auch in seiner eigenen Epoche gegeben, mit ihrem industriellen Fortschritt, den wissenschaftlichen Entdeckungen, neuen Kommunikationswegen und Transportmitteln. Andersen verstand sich selbst als moderner Mensch in einer modernen Welt, offen für Neuerungen, voller Hoffnung auf Menschlichkeit und ein Miteinander aller Kulturen, Religionen und sozialen Schichten.

Im Innersten aber war er, mehr als alles andere, ein tief religiöser Mensch, nicht im strengen Sinn, sondern in seiner idealistischen Weltsicht und seinem Glauben an Gott und das ewige Leben. Das war sein Weg, mit der Hoffnung und Verzweiflung umzugehen, denen wir im Spannungsfeld von Leben und Tod begegnen.

Professor Johan de Mylius
Andersen-Experte und ehemaliger Leiter des Hans-Christian-Andersen-Centers der Universität Odense

Fett gesetzte Seitenzahlen verweisen auf die Abbildungen.
Abkürzungen: l. = links,
r. = rechts

Bildnachweis nach Quellen

© **Laura Barrett**, London (Art Direction von Noel Daniel): siehe auch Bildnachweise nach Künstlern
The Collection of Kendra and Allan Daniel; Fotografien von Gavin Ashworth: 179, 214, 245
Hans Christian Andersen Museum, Odense, Dänemark: 21 links u. rechts, 243
The Hans Christian Andersen Museum, Solvang, Kalifornien: 2, 10 links und rechts, 221
The Los Angeles Public Library: 197
© **Okaya City**, Präfektur Nagano, Japan: 18, 131, 132, 137, 138, 143, 185, 188, 238
© **Penguin Group (USA) Inc.**, *The Snow Queen* von Hans Christian Andersen, illustriert von K. Beverley und E. Ellender, © 1929 E.P. Dutton & Co., Inc., erneuert © 1957 E.P. Dutton & Co., Inc. Verwendet mit freundlicher Genehmigung von Dutton Children's Books, Teil der Penguin Group (USA) Inc.: 13, 87–127
Princeton University Library, Cotsen Children's Library, Department of Rare Books and Special Collections: 33–45
© **Tom Seidmann-Freud**: Umschlagvorderseite, 23, 28–29
© **Heinrich Strub**: 201–213
© **VG Bild-Kunst, Bonn, 2020**: 49, 50, 52–54, 57

Wenn nicht spezifiziert, stammen die verbleibenden Abbildungen aus privaten Sammlungen.

Bildnachweis nach Künstlern

HCA Hans Christian Andersen: 21 links und rechts, 243
MLA Mabel Lucie Attwell: 217
LB Laura Barrett, Illustratorin: Vor- und Nachsatzpapier, 6, 26, 27, 30, 56, 59, 62, 67, 72–74, 77, 80, 84, 85, 128, 129, 135, 145, 162, 163, 174, 175, 180, 182, 183, 187, 191–193, 199, 244
JB Johanna Beckmann: 30, 144
KB Katharine Beverley: 13, 87–127
EVB Eleanor Vere Boyle: 2, 10 links, 221
HC Harry Clarke: 61, 64
EE Elizabeth Ellender: 13, 87–127
JH Jennie Harbour: 226
HL Heinrich Lefler: 233
HLI Hertha List: 69–71, 75, 164–173
GIN Georgi Iwanowitsch Narbut: 33–45
EN Einar Nerman: 49–54, 57
KN Kay Nielsen: 8, 10 rechts, 15, 22, 24 (Detail), 79, 82, 179, 181, 214, 245
AR Arthur Rackham: 1, 58, 197
KR Käthe Reine: 46, 76, 198
TSF Tom Seidmann-Freud: Umschlagvorderseite, 23, 28–29
HS Heinrich Strub: 201–213
TT Takeo Takei: 18, 131, 132, 137, 138, 143, 185, 188, 238
JU Joseph Urban: 233
TVH Theo van Hoytema: 16, 146–150, 152–154, 157, 158, 160, 161
UN Unbekannt: 66

Nachweis zu den Silhouetten nach Seiten

Siehe rechte Spalte Seite 242 für die Abkürzungen der Künstlernamen.

Seite **1**: AR. *Einleitung*: **6**: LB. **21 links und rechts**: HCA. *Die Märchen*: **24**: KN. *Die Prinzessin auf der Erbse*: **26**, **27**: LB. *Die Nachtigall*: **30**: LB. **31**: JB. **33–45**: GIN. *Der Schweinehirt*: **48**: KR. **49**, **56**: LB. *Des Kaisers neue Kleider*: **58**: AR. **59**, **62**: LB. *Zwölf mit der Post*: **66**: UN. **67**: LB. **69–71**: HLI. **72–74**: LB. **75**: HLI. *Der standhafte Zinnsoldat*: **76**: KR. **77**, **80**: LB. *Die Schneekönigin*: **84**, **85**: LB. *Ole Luk-Oie*: **128**, **129**, **135**: LB. **143**: TT. *Das hässliche, junge Entlein*: **144**: JB. **145**: LB. *Die Blumen der kleinen Ida*: **162**, **163**: LB. **164–173**: HLI. *Die Hirtin und der Schornsteinfeger*: **174**, **175**, **180**: LB. *Der fliegende Koffer*: **182**, **183**, **187**, **191**: LB. *Das kleine Mädchen mit den Schwefelhölzchen*: **192–196**: LB. *Das Feuerzeug*: **198**: KR. **199**: LB. *Anhang*: **243**: HCA. **244**: LB.

Textnachweis

Die Zitate von Hans Christian Andersen entstammen seiner Autobiografie *Mit eget Eventyr uden Digtning*, die 1847 unter dem Titel *Das Märchen meines Lebens ohne Dichtung* bei Carl B. Lorck, Leipzig, erschien. Die Herausgeberin dankt folgenden Biografen und Historikern, deren Werken weitere Übersetzungen von Hans Christian Andersens Briefen und Aufzeichnungen entnommen sind (die erste Seitenzahl verweist auf die Zitatstelle in diesem Buch, die zweite jeweils auf die der Sekundärquelle): Seite **11**: *Hans Christian Andersen: The Life of a Storyteller*, Jackie Wullschlager (13). Seite **19**: *Hans Christian Andersen*, Elias Bredsdorff (121). Seite **20**: Wullschlager (4; zitiert in *Hans Christian Andersen Fairy Tales*, Svend Larsen, 20–21). Seite **27**: Bredsdorff (308). Seite **47**: *Tales and Stories by Hans Christian Andersen*, Patricia L. Conroy (251). Seite **145**: Maria Tatar, *The Annotated Hans Christian Andersen* (100).

Die Märchentexte sind den Übersetzungen von Georg Friedrich von Jenssen-Tusch (1789– ca. 1865) entnommen, den einzigen deutschen Ausgaben, die Hans Christian Andersen selbst durchgesehen und mitherausgegeben hat.

In vielen der Scherenschnitte, die er zeitlebens anfertigte, kam Andersens Liebe zum Theater und Balletttanz zum Ausdruck. Dieses Beispiel entstand während einer von mehreren Schweden-Reisen, die er zwischen 1849 und 1871 unternahm.

„Ole Luk-Oie" – Illustration von Kay Nielsen, aus Hans Christian Andersen's Fairy Tales, *1924.*

TASCHEN ARBEITET KLIMANEUTRAL.
Unseren jährlichen Ausstoß an Kohlenstoffdioxid kompensieren wir mit Emissionszertifikaten des Instituto Terra, einem Regenwaldaufforstungsprogramm im brasilianischen Minas Gerais, gegründet von Lélia und Sebastião Salgado. Mehr über diese ökologische Partnerschaft erfahren Sie unter: www.taschen.com/zerocarbon
Inspiration: grenzenlos. CO2-Bilanz: null.

Stets gut informiert sein: Fordern Sie bitte unser Magazin an unter www.taschen.com/magazine, folgen Sie uns auf Instagram und Facebook oder schreiben Sie an contact@taschen.com.

Hohenzollernring 53, D–50672, Köln
www.taschen.com

Art Direction: Andy Disl
Deutsche Übersetzung der Einleitungen und der Anhänge:
Harald Hellmann *(Grimm)* und Julia Heller *(Andersen)*

Printed in Slovenia
ISBN 978-3-8365-8345-9